FICHES Tout-en-un

1re et 2e années

CG

Comptabilité et Gestion

Objectif BTS

W0368040

MATIÈRES PROFESSIONNELLES

Michel COUCOUREUX

Mohamed KÉBLI

Rébecca LICART

Nathalie RUBAUD

Gildas SPENO

CEJM

Bruno BONNEFOUS

Marc GÉRONIMI

David LECCIA

hachette ÉDUCATION

Pour réviser efficacement les matières fondamentales !

Des fiches synthétiques et complètes

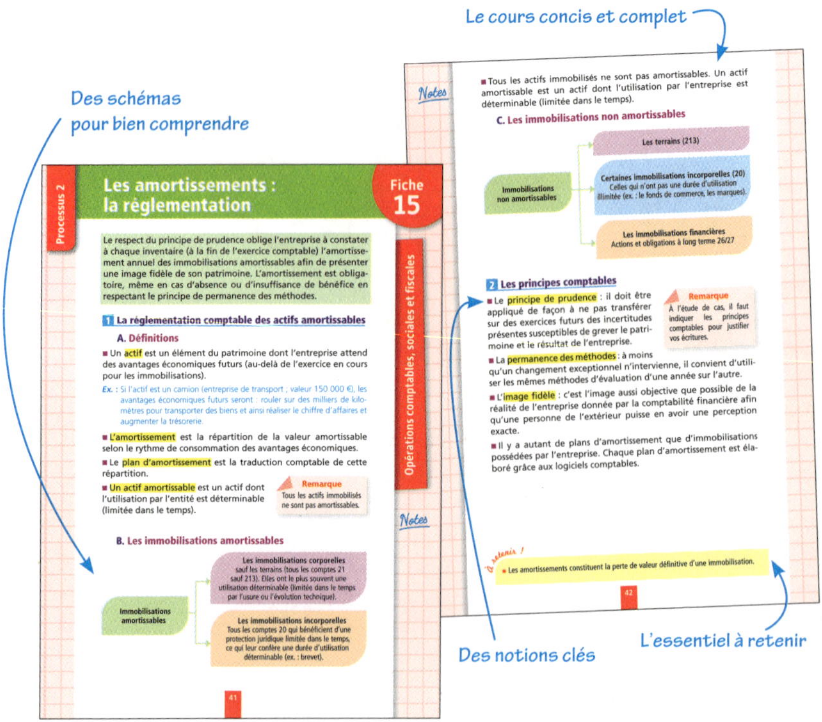

Conception graphique
Couverture : Stéphanie Benoit
Intérieur : Mélissa Chalot

Crédits photographiques
p. 9 : shutterstock/eamesbot ;
p. 145 : shutterstock/pressmaster.

Réalisation
Couverture : Stéphanie Benoit
Mise en pages : studionbs.com
Responsable de projet : Élisabeth Sanchez
Relecture pédagogique : Daniel Sopel

www.parascolaire.hachette-education.com
ISBN : 978-2-01-714733-6

Achevé d'imprimer en Novembre 2020 en Slovaquie par Polygraf
Dépôt légal : Janvier 2021 - Édition 01 - 17/7112/6

Sommaire général

OPÉRATIONS COMPTABLES, SOCIALES ET FISCALES

CONTRÔLE DE GESTION ET ANALYSE FINANCIÈRE

PARCOURS DE PROFESSIONNALISATION

CULTURE ÉCONOMIQUE, JURIDIQUE ET MANAGÉRIALE

Opérations comptables, fiscales et sociales

Sommaire

Notes

Notes

Présentation de l'épreuve « E41 - Étude de cas »

Épreuve écrite à la fin de la 2e année
Durée : 4 h 30
Coefficient : 9
Matériel autorisé : le PCG et une calculatrice avec mode examen (celui-ci devra être activé le jour de l'épreuve).

1 L'organisation et le déroulement de l'épreuve

■ Cette épreuve concerne uniquement les processus P1, P2, P3, P4 et P7.

■ L'épreuve prend appui sur **un ou plusieurs cas concrets présentant une situation réelle** ayant trait aux traitements relatifs **aux obligations comptables, fiscales et sociales. Le sujet est structuré de la façon suivante** (23 pages au maximum) :
– présentation du contexte ;
– présentation de la ou des missions à réaliser ;
– documentation comptable, financière, fiscale et sociale (annexes A) ;
– extraits issus de la réglementation comptable, financière, fiscale et sociale en vigueur (annexes B) ;
– éventuellement des annexes à rendre (annexes C).

2 Les conseils pour réussir cette épreuve

■ **Prenez le temps de lire le contexte** afin d'identifier :
– l'activité de l'entreprise : industrielle ou commerciale de biens ou de services ;
– les taux et le régime de la TVA ;
– le(s) taux d'IS ;
– le plan de comptes fourni dans le sujet, qu'il faut bien suivre.

■ **Lisez bien les titres des annexes :** l'étude de cas comprend plus de 20 pages, il est nécessaire de repérer dès le début les annexes qui renferment les informations utiles à la résolution du problème posé.

Notes

■ Le bordereau ne sera jamais fourni en annexe, c'est à vous pour tout enregistrement comptable de faire apparaitre sur votre copie : le code journal, les numéros de comptes, les dates et les libellés.

■ **Soyez rigoureux !** Des points sont accordés :
– débit = crédit ;
– présence du libellé (facture n°…) et des codes journaux (journal des achats…) ;
– utilisation correcte du plan de comptes fourni ;
– détail et justification des calculs par des règles comptables, fiscales et sociales (ex. : indication du principe comptable).

■ **Ne négligez pas les notes, courriels…** Respectez la forme (émetteur, destinataire, objet, date) et le contenu doit être structuré (partie I et partie II). Lisez attentivement les annexes B qui apportent des connaissances afin de répondre aux missions.

■ **Soignez votre orthographe et présentation !** Débutez chaque partie par une nouvelle page, relisez-vous, même si vous êtes fatigué(e) à la fin de l'épreuve.

Remarque

Si vous recherchez un numéro de comptes qui n'est pas présent dans le plan de comptes fourni, cela signifie que vous devez utiliser le PCG.

Présentation de l'épreuve « E42 - Pratiques comptables fiscales et sociales »

Épreuve : en CCF ou forme ponctuelle
Coefficient : 4
Sur poste informatique.

1 L'organisation de l'épreuve

■ L'épreuve prend appui sur un dossier comprenant le passeport professionnel qui permet de valider les compétences et 3 fiches de situations professionnelles (SP) couvrant l'ensemble des activités des processus P1 à P4 et P7.

■ **Les conditions de validité des situations professionnelles :** chaque SP doit obligatoirement avoir du P7 et 2 autres processus de P1 à P4. Tous les processus doivent être présents dans l'ensemble des fiches.

Ex. : Si une fiche contient du P1 et du P3, une autre du P1 et du P2, alors la troisième doit obligatoirement proposer du P4 et un autre processus.

2 Le déroulement de l'épreuve en CCF

■ Situation A (14 points) : l'enseignant d'AP évalue après chaque SP dès la 1re année en fonction de différents critères. L'étudiant est donc évalué sur chaque SP réalisée. À la fin des 2 années, les évaluations permettent de déterminer un profil et d'attribuer une note.

■ Situation B (6 points) : c'est une épreuve orale de 20 minutes à la fin de la 2e année avec les enseignants des processus et des AP. Les étudiants doivent retenir 3 SP qui traitent de P1 à P4 + P7. Le candidat tire au sort 1 SP sur les trois et est interrogé sur la manipulation du PGI.

3 Le déroulement de l'épreuve ponctuelle

■ Seuls les établissements privés non habilités aux CCF sont concernés par l'épreuve ponctuelle. L'épreuve orale dure 30 minutes avec 15 minutes de préparation (le temps pour installer les ressources numériques). Cette épreuve a lieu à la fin de la 2e année conduite par des enseignants extérieurs qui viennent vous interroger dans votre établissement.

Notes

Notes

étape 1 **10 minutes au maximum** : présentation de la SP (contexte, problème de gestion…) et explicitation des méthodes mises en œuvre ;

étape 2 **20 minutes sur poste informatique** : des modifications sont demandées (changement de montants ou élaboration d'une facture d'avoir…) : le candidat doit les mettre en œuvre et les expliquer.

■ Quelle que soit la modalité (CCF ou ponctuelle), l'important est de maîtriser l'utilisation du PGI et d'expliciter ses démarches.

4 7 conseils pour réussir l'épreuve

1. Les interrogations sont conduites dans un esprit d'évaluation positive et bienveillante, les enseignants ne sont pas là pour vous piéger. Si vous avez bien préparé votre oral, tout se passera pour le mieux.
2. Entraînez-vous régulièrement : présentez oralement les 3 SP à votre entourage.
3. Maîtrisez le logiciel (les modules que vous avez utilisés dans la SP : commercial, paie, immobilisation, comptable) et le contenu de votre SP.
4. Posez-vous des questions : quel était le problème de gestion de cette situation ? Pourquoi réalise-t-on telle tâche plutôt qu'une autre ? Soyez curieux.
5. Faites une sauvegarde de secours.
6. Utilisez un vocabulaire adapté : pas de familiarité ni de vulgarité. Soyez poli.
7. Adoptez une tenue professionnelle : pas de survêtement ou de pantalon négligé.

5 Les questions éventuelles du jury

■ Dans le module commercial : établir un devis, élaborer une facture de doit et/ou d'avoir, alimenter les stocks, transférer une facture en comptabilité.

■ Dans le module comptable : comptabiliser une opération, lire un compte (le chiffre d'affaires, la trésorerie…), connaître le montant des créances, des dettes…

■ Dans le module paie : modifier la fiche d'un salarié, éditer un bulletin de salaire, transférer en comptabilité, ajouter des éléments dans le bulletin de salaire (congés, heures supplémentaires…).

■ Dans le module immobilisation : ajouter une immobilisation, faire un plan d'amortissement, transférer en comptabilité.

La comptabilisation d'une facture de doit

La facture de doit est un document de nature commerciale et comptable qui est établie par une société afin de détailler les prestations ou les marchandises vendues.

1 La facture de doit

A. Définition

- La facture de doit est une pièce justificative qui doit être **obligatoirement enregistrée** en comptabilité.

B. Les règles de calcul dans une facture de doit

Réductions commerciales (RRR) :
- **rabais** : réduction accordée pour défaut sur un produit ;
- **remise** : réduction accordée en fonction des quantités achetées ;
- **ristourne** : réduction accordée pour récompenser la fidélité du client.

Escompte : réduction financière accordée en cas de paiement avant la date d'échéance.

Acompte : somme d'argent versée par le client avant la livraison du bien.

Montant HT
− Réduction commerciale (RRR)
= Net commercial
− Escompte
= Net financier
+ Frais accessoires (Transport HT, assurance…)
= Montant HT
+ TVA (HT × taux TVA)
= Montant TTC
+ Consignation emballage
= Montant TTC
− Acompte TTC
= Net à payer

Frais accessoires : charges qui viennent se rajouter au prix d'achat des biens et qui sont à la charge de l'acheteur.

Les frais accessoires se composent :
- **des frais de douane** : ils sont toujours ajoutés au prix d'achat des biens ;
- **des primes d'assurances et des frais de transport.**

Consignation d'emballage : prêt d'emballage (ce n'est ni un achat ni une vente). L'emballage sera rendu au fournisseur plus tard. **Il n'y a pas de TVA sur la consignation.**

Notes

2 Le traitement comptable d'une facture de doit

Ex. : Facture de doit : société Martin

La société Martin (le fournisseur) est un grossiste de matériels informatiques. L'entreprise Lavoine (le client) est un distributeur qui revend aux particuliers.

Notes

Société MARTIN 54 rue de Montmartre 34000 Montpellier			**Facture de doit** **n° 47895** 01/09/N	Entreprise LAVOINE 78 rue Clémenceau 34000 Montpellier
Référence	**Désignation**	**Quantité**	**Prix unitaire HT**	**Montant**
25487B	Clavier	15	20,00	300,00
47892C	Chaise standard	8	15,00	120,00
			Total brut	420,00
			Remise 5 %	21,00
			Net commercial	399,00
			– Escompte 3 %	11,97
			Net financier HT	387,03
			+ TVA 20 %	77,41
			Net TTC	464,44
Conditions de règlement : paiement à 30 jours				

Les achats et les ventes (601/607) et 701/707) s'enregistrent pour le montant net commercial.

A. Le traitement comptable des ventes chez le fournisseur

- Le fournisseur doit enregistrer au débit : le net TTC, tous les éléments qui ont été déduits dans la facture (sauf RRR), et le net commercial. Au crédit : tous les éléments ajoutés dans la facture.

***Ex.* (suite) :** société Martin

Comptes	Débit	Crédit
411	464,44	
665	11,97	
707		399,00
44571		77,41

B. Le traitement comptable des achats chez le client

- **Le client** doit enregistrer au **crédit** : le net TTC, tous les éléments qui ont été déduits dans la facture (sauf RRR), et le net commercial. Au **débit** : tous les éléments ajoutés dans la facture.

***Ex.* (suite) :** entreprise Lavoine

Comptes	Débit	Crédit
607	399,00	
44566	77,41	
401		464,44
765		11,97

À retenir !

- Sur une facture de doit, les réductions commerciales (RRR) ne s'enregistrent jamais dans un compte spécifique. Seul le net commercial est enregistré dans les comptes d'achat (607/601) et de ventes (701/707/706).

Les cas particuliers de la facture de doit chez le fournisseur

Fiche 2

Opérations comptables, sociales et fiscales

La **facture** de doit peut comporter des éléments tels que les frais accessoires, les acomptes, la consignation d'emballages... qui nécessitent un traitement comptable spécifique.

1 Le transport

On distingue trois types de transport :

1. Le port débours : le fournisseur facture le coût réel du transport ;
2. Le port forfaitaire : il correspond à une somme forfaitaire ;
3. Franco de port : le fournisseur ne facture pas les frais de transport.

■ Si les biens ont un taux de TVA différent du taux normal (20 %), le port peut être comptabilisé selon « la condition départ » ou selon « la condition arrivée ».

– Condition départ (taux appliqué au port = taux normal) : cela signifie que le client devient propriétaire des marchandises dès le départ. En cas de problème lors du transport, le fournisseur n'est pas responsable

Comptes	Débit	Crédit
411	TTC	
701/707		Net commercial
708		Port HT
445711		TVA / biens
445712		TVA / port

Deux comptes de TVA apparaissent (445711 et 445712) car le taux de TVA sur les biens est au taux réduit (5,5 %) et la TVA sur le port est au taux normal (20 %). Si les biens et le transport avaient le même taux, il n'y aurait qu'un seul compte de TVA.

– Condition arrivée (taux de TVA appliqué au port = taux des biens) : le client ne devient propriétaire des marchandises qu'à l'arrivée de la livraison, le client n'est donc pas responsable en cas de problème lors du transport.

Comptes	Débit	Crédit
411	TTC	
701/707		Net commercial
44571		TVA
4196		Consignation

Notes

Notes

2 Les consignations d'emballages

- Les consignations d'emballages correspondent à des prêts d'emballages. Lorsqu'ils sont restitués, le fournisseur doit rembourser la consignation au client.

Comptes	Débit	Crédit
411	TTC	
701/707		Net commercial
44571		TVA
4196		Consignation

- Les comptes 4196 et 4191 : le compte de rattachement est le compte 411 qui est normalement au débit, les comptes 4196 et 4191 seront donc au crédit car il y a un 9 en 3e position. C'est identique pour les comptes 4096 et 4091 rattachés au 401.

3 Les acomptes

- Un acompte est un paiement partiel réalisé par l'acheteur. Sur une facture, il vient en déduction du montant net TTC et il est toujours inscrit en TTC car c'est un flux financier. Pour les acomptes/biens il n'y a jamais de comptes de TVA lors du paiement de l'acompte.
- Encaissement d'un acompte :

Comptes	Débit	Crédit
512	Acompte TTC	
4191		Acompte TTC

Augmentation de la trésorerie car le fournisseur reçoit une somme d'argent en avance.

Il s'agit du compte 411 avec un 9 en 3e position (4191) qui indique qu'il fonctionne à l'inverse. Ici, il est donc crédité pour diminuer la créance du client.

- Facture de doit : il faut annuler le compte d'acompte 4191.

Comptes	Débit	Crédit
411	Net à payer	
4191	Acompte TTC	
701/707		Net commercial
44571		TVA

- Après cette écriture, le solde du compte 4191 est nul :
– il a été crédité lors du paiement de l'acompte ;
– il a été débité lors de la facturation.

À retenir !

- Pour le transport, si aucune condition n'est indiquée sur la facture, la TVA sur le transport est la même que la TVA sur les biens.

Les cas particuliers de la facture de doit chez le client

Fiche 3

Les droits de douane ne sont pas des frais accessoires, ils sont toujours ajoutés au prix d'achat des matières premières (dans le compte 601) ou des marchandises (dans le compte 607).

1 Les frais accessoires

■ Trois cas sont possibles pour enregistrer les frais accessoires (transport, assurance...).

– 1er cas : ils sont enregistrés dans le compte d'achat concerné (601 à 607).

Comptes	Débit	Crédit
601/607	Net commercial + transport HT	
44566	TVA déductible sur le net commercial et le port HT	
401		TTC

– 2e cas : ils sont enregistrés par nature dans les comptes concernés : frais de transport : compte 6241. Transports sur achats.

Comptes	Débit	Crédit
601/607	Net commercial	
624	**Port HT**	
44566	TVA déductible sur le net commercial et le port HT	
401		TTC

– 3e cas : ils sont enregistrés dans le compte 608. Frais accessoires d'achats et ses subdivisions : 608724. Frais de transport sur achat de marchandises.

Comptes	Débit	Crédit
607	Net commercial	
608724	**Port HT**	
44566	TVA déductible sur le net commercial et le port HT	
401		TTC

■ Dans le compte 608724 : le 7 concerne un achat de marchandises et le 24 indique le transport (624).

■ Si les frais accessoires concernent des matières premières, il faudra utiliser le 608124 car le 1 correspond au 601. Achat de matières premières.

Notes

Notes

2 Les consignations d'emballages

■ Lorsqu'ils sont restitués, le client récupère la consignation c'est-à-dire la somme versée.

Comptes	Débit	Crédit
607	Net commercial	
44566	TVA	
4096	Consignation	
401		TTC

Comme la dette a été augmentée du montant de la consignation, ce compte indique que le fournisseur doit cette somme d'argent au client en cas de restitution des emballages consignés.

La dette a été augmentée du montant de la consignation. Si le client décide de conserver les emballages consignés, il n'y aura pas de flux financier supplémentaire.

3 Les acomptes

■ Il s'agit d'une somme d'argent versée en avance au fournisseur. Le montant de l'acompte est TTC et il vient en déduction du montant net TTC de la facture de doit. Pour les acomptes/biens, il n'y a pas de comptes de TVA lors du versement de l'acompte.

■ Paiement d'un acompte :

Comptes	Débit	Crédit
4091	**Acompte TTC**	
512		Acompte TTC

Diminution de la trésorerie car le client verse une somme d'argent en avance au fournisseur.

■ Facture de doit : il faut solder le compte d'acompte 409.

Comptes	Débit	Crédit
601/607	Net commercial	
44566	TVA	
401		Net à payer
4091		**Acompte TTC**

■ Après cette écriture, le solde du compte 4091 est nul :
- il a été débité lors du paiement de l'acompte ;
- il a été crédité lors de la facturation.

■ Le solde de la dette (montant net TTC – acompte TTC) auprès du fournisseur apparaît bien dans le compte 401 au crédit.

À retenir !

■ Il ne faut pas confondre le compte de transport lors d'un achat (624) et le compte de transport lors d'une vente (708).

Facture d'avoir pour retour de biens et retour d'emballages consignés

Fiche 4

La facture d'avoir est établie par le fournisseur pour modifier ou annuler une facture de doit. Elle indique le montant à déduire sur la prochaine facture de doit.

1 La facture d'avoir pour retour de biens non conformes

Ex. **(suite) :** Société Martin (facture de doit p 14)

Société MARTIN
54 rue de Montmartre
34000 Montpellier

Avoir pour retour de biens

Entreprise LAVOINE
78 rue Clémenceau
63000 Clermont-Ferrand

n° avoir ... 01/09/N

Référence	Désignation	Quantité	Prix unitaire	Montant
25487B	Clavier	5	Total brut	100,00
			– Remise 5 %	5,00
			= Net commercial	95,00
			– Escompte 3 %	2,85
			= Net financier HT	92,15
			+ TVA	18,43
			= Net à déduire TTC	110,58

Conditions de règlement

A. Comptabilisation chez le fournisseur

■ Le fournisseur doit porter :
- au débit : le net commercial et les éléments ajoutés à la facture ;
- au crédit : les éléments déduits.

Ex. **(suite) :** Société Martin

Comptes	Débit	Crédit
701/707	95,00	
44571	18,43	
665		2,85
411		110,58

B. Comptabilisation chez le client

■ Le client doit porter :
- au crédit : le net commercial et les éléments ajoutés à la facture ;
- au débit : les éléments déduits.

Notes

Notes

Ex. **(suite) :** entreprise Lavoine

Comptes	Débit	Crédit
401	110,58	
765	2,85	
601/607		95,00
44566		18,43

2 Les avoirs pour retour d'emballages consignés

A. La déconsignation

■ La restitution d'emballages consignés s'appelle la déconsignation.

Ex. **(suite) :** Société Martin

Restitution au fournisseur Martin des 3 palettes consignées à 20 € l'unité (consignation d'emballages sur facture de doit n° 47895 du 01/09/N : prix de restitution = prix de consignation).

– Chez Martin (fournisseur) :

Comptes	Débit	Crédit
4196	60	
411		60

– Chez Lavoine (client) :

Comptes	Débit	Crédit
401	60	
4096		60

Il faut solder les comptes 4096 et 4196 car ils correspondent à des prêts d'emballages.

B. Le non-retour des emballages consignés

Ex. **(suite) :** Société Martin

Le client Lavoine décide de conserver les 3 palettes qui avaient été consignées 20 € l'unité sur la facture n° 47895. Le taux de TVA est de 20 %.

Société MARTIN **n° avoir A78** Entreprise LAVOINE	
Palettes non restituées HT (3 à 16,67 €)	50,00
TVA 20 % (16,67 × 20 %)	10,00
Net TTC	60,00

20/1,2 = 16,67 HT

– Chez Martin (fournisseur) :

Comptes	Débit	Crédit
4196	60,00	
7088		50,00
44571		10,00

– Chez Lavoine (client) :

Comptes	Débit	Crédit
60265	50,00	
44566	10,00	
4096		60,00

À retenir !

■ Lors d'une facture d'avoir pour retour de biens, le principe consiste à diminuer les comptes utilisés lors de la facture de doit du départ.

Facture d'avoir pour réductions commerciales et financières

Fiche 5

Opérations comptables, sociales et fiscales

Une facture d'avoir peut également être réalisée lors de réductions commerciales supplémentaires (Rabais, Remise, Ristourne) ou lors de réduction financière accordée hors facture de doit (escompte).

1 Factures d'avoir pour réductions commerciales supplémentaires (RRR)

***Ex.* (suite) :** société Martin

Sur la facture d'avoir pour réduction commerciale, les biens n'apparaissent pas, seule la réduction est présente.

Société MARTIN 54 rue de Montmartre 63000 Clermont-Ferrand			**Avoir pour réductions commerciales RRR supplémentaires** Facture d'avoir n°....	Entreprise LAVOINE 78 rue Clémenceau 34000 Montpellier 10/09/N
Réf.	**Désignation**	**Quantité**	**Prix unitaire**	**Montant**
R5 %	Remise 5 %	1	Net commercial de la facture de doit × taux réduction commerciale (399 × 0,05)	19,95
			TVA 20 % (19,95 × 0,20)	3,99
			Net à déduire	23,94

- Chez le fournisseur : enregistrement des avoirs pour RRR / ventes :

Comptes	Débit	Crédit
7091 / 7097	19,95	
44571	3,99	
411		110,58

- Chez le client : enregistrement des avoirs pour RRR

Comptes	Débit	Crédit
401	23,94	
6091 / 6097		19,95
44566		3,99

Ces comptes n'apparaissent jamais lors d'une facture d'avoir pour retour de biens.

Notes

2 Factures d'avoir pour réduction financière supplémentaire (escompte)

A. Les principes

■ Il y a **deux types d'escompte** :

➊ **L'escompte conditionnel** : il se calcule sur le net commercial de la facture de doit.

***Ex.* :** escompte de 5% si paiement sous 7 jours ;

Notes

❷ L'escompte net de taxe : il se calcule sur le montant TTC de la facture de doit et s'enregistre TTC.

B. L'avoir pour escompte conditionnel

Ex. **(suite) :** Société Martin

Société MARTIN 54 rue de Montmartre 63000 Clermont-Ferrand	**Avoir pour escompte conditionnel** Facture d'avoir n°....	Entreprise LAVOINE 78 rue Clémenceau 34000 Montpellier 20/09/N

Réf.	Désignation	Quantité	Prix unitaire	Montant
E3 %	Escompte 3 %	1	Net commercial de la facture de doit × taux réduction financière (500 × 0,03)	15,00
			TVA 20 % (15 × 0,20)	+ 3,00
			Net à déduire	18,00

– Chez Martin (fournisseur) :

Comptes	Débit	Crédit
665	15,00	
44571	3,00	
411		18,00

Ici, la **TVA est collectée** car il s'agissait d'une **vente** au départ. Le montant est au débit du compte 44571 car il faut diminuer la dette de TVA vis-à-vis de l'État.

– Chez Lavoine (client) :

Comptes	Débit	Crédit
401	18,00	
765		15,00
44566		3,00

Ici, la **TVA est déductible** car il s'agissait d'un **achat** au départ. Le montant est au crédit du compte 44566 car il faut diminuer la créance de TVA vis-à-vis de l'État.

C. L'avoir pour escompte net de taxe

Ex. **(suite) :** Société Martin

– Chez Martin (fournisseur) :

Comptes	Débit	Crédit
665	18,00	
411		18,00

– Chez Lavoine (client) :

Comptes	Débit	Crédit
401	18,00	
765		18,00

L'escompte est calculé sur le montant TTC de la facture de doit et il est enregistré TTC.

À retenir !

- La facture d'avoir pour réduction commerciale supplémentaire est la seule situation où les RRR apparaissent dans un compte spécifique 609 ou 709.

Les achats et les ventes à l'étranger

Les entreprises françaises peuvent être amenées à réaliser des échanges avec des entreprises situées en dehors du territoire national. Il faut distinguer :
– les échanges au sein de l'Union européenne : acquisition intracommunautaire (AIC) et livraison intracommunautaire (LIC) ;
– les échanges à l'étranger (hors UE) : importation et exportation.

1 Les caractéristiques des achats et ventes à l'étranger

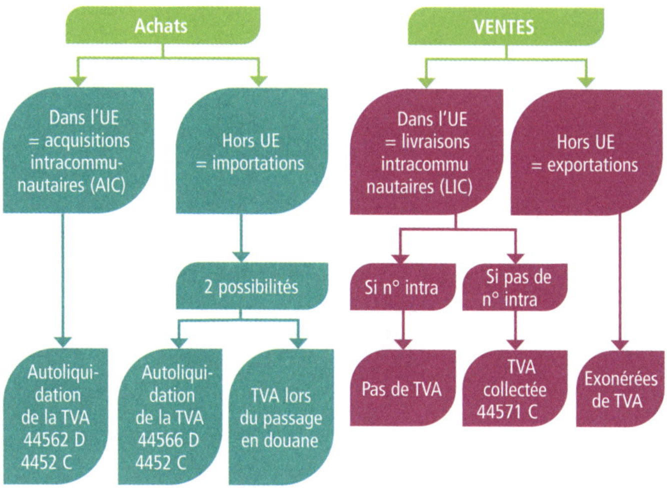

Notes

2 Les achats et les ventes en devises

■ Lorsque le partenaire ne fait pas partie de la zone euro, il faut convertir la créance ou la dette en euros, car elle peut être libellée en devise (c'est-à-dire dans la monnaie du pays).

A. Le traitement comptable des achats en devises

■ À la facturation :

Comptes	Débit	Crédit
607000	HT converti en euros	
401000		HT converti en euros

Notes

■ Au paiement si gain de change :

Comptes	Débit	Crédit
401000	HT converti en euros	
512000		Montant du paiement
756000		Gain de change si paiement < dette

■ Au paiement si perte de change :

Comptes	Débit	Crédit
401000	HT converti en euros	
656000	Perte de change si paiement > dette	
512000		Montant du paiement

Le compte 401000 doit être soldé quoiqu'il arrive lors du paiement (gain ou perte de change), il faut donc reprendre le montant qui avait été crédité lors de la facturation dans le compte 401000.

B. Le traitement comptable des ventes en devises

■ À la facturation :

Comptes	Débit	Crédit
411000	HT converti en euros	
707000		HT converti en euros

■ Au paiement si gain de change :

Comptes	Débit	Crédit
512000	Montant du paiement	
411000		HT converti en euros
756000		Gain de change si encaissement > créance

■ Au paiement si perte de change :

Comptes	Débit	Crédit
512000	Montant du paiement	
656000	Perte de change si encaissement < créance	
411000		HT converti en euros

Le compte 411000 doit être soldé quoiqu'il arrive lors du paiement (gain ou perte de change), il faut donc reprendre le montant qui avait été débité lors de la facturation dans le compte 411000.

À retenir !

- Pour les achats et les ventes en devises, les comptes de tiers (401 et 411) doivent être soldés lors du paiement.

Les achats et ventes de prestations de services en France

Lorsqu'une société vend un service, la TVA est exigible sur les encaissements (lors d'un paiement reçu). Lorsqu'une société achète un service, la TVA est déductible sur les décaissements (lors d'un paiement versé).

1 Le traitement comptable des prestations de services

Ex. : Facture de doit initiale de la société Martin

Société MARTIN 54 rue de Montmartre 63000 Clermont-Ferrand			**Facture de doit** **n° 47895**	Entreprise LAVOINE 78 rue Clémenceau 34000 Montpellier 01/09/N
Réf.	**Désignation**	**Quantité**	**Prix unitaire HT**	**Montant**
2548S	Réparation PC	1	150,00	150,00
			Total brut	150,00
			TVA + 20 %	30,00
			– Acompte versé le 20/08/N	50,00
			Net restant à payer TTC	130,00

A. Comptabilisation d'un acompte sur services

- Un acompte est une somme d'argent versée en avance. Dans les enregistrements, il apparaît toujours TTC. Pour les acomptes sur services, il faut extraire la TVA du montant TTC de l'acompte.

Montant de la TVA sur acompte (taux normal) = (TTC /1,2) × 0,20

- Pour équilibrer l'écriture d'acompte, il faut utiliser un compte d'attente 44585 qui indique que la TVA n'est ni collectée ni déductible : elle est en attente.

***Ex.* (suite) :**

– Chez Martin (fournisseur) :

Comptes	Débit	Crédit
512000	50,00	
445850	8,33	
419100		50,00
445710		8,33

Acompte TTC

TVA collectée : 50 / 1,20 × 0,20 = 8,33

– Chez Lavoine (client) :

Comptes	Débit	Crédit
409100	50,00	
445660	8,33	
512000		50,00
445850		8,33

Acompte TTC

TVA déductible : 50 / 1,20 × 0,20 = 8,33

Notes

Notes

B. Facture sur services

Ex. (suite) :

– Chez Martin (fournisseur) :

Comptes	Débit	Crédit
411000	130,00	
419100	50,00	
706000		150,00
445850		30,00

Utilisation des comptes de TVA en attente : 445850 ou 445720 ou 445740 qui remplacent 445710 car la TVA n'est pas collectée lors de l'établissement de la facture.

Annulation du compte d'acompte

– Chez Lavoine (client) :

Comptes	Débit	Crédit
6 services	150,00	
445850	30,00	
401000		130,00
409100		50,00

Utilisation des comptes de TVA en attente : 445850 ou 445640 qui remplacent 445660 car la TVA n'est pas déductible lors de l'établissement la facture.

– Lors du paiement chez Martin :

Comptes	Débit	Crédit
512000	130,00	
445850	21,67	
411000		130,00
445710		21,67

Solde du compte 445850 :
débit 8,33 € et crédit 30 € soit un solde créditeur : SC = 30 € – 8,33 = 21,67 €.

Solde du compte 445710 :
crédit 8,33 € et solde créditeur 8,33 €. Il faut donc rajouter 21,67 € au crédit pour avoir une TVA collectée de 30 €.

– Lors du paiement chez Lavoine :

Comptes	Débit	Crédit
401000	130,00	
445660	21,67	
512000		130,00
445850		21,67

Solde du compte 445850 :
crédit 8,33 € et débit 30 € soit un solde débiteur : SD = 30 – 8,33 = 21,67 €.

Solde du compte 445660 :
débit 8,33 € et solde débiteur 8,33 €, il faut donc rajouter 21,67 € au débit pour avoir une TVA déductible de 30 €.

2 Exception : l'option sur les débits

- Si sur la facture figure « TVA d'après les débits ou si la société a opté pour les débits » : il s'agit du même traitement comptable de la TVA que pour les biens.
- La TVA devient exigible dès la facturation pour les services :

☑ compte 44571. TVA collectée, lors de l'enregistrement de la facture de vente ;

☑ compte 44566. TVA déductible, lors de l'enregistrement de la facture d'achat.

À retenir !

- Il faut toujours identifier sur les factures s'il s'agit de biens ou de services et vérifier s'il y a la mention « option sur les débits ».

Le contrôle interne et la procédure d'archivage

Fiche 8

Afin d'éviter les réclamations des clients et des fournisseurs, il est primordial :
– d'effectuer des vérifications à tous les stades des processus de vente et d'achat ; ces vérifications peuvent être élaborées à l'aide d'outils de contrôle (planning, tampon, tableau de suivi...) ;
– d'archiver l'ensemble des documents conformément aux procédures en vigueur.

1 Le contrôle interne

■ Il est important de s'assurer de la séparation des différentes tâches : aucune transaction ne doit être laissée aux mains d'une seule et même personne.

Contrôle interne
Processus continu mis en œuvre afin de réduire le risque de frauder ou de dissimuler des erreurs commises.

A. Le contrôle interne du processus achat

- étape 1 : Mettre à jour les données fournisseurs puis les corriger si nécessaire
- étape 2 : Contrôler les demandes d'achat
- étape 3 : Contrôler les documents commerciaux : la facture doit être comparée au bon de commande et au bon de réception
- étape 4 : Une fois contrôlée, une mention « bon à payer » doit être portée sur l'original et une autre, « duplicata », sur les autres exemplaires
- étape 5 : Contrôler et corriger les erreurs éventuelles relatives aux règlements

B. Le contrôle interne du processus vente

- étape 1 : Mettre à jour les données clients puis les corriger si nécessaire
- étape 2 : Contrôler les délais, la solvabilité des clients
- étape 3 : Contrôler les documents commerciaux : comparaison du bon de commande / bon de livraison, bon de livraison / facture
- étape 4 : Contrôler et corriger les erreurs éventuelles relatives aux règlements

Notes

Notes

2 L'archivage et la transmission des documents

■ L'archivage des documents comptables et commerciaux répond à deux objectifs principaux :

❶ présenter les documents ayant valeur de preuve dans le cas de contrôles administratifs ;

❷ renforcer l'efficacité en réduisant le temps nécessaire à la recherche de l'information.

Archivage
Ensemble des techniques et moyens employés pour recueillir, classer, conserver et exploiter des documents. Il peut être réalisé sur support papier et/ou sur support numérique.

A. Les procédures à respecter

■ Tout document est identifié par un numéro pour permettre son classement.

■ Les pièces justificatives sont archivées sur un support permettant une conservation fidèle et durable.

B. Les délais de conservation

■ Les documents comptables et commerciaux doivent être conservés 10 ans à compter de la clôture de l'exercice comptable : pièces justificatives, journaux, comptes annuels.

■ Les déclarations de TVA doivent être conservées 6 ans.

■ Les entreprises peuvent avoir recours à la GED (gestion électronique des documents) ou à une société extérieure spécialisée dans l'archivage.

C. La transmission par échange de données informatisées (EDI)

■ La technique de l'EDI permet de remplacer les échanges de documents papier (factures) par des échanges entre ordinateur. Il ne s'agit pas d'envoyer par courriel mais d'utiliser un logiciel spécifique qui garantit la fiabilité des données.

■ Les avantages de l'EDI sont : la rapidité (les écritures comptables sont réalisées automatiquement dans le logiciel), la fiabilité (évite les erreurs de saisie) et l'efficacité (réduction des litiges).

À retenir !

■ Le contrôle interne et l'archivage garantissent la fiabilité et la longévité des documents comptables.

Les acquisitions d'immobilisations

Pour fonctionner, l'entreprise doit disposer d'éléments durables (machine, logiciel…) qui constituent ses immobilisations.

1 Définitions et classification des immobilisations

A. Définitions

- Une immobilisation est un élément d'actif destiné à rester durablement dans l'entreprise (période supérieure à 1 an) et dont l'entreprise est propriétaire (ce qui exclut les biens loués), d'une valeur unitaire supérieure à 500 € HT.

B. Les classifications des immobilisations

- Le PCG prévoit l'enregistrement des immobilisations dans les comptes de la classe 2.
- Trois catégories d'immobilisations sont distinguées : les immobilisations incorporelles (comptes 20), corporelles (comptes 21) et financières (comptes 26 et 27 : actions et obligations long terme).

2 Le coût d'acquisition d'une immobilisation

Coût d'acquisition (montant porté en classe 2) :

= montant net financier
+
frais HT
jusqu'à la mise en service
+
option éventuelle

Net financier =
montant HT – RRR – escompte

Frais HT =
droits de douane, frais de transport, frais d'installation…

Option :
les honoraires de notaire, d'architecte, les droits d'enregistrement et les commissions sont soit inclus dans le coût d'acquisition de l'immobilisation, soit comptabilisés dans leurs comptes de charges.

- La formation du personnel est exclue car l'immobilisation est déjà installée.
- Les droits d'enregistrement (6354) constituent une taxe : il n'y a donc pas de TVA sur ces droits.
- Le véhicule de tourisme est enregistré dans le compte 2182 au débit pour le montant TTC.
- Les immobilisations financières ne sont pas soumises à la TVA.

Notes

Notes

2 Comptabilisation des immobilisations

Ex.: Société Voine

Société MBP 78 rue de Mitry 77500 Chelles		**Facture de doit n° 47898** **10/09/N**		Entreprise VOINE 45 rue du lavoir 77500 Chelles
Réf.	**Désignation**	**Quantité**	**Prix unitaire HT**	**Montant**
478512	Bâtiment industriel	1	15 000,00	15 000,00
			Total brut	15 000,00
			– Remise 5 %	750,00
			Net commercial	14 250,00
			– Escompte 3 %	427,50
			Net financier HT	13 822,50
			+ Transport	150,00
			Net HT	13 972,50
			+ TVA 20%	2 794,50
			Net à payer	16 767,00
			– Acompte versé le 28/08	5 000,00
			Net restant à payer TTC	11 767,00
Conditions de règlement : paiement à 30 jours			Honoraires de notaire : 1 500 € HT	

Les acomptes sur commande d'immobilisations sont comptabilisés au débit du compte 238 ou 237. Ne pas utiliser le compte 4091.

Code journal	Date	N° compte	Libellés	Débit	Crédit
Paiement de l'acompte					
BQ	28/08	238000	Acompte versé	5 000,00	
		512000	Versement apte chèque n°…		5 000,00
Hypothèse 1 : les honoraires du notaire 1 500 € HT sont comptabilisés en charge					
OD ou IMMO	10/09	213000	Facture n° 47898	13 972,50	
		622000	Honoraires	1 500,00	
		445620	TVA déductible sur immobilisation	2 794,50	
		445660	TVA déductible sur les honoraires	300,00	
		238000	Acompte versé		5 000,00
		404000	11 767 + 1 500 + 300		13 567,00
Hypothèse 2 : les honoraires du notaire 1 500 € HT sont comptabilisés dans le coût d'acquisition					
OD ou IMMO	10/09	213000	13 972,50 + 1 500	15 472,50	
		445620	15 472,50 × 0,20	3 094,50	
		238000	Facture n° 47898		5 000,00
		404000	11 767 + 1 500 + 300		13 567,00

À retenir !

- Dans une écriture d'acquisition d'immobilisation on ne trouvera jamais les comptes 624 « transport », 765 « escompte obtenu » car ils sont intégrés dans le compte 2.

Le financement des immobilisations

Fiche 10

Opérations comptables, sociales et fiscales

Pour financer une immobilisation il existe plusieurs possibilités : par emprunt indivis, par crédit-bail et par subvention.

1 L'emprunt indivis et le crédit-bail

A. L'emprunt indivis

■ L'entreprise doit chaque année ou chaque mois rembourser une somme appelée annuité.

Annuité =
amortissement du capital (remboursement de la somme prêtée) + intérêts

■ Le coût de l'emprunt correspond à la somme des intérêts.

B. Le crédit-bail

■ Le crédit-bail est un contrat de location de biens. Les sommes versées sont des redevances.

■ En fin de contrat, le locataire a le choix entre trois possibilités :

1. La levée de l'option d'achat,
2. La restitution du bien,
3. La signature d'un nouveau contrat de crédit-bail.

Ex. : Société Valy

La société Valy envisage d'acquérir un véhicule utilitaire au coût d'acquisition de 35 000 €. Plusieurs modes de financement sont envisagés :

- **1re possibilité** : emprunt pour la totalité (35 000 €) par annuités constantes (mensuelles) de 1 200 € dont 200 € d'intérêts (obtention du prêt et paiement de la 1re mensualité).

- **2e possibilité** : financement par crédit-bail, dépôt de garantie 5 000 € HT, redevance mensuelle 1 200 € HT (paiement de la redevance).

1. Financement par emprunt

Journal	Date	N° compte	Libellés	Débit	Crédit
BQ		512000 164000	Obtention de l'emprunt Avis de crédit n°…	35 000,00	 35 000,00
BQ		661000 164000 512000	1 200 – 200 Paiement 1re mensualité (annuité)	200,00 1 000,00	 1 200,00

Notes

Notes

2. Financement par crédit-bail

Journal	Date	N° compte	Libellés	Débit	Crédit
BQ		275000 512000	Paiement dépôt de garantie	5 000,00	 5 000,00
BQ		612000 445660 512000	Paiement redevance	1 200,00 240,00	 1 440,00

Dans le cas d'un véhicule de tourisme, les redevances s'enregistrent TTC car la TVA n'est pas déductible.

2 Les subventions d'investissement

A. Définition

■ Les subventions d'investissement sont des aides dont peuvent bénéficier les entreprises en vue d'acquérir ou de créer des immobilisations : elles sont alors dénommées « subventions d'équipement », et inscrites au crédit du compte 131 ou 138 ou 777.

B. La comptabilisation

■ L'entreprise a le choix entre **deux méthodes de comptabilisation** lors de l'obtention de la subvention.

❶ Comptabiliser la subvention immédiatement en produit (inscription au compte de résultat).

☑ Attribution de la subvention
– À débiter : 441. État-Subventions à recevoir.
– À créditer : 777. Quote-part des subventions d'investissement virée au résultat de l'exercice.

☑ Encaissement de la subvention
– À débiter : 512. Banques.
– À créditer : 441. État-Subventions à recevoir.

❷ Étaler la subvention qui est considérée comme une ressource de financement (inscription au passif du bilan, dans les capitaux propres).

☑ Attribution de la subvention
– À débiter : 441. État-Subventions à recevoir.
– À créditer : 131. Subventions d'équipement.

☑ Encaissement de la subvention
– À débiter : 512. Banques.
– À créditer : 441. État-Subventions à recevoir.

À retenir !

■ Le coût du crédit-bail est généralement plus élevé que le coût de l'emprunt mais il permet à l'entreprise de renouveler régulièrement le matériel. Dans le cas du crédit-bail, la société n'est pas propriétaire.

La production de l'information relative au risque client

Fiche 11

Le suivi des comptes clients permet de connaître à tout instant l'état de chaque créance, d'effectuer des relances clients et de limiter les impayés.

1 L'analyse de la composition du portefeuille client

- Pour analyser son portefeuille client, l'entreprise peut classer les clients en fonction de différents critères : l'importance du chiffre d'affaires réalisé ; les quantités vendues ; les délais moyens de paiement...
- Ils vont lui permettre d'adapter sa politique commerciale (réductions supplémentaires...).
- Deux méthodes peuvent être utilisées :

1. La loi de Pareto : 20 % des clients génèrent 80 % du CA ;
2. La méthode ABC : 20 % des clients représentent 80 % du CA, 30 % des clients représentent 15 % du CA et 50 % des clients représentent 5 % du CA.

2 Les outils pour réduire ou limiter le risque client

- Le comptable doit mettre en place une procédure qui va permettre de prévenir les retards de paiement et d'éviter les impayés.

Délai moyen de paiements des clients = (créances TTC / CA TTC) × 360

A. Les outils d'alerte

- Le calcul du délai moyen permet d'ajuster le délai moyen en fonction du délai prévu dans les CGV.
- Les encours clients correspondent aux créances qui sont dues à l'entreprise par ses clients, c'est-à-dire le montant total facturé mais pas encore réglé (solde du compte client à une date donnée) :

Encours =
Créances clients (411) + Effets escomptés non échus (5114)
– Avances et acomptes reçus sur commandes en cours (4191)

- Le solde du compte 411. Client n'indique pas un retard de paiement ou un impayé. Il s'agit du montant que le client doit à l'entreprise à une date fixée. Au-delà de cette date, il y a retard de paiement.

Opérations comptables, sociales et fiscales

Notes

Notes

- Lorsque les clients ne respectent pas les délais de paiement, la société peut fixer un encours maximum qui permet d'attendre le paiement avant d'accepter une nouvelle commande.

B. La balance âgée

- L'analyse des différents risques d'**impayés** est généralement réalisée à l'aide de la balance âgée.

Impayé
Dette non payée à la date prévue.

- La balance âgée est un tableau faisant apparaître les factures non payées par date d'échéance, elle permet un suivi régulier des créances et des dettes.

Ex. **:** Entreprise Azur Bâti Services

Entreprise : Azur Bâti Services			Balance âgée				Période : du 01/09/N au 31/12/N	
N° Client	Nom du client	Solde de la période	Créances non échues	Créances échues depuis				
				+ 0 j à 30 j	+ 30 à + 60 j	+ 60 j à + 90 j	+ 90 j à + 120 j	+ 120 j
BOU	BOUTER	29 356						29 356
PERT	PERTAGE	54 500	40 000	10 000	4 500			

Total du CA par client sur la période du 01/09/N.

Créances dont l'échéance n'est pas encore arrivée à terme.

Créances dont l'échéance est arrivée à terme. En fonction du retard, il faut mettre en place une procédure de relance.

C. La procédure de relance

étape 1 — **1re relance** : quelques jours après la date d'échéance, l'entreprise doit réaliser une 1re relance. Celle-ci est souvent réalisée par un appel téléphonique ou par courrier.

étape 2 — **2e relance** : si la facture n'est toujours pas réglée, une 2e relance précisant les intérêts facturés par jour de retard supplémentaire est envoyée (si cette clause est prévue dans les CGV).

étape 3 — **Mise en demeure** : si malgré les rappels le client ne paye toujours pas, le créancier doit effectuer une mise en demeure adressée par LRAR (lettre recommandée avec accusé de réception) en l'informant qu'il sera dans l'obligation de saisir la justice s'il ne paye toujours pas les sommes dues avant une date précise.

étape 4 — **Injonction de payer** : le créancier effectue une injonction de payer (obligation de payer) devant le tribunal compétent.

À retenir !

- Les relances client doivent faire l'objet d'un suivi régulier et rigoureux.

Les lettres de change : remise à l'encaissement

Fiche 12

Une société dispose de différents moyens de paiement au comptant (chèque, carte bancaire) et **à crédit** pour payer ses partenaires.

1 Le principe de règlement à moyen terme

- Les entreprises peuvent aussi utiliser comme moyen de paiement les effets de commerce (lettre de change relevé : LCR papier ou magnétique).
- La LCR est un document écrit par lequel une personne, le tireur (fournisseur), donne ordre à une autre personne, le tiré (client), de payer à une date déterminée, l'échéance, une certaine somme au profit d'une troisième personne, le bénéficiaire (le tireur lui-même ou un tiers). La LCR ressemble à un chèque, la principale différence est qu'elle mentionne une date d'échéance.
- Dans le cas d'une LCR, le vendeur a **deux possibilités** :

1. Attendre l'échéance de la lettre de change : c'est la remise à l'encaissement ;
2. Vendre sa créance auprès d'une banque. Dans ce cas, la banque verse le montant de la lettre de change : c'est la remise à l'escompte.

2 La comptabilisation des LCR

A. La LCR papier

Ex. : Société Porda

La société Porda vend des marchandises pour une valeur HT de 4 000 € aux établissements Siro le 20/03/N (facture n° 631). La société Porda crée une lettre de change le 20/03/N qui est acceptée par le client le 22/03/N. La date d'échéance est fixée au 30/04/N.

Sté PORDA 33 allée du Lys 06000 NICE **Facture n° 631** Le 20/03/N	Ets SIRO Rue Berlioz 59000 LILLE
Marchandises	4 000,00
Remise 10 %	400,00
Net commercial	3 600,00
TVA 10 %	360,00
Net à payer LCR à 30 jours fin de mois	3 960,00

Notes

Notes

La facture et création de la LC **chez le fournisseur (Porda)**

Comptes	Débit	Crédit
411000	3 960,00	
707000		3 600,00
445710		360,00
Comptes	**Débit**	**Crédit**
413000	3 960,00	
411000		3 960,00

La facture et création de la LC **chez le client (Siro)**

Comptes	Débit	Crédit
607000	3 600,00	
445660	360,00	
401000		3 960,00
Comptes	**Débit**	**Crédit**
401000	3 960,00	
403000		3 960,00

Remise à l'encaissement de la LC **chez le fournisseur**

Comptes	Débit	Crédit
511300	3 960,00	
413000		3 960,00

Chez le client, il ne se passe rien ; il n'y a pas d'enregistrement.
Tous les comptes de LCR sont soldés chez le fournisseur et le client lors du paiement.

B. La LCR magnétique

- La LCR magnétique s'enregistre comme des achats et des ventes classiques.

- La facture chez le fournisseur :

Comptes	Débit	Crédit
411000	TTC	
707000		HT
445710		TVA

- Avis de crédit (encaissement) chez le fournisseur :

Comptes	Débit	Crédit
512000	TTC	
411000		TTC

- Il n'y a pas de comptes 413 et 5113.

À retenir !

- Comme il n'y a pas de papier, la LCR magnétique n'est pas un effet de commerce (n'est donc pas une lettre de change), il s'agit d'achats et de ventes classiques.

Les opérations de trésorerie

Lorsque l'entreprise a un besoin de trésorerie, elle peut utiliser de nombreux moyens (remise à l'escompte de LCR...) pour bénéficier d'entrées anticipant ainsi les échéances des créances.

1 La remise à l'escompte d'une LCR papier

■ **Principe** : pour se procurer rapidement des liquidités, l'entreprise peut, **avant la date d'échéance**, négocier une lettre de change auprès de sa banque : c'est l'**escompte** de LCR.

Intérêts perçus par la banque = valeur de la LCR × taux × *prorata temporis*

Durée qui s'écoule entre la date de remise à l'escompte et la date d'échéance.

***Ex.* (suite) :** Société Porda

Le 8/05/N, la société Porda vend aux Ets Siro des marchandises pour 1 600,00 € TTC (facture 638). Ce même jour, le 8/05/N, elle tire la lettre de change n°109 au 15/06, pour un montant de 1 600,00 €. Son gérant décide de remettre l'effet à l'escompte le 16/05 (bordereau). Le 18/05/N, la société Porda reçoit un **avis de crédit**.

Le 8/05/N — Création LC n° 109
Le 16/05/N — Remise à l'escompte
Le 31/05/N
15/06/N — Échéance de l'effet

Nombre de jours = 31 – 16 = 15 + 15 = 30 jours

1. Facture chez le fournisseur

Journal	Date	N° compte	Libellés	Débit	Crédit
VT	08/05	411000 707000 445710	Facture n°...	1 600,00	 1 333,33 266,67

2. Création de la LCR papier chez le fournisseur

Journal	Date	N° compte	Libellés	Débit	Crédit
VT	10/09	413000 411000	Création LC	1 600,00	 1 600,00

Notes

Notes

3. Lors de la remise à l'escompte de la LCR papier chez le fournisseur.
Chez le client : rien à faire.

Journal	Date	N° compte	Libellés	Débit	Crédit
BQ	10/09	511400 413000	Bordereau remise à l'escompte	1 600,00	 1 600,00

4. Lors de la réception de l'avis de crédit de la LCR papier chez le fournisseur. Avis de débit chez le client SIRO = 403D et 512 C pour 1 600 €.

Journal	Date	N° compte	Libellés	Débit	Crédit
OD ou IMMO	10/09	512000 627000 445660 661000 511400	 Avis de crédit LC 109 1 600 × 15,5 % × 30 / 365	1 573,62 5,00 1,00 20,38	 1 600,00

■ La LCR magnétique n'étant pas un effet de commerce, sa négociation, c'est-à-dire son escompte sera inscrit au crédit du compte 5192. Concours bancaires courants-LCR.

2 Les autres opérations de trésorerie

A. Le crédit de mobilisation de créances commerciales (CMCC)

■ Il permet d'escompter des factures. On utilise au crédit le compte 5191. Crédit de mobilisation des créances commerciales (CMCC) à la place du 5192.

B. La cession des créances : l'affacturage

■ L'affacturage est une procédure qui consiste à céder des créances commerciales à un établissement financier appelé l'affactureur (ou encore le factor).

C. La cession de créances professionnelles

■ La cession de créances professionnelles, ou cession Dailly (loi du 02/01/1981), consiste à vendre des créances à la banque (escompte). On utilise au crédit le compte 5194. Concours bancaires courants-Loi Dailly.

À retenir !

■ Il ne faut pas confondre la remise à l'encaissement (attendre la date d'échéance) et la remise à l'escompte (demander une avance à la banque sans attendre l'échéance).

L'état de rapprochement

Fiche 14

L'état de rapprochement est un document non obligatoire établi par le comptable qui permet de comparer le relevé bancaire et le compte 512. Banque.

1 Principes

A. Définition

- Le compte banque tenu par l'entreprise (512) et le compte de l'entreprise tenu par la banque (relevé bancaire) présentent des soldes différents en fin de mois. Pourtant, ils devraient être identiques à une date donnée. Mais, dans la réalité, c'est rarement le cas.
- L'entreprise doit donc établir un état de rapprochement afin de mettre à jour le compte 512. Banque.

B. Les notions à maîtriser

- La comptabilité d'une entreprise (compte 512) et la comptabilité de la banque (relevé de compte) sont dites réciproques. Il est donc nécessaire de maîtriser la lecture de ces documents.

- Dans l'entreprise :

Débit	512 Banque	Crédit
Entrée d'argent +		Sortie d'argent –

Solde débiteur = on a de l'argent = solde +
Solde créditeur = on est à découvert = solde –

- Lecture du relevé de compte :

Débit	Compte client chez la Banque	Crédit
Sortie d'argent –		Entrée d'argent +

Solde débiteur = on est à découvert = solde –

Solde créditeur = on a de l'agent = solde +

- L'état de rapprochement sert à corriger le compte 512. Banque dans sa comptabilité en passant des écritures de régularisations.

Attention
Ne pas prendre les soldes initiaux.

Opérations comptables, sociales et fiscales

Notes

Notes

C. Les étapes préalables

étape 1 **Vérifier** que les soldes initiaux sont identiques, sinon rechercher les montants correspondants à la différence des soldes initiaux et pointer ces montants.

étape 2 **Lettrer** les opérations identiques (même montant, même libellé) dans le compte 512 de l'entreprise et sur le relevé bancaire.

étape 3 **Construire l'état de rapprochement** : reporter les soldes finaux ou fin de période dans l'état de rapprochement.

étape 4 **Repérer, analyser, et reporter** les opérations non pointées dans l'état de rapprochement :
– les montants non pointés figurant au crédit du relevé de compte sont reportés au débit du compte 512. Banque dans l'état de rapprochement, et inversement ;
– les montants non pointés figurant au débit du compte 512 sont reportés au crédit du relevé de compte dans l'état de rapprochement, et inversement.

étape 5 **Réaliser les écritures comptables** des opérations du compte 512 uniquement (ne pas enregistrer les opérations du relevé bancaire)

2 Construction de l'état de rapprochement et enregistrements comptables

A. L'état de rapprochement

■ L'état de rapprochement se présente sous la forme d'un tableau mettant face à face le compte 512. Banque et le relevé bancaire.

État de rapprochement au x/x/N

512. Banque			Relevé bancaire		
Libellés	**Débit**	**Crédit**	**Libellés**	**Débit**	**Crédit**
Soldes de fin de période			Soldes de fin de période		
Intitulés des opérations non pointées donc non enregistrées dans le compte 512			Intitulés des opérations non pointées donc non prises en compte dans le relevé bancaire		
Sous-total			Sous-total		
Solde rectifié			Solde rectifié		
Total général			**Total général**		

B. Les écritures de régularisation : mise à jour du compte 512

■ Il ne faut enregistrer que les opérations du compte 512, car l'état de rapprochement a permis de mettre en évidence les opérations non enregistrées dans la comptabilité de l'entreprise.

À retenir !

■ L'état de rapprochement sert à mettre à jour le compte 512.

Les amortissements : la réglementation

Le respect du principe de prudence oblige l'entreprise à constater à chaque inventaire (à la fin de l'exercice comptable) l'amortissement annuel des immobilisations amortissables afin de présenter une image fidèle de son patrimoine. L'amortissement est obligatoire, même en cas d'absence ou d'insuffisance de bénéfice en respectant le principe de permanence des méthodes.

1 La réglementation comptable des actifs amortissables

A. Définitions

- Un actif est un élément du patrimoine dont l'entreprise attend des avantages économiques futurs (au-delà de l'exercice en cours pour les immobilisations).

Ex. : Si l'actif est un camion (entreprise de transport ; valeur 150 000 €), les avantages économiques futurs seront : rouler sur des milliers de kilomètres pour transporter des biens et ainsi réaliser le chiffre d'affaires et augmenter la trésorerie.

- L'amortissement est la répartition de la valeur amortissable selon le rythme de consommation des avantages économiques.
- Le plan d'amortissement est la traduction comptable de cette répartition.
- Un actif amortissable est un actif dont l'utilisation par l'entité est déterminable (limitée dans le temps).

Remarque
Tous les actifs immobilisés ne sont pas amortissables.

Notes

B. Les immobilisations amortissables

Immobilisations amortissables

→ **Les immobilisations corporelles**
sauf les terrains (tous les comptes 21 sauf 213). Elles ont le plus souvent une utilisation déterminable (limitée dans le temps par l'usure ou l'évolution technique).

→ **Les immobilisations incorporelles**
Tous les comptes 20 qui bénéficient d'une protection juridique limitée dans le temps, ce qui leur confère une durée d'utilisation déterminable (ex. : brevet).

Notes

- Tous les actifs immobilisés ne sont pas amortissables. Un actif amortissable est un actif dont l'utilisation par l'entreprise est déterminable (limitée dans le temps).

C. Les immobilisations non amortissables

Immobilisations non amortissables

- **Les terrains (213)**
- **Certaines immobilisations incorporelles (20)**
  Celles qui n'ont pas une durée d'utilisation illimitée (ex. : le fonds de commerce, les marques).
- **Les immobilisations financières**
  Actions et obligations à long terme 26/27

2 Les principes comptables

- Le principe de prudence : il doit être appliqué de façon à ne pas transférer sur des exercices futurs des incertitudes présentes susceptibles de grever le patrimoine et le résultat de l'entreprise.

> **Remarque**
> À l'étude de cas, il faut indiquer les principes comptables pour justifier vos écritures.

- La permanence des méthodes : à moins qu'un changement exceptionnel n'intervienne, il convient d'utiliser les mêmes méthodes d'évaluation d'une année sur l'autre.
- L'image fidèle : c'est l'image aussi objective que possible de la réalité de l'entreprise donnée par la comptabilité financière afin qu'une personne de l'extérieur puisse en avoir une perception exacte.
- Il y a autant de plans d'amortissement que d'immobilisations possédées par l'entreprise. Chaque plan d'amortissement est élaboré grâce aux logiciels comptables.

À retenir !

- Les amortissements constituent la perte de valeur définitive d'une immobilisation.

L'amortissement économique ou comptable

Fiche 16

On distingue deux modes d'amortissements économiques : linéaire et non linéaires (ou unités d'œuvre).

1 Les modes d'amortissement économiques

A. Le mode linéaire

- Il s'agit d'un mode qui permet de répartir le montant (la base amortissable) de l'immobilisation en fonction du temps.
- Principes de calcul :

> - **Point de départ** = la date de mise en service
> - **Base amortissable** = coût d'acquisition – valeur résiduelle (VR)
> - **Taux** = $\frac{100\ \%}{\text{durée d'utilisation}}$
> - **Annuités** = base amortissable × taux × *prorata temporis*
> - **Valeur nette comptable (VNC)** = coût d'acquisition – cumul des amort.

***Ex.* :** Société Ger

La société Ger a acheté et mis en service le 20 janvier B une machine-outil au prix de 11 200 € HT. Le prix de vente (PV), après les 5 années d'utilisation est évalué à 3 500 € HT, les frais de remise en état sont estimés à 350 € HT. La société Ger prévoit d'utiliser la machine pendant 5 ans.

Plan d'amortissement linéaire

Immobilisation : machine-outil — Valeur résiduelle (VR) : 3 150 € (= PV – frais de vente 3 500 – 350)
Coût d'acquisition : 11 200 € — Valeur amortissable : 8 050 € (= Coût d'acq. – VR 11 200 – 3 150)
Date d'acquisition : 20/01/N — Taux d'amortissement : 20 % (= 100 / durée 100 / 5 = 20 %)
Date mise en service : 20/01/N

Années	Base amort.	Annuités d'amortissement		Amort. cumulés	VCN fin exercice
		Calcul	Montant		
N	8 050	8 050 × 0,2 × 340 / 360	1 520,55	1 520,55	9 679,45
N + 1	8 050	8 050 × 0,2	1 610,00	3 130,55	8 069,45
N + 2	8 050	8 050 × 0,2	1 610,00	4 740,55	6 459,45
N + 3	8 050	8 050 × 0,2	1 610,00	6 350,55	4 849,45
N + 4	8 050	8 050 × 0,2	1 610,00	7 960,55	3 239,45
N + 5	8 050	8 050 × 0,2 × 20 / 360	89,44	8 050,00	3 150,00

= Coût d'acq. – amort. cumulés 11 200 – 1 520,55

= VR

Notes

Notes

B. Le mode non linéaire ou par unités d'œuvre (UO)

- Les annuités varient d'une année sur l'autre en fonction de l'utilisation qui en est faite.
- Principes de cacul en amortissement non-linéraire :

> • **Base amortissable** = coût d'acquisition – valeur résiduelle (VR)
>
> • **Annuités** =
> $$\frac{\text{valeur amortissable} \times \text{avantages économiques consommés pendant l'année}}{\text{total des avantages économiques attendus}}$$
>
> • **Valeur nette comptable (VNC) =** coût d'acquisition – cumul des amort.

***Ex.* (suite) :** Société Ger

La machine-outil sera utilisée de la façon suivante : **une durée d'utilisation totale estimée à 12 000 heures : 1re année 2 000 heures, 2e année 3 000 heures, 3e année 3 000 heures, 4e année 2 000 heures, 5e année 2 000 heures.**

Plan d'amortissement non linéaire

Immobilisation : machine-outil — Valeur résiduelle (VR) : 3 150 €
Coût d'acquisition : 11 200 € — Valeur amortissable : 8 050 €

Années	Base amort.	Annuités d'amortissement – Calcul	Annuités d'amortissement – Montant	Amort. cumulés	VCN fin exercice
N	8 050	8 050 × 2 000 / 12 000	1 341,67	1 341,67	9 858,33
N + 1	8 050	8 050 × 3 000 / 12 000	2 012,50	3 354,17	7 845,83
N + 2	8 050	8 050 × 3 000 / 12 000	2 012,50	5 366,67	5 833,33
N + 3	8 050	8 050 × 2 000 / 12 000	1 341,67	6 708,34	4 491,66
N + 4	8 050	8 050 × 2 000 / 12 000	1 341,67	8 050,00	3 150,00

= PV – frais de vente
3 500 – 350

= Coût d'acq. – VR
11 200 – 3 150

= Coût d'acq.
– amort. cumulés
11 200 – 1 341,67

= VR

Enregistrement au 31/12/N :

Comptabilisation si amortissement linéaire au 31/12/N		
Comptes	**Débit**	**Crédit**
681000	1 520,55	
281540		1 520,55

Si non linéaire, écriture identique.

À retenir !

- Il n'y a jamais de *prorata* en mode non linéaire car les UO tiennent compte de la date à laquelle le bien a été mis en service.

L'amortissement fiscal

Fiche 17

Il s'agit de l'amortissement défini par l'administration fiscale qui fixe des durées d'usage pour certains biens contrairement à l'amortissement comptable qui représente des durées réelles. On distingue quatre modes d'amortissement fiscaux : dégressif, exceptionnel, linéaire et non linéaire.

1 L'amortissement dégressif

■ Ce mode de calcul est accepté fiscalement sous certaines conditions : biens neufs et d'une durée supérieure à trois ans.

■ Principes de calcul en amortissement dégressif :

> **Attention**
> Il n'y a jamais de valeur résiduelle.

- **Départ** = mois d'acquisition
- **Base amortissable N** = coût d'acquisition
- **Base amortissable N +1** = caleur nette fiscale N
- **Taux linéaire** = $\frac{100\ \%}{\text{durée d'utilisation restant à amortir}}$
- **Taux dégressif** = $\frac{100\ \%}{\text{durée d'utilisation} \times \text{coefficient fiscal}}$
- **Annuités** = base amortissable × taux le plus élevé (linéaire ou dégressif)
- **Valeur nette fiscale** = coût d'acquisition – cumul des amortissements

■ Les coefficients fiscaux sont les suivants :
– 1,25 si la durée est de 3 ou 4 ans ;
– 1,75 si la durée est de 5 ou 6 ans ;
– 2,25 si la durée est de plus de 6 ans.

> **Remarque**
> Lorsque le taux dégressif devient inférieur ou égal au taux calculé sur la durée restant à amortir, alors on utilise ce dernier (l'annuité devient donc linéaire sur la durée restant à amortir).

***Ex.* :** Entreprise Tul

L'entreprise Tul a acquis une camionnette le 03/07/N, celle-ci est mise en service le 10 juillet N.

Sur le plan fiscal, l'entreprise décide d'adopter le système dégressif.

Durée d'amortissement fiscal, durée d'usage : 5 ans.

Coût d'acquisition : 18 000 € HT.

Notes

Notes

Plan d'amortissement fiscal dégressif						
Immobilisation : Camionnette				Durée d'usage (fiscale) : 5 ans		
Date d'acquisition : 03/07/N Date de mise en service : 10/07/N						
Coût d'acquisition : 18 000 €				Taux dégressif : 35 %		
Années	**Base amort.**	**Taux linéaire(1)**	**Taux dégressif**	**Annuité d'amort.**	**Amort. cumulés**	**Valeur nette fiscale**
N	18 000	100 / 5 = 20 %	35 %	3 150,00	3 150,00	14 850,00
N + 1	14 850	100 / 4 = 25 %	35 %	5 197,50(2)	8 347,50	9 652,50(3)
N + 2	9 652,50	100 / 3 = 33,33 %	35 %	3 378,38	11 725,88	6 274,12
N + 3	6 274,12	100 / 2 = 50 %	35 % = 50 %	3 137,06(4)	14 862,94	3 137,06
N + 4	3 137,06	100 / 1 = 100 %	35% = 100 %	3 137,06(5)	18 000,00	0

Taux dégressif : = 100 / Durée × Coeff. = 100 / 5 × 1,75

Base amort. (N) : L'amortissement fiscal ne tient pas compte de la valeur résiduelle. Base amort. = coût acquisition

Taux dégressif (N + 3, N + 4) : **Changement de taux** prendre le taux le plus élevé.

Annuité d'amort. (N) : = Base amortissable × taux × *Prorata*
18 000 × 35 % × 6 /12
L'annuité est calculée *prorata temporis* à partir du **1er jour du mois d'acquisition.**

Valeur nette fiscale (N) : = Coût d'acq. – amort. cumulés
18 000 – 3 150

(1) Taux calculé sur la durée restant à amortir.

(2) Annuité N + 1 = 14 850 × 35 % = 5 197,50 €.

(3) Valeur nette fiscale N + 1 = 18 000 – 8 347,50 = 9 652,50 €
ou 14 850 – 5 197,50 = 9 652,50 €.

(4) et (5) Annuités N + 3 et N + 4 : changement de taux.

2 Les autres modes d'amortissement fiscaux

- **L'amortissement exceptionnel** : la loi peut prévoir un amortissement accéléré en faveur de certains investissements (sur 12 ou 24 mois).
- **L'amortissement linéaire et non linéaire** : ils sont identiques à l'amortissement économique mais sans tenir compte de la valeur résiduelle.

À retenir !

- L'amortissement fiscal ne s'enregistre jamais contrairement à l'amortissement comptable.

L'amortissement dérogatoire

Comme seul l'amortissement comptable/économique est enregistré, le PCG a formé le concept d'amortissement dérogatoire afin de comptabiliser les aspects fiscaux.

1 Principes

- Il se peut que l'annuité de l'amortissement comptable et celle de l'amortissement fiscal soit différentes.
- Conséquences : il y a **deux règles importantes à respecter**.

1. Si l'annuité fiscale est supérieure à l'annuité économique, il faut pratiquer un amortissement dérogatoire (dotation).
2. Si l'annuité fiscale est inférieure à l'annuité économique : il faudra faire une reprise d'amortissement dérogatoire.

***Ex.* (suite) :** Entreprise Tul

Reprenons l'exemple de la camionnette. Valeur : 18 000 €. Valeur résiduelle : 3 000 €. Date d'acquisition : 03/07/N. Date de mise en service : 10/07/N. Mode d'amortissement fiscal : dégressif, durée : 5 ans, coefficient 1,75. Mode d'amortissement économique : linéaire, durée : 5 ans.

Plan d'amortissement de la camionnette au 31/12/N

	Amortissement fiscal (dégressif)			Amortissement économique (linéaire)			Amortissement dérogatoire	
Année	Base amort.	Annuité	VNF	Base amort.	Annuité	VNC	Dotations	Reprises
N	18 000	3 150	14 850	15 000	1 416,67	16 583,33	1 733,33[1]	
N + 1	14 850	5 197,50	9 652,50	15 000	3 000	13 583,33	2 197,50	
N + 2	9 652,50	3 378,38	6 274,12	15 000	3 000	10 583,33	378,38	
N + 3	6 274,12	3 137,06	3 137,06	15 000	3 000	7 583,33	137,06	
N + 4	3 137,06	3 137,06	0	15 000	3 000	4 583,33	137,06	
N + 5				15 000	1 583,33	3 000		1 583,33[2]
		18 000			15 000		4 583,33	1 583,33

Base amort. en linéaire :
= Coût d'acq. – VR
18 000 – 3 000

[1] Calcul de l'amortissement dérogatoire :

3 150 – 1 416,67 = 1 733,33 €. Fiscalement, l'entreprise peut déduire 3 150 €, mais comptablement, elle n'a déduit que 1 416,67 € ; elle peut donc faire une dotation dérogatoire de 1 733,33 €.

[2] Fiscalement, l'entreprise peut déduire 0 €, mais comptablement, elle a déduit 1 583,33 €. Elle doit donc faire une reprise dérogatoire de 1 583,33 €.

Notes

2 Les enregistrements comptables

■ Comptabilisation de l'amortissement économique/comptable au 31/12

Comptes	Débit	Crédit
681000	1 416,67	
281540		1 416,67

Attention

Il ne faut pas enregistrer l'amortissement fiscal.

■ Comptabilisation de l'amortissement dérogatoire au 31/12

Comptes	Débit	Crédit
687000	1 733,33	
145000		1 733,33

■ Enregistrement d'une reprise dérogatoire

Comptes	Débit	Crédit
145000	Montant reprise	
787000		Montant reprise

■ Au bilan, on retrouvera l'amortissement à l'actif et la provision réglementée au passif.

Bilan au 31/12/N

Actif	Brut	Amortissements et dépréciations	Net	Passif	Net
Immo. corporelles			VNC	Capitaux propres	
Matériel industriel	18 000	1 416,67	16 583,33	Amortissements dérogatoires	1 733,33

Il s'agit du montant inscrit dans le compte 2 lors de l'acquisition de l'immobilisation. C'est le **coût d'acquisition**.

Il s'agit du compte 28 qui se cumule chaque année lors de l'écriture de dotation aux amortissements.

Brut – Amortissements et dépréciations.
Il représente la valeur comptable des biens à la clôture de l'exercice.

Cumul des sommes portées au compte 145. Amortissements dérogatoires.

à retenir !

■ S'il n'y a pas de valeur résiduelle, alors le total des dotations dérogatoires est égal au total des reprises dérogatoires dans le plan d'amortissement.

La modification du plan d'amortissement

Fiche 19

Des modifications peuvent être apportées au plan d'amortissement économique en cas de modification significative de l'utilisation prévue de l'actif (la durée) ou en cas de modification de la base amortissable consécutive à une dépréciation.

***Ex.* :** Entreprise Buro +

Le plan d'amortissement suivant a été établi pour un véhicule.

Plan d'amortissement non linéaire					
Base amortissable : 14 000 € Date de mise en service : 20 avril N			Durée d'utilisation : 5 ans Unité d'œuvre : km parcourus		
Années	**Base amort.**	**Kilométrage**	**Dotation aux amort.**	**Cumul dotation aux amort.**	**Valeur nette comptable**
N	14 000	10 000	1 167	1 167	12 833
N + 1	14 000	20 000	2 333	3 500	10 500
N + 2	14 000	30 000	3 500	7 000	7 000
N + 3	14 000	30 000	3 500	10 500	3 500
N + 4	14 000	30 000	3 500	14 000	0

1 La modification significative de l'utilisation prévue

- Le plan d'amortissement est modifié car la consommation des unités d'œuvre est différente de celle qui avait été prévue dans le plan d'amortissement initial.

***Ex.* (suite) :** Entreprise Buro +

Fin N + 1, compte tenu d'une augmentation du volume d'activité, on estime que les 90 000 km restants seront réalisés en 2 ans (45 000 km par an).

Plan d'amortissement non linéaire modifié					
Base amortissable : 14 000 € Date de mise en service : 20 avril N			Durée d'utilisation : 4 ans Unité d'œuvre : km parcourus		
Années	**Base amort.**	**Kilométrage**	**Dotation aux amort.**	**Cumul dotation aux amort.**	**Valeur nette comptable**
N	14 000	10 000	1 167	1 167	12 833
N + 1	14 000	20 000	2 333	3 500	10 500
N + 2	14 000	45 000	5 250	8 750	5 250
N + 3	14 000	45 000	5 250	14 000	0

Impacts sur la durée
La durée d'amort. est réduite d'une année.

Changement en N + 2 et N + 3
14 000 × 45 000 / 120 000

Notes

Notes

2 La modification de la base amortissable

■ Lorsque la valeur actuelle d'un actif est devenue inférieure à sa valeur nette comptable, il faut modifier le plan d'amortissement.

Dépréciation
Perte de valeur probable d'un élément d'actif.

■ La valeur actuelle (VA) d'un bien est la valeur la plus élevée entre la valeur vénale et la valeur d'usage.

***Ex.* (suite) :** Entreprise Buro +

À la fin de l'année N, un test de dépréciation fait apparaître que la valeur actuelle est inférieure à la VNC puisqu'elle est estimée à 10 000 €.

Valeur actuelle et VNC
VNC fin N = 14 000 – 1 167 = 12 833 €, donc
VA < VNC = dotation dépréciation 12 833 – 10 000

Après
VNC = VA

Plan d'amortissement non linéaire modifié							
Amortissements			Dépréciations			VNC	Valeur actuelle
BA	Dotation aux amort.	Cumul dotation	Dotation	Reprise	Cumul dotation		
14 000	$\frac{14\,000 \times 20\,000}{120\,000}$	1 167	2 833		2 833	10 000	10 000
10 000	$\frac{10\,000 \times 20\,000}{110\,000}$	2 985			2 833	8 182	
10 000	2 727,27	5 712			2 833	5 455	
10 000	2 727,27	8 439			2 833	2 728	
10 000	2 727,27	11 166			2 833	0	

14 000

Calcul après modification
UO totales restantes à amortir :
120 000 – 10 000 (de la 1re année) = 110 000 UO

VNC N +1
Coût d'acquisition
– cumul amortissements
– cumul des dépréciations

Comptabilisation de l'amort. économique avec modification du plan au 31/12/N		
Comptes	Débit	Crédit
681000	1 167,00	
281540		1 167,00

Comptabilisation de la dépréciation avec modification du plan au 31/12/N		
Comptes	Débit	Crédit
681000	2 833,00	
291000		2 833,33

Remarque
Le PCG a prévu un 9 en 2e position pour indiquer les dépréciations (291 000).

À retenir !

■ En cas de modification de la base amortissable, il faut penser à recalculer les UO totales restantes à amortir.

Les cessions d'immobilisations

Fiche 20

Opérations comptables, sociales et fiscales

Une entreprise peut être amenée à vendre exceptionnellement une immobilisation, cela ne fait pas partie de son activité. Le PCG a donc prévu le compte 775 : il s'agit d'un produit exceptionnel.

1 La cession des immobilisations non amortissables

■ Lors de la cession d'immobilisations non amortissables (terrains, titres…), il faut :

étape 1 Constater le prix de cession : le prix de cession est inscrit au crédit du compte 775. Produits des cessions d'éléments d'actif.

étape 2 Constater la sortie du bien de l'actif : la valeur nette comptable est inscrite au débit du compte 675. Valeurs comptables des éléments d'actif cédés.

■ La plus ou moins-value de cession n'apparaît pas dans un compte particulier, elle est calculée par différence entre le produit et la charge exceptionnelle enregistrée (775 – 675).

Ex. **:** Entreprise Piaf

Cession de titres de participation. Ces titres avaient été achetés pour 25 200 € le 25/09/N–1 et ils sont cédés le 15/12/N pour une valeur de 26 900 €.

Date	N° compte	Libellés	Débit	Crédit
15/12/N	512000		26 900,00	
	775000	Cession de participation		26 900
31/12/N	675000		25 200,00	
	273000	Sortie actif titres de participation société…		25 200

775000 – 675000 = Plus-value ou moins-value

À la date de cession = Prix de vente

À la clôture = Coût d'acquisition

Attention

Il n'y a pas de TVA sur les cessions de titres.

2 La cession des immobilisations amortissables

■ Lors de la cession d'immobilisations amortissables (matériel), il faut procéder à un enregistrement comptable en trois étapes.

Notes

Notes

étape 1 Constater le prix de cession : le prix de cession est inscrit au crédit du compte 775.

étape 2 Constater la dotation aux amortissements complémentaires : du 01/01/N jusqu'à la date de cession.

Remarque

Les véhicules de tourisme s'enregistrent pour le montant TTC lors de l'acquisition ; ils sont amortis sur le TTC. Lors de la cession, on effectue le solde du compte 2182 pour le montant TTC.

étape 3 Constater la sortie du bien de l'actif : la valeur nette comptable est inscrite au débit du compte 675. Valeurs comptables des éléments d'actif cédés.

***Ex.* (suite) :** Entreprise Piaf

Cession d'un matériel industriel le 12/04/N, pour une valeur de 13 500 € HT (PV). Ce matériel avait été acquis et mis en service le 01-07-N–3 pour une valeur de 24 000 € HT. Il est amorti en linéaire, sur une durée de 8 ans, sans valeur résiduelle.

Date	Compte	Libellés	Débit	Crédit
12/04/N	462000 ou 512000		16 200	
	775000			13 500
	445710	Cession matériel industriel		2 700
31/12/N	681120	24 000 / 8 × 102 / 360	850	
	281540	Dotation complémentaire aux amortissements		850
31/12/N	281540	N – 3 : 24 000 / 8 × 6 / 12 = 1 500 N – 2 : 24 000 / 8 = 3 000 N – 1 : 24 000 / 8 = 3 000 N : 24 000 / 8 × 102 / 360 = 850	8 350	
	675000	24 000 – 8 350	15 650	
	215400	Sortie de l'actif matériel industriel		24 000

Solde du compte 281
Cumul des amortissements de la date d'acquisition à la date de cession.

Compte 675 = VCN
Coût d'acquisition – Cumul amortissements.

Compte 2
= Coût d'acquisition.

■ Si le bien a été amorti en dérogatoire, il faut ajouter une écriture constatant la dotation ou la reprise dérogatoire, puis solder le compte 145.

À retenir !

■ Lors de la cession d'un bien, le compte d'immobilisation (2) est crédité pour son coût d'acquisition et jamais pour son prix de vente.

Les autres opérations d'inventaire relatives aux immobilisations

Fiche 21

Opérations comptables, sociales et fiscales

À la clôture de l'exercice, l'entreprise doit également constater les subventions éventuelles, les frais pour gros entretien (réparations) et les régularisations relatives aux cessions des titres court terme (actions et obligations).

1 Les subventions

A. Définition et traitement comptable de l'attribution d'une subvention

■ Les subventions d'investissement sont versées généralement par l'État à l'entreprise dans le but d'acquérir ou de créer des immobilisations.

■ Traitement comptable lors de l'attribution de la subvention : deux méthodes.

	Inscription au compte de résultat	Inscription au passif du bilan
Attribution de la subvention	À débiter : 441. État-Subventions à recevoir À créditer : 777. Quote-part des subventions	À débiter : 441. État-Subventions à recevoir À créditer : 131. Subventions d'équipement
Encaissement de la subvention	À débiter : 512. Banque À créditer : 441. État Subventions à recevoir	À débiter : 512. Banque À créditer: 441. État Subventions à recevoir

B. Les subventions d'investissement inscrites au passif du bilan

■ Lorsque la subvention a été inscrite au passif, l'entreprise doit transférer chaque année dans le compte de résultat une partie de celle-ci :

Si la subvention concerne un bien amortissable

↓

Reprise de la subvention sur la même durée et au même rythme que l'amortissement de l'immobilisation acquise (avec le même *prorata temporis* que l'immobilisation).

Si la subvention concerne un bien non-amortissable

↓

Reprise selon la durée prévue dans la clause d'inaliénabilité (ne peut être vendue).
À défaut, reprise de 1/10e de la subvention par exercice (pas de *prorata temporis*).

Notes

Notes

■ Enregistrements comptables du report de la subvention pour les biens amortissables et non-amortissables :

Report de la subvention au résultat d'un exercice	À débiter : 139. Subventions d'investissement inscrites au compte de résultat À créditer : 777. Quote-part des subventions d'investissement virée au résultat de l'exercice
Solde du compte de subvention (la dernière année)	À débiter : 131. Subventions d'équipement À créditer : 139. Subventions d'investissement inscrites au compte de résultat

2 Le traitement comptable des frais pour gros entretiens

■ Les grosses réparations peuvent être enregistrées de deux façons :

❶ Comme un composant de 2e catégorie
681 D
281…1 C
281… 2 C Composant sur la durée du renouvellement des dépenses.

❷ Comme des provisions pour gros entretiens
Les immobilisations 681 D et 281 C + une provision pour charges sur plusieurs exercices 6815 D et 1572 C.

3 La cession des titres à court terme (VMP)

■ Pour les VMP, il faut :

☑ déterminer s'il s'agit d'une plus-value (767) ou d'une moins-value (667) : il s'agit d'une plus-value si le PV est supérieur au PA, et d'une moins-value si le PV est inférieur au PA ;

☑ constater la cession et la sortie de patrimoine ;

☑ faire une reprise au 31/12 si des dépréciations avaient été constatées l'année précédente.

Jal	Date	Compte	Libellé	Débit	Crédit
OD		465	**Vente des titres : pas de TVA**	PV	
		667 ou 767	Cession de titres immobilisés		PV
OD	31/12	667 ou 767	**Sortie de patrimoine**	PA	
		50	Sortie de patrimoine		PA
OD	31/12	59	**Si les titres cédés avaient fait l'objet de dépréciations**	Reprise	
		786	Reprise des dépréciations existantes		Reprise

À retenir !

■ Lors de la cession d'actions et d'obligations il faut bien identifier la durée car il peut s'agir de titres long terme (2) ou court terme (5) et les enregistrements sont différents.

Les dépréciations des stocks

Fiche 22

Les dépréciations constatent donc des pertes probables sur des éléments d'actifs. Elles sont établies pour respecter le principe de prudence.

1 Le traitement comptable des stocks à l'inventaire

- Les stocks sont des biens destinés à être rapidement consommés dans le processus de fabrication ou vendus aux clients.
- À la fin de l'exercice comptable, l'entreprise doit annuler le stock initial (SI), car il n'existe plus, et constater le stock final (SF) :

Annulation du stock initial au 31/12/N			
Comptes	Intitulés	D	C
603	Variations de stocks MP[1]	SI	
713	Variations de stocks de PF[2]	SI	
310	Stocks de MP		SI
355	Stocks PF		SI

Constatation du stock final au 31/12/N			
Comptes	Intitulés	D	C
310	Stocks de MP	SF	
355	Stocks de PF	SF	
603	Variations de stocks de MP		SF
713	Variations de stocks de PF		SF

(1) Matières premières.
(2) Produits finis.

2 Les dépréciations de stocks à l'inventaire

A. Calcul d'une dépréciation

- Il faut comparer la valeur comptable du stock (au bilan) avec sa valeur actuelle.

Dépréciation (dotation) = valeur comptable – valeur actuelle

Valeur vénale | Valeur d'usage

- La valeur actuelle correspond à la valeur la plus importante entre la valeur vénale et la valeur d'usage.

Dotations aux dépréciations au 31/12/N				
681000		Dotations pour dépréciations des stocks	Dotation	
	39	Dépréciations des MP et fournitures		Dotation

Notes

Notes

B. Le suivi des dépréciations des stocks

■ Lors de l'exercice suivant la constatation de la dépréciation, il faut ajuster les dotations selon les événements intervenus :

❶ Le stock sur lequel porte la dépréciation n'existe plus (car le stock initial N c'est-à-dire le stock final N–1 a été annulé) : il faut donc, chaque année, annuler la dépréciation en réalisant une reprise.

❷ Constater les dotations aux dépréciations pour les stocks de l'année en cours.

Reprise des dotations aux dépréciations de N–1 au 31/12/N				
39		Dépréciations des stocks	Reprise de la dépréciation N	
	781000	Reprises sur dépréciations des stocks		Reprise de la dépréciation N

Dotations aux dépréciations de N au 31/12/N				
681000		Dotations pour dépréciations des stocks	Dotation dépréciation N	
	39	Dépréciations des stocks		Dotation dépréciation N

Ex. : Société Ret

Au sein de la société Ret, on dispose des informations suivantes :

	Au 31/12/N-1		Au 31/12/N	
	Coût du stock	Dépréciation	Coût du stock	Dépréciation
Marchandises	4 000	100	3 000	80

Annulation du stock initial (SI) au 31/12/N			
603700	Variation des stocks de marchandises	4 000,00	
370000	Stocks de marchandises		4 000,00
Constatation du stock final (SF) au 31/12/N			
370000	Stocks de marchandises	3 000,00	
603700	Variation des stocks de marchandises		3 000,00
Annulation de la dépréciation sur le SI			
397000	Dépréciation du stock de marchandises	100,00	
781730	Reprise sur dépréciation des stocks		100,00
Dépréciation sur SF			
681730	Dotation pour dépréciation des stocks	80,00	
397000	Dépréciation du stock de marchandises		80,00

À retenir !

■ Le PCG prévoit un 9 en 2e position du compte concerné pour indiquer les dépréciations (39).

Les dépréciations des créances

Fiche 23

Les créances sont des sommes dues par les clients, elles figurent à l'actif du bilan (compte 411). À la clôture de l'exercice, l'entreprise doit déterminer et enregistrer les dépréciations des comptes clients afin de respecter le principe de prudence.

1 Le calcul des dépréciations/créances

■ À la clôture de l'exercice, il convient d'estimer la valeur des créances clients, c'est-à-dire la probabilité que les clients règlent leurs dettes.

Tableau d'analyse des créances douteuses au 31/12/N

Clients	Créance HT 31/12/N	Dépréciations nécessaires au 31/12/N	Dépréciations existantes au 31/12/N-1	Ajustements		Créances irrécouvrables	
				Dotations	Reprises	HT	TVA
	(Créance TTC au 31/12/N-1 – éventuel règlement reçu en N) / 1,2 (taux de TVA)	% perte probable × montant HT de la créance au 31/12/N					
Total				Total dotation	Total reprise		

Dépréciation nécessaire > Dépréciation existante
→ **Dotation complémentaire**

Dépréciation nécessaire < Dépréciation existante
→ **Reprise**

Client irrécouvrable

Notes

2 Enregistrements des dépréciations des créances au 31/12

Nouveaux clients douteux			
416000	Clients douteux	Créances TTC	
411000	Clients		Créances TTC
Dotation aux dépréciations des créances douteuses			
681000	Dotation aux dépréciations des créances	Total dotation	
491000	Dépréciation des comptes clients		Total dotation

Notes

Reprise sur dépréciation des créances douteuses			
491000	Dépréciation des comptes clients	Total reprise	
781000	Reprise sur dépréciation des créances		Total reprise
Créance irrécouvrable client			
654000	Perte sur créance irrécouvrable	Créance HT	
445710	TVA collectée	TVA	
411000 ou 416000	Clients		Créance TTC

***Ex.* (suite) :** Société Ret

Tableau des créances douteuses de la société Ret									
Clients	**Créances au 31/12/N**		**Dépréciation N nécessaire**		**Dépré-ciation N–1 existante**	**Ajustement N**		**Créances irrécou-vrables**	
	TTC	**HT**	**Taux**	**Montant**		**Dotations**	**Reprises**	**HT**	**TVA**
TUB	1 200	1 000	60 %	600	0	600			
TOP	2 400	2 000	70 %	1 400	1 100	300			
MISTER	3 600	3 000	40 %	1 200	1 500		300		
GUM	2 640	2 200						2 200	440
						900	300	**2 200**	**440**

Tub est un nouveau client douteux (il est devenu douteux en N). Top et Mister sont douteux depuis N–1. Gum n'était pas douteux en N–1, il est totalement irrécouvrable en N.

Nouveau client douteux (TUB)			
416000	Clients douteux	1 200,00	
411000	Client		1 200,00
Dotation aux dépréciations des créances douteuses			
681000	Dotation aux dépréciations des créances	900,00	
491000	Dépréciation des comptes clients		900,00
Reprise sur dépréciation des créances douteuses			
491000	Dépréciation des comptes clients	300,00	
781000	Reprise sur dépréciation des créances		300,00
Créance irrécouvrable client (Gum)			
654000	Perte sur créance irrécouvrable	2 200,00	
445710	TVA collectée	440,00	
411000 ou 416000	Clients		2 640,00

À retenir !

- L'entreprise ne peut comptabiliser une dépréciation/créances que si elle détient une pièce justificative (document d'un avocat, huissier, tribunal…).

Les dépréciations des titres et des immobilisations

Fiche 24

Les titres et les immobilisations peuvent se déprécier à la clôture de l'exercice afin de respecter le principe de prudence.

1 Les dépréciations des titres

- Si le cours d'un titre (action, obligation) à court terme ou à long terme au 31/12/N est inférieur à la valeur d'achat, il faut constater une dépréciation.
- Opérations nécessaires au 31/12/N :

étape 1 Calculer le montant total de la dépréciation :

Dépréciation = quantité de titres × prix d'achat – le cours au 31/12/N

étape 2 Ajuster la dépréciation en fonction de ce qui a déjà été enregistré :

- si la dépréciation nécessaire N est supérieure à la dépréciation existante N-1 : dotation complémentaire ;
- si la dépréciation nécessaire N est inférieure à la dépréciation existante N-1 : reprise.

Remarque
Si le cours au 31/12/N est supérieur à la valeur d'achat : dépréciation nécessaire = 0 (on doit reprendre toutes les dépréciations existantes).

Ex. : Société Cab

Évaluation des titres immobilisés de la société Cab						
Titre immobilisé	Nature	Valeur entrée	Valeur inventaire 31/12/N	Dépréciation N–1	Dépréciation N	
					Dotation	Reprise
Actions GNB	VMP	500	460	20	20	
Actions FGC	Participation	400	420	50		50

Augmentation de la dépréciation : dotation			
686000		20,00	
590300	Dépréciation GNB		20,00
Diminution de la dépréciation : reprise			
297000		50,00	
786000	Reprise FGC		50,00

Opérations comptables, sociales et fiscales

Notes

Notes

2 Les dépréciations des immobilisations

■ Les immobilisations s'amortissent lorsqu'elles subissent une perte de valeur certaine et elles se déprécient également s'il y a une perte de valeur probable.

■ Les immobilisations concernées sont les immobilisations amortissables (fiche 14) et les immobilisations non amortissables (terrains…).

Au 31/12/N
Dépréciation/immo N – Dépréciation/immo N-1

Si la dépréciation **augmente**, on enregistre une dotation **aux dépréciations (compte 6816)**

Si elle **diminue**, le comptable enregistre une reprise **sur dépréciations (compte 7816)**

***Ex.* (suite) :** Société Cab

La société Cab est propriétaire d'un terrain qu'elle a acquis le 02/02/N-3 pour 100 000 €.

Évaluation du terrain depuis le 31/12/N–3					
Dates	**Valeur brute**	**Valeur actuelle**	**Dotation**	**Reprise**	**VCN après dépréciation**
31/12/N–2	100 000	90 000	10 000		90 000
31/12/N–1	100 000	85 000	5 000		85 000
31/12/N	100 000	110 000		15 000	100 000

Jal	Date	N° compte	Libellé	Débit	Crédit
OD	31/12/N–2	681000		10 000,00	
		291100			10 000,00
			Dépréciation terrain N–2		
OD	31/12/N–1	681000		5 000,00	
		291100			5 000,00
			Dépréciation terrain N–1		
OD	31/12/N	291100		15 000,00	
		781120			15 000,00
			Dépréciation terrain N		

Le PCG a prévu un 9 en 2e position pour indiquer les dépréciations (291000).

À retenir !

■ Les reprises n'existent pas dans les amortissements car la perte de valeur est définitive, alors que dans les dépréciations, la perte de valeur est probable.

Les provisions pour risques

Fiche 25

Une provision est une obligation probable envers les tiers (salariés, fournisseurs), elles se situent au passif du bilan (classe 1) et elles sont constatées à la clôture de l'exercice afin de respecter le principe de prudence.

1 Constater une provision pour risques

■ Quatre conditions sont nécessaires pour constituer une provision pour risques :

1. L'existence d'une **obligation à l'égard** d'un tiers à la date de la clôture.
2. L'obligation va provoquer **une sortie de ressource**.
3. **Aucune contrepartie** n'est attendue de cette sortie de ressource.
4. Il existe un document chiffré fiable.

2 La comptabilisation des provisions pour risques

A. Les provisions pour litiges et amendes

■ Lors de la notification de la perte probable, la société doit enregistrer au 31/12/N une dotation aux provisions.

Jal	Date	N° compte	Libellé	Débit	Crédit
OD	31/12/N	687500		Montant provision	
		151400			Montant provision

■ L'année suivante, si la société connaît le montant du litige avec certitude, elle enregistre la facture.

Jal	Date	N° compte	Libellé	Débit	Crédit
BQ	N + 1	6		Montant réel	
		512000			Montant réel

■ La perte probable ayant disparu puisqu'elle est devenue certaine, il faut l'annuler en réalisant une reprise au 31/12/N + 1.

Jal	Date	N° compte	Libellé	Débit	Crédit
OD	31/12/N + 1	151400		Montant provision	
		787500			Montant provision

Notes

B. Les provisions pour créances et dettes

■ Si une société a réalisé une vente ou un achat au cours de l'année à l'étranger hors Union européenne, il se peut qu'au 31/12/N elle ait une créance ou une dette. Afin de respecter le principe de prudence, elle doit constater un gain ou une perte de change latent (probable). Ces écritures seront contrepassées au 01/01/N + 1.

■ Afin de déterminer s'il y a gain ou perte latent, il faut regarder au 31/12/N :

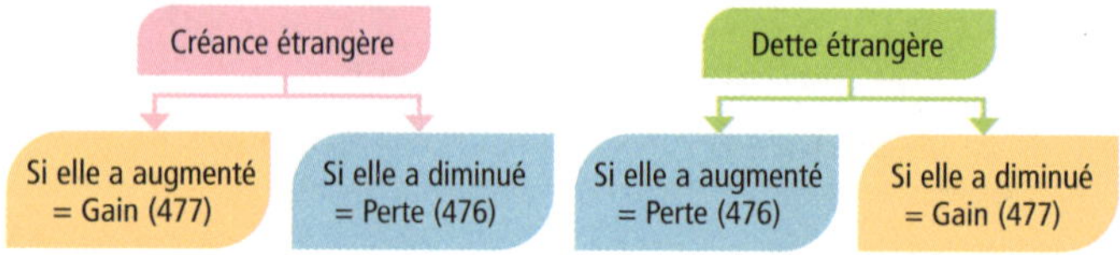

■ En cas de perte (476), il faut enregistrer une provision pour perte de change (151).

Au 31/12/N pour les créances						
Si gain de change latent				**Si perte** de change latente		
411	Gain			476	Perte	
477		Gain		411		Perte
Rien à faire car gain latent.				Mais comme il y a une perte latente, il faut constituer une provision.		
				686	Provision	
				1515		Provision
01/01/N + 1						
Contrepassation des écritures d'inventaire						
477	Gain			411	Perte	
411		Gain		476		Perte
Encaissement créance N + 1						
512	Créance encaissée			512	Créance encaissée	
411		Créance initiale		656	Perte	
756		Gain		411		Créance initiale
				À l'inventaire, il ne faut pas oublier de reprendre la provision pour perte de change :		
				1515	Provision N – 1	
				786		Provision N – 1

■ Pour une dette, le principe et les comptes sont les mêmes.

À retenir !

■ Tant que le montant du litige n'est pas connu avec certitudes il faut ajuster les provisions (dotation ou reprise). Une fois le montant connu, la provision disparaît (reprise) car la perte probable devient une perte définitive.

L'ajustement des comptes de gestion

Les régularisations d'inventaire permettent de mettre en œuvre les principes comptables de prudence, d'indépendance des exercices et de continuité de l'exploitation.

1 Les charges et les produits constatés d'avance

- Certaines charges (loyers, primes d'assurance, fournitures de bureau…) et certains produits (loyers reçus, intérêts perçus…) ont été comptabilisés durant un exercice, mais ils concernent totalement ou en partie l'exercice suivant. Il convient donc de réduire en N les comptes de charges ou de produits du montant qui concerne l'exercice suivant.

- Les enregistrements comptables

Jal	Date	N° compte	Libellé	Débit	Crédit
OD	31/12/N	486	CCA	Montant à exclure de N	
		6			Montant à exclure de N
OD	31/12/N	7	PCA	Montant à exclure de N	
		487			Montant à exclure de N

Ex. : Une prime d'assurance incendie de 8 625 € a été comptabilisée le 01/09/N. Elle couvre la période allant du 01/09/N au 31/08/N + 1, soit une période de 12 mois.

Attention
On n'applique jamais de TVA sur les CCA et les PCA.

Notes

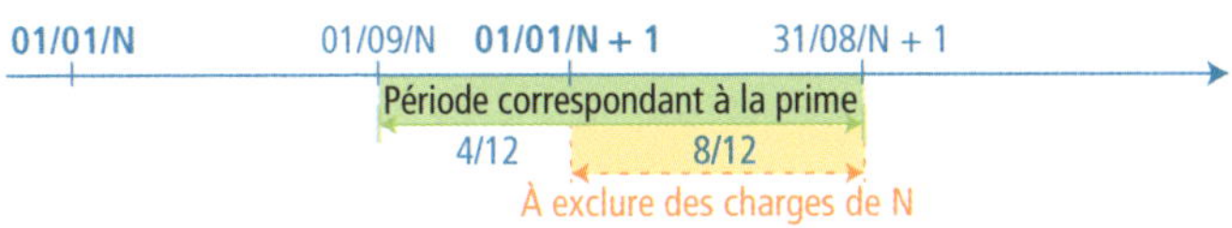

– Prime pour 12 mois : 8 625 €

– Partie constatée d'avance : du 01/01/N + 1 au 31/08/N + 1 soit 8 mois : 8 625 × 8 / 12 = 5 750 €.

Jal	Date	N° compte	Libellé	Débit	Crédit
OD	31/12/N	486	CCA	5 750	
		616			5 750

– En N, le solde du compte 616 est de 8 625 – 5 750 = 2 875 €, ce qui correspond à 4 mois, du 01/09/N au 31/12/N.

Notes

2 Les charges à payer et les produits à recevoir

- Des charges et des produits se rattachant à l'exercice en cours.

Ex. : Des marchandises achetées et livrées à l'entreprise n'ont pas encore été comptabilisés car les documents les justifiant (factures...) n'ont pas été reçus et ne le seront que lors de l'exercice suivant. Il faut donc augmenter les comptes de charges ou de produits du montant qui concerne l'exercice.

- Le compte de régularisation est toujours un compte de tiers (classe 4) avec un 8 en troisième position sauf pour les intérêts à payer (classe 1) et ils s'inscrivent au passif du bilan.

- La TVA s'enregistre au débit du compte 44586 pour les charges et au crédit du 44587 pour les produits.

Enregistrements pour un achat et une vente de marchandises au 31/12/N :

- Charge à payer

Jal	Date	N° compte	Libellé	D	C
OD	31/12/N	607000	Charges à payer	HT	
		445860		TVA	
		408100			TTC

- Produit à recevoir

Jal	Date	N° compte	Libellé	D	C
OD	31/12/N	418100	Produits à recevoir	TTC	
		707000			HT
		445870			TVA

3 L'apurement des comptes d'attente

- Les comptes d'attente (par exemple le compte 471) permettent d'enregistrer une opération pour laquelle le comptable n'a pas toutes les informations nécessaires, afin de gagner du temps.

- Après demande des pièces ou informations manquantes, le comptable devra solder ces comptes.

- Certains progiciels comptables refusent la clôture de l'exercice si ces comptes n'ont pas un solde nul.

À retenir !

- Les CCA apparaissent en bas de l'actif et les PCA en bas du passif au bilan. Les comptes 408 et 418 sont regroupés avec les comptes qui ont la même racine (le 4081 avec le 401). Au 01/01/N + 1, il faut contrepasser (extourner) toutes les écritures de régularisation du 31/12/N.

La production des comptes annuels

Fiche 27

Le Code de commerce désigne sous le nom de « comptes annuels » les trois documents de synthèse indissociables : bilan, compte de résultat et annexe qui forment un tout. Ces documents sont obligatoires 1 fois par an mais ils peuvent être réalisés également en cours d'année (situations intermédiaires).

1 La hiérarchie de l'organisation comptable

- Il existe **trois systèmes de présentation** des documents de synthèse :

❶ système A (dit système abrégé) : pour les PME ne dépassant pas une certaine taille ;

❷ système B (dit système de base) : pour la majeure partie des entreprises (système de référence) ;

❸ système C (dit système développé) : pour les entreprises désirant une analyse plus précise.

1. Bilan d'ouverture au 01/01/N
Tous les enregistrements comptables réalisés au cours l'année dans les différents journaux
Report des différents journaux = balance avant inventaire
Écritures d'inventaire au 31/12/N (amortissements, dépréciations, régularisations…)
2. Balance après inventaire (Les soldes des comptes des classes 1 à 7)
3. Élaboration du compte de résultat (comptes 6 et 7)
Résultat = produits (7) – charges (6) À la clôture, les comptes sont soldés pour faire apparaître le résultat (classe 1) qui sera incorporé au bilan (passif)
4. Élaboration du bilan (comptes 1 à 5)
5. Élaboration de l'annexe (comptes 1 à 5)
Elle est composée : – du tableau des immobilisations ; – des amortissements ; – des dépréciations ; – des provisions…

Remarque

La présentation du bilan et du compte de résultat est effectuée sous forme de tableau ou sous forme de liste. Les comptes annuels peuvent être présentés en négligeant les centimes.

Notes

Notes

2 La situation intermédiaire et la méthode de l'abonnement

■ Une situation comptable intermédiaire est un bilan comptable réalisé en cours d'exercice. Il peut être réalisé de façon mensuelle, trimestrielle ou semestrielle.

■ La méthode de l'abonnement : certains produits et certaines charges peuvent être fixés d'avance avec une précision suffisante.

Ex. : les loyers, les amortissements.

■ L'abonnement permet de gagner un temps considérable.

étape 1 On détermine le montant de la charge ou du produit abonné en début d'exercice (pour la période souhaitée).

étape 2 On comptabilise une écriture permettant de constater la charge ou le produit abonné tout au long de l'exercice.

étape 3 On solde le compte d'abonnement en fin d'exercice comptable.

Attention
À la clôture de l'exercice comptable, le compte 488 doit obligatoirement être soldé.

■ Le plan comptable général (PCG) a prévu deux comptes :
– pour les charges abonnées : 4886 ;
– pour les produits abonnés : 4887.

Ex. : Le contrat de maintenance d'un véhicule de livraison est de 2 400 € HT par an, payable le 01/06 (soit 2 400 / 12 = 200 € par mois).

Journal	Date	N° compte	Intitulés	Débit	Crédit
OD	01/01/N	615 4886	Entretien et réparations Comptes de répartition périodique des charges	200,00	 200,00
OD	01/06/N	4886 44566 512	Comptes de répartition périodique des charges TVA déductible Banque	2 400,00 480,00	 2 880,00

Écriture réalisée chaque mois pendant 12 mois.

Au 31/12/N, le compte doit être soldé.

À retenir !

■ Le bilan regroupe tous les comptes de la classe 1 à 5 et le compte de résultat les comptes 6 et 7. L'annexe permet d'expliquer les montants inscrits dans ces 2 documents.

La répartition du résultat

Fiche 28

Opérations comptables, sociales et fiscales

À l'ouverture de l'exercice N +1, le résultat de N doit faire l'objet d'une distribution aux actionnaires et à la société pour réaliser des investissements futurs. Les dirigeants élaborent un projet de répartition du résultat.

1 L'affectation d'une perte

- Il existe deux options pour affecter une perte :

❶ Reporter la perte sur les exercices à venir : la perte est inscrite dans le compte 119 RAN débiteur en attendant de pouvoir la compenser par des bénéfices futurs. Il s'agit d'un simple transfert de compte à compte en attendant des bénéfices futurs.

Report sur les exercices futurs				
119		RAN débiteur	Perte	
	129	Résultat de l'exercice (perte)		Perte

❷ Imputer la perte sur des réserves.

Imputation des réserves				
1061/3/4		Réserves	Perte	
	129	Résultat de l'exercice (perte)		Perte

2 L'affectation d'un bénéfice

A. Le projet d'affectation du résultat

- Bénéfice de l'exercice (compte 120)

– Report à nouveau de l'exercice N–1 si débiteur (compte 119)

= Résultat à répartir

– Dotation à la réserve légale (compte 1061)

– Réserves statutaires (compte 1063)

+ Report à nouveau de l'exercice N-1 si créditeur (compte 110)

= Bénéfice distribuable

– Intérêts statutaires (compte 457)

– Dotation réserve facultative (compte 1068)

– Superdividendes (compte 457)

= Report à nouveau exercice N créditeur (compte 110)

Notes

Notes

B. Les cas particuliers

■ La réserve légale : la loi prévoit qu'une partie des bénéfices réalisés ne doit pas être distribuée aux associés mais maintenue dans l'entreprise.

Dotation = 5 % × (résultat de l'exercice – RAN N–1 débiteur).

■ La dotation à la réserve légale cesse d'être obligatoire quand le solde du compte 1061 atteint 10 % du capital social.

■ L'intérêt statutaire correspond à la rémunération des capitaux apportés dans la société.

Intérêt statutaire global (1er dividende) = taux d'intérêt statutaire × capital (libéré)

■ Le montant du superdividende par action est identique pour toutes les actions quelles soient libérées ou non.

$$\textbf{Superdividende unitaire (maximum)} = \frac{\text{solde du bénéfice distribuable}}{\text{nombre total d'actions}}$$

■ Le superdividende unitaire est généralement arrondi à l'euro inférieur. Le solde du résultat non affecté (du fait de l'arrondi du superdividende) est inscrit en RAN de l'exercice (solde créditeur).

C. La comptabilisation de l'affectation du bénéfice

■ Si le report à nouveau est créditeur :

120000			Résultat net	
110000			RAN N–1 créditeur	
	106100			Réserve légale
	106300			Réserves statutaires
	106800			Autres réserves
	457000			Dividendes
	110000	Répartition du résultat N		RAN N créditeur

■ Si le report à nouveau est débiteur :

120000			Résultat net	
	119000			RAN N–1 débiteur
	106100			Réserve légale
	106300			Réserves statutaires
	106800			Autres réserves
	457000			Dividendes
	110000	Répartition du résultat N		RAN N créditeur

À retenir !

■ Les dividendes distribués aux actionnaires sont composés des intérêts statutaires et du superdividende.

La constitution d'une société

Fiche 29

Lors de la création d'une société, il convient de choisir la structure la mieux adaptée.

1 Les apports lors d'une constitution

■ Le capital social est constitué de l'ensemble des apports effectués par les associés au moment de la création ou de l'augmentation de capital.

Les apports	Définition	Libération des apports
En nature	Ce sont les biens matériels (machine) ou immatériels (brevet).	Libérés en totalité.
En numéraire	C'est l'argent versé par les actionnaires ou les associés.	• SARL : libération minimum d'1/5e à la constitution. • SA : libération minimum d'1/2e à la constitution.
En industrie	Ce sont les compétences et les savoir-faire des associés.	N'entrent pas dans le capital.

2 Les enregistrements comptables

A. La promesse d'apport

Date	N° compte	Libellé	Débit	Crédit
Date signature des statuts	45611 45615 10110	Promesse d'apport	Montant apports en nature Montant apports en numéraire	 Montant total du capital

La société détient une créance sur les actionnaires ou associés pour le montant total des apports.

B. L'appel du capital (2 écritures)

■ Appel concernant le capital :

Date	N° compte	Libellé	Débit	Crédit
Date de l'appel	10110 10120	Appel du capital	Montant du capital appelé	 Montant du capital appelé

Diminution du compte 1011 du montant du capital appelé

Montant du capital appelé

Opérations comptables, sociales et fiscales

Notes

Notes

■ Appel concernant les actionnaires :

Date	N° compte	Libellé	Débit	Crédit
Date de l'appel	45620 10900 45611 45615	Appel des actionnaires	Montant des apports appelés Montantdes apports non appelés	Solde du compte Solde du compte

C. La libération des apports : versement effectif des associés (2 ou 3 écritures)

■ Libération du capital :

Date	N° compte	Libellé	Débit	Crédit
Date libération du capital	1012 1013	Libération du capital	Montant du capital libéré	Montant du capital libéré

Le compte est soldé.

■ Libération des apports en nature :

Date	N° compte	Libellé	Débit	Crédit
Date de libération des apports en nature	2 4562	Libération apports en nature	Montant de l'apport en nature	Montant de l'apport en nature

Montant du bien apporté apparaît au bilan de la société.

Diminution du compte 4562 pour le montant des apports en nature libérés.

■ Libération des apports en numéraire :

Date	N° compte	Libellé	Débit	Crédit
Date de libération des apports en numéraire	512 4562	Libération apports en numéraire Libération apports en numéraire	Montant de l'apport en numéraire	Montant de l'apport en numéraire

D. Les appels ultérieurs

■ À chaque versement, il faut enregistrer l'appel ultérieur et la fraction du capital libéré ultérieurement.

À retenir !

■ Les apports en nature sont libérés en totalité alors que les apports en numéraire peuvent être libérés que d'une partie. Il faut donc bien les distinguer.

L'augmentation de capital

Fiche 30

Opérations comptables, sociales et fiscales

Au cours de leur existence, les sociétés peuvent être amenées à augmenter leur capital social réalisé soit par apports internes, soit par apports externes. La condition préalable à toute augmentation est la libération intégrale du capital existant.

1 L'augmentation de capital par incorporation de réserves

■ C'est un virement de compte à compte pour augmenter la valeur du capital.

N° compte	Libellé	Débit	Crédit
1068	Augmentation de capital par incorporation de réserves	Augmentation de capital	
1013			Augmentation de capital

■ Pour la société, il n'y a aucun impact sur sa trésorerie, ni de conséquence sur sa structure.

2 L'augmentation de capital par apports en numéraire

■ Les apports en numéraire (SARL ou SA identiques) : libération d'au moins ¼ (25 %) de la valeur nominale à la souscription.

■ **La** valeur nominale d'un titre : il s'agit du prix convenu pour les titres (actions) lors de la constitution.

■ **La** valeur réelle ou valeur mathématique d'un titre : elle correspond soit à sa valeur boursière, soit à la valeur que le titre dégagerait en cas de vente de l'entreprise.

■ Le prix d'émission : valeur à l'occasion de l'augmentation de capital. Il peut être égal à :

- ☑ la valeur nominale : il s'agit du minimum ;
- ☑ la valeur réelle/mathématique : il s'agit du maximum ;
- ☑ la valeur comprise entre les deux : règle privilégiée.

■ La prime d'émission sera enregistrée dans le compte 104. Prime liée au capital social.

Prime d'émission =
nombre de titres nouveaux × (prix d'émission – valeur nominale)

■ Les enregistrements comptables :

étape 1 Versement des fonds (journal de banque)

Notes

Notes

N° compte	Libellé	Débit	Crédit
512	Libération du capital appelé et prime d'émission	Montant appelé et prime d'émission	
4563			Montant appelé et prime d'émission

Étape 2 Enregistrement de l'augmentation de capital

N° compte	Libellé	Débit	Crédit
4563	Augmentation de capital	Montant appelé et prime d'émission	
1090		Montant non appelé	
1011			Montant non appelé
1013			Montant appelé (sans prime d'émission)
1041			Prime d'émission

Étape 3 Lors des appels ultérieurs : identique constitution

N° compte	Libellé	Débit	Crédit
1011	Appel du capital	Montant appelé	
1012			Montant appelé
4562	Appel du capital	Montant appelé	
1090			Montant appelé
512	Libération du capital appelé	Montant libéré	
4562			Montant libéré
1012	Libération du capital appelé	Montant libéré	
1013			Montant libéré

3 L'augmentation de capital en nature

- Les enregistrements comptables :

N° compte	Libellé	Débit	Crédit
45611	Émission d'apports en nature	Montant apports en nature	
1013			Montant du capital versé
1043			Prime d'apport
2	Libération des apports en nature	Montant apports en nature	
45611			Montant apports en nature

À retenir !

- On parle de prime d'apport (compte 1043) lors d'apport en nature et pas de prime d'émission (1041).

La consolidation

Pour avoir une vue d'ensemble sur un groupe de sociétés, la société mère (SM) est tenue de présenter, depuis la loi du 3/01/1985, des comptes consolidés. Cela est possible grâce à une technique comptable appelée consolidation.

1 Le périmètre de consolidation et les différents types de contrôle

- Le périmètre de consolidation permet de déterminer la méthode de consolidation il comprend l'ensemble des filiales pour lesquelles la société mère exerce un contrôle exclusif, un contrôle conjoint ou une influence notable, de manière directe ou indirecte.

Types de contrôle	Méthodes de consolidation
Contrôle exclusif : si contrôle 50 %	Intégration globale
Contrôle conjoint : si contrôle à 50 % / 50 %	Intégration proportionnelle
Influence notable : si contrôle > 20 %	Mise en équivalence

2 Le pourcentage de contrôle et le pourcentage d'intérêt

A. Le pourcentage de contrôle

- Le calcul du pourcentage de contrôle permet de déterminer le type de contrôle et donc la méthode de consolidation :

Pourcentage de contrôle = contrôle direct + contrôle indirect

contrôle direct : % de contrôle qui dépasse 20 %

contrôle indirect : Rompu si le contrôle direct est inférieur à 50 %, le contrôle indirect est alors égal à 0 %

Ex. 1 :

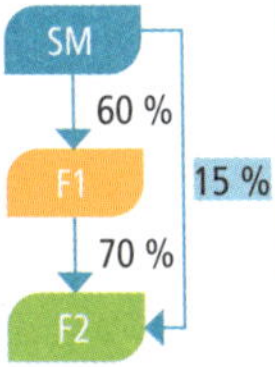

SM dans	Direct	Indirect	Total	Nature du contrôle	Méthode de consolidation
F1	60 %	0 %	60 %	Exclusif	Intégration globale
F2	15 %	70 %	85 %	Exclusif	Intégration globale

% de contrôle direct de la SM dans F1 : 60 %

Notes

% de contrôle de la SM dans F2 :

– directement sur F2 : 15 % ;

– indirectement par l'intermédiaire de F1 : 70 % car la SM détient un contrôle exclusif sur F1.

% de contrôle total de la SM dans F2 : 15 % + 70 % = 85 %.

***Ex.* 2 :**

SM dans	Direct	Indirect	Total	Nature du contrôle	Méthode de consolidation
F1	20 %	0 %	20 %	Influence notable	Mise en équivalence
F2	30 %	0 %	30 %	Influence notable	Mise en équivalence

% de contrôle direct de la SM sur F1 : 20 %

% de contrôle de la SM dans F2 :

– directement sur F2 : 30 % ;

– indirectement par l'intermédiaire de F1 : 0 % car la SM détient un contrôle.

% de contrôle total de la SM dans F2 : 30 % + 0 % = 30 %.

B. Le pourcentage d'intérêt

■ Le pourcentage d'intérêt représente la part des capitaux propres détenue, de manière directe ou indirecte, par la société mère dans sa filiale, le reste représentant la part des intérêts des actionnaires dits minoritaires.

■ Le pourcentage d'intérêt sert lors de l'élaboration du bilan et du compte de résultat consolidés à déterminer le pourcentage des capitaux propres qui seront repris dans les calculs de consolidation.

***Ex.* :** (suite)

	Détermination du % d'intérêt de la SM dans ses filiales
Reprise de l'exemple 1	% d'intérêt de la SM dans la F1 : 60 % % d'intérêt de la SM dans la F2 : (60 % × 70 %) + 15 % = 42 % + 15 % = 57 %
Reprise de l'exemple 2	% d'intérêt de la SM dans la F1 : 20 % % d'intérêt de la SM dans la F2 : (20 % × 70 %) + 30 % = 14 % + 30 % = 44 %

À retenir !

■ Le pourcentage de contrôle sert à déterminer la méthode de consolidation et le pourcentage d'intérêt sert à l'élaboration des documents de synthèse consolidés.

La méthode de l'intégration globale

La méthode de consolidation doit permettre d'obtenir des documents consolidés qui traduisent au mieux la situation du groupe vis-à-vis des tiers.

1 Les impacts sur le bilan consolidé

■ Intégration des capitaux propres (KP) de la filiale aux KP de la société mère :

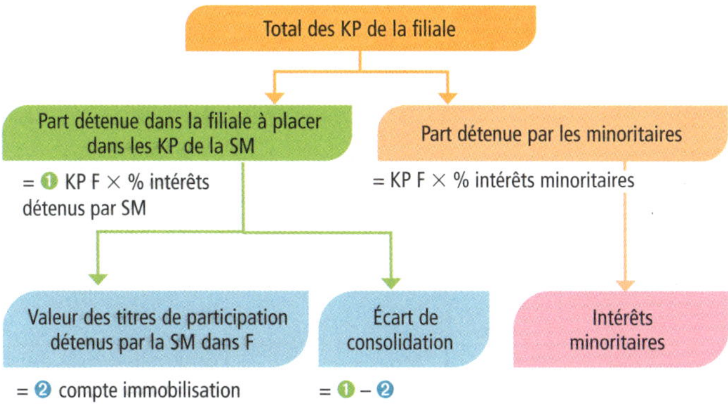

■ Affectation de l'écart de consolidation :

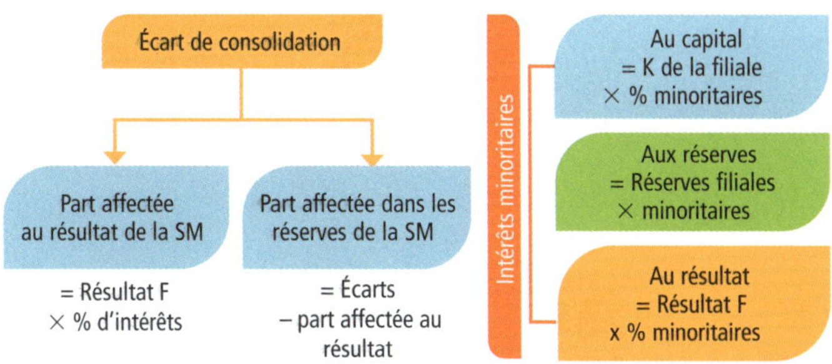

■ Élimination des opérations réciproques : il faut annuler les créances et les dettes réalisées entre la SM et sa filiale.

Notes

Notes

Écritures de consolidation au niveau du bilan

	Débit	Crédit
Capital (F)	Capital de la filiale	
Réserves (F)	Réserves de la filiale	
Titres de participation (SM)		Montant des titres détenus par SM sur F
Réserves consolidées		Réserves de F × % d'intérêts
Intérêts minoritaires sur le capital et les réserves		Total intérêts minoritaires sur le capital et les réserves.
Dettes fournisseur	Annulation dettes	
Créances clients		Annulation créances

2 Les impacts sur compte de résultat consolidé

■ Les mouvements internes au groupe (les ventes et les achats réciproques) doivent être éliminés.

Écritures de consolidation au niveau du compte de résultat

	Débit	Crédit
Résultat (F)	Résultat de la filiale	
Résultat : part du groupe		Résultat de F × % intérêts
Résultat : part des intérêts minoritaires		Résultat de F × % intérêts minoritaires

À retenir !

■ Cette méthode permet de ventiler les capitaux propres en intérêts majoritaires (part revenant au groupe) et intérêts minoritaires (part revenant aux actionnaires).

L'application de la TVA

Fiche 33

La taxe sur la valeur ajoutée (TVA) est un impôt indirect général inclus dans les prix de vente de biens ou de prestations de services et payé par les consommateurs. Elle est ainsi prélevée par les entreprises lorsque celles-ci facturent leurs clients. La TVA peut toutefois faire l'objet d'exonérations légales.

1 Les règles générales d'application de la TVA

- La TVA est un impôt indirect sur la consommation. Elle s'applique sur le prix de vente hors taxe (HT) réalisé par le redevable. Elle est comprise dans le prix payé par le consommateur : c'est lui qui en supporte en définitive le coût.
- La TVA est également qualifiée de taxe sur le chiffre d'affaires.
- La base de calcul est le prix HT net après réductions commerciales (RRR) ou escomptes.

TVA collectée

Montant de TVA qu'une entreprise collecte sur les ventes. Lorsqu'elle vend un produit ou un service, l'État prélève la taxe.

TVA déductible

Montant de TVA qu'une entreprise a payé sur ses achats, et qu'elle peut déduire de sa déclaration de TVA.

Ex. : Prix HT	1 000,00 €
Remise 10 %	100,00 €
Net commercial	900,00 €
Escompte de règlement 2 % (900 × 2 %)	18,00 €
Net financier	882,00 €
TVA = 882 × 20 %	176,40 €

Notes

2 Les opérations concernées

- Toutes les activités économiques réalisées sur le marché à but lucratif (ventes, prestations de service...) sont concernées par la TVA. Les **assujettis** sont principalement des entreprises.

Assujetti

Personne qui effectue une activité économique à titre indépendant.

- Les salaires ne sont pas soumis à TVA, car il existe un lien de subordination juridique avec l'employeur (donc ce n'est pas à titre indépendant).

Notes

3 Les opérations exonérées

■ Une dispense de TVA est prévue pour certaines activités :

① Les prestations médicales et paramédicales (honoraires des médecins libéraux, infirmiers, radiologues…).

② Les prestations d'assurance.

③ L'enseignement scolaire.

④ Les loyers des locaux destinés à l'habitation.

⑤ Les intérêts sur prêts, découverts, etc.

■ Un service payé à une administration publique (hôpitaux, mairies, etc.) n'est pas soumis à TVA. De même, un particulier qui réalise une vente n'est pas soumis à TVA.

■ Les associations ne collectent pas de TVA ; elles ne peuvent donc la déduire et comptabilisent leurs dépenses TTC.

Remarque

Dans le cas de la cession d'immeubles, s'il a moins de 5 ans, la TVA s'applique ; s'il a plus de 5 ans, la cession est exonérée (mais option possible).

À retenir !

■ Toutes les activités économiques réalisées sur le marché à but lucratif (ventes, prestations de service…) sont concernées par la TVA. Les assujettis sont principalement des entreprises. La base de calcul est le prix HT net après réductions commerciales (RRR) ou escomptes.

Territorialité et exigibilité

Fiche 34

La TVA s'applique soit dans le pays de départ du bien (ou du service) soit dans le pays d'arrivée (lieu de consommation).

Lorsqu'elle s'applique, il faut déterminer la date à laquelle elle devra être déclarée.

1 Les règles de territorialité

- La TVA française s'applique lorsque la livraison du bien ou la réalisation du service a lieu en France. Les assujettis (personnes qui réalisent des déclarations de TVA) établis dans l'UE ont un numéro d'identification intracommunautaire.

- La TVA peut s'appliquer soit dans le pays du vendeur, soit dans celui de l'acheteur. En principe, c'est celle de l'acheteur qui s'applique, mais il existe des exceptions (livraisons intracommunautaires sans numéro par exemple).

	Dans l'UE	Hors UE
Ventes	• Exonérées si client identifié à la TVA. • TVA française si client dans l'UE non identifié.	• Toujours exonérées (exportations).
Achats	• TVA française collectée et déductible si l'acheteur a transmis son numéro pour les achats intracommunautaires. • TVA du fournisseur européen si l'acheteur ne dispose pas de numéro.	• TVA française (déductible) qui s'applique lors du dédouanement. • Possibilité d'autoliquidation comme pour un AIC sous condition de seuils.

- Certains territoires français (les collectivités d'outre-mer notamment) sont traités comme des zones hors UE : les exportations et importations sont dédouanées.

2 Les principaux taux de TVA applicables

Le taux normal : 20 %	Il s'applique sur tous les biens et services, sauf exceptions prévues par les textes de loi.
Le taux intermédiaire : 10 %	Il concerne principalement l'hôtellerie et la restauration, les médicaments non remboursés, les transports de personnes (taxi, train), certains travaux réalisés chez des particuliers (réparations, jardinage, entretien…).
Le taux réduit : 5,5 %	Il s'applique notamment sur les livres, les produits alimentaires et certains travaux immobiliers.

Opérations comptables, sociales et fiscales

Notes

Notes

Le taux réduit : 2,1 %	Il concerne en particulier la presse (papier ou numérique) et les médicaments remboursés par la Sécurité sociale.

3 L'exigibilité de la TVA

■ **L'exigibilité** correspond à la date à laquelle la TVA est déclarée en tant que TVA collectée ou déductible.

Type de transaction	Exigibilité	Exemple
Vente de biens	Date de livraison (en pratique, date de facture).	Vente de 1 000 € HT facturée le 10 nov. et réglée à 30 jours le 10 déc. : la TVA est collectée en novembre.
Prestation de service avec option sur les encaissements	TVA collectée à l'encaissement (au moment du paiement*).	Prestation de 1 000 € HT facturée le 10 nov. et réglée à 30 jours le 10 déc. : la TVA est collectée en décembre.
Prestation de services avec option sur les débits	TVA exigible à la facturation.	Prestation de 1 000 € HT facturée le 10 nov. et réglée à 30 jours le 10 déc. avec option sur les débits : la TVA est collectée en novembre (facturation).
Acompte sur vente de biens	Pas de TVA.	
Acompte sur prestation de service	TVA sur acompte, quel que soit le régime (sur encaissement ou sur les débits).	

* Il faut donc séparer les factures d'achats de prestations de services entre les fournisseurs avec option sur les encaissements et fournisseurs avec option sur les débits car la TVA n'est pas déductible à la même date.

■ **L'enregistrement de la TVA** doit se faire sur le compte 44571. État TVA collectée (ou 44566. TVA déductible) à la date d'exigibilité.

À retenir !

■ Lors de la facturation, si la TVA n'est pas exigible, il est nécessaire de la mettre dans un compte d'attente 44585. TVA à régulariser. Ce compte n'est pas reporté dans la déclaration de TVA.

La déduction de la TVA

Fiche 35

La déduction de la TVA consiste à récupérer la TVA réglée au fournisseur auprès de l'État. Elle fait l'objet d'une comptabilisation en TVA déductible et s'effectue sur la déclaration de TVA.

1 Les règles générales

■ La TVA due équivaut à la TVA collectée moins la TVA déductible.

Si la TVA due est supérieure à 0 → TVA à décaisser

Si la TVA due est inférieure à 0 → Crédit de TVA

Déduire la TVA
Récupérer la TVA.

■ Le droit à déduction est favorable au professionnel : la TVA ne représente en général pas une charge. Mais si la TVA est non déductible, alors elle représente un coût et on enregistre TTC.

Ex. : Si la TVA collectée est égale à 100 et la TVA déductible à 70, alors la TVA due est de 30.
Si la TVA déductible est égale à 60, alors la TVA due est de 40.

2 Les conditions de déductibilité

■ Le professionnel doit collecter de la TVA afin de pouvoir récupérer la TVA supportée sur ses achats.

■ Les ventes exonérées dans le cadre du commerce extérieur ouvrent droit à déduction de TV : l'exportateur peut récupérer normalement sa TVA.

■ La dépense doit être professionnelle.

■ La dépense doit être justifiée par un document papier ou dématérialisé comportant des mentions obligatoires : facture, bordereau douanier, relevé bancaire, etc.

Les dépenses pour lesquelles la TVA est non déductible	
Les dépenses somptuaires	Elles concernent les frais de résidence secondaire, les frais liés aux bateaux de plaisance, la chasse et les parties de pêche, même en faveur de clients.
Les dépenses d'hébergement (sauf si collectif sur le lieu de travail)	• TVA non déductible sur les frais d'hôtel même pour des collaborateurs en déplacement professionnel. • En revanche, la TVA est déductible pour les dépenses de restaurant justifiées.

Opérations comptables, sociales et fiscales

Notes

Notes

Les dépenses de transport de personnes (notes de frais : hôtel, transport en TTC et le reste HT, restaurant, péages, etc.)	Frais de taxi, de train, d'avion, même pour des déplacements professionnels.
Dépenses liées aux véhicules de tourisme (mention VP sur carte grise)	Achat, location, réparations… y compris voitures de fonction. Taxis, auto-écoles… peuvent récupérer la TVA car ce sont des professionnels du secteur.

- La TVA est partiellement déductible sur l'essence (super). En 2020, 40 % de la TVA est récupérable quel que soit le véhicule.
- La TVA est déductible à 80 % pour le gazole sur un véhicule de tourisme.

3 Les régularisations de TVA

- La régularisation de TVA est une remise en cause de la TVA déduite ou non déduite à l'achat, généralement lors de la sortie du bien.
- La TVA déduite à l'achat peut faire l'objet d'un reversement : il concerne surtout les immeubles.
- La TVA non déduite peut bénéficier d'un complément de déduction : il se rencontre principalement pour les véhicules de tourisme.

Biens	Immeubles		Véhicules de tourisme		Autres biens
À l'achat	TVA déductible		TVA non déductible		TVA déductible
À la cession	Si – de 5 ans : TVA collectée	Si + de 5 ans : exonérée de TVA (mais option possible)	Exonérée de TVA si à un autre utilisateur	TVA collectée si cédée à un négociant en véhicules	TVA collectée
Régularisation	Non	Oui : reversement	Non	Oui : complément de déduction	Non
Calcul de la régularisation		TVA initiale – 1/20e par année		TVA initiale – 1/5e par année	

Chaque année civile entière ou non est prise en compte.

À retenir !

- Pour le calcul de la régularisation de la TVA, toutes les années sont prises en compte même si elles sont incomplètes.

La déclaration de TVA

La télédéclaration de TVA est obligatoire et elle s'accompagne du télépaiement, selon différents régimes.

1 Les trois régimes de déclaration de TVA

- Il existe **trois régimes** :

❶ le réel normal ;

❷ le réel simplifié ;

❸ la franchise de TVA.

	Régime du réel normal	Régime du réel simplifié	Franchise de TVA
Obligations déclaratives	Déclaration mensuelle CA3. Par exception, une déclaration par trimestre.	Déclaration annuelle CA12.	Aucune déclaration de TVA.
Critères	CA annuel HT supérieur à certains seuils : – ventes : 789 000 € ; – prestations : 238 000 €.	CA annuel HT compris entre les seuils de la franchise et du réel normal.	CA annuel HT inférieur à certains seuils : – ventes : 82 800 € ; – prestations : 33 200 €.
Fonctionnement du régime	Télédéclaration entre le 15 et le 24 du mois suivant accompagnée du paiement.	• 2 acomptes verses en juillet et décembre N. • Télédéclaration annuelle 2e jour ouvré de mai N+1 au plus tard.	• Pas de TVA collectée. • Pas de TVA déductible.

Remarque

Sur toutes les déclarations, les montants sont arrondis à l'euro le plus proche, il ne faut pas faire figurer les centimes.

2 Régime du réel normal : comptabilisation de la CA3

- Il faut solder tous les comptes de TVA collectée et déductible. On utilise généralement un compte de charges diverses 658 ou de produits 758 pour les différences d'arrondis.

Notes

Notes

Ex. :

Comptes de TVA mois de novembre				
Compte	**Intitulé**	**Solde débiteur**	**Solde créditeur**	**Montant arrondi**
445620	TVA déductible/immobilisations	1 152,30		1 152
445660	TVA déductible/biens et services	11 514,42		11 514
445711	TVA collectée 10 %		9 550,90	9 551
445712	TVA collectée 20 %		8 200,05	8 200
445740	TVA/encaissements		1 711,48	
445200	TVA collectée intracom.		3 110,70	3 111

TVA due ou à décaisser
(9 551 + 8 200 + 3 111) + (1 152 + 11 514) = 8 196 €

Enregistrement au journal des OD :

Cpte gal	Date	Libellé	Débit	Crédit
445711	30/11		9 550,90	
445712		CA3 du mois de novembre	8 200,05	
445200			3 110,70	
445620				1 152,30
445660				11 514,42
445510		Montant TVA due du mois		8 196,00
658000		Pour équilibrer total débit et crédit	1,07	

Enregistrement au journal de banque :

Cpte gal	Date	Libellé	Débit	Crédit
445510	15-24/12	Paiement de la TVA de novembre	8 196,00	
512000				8 196,00

Remarque

Les comptes de TVA en attente tels que 44586. TVA à régulariser ou 44574. TVA sur encaissements ne doivent pas figurer dans l'écriture, car ces montants ne sont pas sur la déclaration.

À retenir !

- Le compte 44551. TVA à décaisser indique que l'entreprise a une dette vis-à-vis de l'État tandis que le compte 44567. Crédit de TVA est une créance c'est-à-dire que l'entreprise doit se faire rembourser la TVA par l'État. Il est possible de reporter le crédit de TVA sur la déclaration suivante ou de demander un remboursement si la somme est supérieure à 760 €.

Le régime simplifié et la franchise de TVA

Fiche 37

La déclaration de TVA CA12, ou CA12E dans certains cas, doit être complétée et déposée chaque année par les entreprises et les autres redevables qui relèvent du régime simplifié d'imposition à la TVA.

1 Les principes du régime simplifié

- Les entreprises qui réalisent un CA HT compris entre 85 800 € et 818 000 € pour la vente de biens ou compris entre 34 400 € et 247 000 € pour les prestations de services sont soumises au régime du réel simplifié.

Remarque

Si ces seuils de chiffre d'affaires sont franchis, le régime simplifié est maintenu la première année suivant celle du dépassement.

- Afin d'alléger les formalités, l'administration fiscale va calculer deux acomptes identiques payables en juillet et en décembre de l'année. Le solde sera régularisé en avril de l'année suivante (télédéclaration et télérèglement).

A. L'échéancier annuel

- La déclaration de TVA se fait en trois étapes.

Date	Nature	Calcul
étape 1 Juillet N	1er acompte	55 % × (TVA N-1 hors TVA/immobilisation)(1)
étape 2 Décembre N	2e acompte	40 % × (TVA N-1 hors TVA/immobilisation)(1)
étape 3 Mai N + 1	Déclaration CA12	TVA due (N) = (TVA collectée N) – (total TVA déductible N)(2) Solde à payer = TVA due – total des 2 acomptes

(1) Les acomptes ne sont qu'une estimation provisoire, c'est pourquoi la TVA/immobilisation est exclue.

(2) On calcule la TVA réelle de l'année, ce n'est plus une estimation.

B. Exemple : calculs et écritures

Compte	Intitulé	Année N-1		Année N	
		Solde D	Solde C	Solde D	Solde C
445620	TVA déd/immobilisation	1 350,00		950,00	
445660	TVA déd/biens et services	2 980,00		3 020,00	
445710	TVA collectée		9 110,00		10 880,00

Notes

Date	Calculs	Écritures comptables			
15/07/N	55 % (9 110 – 2 980) = 3 372 1er acompte arrondi à l'euro	445810 512000	Acomptes, régime simplifié Banque *Paiement 1er acompte*	3 372	 3 372
15/12/N	40 % (9 110 – 2 980) = 2 452 2e acompte	445810 512000	Acomptes, régime simplifié Banque *Paiement 2e acompte*	3 372	 3 372
Début mai N + 1	TVA due (N) = 10 880 – (950 + 3 020) = 6 910 Solde à payer = 6 910 – (3 372 + 2 452) = 1 086 €	445710 445620 445660 445810 44510	TVA collectée TVA déd/immos TVA déd/B et S Acomptes TVA à décaisser *Enregistrement de la CA12*	10 880	 950 3 020 5 824 1 086
	Paiement de la TVA	445510 512000	TVA à décaisser Banque *Paiement solde de la TVA*	1 086	 1 086

■ Si le total des acomptes est supérieur à la TVA due, alors on a un excédent de versement dont le traitement est identique à celui du crédit de TVA.

2 Les principes de la franchise en base de TVA

■ Les entreprises qui réalisent un CA HT inférieur à 85 800 € pour les biens et inférieur à 34 400 € pour les services sont concernées par le régime de la franchise en base.

■ La franchise en base de TVA exonère les entreprises de la déclaration et du paiement de la TVA sur les prestations ou ventes qu'elles réalisent.

■ Le professionnel qui relève de la franchise en base doit facturer ses prestations ou ses ventes en hors taxe.

■ Sur chaque facture doit figurer la mention « *TVA non applicable - article 293 B du CGI* ». La TVA ne peut donc pas être déduite ni récupérée des achats de biens et de services effectués.

■ Le professionnel peut renoncer à la franchise en base en optant pour le paiement de la TVA.

à retenir !

■ Même si les seuils ne sont pas dépassés les entreprises peuvent opter soit pour le réel normal ou le réel simplifié.

Le résultat fiscal

Fiche 38

Opérations comptables, sociales et fiscales

Le résultat fiscal est le résultat sur lequel est imposée une société au titre de l'impôt sur les sociétés, ou une entreprise individuelle au titre de l'impôt sur le revenu. Il est obtenu à partir du résultat comptable selon un mode de calcul imposé par l'administration fiscale.

1 L'imposition des bénéfices

A. Règles générales

- Tout bénéfice doit être déclaré et imposé en tant que tel. Le bénéfice peut être imposé selon deux régimes d'imposition :

❶ l'impôt sur les sociétés (IS) ;

❷ l'impôt sur le revenu (IR).

- C'est principalement la forme juridique choisie qui détermine le régime d'imposition applicable.
- L'IS concerne les principales formes de société : SA, SARL, SAS et SASU lorsqu'un associé est une personne morale (une organisation).
- L'imposition des bénéfices à l'IR concerne principalement les entreprises individuelles et certaines sociétés : SNC, SASU/EURL lorsque l'associé est une personne physique.
- Il existe diverses possibilités d'option sous conditions pour basculer de l'IR vers l'IS et inversement. Par exemple, une SNC peut opter pour l'IS, ou une SAS pour l'IR (ces options demandent l'unanimité des associés).

Notes

B. Les bénéfices industriels et commerciaux

- Les bénéfices industriels et commerciaux (BIC) sont soumis à certaines règles.

Principes	Précisions/exemples
Les BIC sont une catégorie de revenu. Il existe également des bénéfices agricoles et des bénéfices non commerciaux (professions libérales et artistiques).	Les BIC concernent les activités artisanales, de négoce, commerciales… effectuées principalement par des entreprises individuelles : taxis, coiffeurs, commerçants, plombiers, etc.
Chaque foyer fiscal doit déclarer l'ensemble de ses revenus.	Traitements et salaires, RCM (revenus des placements), revenus fonciers (revenus locatifs) notamment.

Notes

L'entreprise individuelle n'a pas de personnalité juridique et fiscale.	C'est l'entrepreneur qui est imposé sur le bénéfice qu'il déclare avec ses autres revenus.
Les entreprises individuelles peuvent adhérer volontairement à des centres de gestion agréés (CGA) qui sont des associations qui fournissent une assistance (analyse de gestion, formation…) et assurent un contrôle.	L'entrepreneur supporte des frais d'adhésion mais échappe à une majoration de 25 % de son bénéfice : – **entreprise adhérente** : bénéfice déclaré = 1 000, bénéfice imposé = 1 000 ; – **entreprise non adhérente** : bénéfice déclaré = 1 000, bénéfice imposé = 1 000 × 1,25 = 1 250.

2 Le calcul du résultat fiscal

Méthodologie	Précisions/exemples
étape 1 Détermination du résultat comptable annuel.	**Ex. :** Produits enregistrés (classe 7) = 40 000 Charges enregistrées (classe 6) = 12 000 Résultat comptable = 28 000
étape 2 Les charges se répartissent fiscalement en 2 catégories.	• Charges admises : déductibles • Charges non admises : non déductibles
étape 3 Les produits se répartissent fiscalement en 2 catégories.	• Produits imposables • Produits non imposables
• Pour les charges admises (déductibles), aucun traitement fiscal particulier : RAF (rien à faire). • Pour les charges non déductibles : réintégration fiscale sur une déclaration spécifique.	**Ex. :** Sur les 12 000 € de charges enregistrées on relève 2 000 € de dépenses somptuaires non déductibles et 10 000 € de charges déductibles : Résultat comptable = 28 000 • Charges admises : RAF • Charges non déductibles : + 2 000 • Résultat fiscal (imposable) : 30 000
• Pour les produits imposables : RAF. • Pour les produits non imposables : ils sont déduits (soustraits) du résultat. • C'est le même raisonnement que pour les charges.	**Ex. :** 6 000 € de produits ne sont pas imposables en BIC : Résultat comptable = 28 000 • Charges non déductibles : + 2 000 • Produits non imposables : – 6 000 • Résultat fiscal = 24 000

Résultat comptable
+ Réintégrations ← Il s'agit des charges non admises non déductibles.
– Déductions ← Elles concernent les produits non imposables.
= Résultat fiscal ← Il sert de base de calcul de l'impôt sur les bénéfices à l'IS ou à l'IR.

À retenir !

- Dans le cadre de l'IR, toute personne ayant son domicile fiscal en France doit y déclarer tous ses revenus, notamment ses bénéfices.
- Dans le cadre de l'IS, toute société ayant un établissement stable en France doit y déclarer ses résultats dans le cadre de l'IS français.

La déductibilité des charges décaissables et des charges calculées

Les charges décaissables enregistrées en comptabilité doivent répondre à un certain nombre de conditions pour être admises fiscalement en déduction. Lorsque les charges calculées sont enregistrées dans le respect des règles comptables, elles sont en principe déductibles (il n'y a rien à faire pour la dotation, et la reprise sera imposable donc il n'y a rien à faire également).

1 Les conditions de déductibilité des charges

A. Principes

Pour être admise, la charge :

- **doit être engagée dans l'intérêt de l'entreprise** dans le cadre d'actes normaux de gestion. Cela concerne les dépenses à caractère professionnel non abusives. Les dépenses somptuaires ou personnelles sont à réintégrer.
- **doit être comptabilisée** et s'appuyer sur un document justificatif.
- **ne doit pas être exclue par une disposition légale.** Certaines charges peuvent être à réintégrer car non admises fiscalement.

B. Précisions sur certaines charges décaissées

Charges décaissées soumises à des règles spécifiques	Précisions
Les amendes et pénalités de toute nature sont à réintégrer.	Pénalités fiscales, sociales, PV de stationnement… Les indemnités et dommages-intérêts sont admis.
Les dons aux associations, fondations, œuvres d'intérêt général, universités sont des charges sans lien avec l'activité.	Réduction d'impôt de 60 % pour les dons < 10 000 € : sinon, limite de 5/1 000e du CA HT.
La rémunération de l'exploitant est non déductible.	Ses cotisations sociales obligatoires sont en revanche admises.
Les assurances sont normalement déductibles, donc rien à faire (RAF) dès lors qu'elles concernent l'activité.	Il existe des règles particulières pour les assurances vie : – au bénéfice d'une banque : RAF si exigée par la banque, sinon à réintégrer (à déduire à la fin du contrat) ; – au bénéfice des salariés ou de leur famille : RAF comme toutes les dépenses en faveur du personnel ; – au bénéfice de l'entreprise : RAF si sur un homme clé, sinon à réintégrer.

Notes

Notes

Les rémunérations sont admises, donc RAF ; travail réel et rémunérations non exagérées.	C'est au fisc de prouver qu'il y a abus lors d'un contrôle.
La TVS (taxe sur les véhicules de tourisme des sociétés) est admise.	RAF dans le cadre de l'IR-BIC mais à réintégrer pour l'IS.

2 La déductibilité des charges calculées

A. Les dépréciations et provisions

■ **Les charges calculées sont en principe déductibles.**

Ex. : Courrier d'un avocat pour une provision pour litige, procédures de relance sans effet sur un client, etc.

■ **Certaines dotations ne sont pas déductibles (à réintégrer) : provisions pour pénalités, provisions pour indemnités de départ en retraite, provisions pour indemnités de licenciement économique.**

■ **Les cas particuliers** :

Ne concerne que des entreprises ayant opté en 1987 pour ce régime.

Provision pour congés payés	Deux cas de figure possibles : – provision admise donc RAF ; – provision déductible avec un décalage d'un an : la provision N est réintégrée puis déduite en N + 1.
Provision pour perte de change	Non déductible, à réintégrer (traitement inverse en N+1). Perte latente (compte 476) à déduire.
Dépréciation des titres	Les faire figurer dans le tableau des plus ou moins-values pour tous les titres.

B. Les amortissements

■ **Amortissement comptable et fiscal** :

Amortiss.comptable = amortiss. fiscal	Amortiss. fiscal > amortiss. comptable dès la 1re année	Amortiss. fiscal < amortiss. comptable dès la 1re année
Une seule écriture et RAF fiscalement	• Dotation aux amortissements dérogatoires Fiscalement RAF • Lorsque amortiss. fiscal < comptable : reprise	• Réintégration fiscale de la différence. • Lorsque amortiss. fiscal > amortiss. comptable : déduction

À retenir !

■ Si une charge est engagée dans l'intérêt de la société, elle est déductible et, dans ce cas, il ne faut rien faire. Si ce n'est pas le cas, il faut la réintégrer pour l'annuler car elle avait été déduite auparavant. Pour les véhicules de tourisme, la TVA est non déductible, ils sont soumis à la TVS (taxe sur les véhicules de tourisme). Pour les autres véhicules, la TVA est déductible ; RAF pour les dotations.

L'imposition des produits et les plus ou moins-values (BIC)

Fiche 40

Opérations comptables, sociales et fiscales

L'imposition des produits dans le cadre des BIC répond à plusieurs principes. Les plus ou moins-values concernent principalement les sorties d'éléments d'actif. Il s'agit le plus souvent d'une cession d'immobilisation.

1 L'imposition des produits dans le cadre des BIC

Principes	Précisions/exemples
Tout produit réalisé par un exploitant ayant son domicile fiscal en France relève de l'IR français.	Il existe des conventions fiscales internationales bilatérales qu'il faut consulter au cas par cas.
Le produit réalisé doit être rattaché à la catégorie de revenu concernée.	Il faut séparer les BIC, les revenus fonciers, les traitements et salaires, etc.
Si des produits comptabilisés relèvent d'une autre catégorie que les BIC, il faut les déduire lors du calcul du résultat fiscal pour les déclarer dans une autre catégorie.	**Ex. :** un exploitant individuel a enregistré 1 000 € de dividendes en produits financiers. Il faut les déduire pour le déclarer en RCM (revenus des capitaux mobiliers).
Les produits enregistrés sont rattachés à l'année de comptabilisation : la règle fiscale suit la règle comptable.	**Ex. :** vente de 1 000 € en décembre N, règlement en janvier N + 1. Produit de 1 000 enregistré en N, RAF fiscalement, règles comptables et fiscales identiques.
Il existe une exception pour les gains latents de change (compte 477) : ils sont imposables fiscalement donc : – à réintégrer en N ; – mais à déduire en N+1. } gain en fiscalité mais pas en compta	**Ex. :** gain latent (au crédit du compte 477) de 200 € au 31/12/N. Le gain réel lors du paiement est de 160 € en janvier N + 1. Réintégrer 200 en N (gain latent). Déduire 200 en N + 1 (contre-passation gain latent). RAF pour les 160 € car gain réel.

Notes

2 Le calcul et la qualification des plus ou moins-values

A. Le calcul et la qualification des plus ou moins-values

■ Une déclaration spécifique doit être renseignée (tableau des plus ou moins-values) car l'imposition est spécifique. Cette déclaration permet de distinguer :
– une plus ou moins-value à court terme (CT) ;
– une plus ou moins-value à long terme (LT).

Remarque
CT et LT ont un traitement fiscal différent.

Notes

Pour toute immobilisation détenue depuis moins de 2 ans → la plus ou moins-value est à court terme.

Pour toute immobilisation non amortissable détenue depuis + de 2 ans → la plus ou moins-value est à long terme.

Pour une immobilisation amortissable détenue depuis + de 2 ans → la moins-value est à court terme. → la plus-value est à court terme, mais dans la limite des amortiss. la fraction de la plus-value > aux amortiss. est à long terme.

***Ex.* :** Un ensemble immobilier acquis le 15/01/2000 est cédé le 20/09/2019. L'immeuble acquis 800 000 € et amorti pour 380 000 € est cédé 915 000 €. Le terrain acquis 200 000 € est cédé pour 220 000 €.

– Pour le terrain : plus-value = 220 000 – 200 000 = + 20 000 € à LT car bien non amortissable de plus de 2 ans.

– Pour l'immeuble : valeur nette = 800 000 – 380 000 = 420 000, donc plus-value = 915 000 – 420 000 = + 495 000 € :

– 380 000 € à CT (montant des amortissements).

– 495 000 – 380 000 = 115 000 € à LT.

B. Cas particuliers : les titres et les brevets

Les titres	Les brevets
• Titres de plus de 2 ans : plus ou moins- value à LT. • Titres de moins de 2 ans : plus ou moins-value à CT. • Si tous les titres de la catégorie ont moins de deux ans, on ne calcule pas de plus ou moins-value fiscale. • Les dépréciations des titres sont toujours : dotation = moins-value à LT reprise = plus-value à LT.	Lorsque le brevet a été déposé par l'entreprise, la plus-value est toujours à long terme.

3 Le traitement fiscal des plus ou moins-values

	À court terme (CT)	À long terme (LT)
Plus-values (+V)	Deux possibilités au choix : – soit rien à faire ; – soit étalées sur trois ans : • déduire 2/3 de la plus-value en N ; • réintégrer 1/3 en N+1 et 1/3 en N +2.	• À déduire lors du calcul du résultat fiscal. • Impôt de 12,80 % (10 % pour les brevets) sur la plus-value (LT) et 17,2 % de prélèvements sociaux, soit 30 % au total. • Si l'entreprise est déficitaire, elle peut ne rien faire.
Moins-values (–V)	Rien à faire.	• À réintégrer lors du calcul du résultat fiscal. • À reporter sur les plus-values à LT futures (durée de dix ans).

À retenir !

- La distinction court terme et long terme est fondamentale car le traitement fiscal est différent.

Les plus ou moins-values de l'impôt sur les sociétés

Fiche 41

Comme pour les BIC, dans le cadre de l'IS, il faut établir une déclaration 2059 des plus ou moins-values. Toutes les plus ou moins-values sont à court terme, sauf deux catégories d'actifs, qui peuvent être à long terme.

1 L'application des plus ou moins-values pour l'impôt sur les sociétés (IS)

A. Les principes

- Les plus ou moins-values à long terme concernent uniquement les brevets déposés par l'entreprise (et les logiciels) et les titres de participation.
- Les autres titres (qui ne sont pas des titres de participation) ne relèvent pas du régime des plus ou moins-values.

B. Les précisions

- Pour les cessions de titres, les conditions vues pour le régime mère-filiale sont de détenir au moins 5 % du capital et de conserver les titres au moins deux ans. Si on a une cession de titres divers (autres que les titres de participation), alors RAF fiscalement, que ce soit sur la cession ou sur les dépréciations.

Ex. : Un ensemble immobilier acquis le 15/01/2000 est cédé le 20/09/2019. L'immeuble acquis 800 000 € et amorti pour 380 000 € est cédé 915 000 €. Le terrain acquis 200 000 € est cédé pour 220 000 €.
– Pour le terrain : plus-value = 220 000 – 200 000 = + 20 000 € à CT.
– Pour l'immeuble : valeur nette = 800 000 – 380 000 = 420 000 €, donc plus-value = 915 000 – 420 000 = + 495 000 € à CT également.

Notes

2 Le récapitulatif des calculs et qualifications

A. Les brevets (cessions et concessions)

- Les mêmes principes que pour les BIC s'appliquent :
  1. le brevet est déposé par l'entreprise : toujours à long terme ;
  2. le brevet est acquis : régime de droit commun (comme n'importe quelle immobilisation).
- La moins-value est toujours à court terme.

Notes

B. Les titres de participation

■ Il faut utiliser la méthode PEPS (premier entré premier sorti) :
– si l'objectif est de conserver les titres plus de deux ans, c'est du long terme ;
– si l'objectif est de les conserver moins de deux ans, c'est du court terme.

C. Les autres titres et les autres immobilisations

■ Les autres titres ne relèvent pas des plus ou moins-values ; rien à faire en fiscalité.

■ Les autres immobilisations : toutes les plus ou moins-values sont à court terme.

Remarque
Les dépréciations des titres de participation sont non déductibles et ne relèvent pas des plus ou moins-values : dotation à réintégrer, reprise à déduire.

3 Le traitement fiscal des plus ou moins-values

LES PLUS-VALUES	À court terme	Rien à faire, pas d'étalement.
	À long terme (brevets)	Il faut les déduire pour le calcul du résultat fiscal et ajouter un impôt de 10 % sur la plus-value à long terme. Si l'entreprise est déficitaire, elle peut ne rien faire.
	À long terme (titres de participation)	Il faut les déduire pour le calcul du résultat fiscal et réintégrer une quote-part de 12 % de la plus-value. Il n'y a pas d'impôt sur la plus-value à long terme.
LES MOINS-VALUES	À court terme	Rien à faire.
	À long terme (brevets)	La moins-value sur un brevet est toujours à court terme, donc rien à faire.
	À long terme (titres de participation)	Il faut les réintégrer pour le calcul du résultat fiscal.

À retenir !

■ Les champs d'application des plus-values professionnelles à l'IS et aux BIC sont très proches. La seule différence est liée aux titres.

Le calcul et le paiement de l'impôt sur les sociétés

Fiche 42

Chaque société doit calculer l'impôt dont elle est redevable et le payer en général en 5 versements (4 acomptes et un solde). Les acomptes sont calculés en utilisant un bénéfice de référence (dernier exercice connu).

1 Les différents taux d'IS applicables en 2019

	PME	Grandes entreprises	Autres cas
Conditions	• Chiffre d'affaires HT < 7 630 000 €. • Capital entièrement libéré. • Capital détenu à 75 % au minimum par des personnes physiques.	Chiffre d'affaires HT > 250 000 000 €.	Toutes les autres sociétés soumises à l'IS.
Taux applicables	• 15 % jusqu'à 38 120 € de bénéfice. • 28 % entre 38 120 et 500 000 €. • 31 % au-delà de 500 000 €.	• 28 % jusqu'à 500 000 € de bénéfice. • 33,33 % au-delà de 500 000 €.	• 28 % jusqu'à 500 000 € de bénéfice. • 31 % au-delà de 500 000 €.

Ex. : Une PME a un résultat fiscal de 30 000 €. L'IS sera de :
30 000 × 15 % = 4 500 €.
Si le résultat fiscal est de 55 000 €, alors l'IS sera de :
38 120 × 15 % + (55 000 – 38 120) × 28 % = 10 444 €.
Il s'agit d'un barème par tranche.

Notes

2 L'échéancier annuel pour l'IS année N

Date	Versement	Calcul
15/03/N	1er acompte	Taux IS/4 × résultat fiscal N – 2
15/06/N	2e acompte	Taux IS/4 × résultat fiscal N–1 + régularisation 1er acompte Régularisation = 2e acompte – 1er acompte
15/09/N	3e acompte	Taux IS/4 × résultat fiscal N – 1
15/12/N	4e acompte	Taux IS/4 × résultat fiscal N – 1
15/05/N + 1	Solde IS de N	IS N – total quatre acomptes versés en N

■ Il est possible de calculer le premier acompte sur le résultat fiscal N–1. Dans ce cas, les quatre acomptes sont égaux et il n'y a pas de régularisation le 15/06.

Notes

3 Les enregistrements comptables

- **Pour chaque paiement (acomptes, solde) :**

444 État IS	X	
512 Banque		X

- **Au 31/12, enregistrement de l'IS annuel :**

695 IS	5 250	
444 État IS		5 250

4 Les cas particuliers

- **Les entreprises nouvelles** : pas d'acompte les 12 premiers mois.
- **Le déficit fiscal** (donc pas d'IS) : les acomptes versés sont restitués et pas d'acompte l'année suivante.

Ex. **:** RF < 0 en 2019 : les acomptes versés en 2019 sont remboursés (en mai 2020). Pas d'acompte à verser en 2020.

- **La concession de brevet** (plus-value à long terme imposée à 10 % si le brevet est déposé par l'entreprise) : elle rentre dans le calcul des acomptes au taux de 2,5 %.
- **Pour les sociétés autres que les PME avec un IS > 763 000 €** : cette contribution se calcule sur l'IS avant prise en compte des crédits d'impôt, et il y a quatre acomptes plus le solde. Ces sociétés doivent payer en plus une contribution sociale.

Contribution = 3,3 % 3 (IS – 763 000)

- **Les versements ou déclarations hors délai** : majorations de 5 % pour paiement tardif et de 10 % pour déclaration tardive (comme pour la TVA).

à retenir !

- Le taux d'IS pour les exercices à compter du 01/01/21 au 31/12/21 sera de 26,5 % et en 2022 le taux d'IS sera égal à 25 %.

Le calcul de l'impôt sur le revenu

Fiche 43

Le calcul de l'IR est effectué par l'administration fiscale selon un barème voté chaque année. Il existe de nombreuses déductions et réductions d'impôts (niches fiscales).

1 Champ d'application

■ L'impôt sur le revenu est un impôt annuel qui s'applique aux personnes physiques qui perçoivent différents revenus :

- **Les traitements et salaires** : revenus provenant d'un contrat de travail.
- **Les bénéfices industriels et commerciaux (BIC)** : revenus d'activités indépendantes commerciales ou industrielles.
- **Les revenus mobiliers** : revenus de placements financiers (actions et obligations).
- **Les bénéfices agricoles** : revenus provenant d'une activité agricole exercée de façon indépendante.
- **Les revenus fonciers** : revenus provenant d'une activité de location d'immeubles ou de terrains.
- **Les bénéfices non commerciaux** : revenus d'une activité libérale.

2 La détermination du quotient familial

Principes	Exemple
étape 1 Déclarer tous les revenus du foyer fiscal selon leur catégorie.	Un foyer fiscal dispose de 80 000 € de salaires imposables et 2 000 € d'intérêts imposables. À déclarer en TS : 80 000 €, et en RCM : 2 000 €.
étape 2 Appliquer les déductions et abattements (ou majoration) pour chaque revenu.	TS : déduction pour frais de 10 % donc salaires nets = 72 000 € et intérêts RAF donc 2 000 €.
étape 3 Déterminer le revenu brut global (RBG).	RBG = 72 000 + 2 000 = 74 000 €.
étape 4 Déduire les sommes autorisées. Il s'agit surtout des pensions versées aux ascendants/descendants dans le besoin.	Supposons que 4 000 € aient été versés à un ascendant dans le besoin : le revenu net global imposable est de 74 000 – 4 000 = 70 000 €.

Opérations comptables, sociales et fiscales

Notes

Notes

étape 5 Calculer le quotient familial : revenu/nombre de parts.	Le foyer se compose d'un couple marié avec un enfant (1 + 1 + 0,5 = 2,5 parts). Quotient familial = 70 000 / 2,5 = 28 000 €.

3 Application du barème et des réductions d'impôt

■ Chaque année le barème de l'IR est voté : il calcule l'impôt pour une part de quotient familial.

Part de revenu (2019)	Taux
10 064 € ≤	0 %
> 10 065 € et ≤ 27 794 €	14 %
> 27 795 € et ≤ 74 517 €	30 %
> 74 518 € et ≤ 157 806 €	41 %
> 157 807 €	45 %

C'est un barème par tranches.

Ex. **:** Pour un foyer fiscal avec 2,5 parts et un quotient de 28 000 €, on aura :
- Tranche 1 : 10 064 × 0 % = 0 €
- Tranche 2 : (27 794 – 10 065) × 14 % = 2 482,06 €
- Tranche 3 : (28 000 – 27 795) × 30 % = 61,50 €
- Total : 0 + 2 482,06 + 61,5 = 2 543,06 € pour une part.

Donc, pour le foyer : 2 543,06 × 2,5 = 6 359 € d'IR.

■ Ensuite, on applique éventuellement les réductions d'impôt selon les dépenses du foyer fiscal et la législation en vigueur : dons aux associations, frais de garde d'enfants de moins de 6 ans, etc.

Remarque

Tous les calculs sont faits automatiquement par les services fiscaux. Le fisc détermine le taux du PAS (prélèvement à la source) qui s'appliquera chaque mois au salarié. Le taux est mis à jour tous les 01/09.

À retenir !

■ Les enfants majeurs de moins de 21 ans ou 25 ans, s'ils sont étudiants, peuvent demander leur rattachement au foyer fiscal de leurs parents. Dans ce cas ils déclarent leurs revenus sur la déclaration de leurs parents.

Les produits et les charges pour l'impôt sur les sociétés

Fiche 44

Opérations comptables, sociales et fiscales

La plupart des charges et des produits enregistrés sont à retenir tels quels en fiscalité, mais il peut y avoir des différences : c'est ce que l'on appelle des retraitements (réintégrations ou déductions).

1 Le traitement des produits

- Tous les produits réalisés dans le cadre d'un établissement en France relèvent de l'impôt sur les sociétés (IS) français.
- Il existe un cas particulier : le régime mère-filiale. Les dividendes encaissés en provenance de filiales ne sont pas imposés chez la mère sauf quote-part de frais de 5 % à réintégrer.
- Pour bénéficier du régime mère-filiale, **deux conditions** sont nécessaires :

❶ détenir au moins 5 % du capital ;

❷ conserver les titres au moins 2 ans.

Ex. : Une société encaisse 1 000 € de dividende.

– Cas général : il n'y a ni réintégration, ni déduction.

– Si la société qui verse le dividende est une filiale, on déduit 1 000 et on réintègre la quote-part de : 5 % × 1 000 = 50 €.

2 Le traitement des charges

Principes	Précisions/exemples
Les principales charges obéissent aux règles en matière de BIC.	**Fiches 38 et 40**.
Il existe cependant certaines différences entre IS et BIC pour le traitement des charges.	Certaines charges auront un traitement différent dans le cadre de l'IS, ou elles ne concernent que l'IS.
Rémunérations des dirigeants : elles sont normalement déductibles donc RAF si le travail est réel et les rémunérations non exagérées (les charges sociales obligatoires sont déductibles aussi).	Dans le cadre des BIC la rémunération de l'exploitant (ou de l'associé dirigeant) constitue une charge non déductible à réintégrer.
Taxe sur les véhicules de société : elle est à réintégrer pour les sociétés soumises à l'IS.	Si la société n'est pas soumise à l'IS (sociétés qui relèvent de l'impôt sur le revenu) la taxe n'est pas à réintégrer.
Rémunérations des administrateurs : elles sont admises dans la limite d'un plafond équivalent à : 5 % × moyenne des meilleurs salaires bruts × nombre administrateurs.	Cette charge concerne les sociétés anonymes. On retient les 10 meilleurs salaires si la société compte plus de 200 salariés et les 5 meilleurs si elle comprend moins de 200 salariés.

Notes

Notes

Intérêts des comptes courants d'associés : ils sont admis à déductibilité si le capital est entièrement libéré. Un taux maximal est fixé : 1,32 % au 31/12/2019.	**Ex. :** Un associé laisse à disposition de la société 20 000 € rémunérés au taux de 4 %. Si le capital n'est pas entièrement libéré on réintègre : 20 000 × 4 % = 800 €. Si le capital est entièrement libéré on réintègre : 20 000 × (4 % – 1,32 %) = 536 €.

À retenir !

- **Le principe est le même que pour les BIC : un produit a été ajouté au résultat comptable. Il faut donc le soustraire s'il n'est pas imposable pour le calcul du résultat fiscal. Une charge a été déduite, il faut donc la rajouter si elle n'est pas déductible.**

Les différents contrats de travail

Pour assurer son fonctionnement, toute entreprise doit se doter de ressources humaines, il faut qu'elle choisisse le type de contrat adapté à l'emploi.

1 Les caractéristiques d'un contrat de travail

■ Le contrat de travail matérialise le lien de subordination entre deux parties : une personne physique (le salarié) et une personne morale (l'entreprise).

■ Le lien de subordination. La Cour de cassation a mis en évidence que le lien de subordination est caractérisé par l'exécution d'un travail sous l'autorité de l'employeur (l'entreprise) qui a le pouvoir de donner des ordres et des directives, de contrôler l'exécution du travail et de sanctionner les manquements de son subordonné (le salarié).

Remarque

La Cour de cassation est une source légale de droit, qui juge le fond (l'application des règles de droit) dans une affaire. Les décisions juridiques rendues par cette cour font jurisprudence (ont valeur de loi).

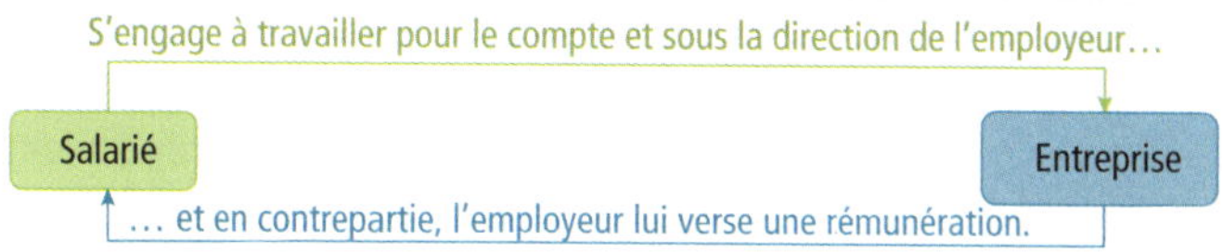

■ La période d'essai permet à l'employeur et au salarié de s'apprécier mutuellement avant de confirmer leurs engagements. Pour être valable, cette clause inscrite au contrat doit répondre aux exigences posées par le Code du travail et la convention collective.

Notes

2 Le contrat de droit commun

■ Le contrat à durée indéterminée (CDI) est le contrat de droit commun, car il constitue la forme générale de la relation de travail sans terme prédéfini.

■ Le CDI peut être conclu pour un temps plein ou pour un temps partiel.

■ S'il est conclu pour un temps plein, le CDI peut ne pas être écrit, sauf dispositions conventionnelles contraires.

3 Les autres types de contrat

A. Le contrat à durée déterminée

■ Le contrat à durée déterminée (CDD) ne peut être conclu que pour l'exécution d'une tâche précise et temporaire. Il a un terme prédéfini. Le CDD ne permet pas à un employeur d'embaucher un salarié pour l'activité normale et durable de l'entreprise. Ce type de contrat requiert obligatoirement un écrit. En l'absence de respect de ses dispositions, le CDD peut être requalifié en CDI.

■ La durée du CDD ne peut excéder la durée maximale conventionnelle ou légale (renouvellement(s) compris), qui varie de 18 à 24 mois.

■ Lorsqu'un CDD prend fin (renouvellement(s) compris), il n'est pas possible de proposer un nouveau CDD au même salarié avant l'expiration d'un certain délai d'attente : le délai de carence.

■ Le Code du travail prévoit que la durée du délai de carence est égale :

☑ à la moitié de la durée totale du CDD (si le contrat est inférieur à 14 jours, renouvellement(s) inclus) ;

☑ au tiers de la durée totale du CDD (si le contrat est au moins égal à 14 jours, renouvellement(s) inclus) sauf dispositions de la convention collective ou l'accord de branche étendu.

B. Le contrat de travail temporaire

■ Le contrat de travail temporaire (CTT) relève d'une relation tripartite (entre trois parties) pour l'exécution d'une tâche précise et temporaire, dénommée mission.

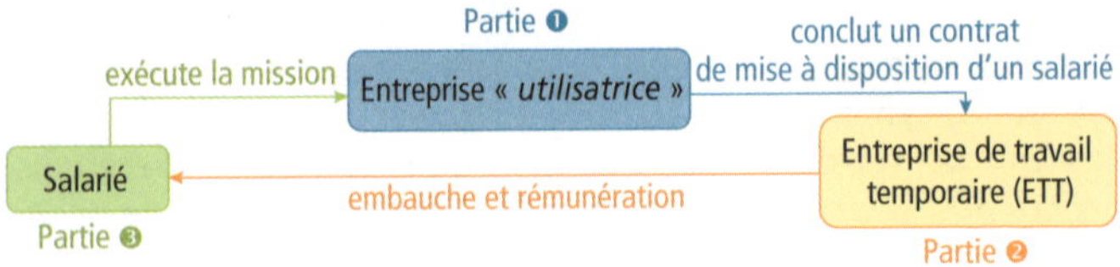

À retenir !

■ Le lien de subordination entre le salarié et l'entreprise matérialise la relation de travail. Le contrat de travail peut revêtir différentes formes pour une durée (à temps plein ou à temps partiel) définie entre les parties.

Les formalités de départ

Fiche 46

L'entreprise se doit d'enregistrer les mouvements de personnel. L'évolution de l'effectif de l'entreprise dépend de divers paramètres, le départ du personnel peut notamment relever de la volonté d'une des parties ou de la volonté conjointe de celles-ci.

1 Le départ du salarié à l'initiative de l'employeur

A. Les motifs de licenciement

■ Le licenciement est le souhait de l'employeur de mettre fin au contrat avant le terme prévu (en dehors de la période d'essai), pour :

☑ des motif(s) économique(s) liés à l'entreprise : suppression ou transformation de l'emploi. En cas de licenciement pour motif économique, l'employeur doit mettre en place un plan de sauvegarde de l'emploi (PSE) ;

☑ Les motifs disciplinaires et non disciplinaires doivent être mis en retrait que ce sont des sous parties des motif(s) personnel(s) liés au salarié :
– disciplinaires : le salarié a commis soit une faute simple (le préavis est réalisable), soit une faute grave (la relation de travail est immédiatement rompue), soit une faute lourde (commise avec l'intention de nuire à l'employeur),
– non disciplinaires : le salarié est inapte à l'emploi.

B. La procédure de licenciement

étape 1 Convocation à l'entretien préalable (par LR avec AR ou remise en main propre).

étape 2 Entretien de licenciement (au moins 5 jours ouvrables après la convocation) où le salarié peut être accompagné par un représentant du personnel.

étape 3 Notification de licenciement (au moins 2 jours ouvrables après l'entretien) faisant apparaître une décision de licenciement justifiée, envoyée par LR avec AR.

C. Le préavis

■ Sauf situation particulière, un préavis doit être réalisé par le salarié (qui percevra des indemnités compensatrices de préavis). La fin du préavis symbolise la fin du contrat de travail.

Préavis
Temps entre la mise en évidence de la volonté de fin de contrat (de l'une ou l'autre des parties) et le départ effectif du salarié de l'entreprise.

Notes

Notes

2 Le départ du salarié à son initiative

■ La démission est le souhait du salarié de mettre fin au contrat de travail avant le terme prévu. La démission ne se présume pas, elle doit être claire et non équivoque, sous peine de requalification en licenciement injustifié.

■ Le départ volontaire à la retraite est le souhait du salarié de mettre fin au contrat avant le terme prévu. Il doit en faire la demande entre 4 à 6 mois avant la date de départ souhaitée. La demande doit être déposée auprès de la CNAV (Caisse nationale d'assurance vieillesse, selon le régime général de base de la Sécurité sociale).

3 Le départ relevant d'un accord entre les parties

■ La convention de rupture conventionnelle signée et librement fixée entre les parties, fait apparaître le montant de l'indemnité spécifique convenue. Les parties disposent de 15 jours calendaires au titre du droit de rétractation.

■ Cette convention est envoyée pour homologation (validation) à la DIRECCTE (Direction régionale des entreprises, de la concurrence, de la consommation, du travail et de l'emploi), qui a un délai de 15 jours ouvrables pour répondre. L'absence de réponse vaut homologation.

Rupture conventionnelle

Rupture amiable correspondant à la volonté conjointe des parties (employeur et salarié) de mettre fin au contrat avant le terme prévu. Ce type de rupture implique un consentement (du salarié) non vicié.

4 Les obligations de fin de contrat

■ La rupture du contrat de travail engendre le versement au salarié :

☑ de la rémunération correspondant aux sommes du travail effectif (salaire, heures supplémentaires, prime(s)) ;

☑ d'indemnités (compensatrice de préavis, compensatrice de congés payés et éventuellement de licenciement) ;

☑ de la remise des documents sociaux obligatoires (un certificat de travail, une attestation destinée au Pôle emploi et un reçu pour solde de tout compte).

À retenir !

■ L'entreprise, en tant qu'employeur, doit respecter certaines procédures en fonction du type de départ du salarié. Elle devra ainsi lui remettre des documents sociaux pour acter cette rupture de contrat de travail.

La durée légale du travail

L'employeur, en dépit de ses contraintes d'activité, ne peut dépasser les limites légales dans la durée de mise au travail de ses salariés (qu'elle soit quotidienne, hebdomadaire, mensuelle ou annuelle). Ce temps de travail implique des temps de repos, strictement encadrés par la loi.

La durée légale du travail pour un emploi à temps complet est fixée à 35 heures par semaine, soit 151,67 heures par mois.

Une année compte 12 mois et 52 semaines.
35 heures × 52 semaines / 12 mois = 151,67 heures/mois

1 Les durées maximales

- La durée maximale du travail effectif par jour (quotidien) est limitée à 10 heures. Si la convention collective le prévoit, celle-ci peut être dépassée, mais restera limitée à 12 heures.
- La durée maximale du travail effectif par semaine (hebdomadaire) est limitée à 48 heures (sur une même semaine) et à 44 heures (sur 12 semaines consécutives).

Ex. : Un salarié travaillant 7 heures quotidiennes aura réalisé ses 35 heures hebdomadaires sur cinq jours. S'il commence à 9 heures chaque matin, il finira ses journées à 17 heures, car il a droit à une pause déjeuner journalière (dans notre cas d'une heure).

<table>
<tr><th>Horaire</th><th colspan="2">Temps de travail</th></tr>
<tr><td>9 h</td><td rowspan="3">3 heures de travail effectif</td><td rowspan="9">7 heures de travail par jour</td></tr>
<tr><td>10 h</td></tr>
<tr><td>11 h</td></tr>
<tr><td>12 h</td><td>Pause déjeuner (une heure)</td></tr>
<tr><td>13 h</td><td rowspan="5">4 heures de travail effectif</td></tr>
<tr><td>14 h</td></tr>
<tr><td>15 h</td></tr>
<tr><td>16 h</td></tr>
<tr><td>17 h</td></tr>
<tr><td>18h</td><td colspan="2">1 heure supplémentaire</td></tr>
<tr><td>19h</td><td colspan="2">2 heures supplémentaires</td></tr>
<tr><td>20h</td><td colspan="2">3 heures supplémentaires
Limite maximum par jour</td></tr>
</table>

Jour 1 (7 h)
+ Jour 2 (7 h)
+ Jour 3 (7 h)
+ Jour 4 (7 h)
+ Jour 5 (7 h)
= 5 jours × 7 h
= 35 heures hebdomadaires

Remarque

Selon l'article L. 3121-1 du Code du travail, la « durée du travail effectif est le temps pendant lequel le salarié est à la disposition de l'employeur et se conforme à ses directives […] »

Notes

Notes

■ Des dispositions conventionnelles ou collectives peuvent prévoir une durée de travail hebdomadaire supérieure ou inférieure à 35 h et une convention de forfait en jours ou en heures de travail.

2 Le(s) temps de repos

■ Le salarié doit bénéficier d'un temps de repos quotidien d'au moins de 11 heures consécutives entre deux journées de travail. Pour des activités particulières et par dérogation, ce temps de repos peut être réduit, sans pouvoir aller en dessous de 9 heures.

■ Il est illégal de faire travailler un salarié plus de six jours par semaine. Ainsi, il doit également bénéficier d'un temps de repos hebdomadaire d'au moins de 24 heures de repos consécutives, qui se cumule à l'obligation de travail quotidien.

■ Le temps de repos hebdomadaire obligatoire cumulé passe ainsi à 35 heures consécutives.

***Ex.* (suite) :** Entre chaque journée, il y aura bien eu les 11 heures consécutives de repos quotidien.

Le salarié travaille cinq jours sur sept, son employeur respecte bien le cadre légal du repos hebdomadaire.

3 La durée de travail à temps partiel

■ Le temps de travail partiel correspond :

☑ à un travail dont la durée est nécessairement inférieure à la durée de travail prévue pour le salarié à temps plein ;

☑ à une durée minimale de 24 h par semaine, soit 104 h par mois.

■ La rémunération d'un salarié à temps partiel est calculée au prorata de sa durée de travail.

À retenir !

■ L'employeur ayant un salarié doit lui accorder des temps de repos suffisant (fixé par la loi) compte tenu de son temps de travail, non seulement entre chaque journée de travail mais également de façon hebdomadaire.

Les heures supplémentaires et complémentaires

Fiche 48

Opérations comptables, sociales et fiscales

L'employeur peut demander à ses salariés de réaliser des heures au-delà des heures fixées au contrat de travail. Ce sont des heures supplémentaires (pour les salariés à temps plein : 35 heures par semaine) ou des heures complémentaires (pour les salariés à temps partiel).

1 Les heures supplémentaires

A. Le contingent annuel

■ **La loi** prévoit un maximum d'heures supplémentaires sur l'année qu'un employeur peut exiger d'un salarié : le contingent annuel. Sauf accord ou convention d'entreprise, d'établissement ou de branche, ce contingent est fixé à 220 heures.

■ Le calcul des heures supplémentaires s'effectue (ou se décompte) par semaine. Il est ainsi plus évident de vérifier le respect de la durée maximale hebdomadaire.

■ Quand une semaine est à cheval sur deux mois, les heures supplémentaires de celle-ci seront décomptées sur le deuxième mois.

***Ex.* :** Si des heures supplémentaires sont effectuées sur la semaine du 27 avril au 3 mai, celles-ci seront décomptées sur le mois de mai et apparaîtront sur le bulletin de paie de mai.

B. La rémunération des heures supplémentaires

■ Les heures supplémentaires sont rémunérées selon un taux majoré. Sauf accord particulier, le taux de majoration sera de :

☑ 25% : pour les 8 premières heures supplémentaires travaillées (au-delà de la 35ᵉ heure et en dessous de la 44ᵉ heure supplémentaire) ;

☑ 50% : pour les heures supplémentaires travaillées à partir de la 44ᵉ heure supplémentaire.

C. Le(s) repos généré(s) par les heures supplémentaires

■ Un accord d'entreprise ou d'établissement ou une convention ou un accord de branche peuvent prévoir le remplacement de tout ou partie du paiement des heures supplémentaires, ainsi que des majorations (de la compensation financière) par un repos compensateur de remplacement (RCR) ou repos compensateur équivalent. Il est facultatif car résulte d'un accord entre employeur et salariés.

Notes

Notes

- Les heures travaillées au-delà de l'horaire habituel et compensées par du repos ne seront pas comptabilisées sur le contingent d'heures supplémentaires. Pour calculer le RCR, il faut procéder comme suit :

étape 1 Pour les heures supplémentaires majorées à 25 % :

Nombre d'heures majorées à 25 % × 1,25 = Nombre d'heures de RCR

étape 2 Pour les heures supplémentaires majorées à 50 % :

Nombre d'heures majorées à 50 % × 1,5 = Nombre d'heures de RCR

- Les heures supplémentaires réalisées par les salariés ouvrent droit à une contrepartie sous forme de repos. La contrepartie obligatoire en repos (COR) est obligatoirement attribuée en cas de dépassement du contingent annuel d'heures supplémentaires, autorisé par l'accord ou la convention d'entreprise, d'établissement ou de branche, sans dépasser le contingent légal.

2 Les heures complémentaires

A. La limitation des heures complémentaires

- Les heures complémentaires sont limitées à 1/10e de la durée prévue au contrat de travail.
- Un accord d'entreprise peut augmenter cette limitation, pour aller jusqu'à 1/3 de la durée hebdomadaire ou mensuelle (prévue au contrat de travail).

Remarque

Quel que soit le nombre d'heures complémentaires effectuées, elles ne peuvent porter le nombre d'heures travaillées à la durée légale du travail (de 35 heures par semaine).

B. La rémunération des heures complémentaires

- Les heures complémentaires sont rémunérées à un taux majoré de :

☑ 10% pour les heures complémentaires travaillées dans la limite de 1/10e ;

☑ 25% pour les heures complémentaires travaillées au-delà de 1/10e et limitées à 1/3.

À retenir !

- Les heures réalisées au-delà des heures fixées au contrat sont des heures supplémentaires (contrat à temps plein) ou des heures complémentaires, ouvrant droit à majoration et/ou repos.

La gestion des absences

Fiche 49

Lorsqu'un salarié est absent, l'employeur n'en a pas toujours eu connaissance au préalable. Cette situation génère des arrêts dans l'activité de l'entreprise, mais également une suspension de la relation de travail et ainsi du versement du salaire.

1 Le calcul de la retenue pour absence

■ Pour le calcul de la retenue pour absence, la méthode retenue sera la plus avantageuse pour le salarié.

A. La méthode des heures réelles

■ Le montant de la retenue sur salaire tiendra compte du nombre d'heures d'absence.

Retenue = salaire horaire brut × nombre d'heures d'absence

■ Le salaire versé ne tiendra donc compte que des heures réellement effectuées.

B. La méthode de l'horaire mensuel moyen

■ L'horaire mensuel moyen se calcule à partir de la durée légale mensuelle, soit 151,67 heures.

Retenue = (1 / 151,67) × nombre d'heures d'absence

C. La méthode des jours ouvrés

■ Les jours ouvrés correspondent aux jours où un salarié travaille sur une semaine. Par convention, il est admis qu'ils sont au nombre de cinq pour respecter la durée légale du travail.

■ Ils sont au nombre de 18 à 23 selon le mois, avec une moyenne admise de 21,67 jours par mois.

Retenue = (1 / 21,67) × nombre de jours d'absence × salaire mensuel brut

D. La méthode des jours ouvrables

■ Les jours ouvrables correspondent à tous les jours de la semaine à l'exception du dimanche et des jours fériés. Par convention, il est admis qu'ils sont au nombre de six pour respecter le temps de repos hebdomadaire.

Notes

Notes

- Ils sont au nombre de 24 à 27 selon le mois, avec une moyenne admise de 26 jours par mois.

Retenue = (1 / 26) × nombre de jours d'absence × salaire mensuel brut

2 L'indemnisation des absences pour maladie

A. Les indemnités journalières de la Sécurité sociale (IJSS)

- Les indemnités journalières de la Sécurité sociale (IJSS) sont dues pour chaque jour calendaire d'interruption de travail (samedi, dimanche et jours fériés compris) et sont versées tous les 14 jours au salarié.

- **Salaire de référence** =
  3 derniers salaires bruts (limités à 1,8 × SMIC mensuel)
- **Salaire journalier de base** (pour IJSS maladie) =
  salaire de référence × (1 / 91,25)
- **Montant IJSS brute (pour maladie)** = 50 % × salaire journalier de base
- **Montant journalier d'IJSS net** = IJSS brutes – (6,7 % × IJSS brutes)

B. L'indemnité complémentaire versée par l'employeur

- L'employeur peut être soumis au versement d'un complément aux IJSS. Ce complément sera obligatoirement versé selon certaines conditions cumulatives. Le salarié doit :

❶ justifier d'au moins un an d'ancienneté dans l'entreprise (calculée à partir du premier jour d'absence) ;

❷ avoir transmis à l'employeur l'arrêt de travail dans les 48 heures ;

❸ être bénéficiaire des IJSS ;

❹ être soigné en France (ou dans l'Espace économique européen) ;

❺ ne pas être travailleur à domicile, saisonnier, intermittent ou temporaire.

C. Le principe de la subrogation

- Les IJSS devraient être, en principe, versées par la Caisse primaire d'Assurance maladie (CPAM). L'employeur peut en faire l'avance au salarié et en percevoir ensuite le montant par la CPAM : il s'agit de la subrogation.

À retenir !

- Il se peut que la relation de travail soit marquée par des ruptures matérialisées par des absences du salarié. Certaines sont rémunérées, à l'exemple de celles pour maladie, ou non rémunérées déclenchant des retenues sur salaire.

La gestion des congés

Fiche 50

La réalisation effective du travail par n'importe quel salarié permet l'ouverture de droit à des congés payés. Ces congés sont à la charge de l'employeur.

1 Le droit aux congés payés

A. Principes

■ Tout salarié cumule 2,5 jours ouvrables de congés payés (CP) par mois de travail effectif, soit 30 jours par an.

2,5 j ouvrables × 12 mois = 30 jours de CP par an

■ La durée des CP doit être proportionnelle au temps de travail effectivement réalisé pendant la période de référence.

■ Comme elle est à la charge de l'employeur, cette période de congés engendre le versement d'une indemnité de congés payés.

B. La période de référence

■ Habituellement, la période de référence de calcul des congés payés, va du 1er juin de l'année précédente au 31 mai de l'année en cours.

■ Si le salarié était à temps partiel sur la période de référence, les congés payés seront calculés en fonction de son temps de travail par rapport au temps plein.

■ Sinon, le point de départ de la période prise en compte pour le calcul du droit au congé est fixé au 1er juin de chaque année.

Notes

C. L'indemnisation des congés payés

■ La prise de congés payés (CP) (les indemnités dues à ce titre) et les (retenues pour) absences qui en résultent sont clairement identifiables sur le bulletin de paie.

■ Le calcul de l'indemnité peut être fait selon deux méthodes.

❶ La méthode du maintien permet au salarié de percevoir une indemnité de prise de congés payés (CP) qui ne peut être inférieure à la rémunération que percevrait le salarié s'il avait continué à travailler pendant la prise ses congés.

❷ La méthode du dixième, quant à elle, calcule l'indemnité de la prise de congés payés (CP) en tenant compte du 1/10e de la

Notes

rémunération totale perçue (salaires de base et compléments, hors primes annuelles, remboursements de frais, 13e mois) pendant la période de référence.

■ La méthode de calcul de la retenue pour absence sera la plus avantageuse pour le salarié.

2 Les modalités d'organisation des congés payés

■ Les congés payés peuvent être pris en une seule fois, sans pouvoir excéder 24 jours ouvrables. Une dérogation à cette limite peut être accordée individuellement pour les salariés qui justifient de contraintes géographiques particulières ou de la présence au sein du foyer d'un enfant ou d'un adulte handicapé ou d'une personne âgée en perte d'autonomie.

> **Remarque**
> Si la durée des congés payés est inférieure à 12 jours ouvrables, les jours sont consécutifs.

■ Si la durée principale des congés payés est supérieure à 12 jours ouvrables, ils peuvent être fractionnés (**pris en plusieurs fois**) avec l'accord du salarié. Une des fractions doit au moins être égale à 12 jours ouvrables consécutifs compris entre deux jours de repos hebdomadaire.

3 Le compte épargne temps (CET)

■ Mis en place par un accord, le CET permet au salarié d'accumuler des droits à congé payé ou de bénéficier d'une rémunération en contrepartie des périodes de congé ou de repos non prises.

■ Tout salarié peut, sur sa demande et en accord avec son employeur, utiliser les droits affectés sur le CET pour compléter sa rémunération ou pour cesser, de manière progressive, son activité.

■ Par dérogation, du fait des difficultés économiques et sociales liées à la propagation du COVID-19 (coronavirus), l'employeur peut imposer que les droits affectés sur le CET du salarié soient utilisés par la prise de jours de repos, dont il détermine les dates en respectant un délai d'au moins un jour franc.

À retenir !

■ Les congés payés (CP) sont des droits que les salariés acquièrent chaque mois et peuvent utiliser sans désorganiser l'entreprise. Ces CP sont matérialisés sur le bulletin de paie et peuvent être mobilisés sur un CET, pour, par exemple rémunération ultérieure.

La procédure d'embauche

En qualité d'employeur, l'entreprise devra suivre une procédure administrative pour procéder aux formalités d'embauche.

1 Le recrutement

■ Le Code du travail (L. 1132.1) fixe le principe de non-discrimination lors de l'entretien d'embauche : une personne ne peut être écartée d'une procédure de recrutement « en raison de son origine, de son sexe, de ses mœurs, de son orientation sexuelle, de son identité de genre, de son âge, de sa situation de famille ou de sa grossesse [...], de ses opinions politiques, de ses activités syndicales ou mutualistes, de ses convictions religieuses [...] ».

2 La déclaration préalable à l'embauche (DPAE)

cerfa

N° 14738*01

Entreprise

N° SIRET ☐☐☐☐☐☐☐☐☐ ☐☐☐☐☐ Code NAF ☐☐ ☐☐☐

NOM, prénoms ou DÉNOMINATION

ADRESSE DE L'ÉTABLISSEMENT

Code postal ☐☐☐☐☐ Commune

Numéro de Téléphone : ☐☐☐☐☐☐☐☐☐☐ Numéro de Télécopie : ☐☐☐☐☐☐☐☐☐☐

SERVICE DE SANTÉ AU TRAVAIL

Si l'entreprise ou l'établissement possède un service de santé au travail, ou si le salarié embauché travaille en un lieu éloigné de l'établissement, cochez l'une des 2 cases suivantes :

☐ Service de santé au travail de l'entreprise ou de l'établissement ☐ Service de santé au travail spécifique pour les salariés éloignés

À défaut, précisez votre "service de santé au travail interentreprises" :

Code ☐☐☐ Nom

↳ Disponible sur le site internet indiqué au verso Adresse

Salarié

NOM de famille (nom de naissance)

NOM d'usage (s'il y a lieu)

Prénoms (dans l'ordre de l'état civil) Sexe ☐ (M ou F)

N° Sécurité sociale (voir carte d'immatriculation) ☐ ☐☐ ☐☐ ☐☐ ☐☐☐ ☐☐☐ ☐☐ Clé

Date de naissance ☐☐ ☐☐ ☐☐☐☐ Jour Mois Année

Lieu de naissance ☐☐☐ Département Commune (pour Paris, Lyon et Marseille, préciser l'arrondissement)

Pays de naissance

Notes

Notes

- La déclaration préalable à l'embauche permet, en une seule procédure, d'établir l'essentiel des formalités incombant à l'employeur pour les nouveaux salariés.
- Elle est transmise (au plus tôt) dans les huit jours précédant l'embauche à l'Urssaf (une copie est mise à disposition du salarié).
- Elle est obligatoirement télédéclarée (sur net-entreprises.fr) pour toute entreprise ayant effectué plus de 50 DPAE en N–1.

3 L'inscription du salarié au registre unique du personnel

- L'employeur est tenu d'inscrire tout salarié embauché dans sa structure, de façon chronologique, quel que soit son type de contrat, au registre unique du personnel.

4 La visite d'information et de prévention (VIP)

- La VIP (anciennement visite médicale d'embauche) doit être réalisée dans les trois mois de l'embauche du nouveau salarié en CDI/CDD.
- Elle peut être effectuée par le médecin du travail ou un professionnel de santé au travail et doit être renouvelée dans un délai maximal de cinq ans.

Remarque

La DPAE engendre la demande de VIP par l'employeur, même si celui-ci doit en vérifier la réalisation effective.

5 La retraite complémentaire et la mutuelle

- L'employeur a l'obligation dès son embauche d'affilier le salarié à :

☑ l'Arrco, association pour le régime de retraite complémentaire (pour tous les salariés) ;

☑ l'Agirc, association générale des institutions de retraite des cadres ;

☑ une couverture complémentaire santé collective destinée à tous ses salariés (sauf à ceux qui en ont déjà une), en complément des garanties de base d'assurance maladie de la Sécurité sociale.

À retenir !

- L'employeur doit respecter le principe de non-discrimination lors du recrutement, puis se plier à certaines procédures (DPAE, inscription au registre unique du personnel et VIP) pour réaliser une embauche conforme à la loi.

Le bulletin de paie

L'employeur est obligé de remettre au salarié un bulletin de paie, sous peine de sanction. Celui-ci doit comporter obligatoirement certaines mentions.

1 Les mentions obligatoires du bulletin de paie

■ L'identification de l'employeur correspond :

☑ au nom et à l'adresse de l'employeur ;

☑ au code de la nomenclature d'activité française (NAF) ou l'activité principale exercée (APE) de l'entreprise ;

☑ au numéro d'inscription de l'employeur au répertoire national des entreprises et des établissements (n° SIRET) ;

☑ à la convention collective de branche applicable.

■ L'identification du salarié correspond :

☑ au nom et à l'adresse du salarié ;

☑ à son statut et sa position hiérarchique ;

☑ à la période de paie rémunérée et le nombre d'heures de travail (heures au taux normal et heures supplémentaires) ;

☑ à la nature et montant des accessoires de salaire soumis aux cotisations salariales et patronales ;

☑ à la rémunération brute du salarié.

■ Le bulletin de paie doit aussi faire apparaître les éléments suivants :

❶ Montant et assiette des cotisations et contributions sociales à la charge de l'employeur et du salarié avant déduction des exonérations et exemptions.

❷ Taux des cotisations et contributions sociales à la charge du salarié avant déduction des exonérations et exemptions.

❸ Nature et montant des autres versements et retenues.

❹ Dates de congé et montant de l'indemnité de congés payés.

❺ Montant des cotisations de protection sociale.

❻ Montant de l'évolution de la rémunération liée à la suppression des cotisations chômage et maladie.

❼ Montant total des exonérations et exemptions de cotisations et contributions sociales, versé par l'employeur.

Notes

Notes

8 Montant net à payer avant impôt sur le revenu.

9 Montant de l'impôt sur le revenu prélevé à la source (PAS).

10 Montant effectivement reçu par le salarié (net payé).

11 Date de paiement de la rémunération.

Remarque

Le salarié dispose de **3 ans** après la remise de sa fiche de paie pour contester son montant ou son exactitude.

2 Les règles de conservation

■ L'employeur doit conserver un double du bulletin de salaire (sous forme papier ou électronique) pendant au moins 5 ans, pour en donner l'accès aux autorités compétentes en cas de contrôle.

■ Le salarié doit conserver ses bulletins de salaire durant toute sa vie professionnelle, comme il en est fait mention sur les bulletins de paie, car ils servent de preuve pour faire valoir son droit à la retraite.

3 Les règles de confidentialité

■ L'employeur doit réaliser les mesures appropriées pour conserver les données de façon sécurisée, contre la diffusion ou l'accès non autorisés des bulletins de paie afin de protéger le salarié.

■ Le bulletin de paie peut être papier (remis sous enveloppe cachetée) ou électronique, dont l'employeur doit en garantir l'intégrité, la disponibilité, la confidentialité ainsi que l'accessibilité.

4 Le bulletin de paie simplifié

■ Depuis le 1er janvier 2018, les entreprises ont l'obligation de remettre un bulletin de paie simplifié. Organisé par blocs d'information, il ne contient que les informations essentielles. Il est plus aisé à lire et plus simple à élaborer. Une annexe complète l'information du destinataire.

À retenir !

■ Les bulletins de paie doivent permettre d'identifier à la fois l'employeur et le salarié, tout en omettant aucun élément obligatoire de la paie. De plus, l'employeur doit en assurer la confidentialité et les parties doivent les conserver sous un certain délai.

Les composantes de la rémunération

Fiche 53

Sur le bulletin de salaire, l'employeur doit faire apparaître la rémunération du salarié, soumise à un cadre légal. Cette rémunération est assimilée au salaire, mais englobe également d'autres éléments.

1 Le salaire de base

- La loi fixe le minimum de rémunération au SMIC (salaire interprofessionnel de croissance), un taux horaire brut permettant le maintien du pouvoir d'achat du salarié.

Ex. : Au 1er janvier 2020, le SMIC ou taux horaire brut, c'est-à-dire le montant de rémunération minimale par heure, est fixé à 10,15 €.

- La grille de salaire se présente sous la forme d'un tableau, élaboré par l'entreprise avec la participation des représentants du personnel, qui définit les règles de rémunération en fonction de l'échelon et du statut du salarié, tout en respectant les minima sociaux, dont le SMIC.
- Une échelle des salaires en vigueur dans l'entreprise est ainsi établie. Elle est interne à l'entreprise et permet de construire une classification, dans le cadre de sa politique salariale, qui devra alors apparaître sur le bulletin de paie.
- Une convention collective peut fixer un salaire minimal auquel le salarié peut prétendre, qui peut être supérieur au Smic.
- Si l'entreprise ne dépend d'aucune convention collective, ou si le salaire minimal prévu par la convention collective est inférieur au Smic, le salaire minimal applicable sera le Smic.

2 Les accessoires au salaire

- Les avantages en nature correspondent aux situations dans lesquelles l'employeur fournit à ses salariés des biens ou des services soit gratuitement, soit à un coût inférieur à leur valeur réelle.
- Leur attribution relève d'un usage de l'entreprise ou peut être prévue dans la convention collective. Les avantages en nature (repas, logement, voiture, outils NTIC) doivent être estimés (en valeur) sur le bulletin de paie.

Notes

Notes

■ Les primes peuvent être liées à l'ancienneté, à la productivité, aux conditions de travail.

■ Les frais professionnels font aussi partie des accessoires au salaire.

3 Récapitulatif des composantes de la rémunération

Salaire de base	+ Accessoires du salaire			Heures supplémentaires /complémentaires
	Avantages en nature	Primes	Frais professionnels	

= Salaire brut + Part patronale

Coût (d'un salarié) pour l'employeur
– exonérations et allégements de charges sociales
= montant total versé par l'employeur

= Salaire brut - Part salariale

= Salaire net	+ Indemnités non soumises à cotisation	– Avantages en nature	– Prélèvement à la source (PAS)	+ CSG et CRDS non déductibles

= Salaire net payé au salarié

À retenir !

■ La rémunération est composée du salaire de base auquel on ajoute les accessoires au salaire.

Le prélèvement à la source (PAS)

Fiche 54

Depuis le 1er janvier 2019, l'employeur doit prélever l'impôt sur le revenu sur le salaire et le reverser à l'État : c'est le principe du prélèvement à la source, identifiable sur les bulletins de paie.

1 Le calcul du prélèvement à la source

■ L'employeur applique un taux de prélèvement (fourni, sans avoir d'autre information sur la situation fiscale du salarié) à l'assiette de calcul.

■ L'assiette de calcul correspond au net imposable.

Net imposable =
salaire brut – part salariale + CSG/CRDS non déductible
+ part patronale de la complémentaire santé

■ Le taux applicable au titre du PAS est déterminé par l'administration fiscale / la DGFiP (Direction générale des finances publiques) pour chaque contribuable à partir de sa déclaration de revenu.

■ Cinq taux de PAS peuvent être appliqués :

❶ Taux personnalisé : attribué automatiquement par le service des impôts en fonction de la déclaration des revenus du foyer fiscal.

❷ Taux individualisé : attribué, sur demande, à chacun des conjoints du foyer fiscal. Il permet au salarié de ne pas communiquer son taux personnalisé à l'employeur.

❸ Taux neutre : appliqué pour un salarié primo déclarant, qui n'avait pas de revenu l'année précédente ou pour un contrat de courte durée.

❹ Taux nul : appliqué à tous les salariés dont les revenus mensuels nets imposables sont inférieurs à 1 367 euros.

❺ Taux modulé : augmente ou baisse en fonction des revenus ou des charges (départ à la retraite, cessation d'activité).

2 Les obligations de l'employeur au titre du PAS

■ L'employeur doit appliquer le taux PAS transmis par la DGFiP. L'employeur doit appliquer le taux neutre, si la DGFiP ne lui en a pas transmis. De plus, il doit :

☑ collecter le montant du PAS sur le salaire du salarié ;

☑ faire apparaître les mentions : le salaire net avant impôts, le

Notes

salaire net imposable, la nature et le taux appliqué et le salaire net d'impôts sur le bulletin de paie ;

- ☑ déclarer les montants prélevés pour chaque salarié (au travers de la DSN) ;
- ☑ reverser les prélèvements à la DGFiP ;
- ☑ conserver ces données au moins trois ans en cas contrôle fiscal.

■ Extrait d'un bulletin de paie :

Le Passage du Midi

Bulletin de paie

Période

Siret
Code APE

Règlement

Convention Collective :

Emploi	Secrétaire	Françoise Dupont
Statut	Non Cadre	24 boulevard de Strasbourg
NIR		75010 Paris
Date d'entrée		

libellé	base	Taux salarial	Part salarié	Part employeur
1 Salaire mensuel	2 500,00		2 500,00	
Salaire brut			**2 500,00**	
SANTE				
Sécurité Sociale-Maladie Maternité Invalidité Décès				325.00
Complémentaire Incapacité Invalidité Décès				23.75
ACCIDENTS DU TRAVAIL-MALADIES PROFESSIONNELLES				42,50
RETRAITE				
Sécurité Sociale plafonnée	2 500.00	6.900 %	172.50	213.75
Sécurité Sociale déplafonnée	2 500,00	0,400 %	10,00	47,50
Complémentaire Tranche 1	2 500,00	3,380 %	84,50	159,25
FAMILLE				86,25
ASSURANCE CHÔMAGE				
Chômage				105,00
AUTRES CONTRIBUTIONS DUES PAR L'EMPLOYEUR				59,90
COTISATIONS PREVUES PAR LA CONVENTION COLLECTIVE				37,50
CSG déductible de l'impôt sur le revenu	2 480,00	6,800 %	168,64	
CSG/CRDS non déductible de l'impôt sur le revenu	2 480,00	2,900 %	71,92	
Total des Cotisations et Contributions			**507,56**	**1 100,40**

NET A PAYER AVANT IMPOT SUR LE REVENU			1 992,44
Impôt sur le revenu	base	taux non personnalisé	montant
Impôt sur le revenu prélevé à la source	2 064,36	7,50 %	154,83

BASE	Période	Cumul
Heures	151,67	1 516,67
Jours	21,67	216,70
Salaire brut	2 500,00	24 922,08
Net imposable	2 064,36	20 366,25

	Période	Solde
Congés à prendre	0,00	24,96
Congés acquis	2,08	10,40

Net payé
1 837,61 €

Total versé par l'employeur	Allègement de cotisations empl.
3 600,40 €	0,00 €

À retenir !

- C'est l'employeur qui prélève l'impôt sur le revenu sur le salaire et le reverse à l'État, selon le taux transmis par la DGFiP.

Les éléments individuels de la paie

Fiche 55

Le bulletin de paie correspond à une preuve de paiement au titre de la prestation individuelle de travail, qui matérialisera les évènements particuliers de la relation de travail d'un salarié à son employeur.

1 Les titres / tickets-restaurants

- Les tickets-restaurants sont des avantages financiers qui permettent une prise en charge partielle (soumise à cotisations) des repas par l'employeur. L'employeur doit accorder des titres-restaurants à tout le personnel, même les stagiaires.
- Une retenue sur salaire est appliquée sur la part salariale pour l'acquisition du titre-restaurant et figure obligatoirement sur une ligne supplémentaire au bulletin de salaire.

Net à payer = salaire brut – retenue (titre-restaurant)

2 Le remboursement de frais

- Certains salariés doivent effectuer des dépenses du fait de l'activité professionnelle : ces frais qui sont remboursés sur justificatif ou au forfaitaire selon un barème.
- Les frais professionnels sont exonérés de cotisations sociales dans la limite fixée par le barème fiscal des indemnités kilométriques.
- L'employeur peut rembourser ces frais en cours de mois (ou en cours d'année) et ne les mentionne pas sur le bulletin de paie, ou il les rembourse au moment du versement du salaire et les mentionne sur le bulletin de paie.
- Parmi les frais professionnels, le remboursement des frais de repas est exonéré de cotisations pour le salarié s'il est en déplacement professionnel, contraint de prendre ses repas sur son lieu de travail.

Remarque

Le remboursement des frais professionnels de repas se fait sous la forme d'allocations forfaitaires (barème fourni par le Trésor public) ou de remboursement des dépenses du salarié.

3 La complémentaire santé / mutuelle

- Toute entreprise doit avoir mis en place une mutuelle, qu'elle finance à moitié.

Notes

Notes

- **Un salarié peut refuser la mutuelle de son entreprise si** :

☑ il a déjà une complémentaire santé individuelle ;

☑ il est un ayant droit de la complémentaire santé de son conjoint ;

☑ la complémentaire choisie par l'employeur ne satisfait pas le salarié car celui-ci doit payer une partie de la cotisation.

- **Les sommes versées par l'employeur doivent être intégrées au revenu imposable du salarié** et sont des avantages en nature, dont la part de cotisation versée par le salarié est non imposable.

4 Les retenues sur salaire

L'acompte	• Versement anticipé pour un **travail déjà effectué,** calculé en fonction des **heures réalisées avant l'établissement du bulletin de paie.** • Tous les salariés peuvent demander un acompte sur salaire. • Les cotisations sociales seront également calculées sur l'acompte. • Sur le bulletin de paie, le montant de l'acompte apparaît avant le net à payer avant impôt sur le revenu.
L'avance	Versement attribué au salarié au bon vouloir de l'employeur, correspondant à un **travail non encore effectué**, par chèque ou par virement. Une retenue sur salaire est effectuée, au titre de l'avance sur salaire, qui **ne peut excéder 1/10ᵉ du salaire net exigible.**
La saisie-arrêt	Le tribunal oblige l'employeur à retenir, sous certaines conditions, une partie de la rémunération du salarié pour payer un créancier.
Les retenues	Pour toute absence, une retenue sur salaire doit être effectuée par l'employeur **proportionnellement à la durée de l'absence.** Une retenue peut être compensée par une indemnité (absence rémunérée).

À retenir !

- Même à temps partiel, le salarié a droit aux titres-restaurants pour les repas compris dans ses horaires de travail. Les absences/congés n'ouvrent pas droit à titres-restaurants.
- Le bulletin de salaire peut faire apparaître des éléments individuels personnels (avantages financiers, en nature, des remboursements de frais ou des retenues) pour certains salariés.

Les déclarations sociales

Fiche 56

L'employeur doit verser aux organismes sociaux la part patronale et la part salariale des bulletins de paie qui sont établis chaque mois, car il agit en tant que mandataire social. L'employeur doit préparer, établir et contrôler les déclarations sociales à transmettre.

1 La déclaration des cotisations et contributions sociales

A. Le principe de la déclaration sociale nominative

- La déclaration sociale nominative (DSN) est le moyen de transmission dématérialisé des données de tout employeur pour déclarer les salaires versés et payer les charges sociales aux organismes de recouvrement.
- Elle allège et remplace l'ensemble des déclarations périodiques et plusieurs formalités administratives dues par l'employeur.
- La DSN est un fichier mensuel produit à partir de la paie, permettant de communiquer les informations nécessaires à la gestion de la protection sociale des salariés aux organismes concernés.

B. La transmission de la DSN

- L'employeur peut effectuer la DSN sur le site net-entreprises.fr, par son (pro) logiciel de paie ou grâce à son expert-comptable.
- La DSN soit être transmise chaque mois au plus tôt le 5 du mois (effectif supérieur à 50 salariés) ou au plus tôt le 15 du mois (effectif inférieur à 50 salariés).
- La DSN peut être complétée de signalements d'événements grâce à des DSN événementielles, qui déclenchent des droits aux salariés pour des événements (arrêt de travail, reprise après un arrêt, fin de contrat) qui doivent être déclarés dans les cinq jours ouvrés après que l'employeur ait eu connaissance de l'événement, par voie dématérialisée.

Notes

Notes

2 La télédéclaration des données sociales

A. Les étapes de la télédéclaration

Remarque
L'employeur doit être inscrit comme **déclarant à la DSN** sur net-entreprises.fr et respecter la procédure.

étape 1 Vérification des NIR (Numéro d'identification au répertoire des personnes physiques) ou du n° SS (numéro de sécurité sociale).

étape 2 Contrôle du n° SIRET.

étape 3 Pré-contrôle de la DSN.

étape 4 Télédéclaration (dépôt) de la DSN et télépaiement.

étape 5 Consultation du tableau de bord.

- Un certificat de conformité parvient à l'employeur lorsqu'il a payé les cotisations et contributions sociales.

B. La déclaration des prélèvements à la source (PAS)

- Le PAS est calculé à partir des données des bulletins de paie, prélevé sur les salaires et déclaré grâce à la DSN.
- L'entreprise a l'obligation de reverser en M + 1 (le mois suivant) à la DGFiP les prélèvements à la source du mois M (mois de la paie).

Taille de l'entreprise	Versement des montants collectés (PAS) au plus tôt	Date limite de dépôt de la DSN
Plus de 50 salariés	Le 10 du mois	Au 5 du mois
Moins de 50 salariés	Le 20 du mois	Au 15 du mois

Remarque
Les entreprises de moins de 11 salariés peuvent reverser ces montants de façon trimestrielle.

À retenir !

- Les déclarations sociales sont regroupées dans la DSN (mensuelle et/ou évènementielle), qui permet également de reverser à l'État les sommes dues au titre du PAS.

La comptabilisation de la paie

Fiche 57

Toute entreprise a l'obligation légale de tenir une comptabilité, notamment la comptabilisation mensuelle de la paie.

1 La comptabilisation des salaires

A. Le salaire brut et les remboursements de frais

- Les salaires sont comptabilisés pour la totalité des salariés.

6411		Salaires, appointements	Salaires bruts	
6413		Primes	Total primes	
6414		Indemnités	Total indemnités	
6417		Avantages en nature	Total avantages en nature	
	791	Transfert de charges d'exploitation		Total avantages en nature
	421	Personnel – Rémunérations dues		Total dû
		Salaires bruts du mois M de l'année N		

B. Le règlement du salaire net

- Les salaires sont versés en fin de mois ou au début du mois suivant et enregistrés en débitant le compte de charge (421) et en créditant le compte banque.

C. La part salariale et les retenues sur salaire

421		Personnel – Rémunérations dues	Total retenues	
	425	Personnel – Avances et acomptes		Total avances et acomptes
	427	Personnel – Oppositions		Total oppositions
	431	URSSAF		Total URSSAF
	43412	Caisse de retraite ARRCO		Total ARRCO
	4421	Prélèvement à la source – Crédit		Total PAS
		Cotisations salariales et retenues du mois M		

- Les retenues salariales sont prélevées par l'employeur sur les rémunérations brutes pour être versées aux organismes sociaux pour le compte des salariés.

Opérations comptables, sociales et fiscales

Notes

Notes

2 La comptabilisation des cotisations sociales

A. Le paiement de la part patronale

6331		Versement transport	TOTAL transport	
6332		FNAL	TOTAL FNAL	
6451		Cotisations URSSAF	TOTAL URSSAF	
6453		Cotisations AGIRC-ARRCO	TOTAL AGIRC-ARRCO	
6454		Cotisations Pôle emploi	TOTAL Pôle emploi	
6458		Cotisations Autres organismes sociaux	TOTAL autres	
	431	URSSAF		TOTAL URSSAF
	4372	Caisse retraite AGIRC – ARRCO		TOTAL AGIRC-ARRCO
	4373	Caisse prévoyance		TOTAL prévoyance
		Charges patronales du mois M de l'année N		

B. Le paiement des cotisations sociales

■ Les charges patronales et salariales (arrondies à l'euro le plus proche) sont payées aux divers organismes chaque mois au plus tard le 15 du mois suivant.

■ Les écarts d'arrondi sont comptabilisés au crédit du compte 658. Charges diverses de gestion courante ou au débit du 758. Produits divers de gestion courante.

■ Les comptes de tiers sont soldés.

3 La comptabilisation des tickets restaurant (cas particulier)

■ À l'achat, les tickets-restaurants sont enregistrés au débit du compte 437. Autres organismes sociaux et au crédit d'un compte de trésorerie.

■ À la remise aux salariés des tickets-restaurants le compte de tiers est soldé par le débit du compte de charge (647. Autres charges sociales) pour la part employeur et du compte de tiers (421. Rémunérations dues) pour la part à la charge du salarié.

À retenir !

■ La paie englobe tous les évènements pouvant avoir un impact sur la rémunération des salariés, les avantages comme les retenues. L'employeur se doit de comptabiliser la paie, tout autant que les cotisations dues au titre de cette paie.

La participation aux résultats de l'entreprise

Fiche 58

L'employeur peut prévoir par un accord de participation, la redistribution d'une partie des bénéfices au profit des salariés.

1 L'accord de participation

■ Sont précisés les dates de conclusion de l'accord, sa durée, la formule de calcul de la réserve spéciale de participation (RSP), la durée de blocage des fonds, les modalités de répartition de la réserve entre les salariés, les plafonds d'attribution, le mode d'information des salariés ainsi que la gestion de leurs droits. L'accord doit être déposé à la DIRECCTE du lieu de sa conclusion.

■ L'accord de participation fixe **deux possibilités** :

❶ versement (total ou partiel) immédiat de la prime, dans un délai de 15 jours après avoir informé le salarié du montant de la prime. Le compte 4246 est soldé par l'une des hypothèses d'affectation…

		Au crédit
1re hypothèse	Affectation à un **fonds d'investissement** géré par l'entreprise	1662
2e hypothèse	Affectation à un **plan d'épargne géré par un organisme extérieur**	512
3e hypothèse	**Versement immédiat de la participation** sur le compte courant des salariés	

❷ blocage de la prime (pendant 5 ans) produisant des intérêts annuels (661 au débit, 16886. Intérêts courus sur participation des salariés au crédit) versés au moment du déblocage du principal.

■ La participation est :

– obligatoire pour chaque salarié (sauf intérimaire, stagiaire et certains dirigeants) des entreprises d'au moins 50 salariés (pendant 12 mois au cours des trois derniers exercices) ayant un bénéfice fiscal suffisant ;

– facultative dans les entreprises de moins de 50 salariés, sous les mêmes conditions.

■ La participation est soumise au forfait social (20 % de la RSP ou 8 % si taux réduit), contribution de l'employeur à l'Urssaf, même si les sommes versées ne sont pas considérées comme des salaires. Les sommes sont exonérées de cotisations sociales, mais soumises à la CSG et CRDS.

Notes

Notes

2 La réserve spéciale de participation

■ L'attribution d'une somme globale à partager entre tous les salariés soit de façon uniforme, soit en fonction des salaires ou du temps de présence est appelée réserve spéciale de participation.

RSP =

$$\frac{1}{2} \text{(bénéfice net fiscal} - 5\,\% \times \text{capitaux propres)} \times \frac{\text{(salaires bruts}}{\text{valeur ajoutée)}}$$

■ À la clôture de l'exercice, il faut comptabiliser la charge que constitue la participation pour l'entreprise, au débit du compte 691. Participation des salariés aux résultats par le crédit du compte 4284. Dettes provisionnées.

■ De même, au titre du forfait social sur la participation, le compte 6451. Cotisations à l'Urssaf est débité par le crédit du compte 4386. Organismes sociaux et autres charges à payer.

Remarque

À l'adoption des comptes annuels en N + 1, les comptes de tiers 4284 et 4386 doivent être soldés pour créditer les comptes 4246. RSP et 431. Sécurité sociale.

3 La répartition des fonds

■ Elle peut être uniforme ou proportionnelle au salaire ou au temps de présence du salarié. Le montant par salarié est plafonné à 75 % du plafond annuel de la Sécurité sociale (PASS) par an, soit 30 852 € pour 2020.

4 Le déblocage des fonds

■ Un déblocage anticipé de la prime peut être obtenu par le salarié dans certains cas.

■ En N + 6 ou avant, il y a déblocage des sommes gérées directement par l'employeur sur un fonds de participation (compte 1662 et 16886 débités, pour créditer le compte 4248. Participation des salariés – Comptes coûtants).

À retenir !

■ L'employeur peut encourager l'implication des salariés par un accord de participation, leur attribuant globalement un montant : la RSP. Cet accord est encadré, pour identifier les entreprises qui y sont éligibles, calculer la RSP, déterminer son affectation et son déblocage.

L'intéressement aux performances de l'entreprise

Fiche 59

Opérations comptables, sociales et fiscales

L'intéressement est facultatif et permet de motiver les salariés par le versement de primes calculées en fonction du résultat ou des performances de l'entreprise.

1 Les conditions d'obtention de l'accord d'intéressement

- La mise en place de l'intéressement est possible dans toute entreprise. L'accord d'intéressement peut être conclu dans les mêmes conditions qu'un accord de participation, pour une durée de 3 ans.
- Compte tenu du caractère collectif de l'intéressement et sous réserve de la condition d'ancienneté (au maximum 3 mois) indiquée dans l'accord, tous les salariés doivent en bénéficier. Les dirigeants également peuvent en bénéficier.

2 L'accord d'intéressement

A. Le contenu de l'accord

- Il est laissé à l'initiative des parties, mais les critères ne doivent pas être aléatoires et la prime ne doit se substituer à aucun des éléments du salaire. Le montant global ne peut pas dépasser 20 % de la masse salariale.
- L'accord d'intéressement énumère les produits d'épargne qui sont proposés aux salariés. L'un d'entre eux est obligatoirement **peu risqué**. Chaque salarié peut répartir les montants entre les différents fonds et effectuer des transferts d'un fonds vers un autre. Si le salarié n'exprime pas son choix, la totalité des sommes est placée sur un plan épargne entreprise.

B. La répartition de l'intéressement entre les salariés

- Elle peut être uniforme (sous condition d'ancienneté) ou proportionnelle au salaire ou au temps de présence du salarié. Le montant par salarié est plafonné à la moitié du plafond annuel de la Sécurité sociale (PASS) par an, soit 20 568 € pour 2020.
- L'employeur peut décider de verser un supplément d'intéressement, qui ne peut dépasser la moitié du PASS : il s'agit d'abondement.

> **Remarque**
> Le licenciement d'un salarié, sa démission ou son départ à la retraite ne remettent pas en cause le droit à percevoir la prime d'intéressement.

Notes

Notes

C. La comptabilisation de l'intéressement

■ À la clôture de l'exercice, il faut comptabiliser la charge que constitue l'intéressement pour l'entreprise au débit du compte 6484. Autres charges de personnel – Intéressement par le crédit du compte 4286 Autres charges à payer.

■ De même, au titre du forfait social sur l'intéressement, le compte 6451. Cotisations à l'Urssaf est débité par le crédit du compte 4386. Organismes sociaux et autres charges à payer.

■ Si l'employeur verse un abondement, il est constaté au débit des comptes de charges 6414. Indemnités et avantages divers et 6451 (pour la part concernant le forfait social) et au crédit des comptes de tiers 421 (en plan épargne ou 512 en versement immédiat) et 431 pour solder le forfait social.

■ À l'adoption des comptes annuels en N + 1, il faut comptabiliser le complément de salaire exonéré de cotisations que représente l'intéressement en soldant les comptes de tiers 4286 pour créditer les comptes 421. Personnel – Rémunérations dues.

3 L'affectation de l'intéressement

■ Sur l'exercice N + 1, le compte 4386 (pour le forfait social) est soldé au débit. Au crédit, l'écriture sera équilibrée par le compte 431 pour la CSG CRDS et par le compte 421 pour l'intéressement.

■ Le versement de la prime d'intéressement dépend du choix du salarié. Il peut opter pour :

☑ le versement immédiat, avec des sommes imposables à l'impôt sur le revenu, 421 au débit, 512 au crédit ;

☑ le placement dans un plan d'épargne, au crédit du 421.

■ Toutes ces sommes peuvent ensuite être affectées à :
- un plan d'épargne d'entreprise (PEE) ;
- un plan d'épargne interentreprises (PEI) ;
- un plan épargne retraite collectif (PERCO).

À retenir !

■ L'intéressement, tout autant que la participation résulte d'un accord, au bénéfice des intérêts des salariés.

L'épargne salariale

Fiche 60

Opérations comptables, sociales et fiscales

L'employeur peut proposer des dispositifs d'épargne salariale à son personnel. Le plan d'épargne salariale permet de compléter la participation et l'intéressement, en épargnant les sommes qui y sont versées.

1 La mise en place d'un plan d'épargne

- Il permet aux salariés de constituer une épargne sous forme de valeurs mobilières de placements dans des conditions fiscales et sociales avantageuses. Les montants placés réduisent la base imposable à l'impôt sur le revenu.
- L'épargne salariale peut être affectée à :

☑ un PEE (plan d'épargne entreprise) : les sommes versées (participation, intéressement, versements personnels) sont indisponibles pendant au moins 5 ans ou plus tôt en cas de déblocage anticipé ;

☑ un PEI (plan d'épargne interentreprises) : PEE mis en place par des entreprises n'appartenant pas au même groupe ;

☑ un PERCO (plan épargne retraite collectif) : les fonds placés ne sont disponibles qu'au moment du départ à la retraite du salarié, sous forme de rente ou de versement d'un capital.

- L'employeur peut compléter les versements du salarié au moyen d'un abondement. L'abondement est exonéré de cotisations sociales mais soumis au forfait social.

Remarque

S'il y a un représentant du personnel dans l'entreprise, l'employeur qui veut mettre en place un PEE doit le négocier avec celui-ci, sinon le PEE peut être mis en place sans négociation.

Notes

2 Les obligations d'information des salariés

- Lors de l'embauche, chaque salarié reçoit un livret d'épargne salariale décrivant les dispositifs (de participation, d'intéressement, de plan épargne) mis en place.
- Concernant la participation, l'employeur présente un rapport au comité d'entreprise expliquant les mesures prises pour la gestion des fonds et chaque salarié reçoit une fiche indiquant le montant total de la RSP ou de l'intéressement, le montant de ses droits, l'organisme de gestion des fonds, la date normale d'exigibilité et les cas de déblocage anticipé.

Notes

■ Le salarié quittant l'entreprise doit recevoir un état récapitulatif de l'ensemble des sommes et des valeurs mobilières épargnées ou transférées. Il pourra le présenter à un nouvel employeur et envisager avec lui la poursuite des contrats liés à l'épargne salariale.

3 Le mécanisme du plan d'épargne salariale

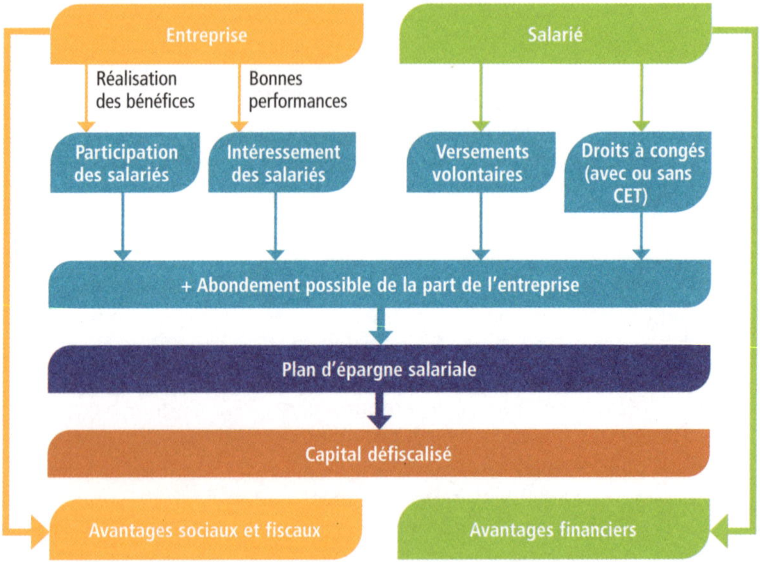

À retenir !

■ L'épargne salariale permet aux salariés d'épargner les sommes dues au titre de la participation et l'intéressement. Ainsi le salarié doit être informé par son employeur, notamment des dispositifs où il peut placer ces sommes.

Le tableau de bord social

Fiche 61

Le tableau de bord est un outil de gestion/pilotage à court terme de l'employeur, regroupant des indicateurs clés qui doivent être régulièrement mis à jour. Leur suivi permet d'observer la réalisation des objectifs de l'entreprise.

1 La conception d'un tableau de bord

A. Les tableaux de bord

■ Ils sont souvent réalisés avec un tableur. Pour les concevoir, on suit différentes étapes :

étape 1 : Collecte d'informations

↓

étape 2 : Traitement de ces informations pour qu'elles deviennent des données notamment en utilisant les feuilles de calcul d'un tableur

↓

étape 3 : Mise en forme des indicateurs

■ Pour construire un tableau de bord, il faut sélectionner les indicateurs qui traduisent au mieux la performance en termes de résultats obtenus (efficacité) et de moyens mis en œuvre (efficience).

B. Les indicateurs d'un tableau de bord

■ Les indicateurs sont des informations choisies qui permettent de mesurer des objectifs. Un indicateur mesure la performance dans un domaine, celui qui nous intéresse étant le social.

■ Les indicateurs se doivent d'être :

- pertinents ;
- représentatifs ;
- facilement interprétables et pouvoir être obtenus rapidement.

■ Certains indicateurs vont traduire une situation précise, à l'exemple d'un nombre, d'une valeur statistique. D'autres sont plus dynamiques, à l'exemple d'un taux ou d'un ratio.

Notes

Notes

C. La représentation graphique dans le tableau de bord

■ Le graphique est une représentation visuelle de données chiffrées pour faciliter la compréhension, les indicateurs d'un tableau de bord y seront mis en valeur.

■ L'optimisation de la représentation graphique. Le choix du graphique le plus adapté dépendra de ce que l'on veut y montrer :
– pour une évolution : une courbe ;
– pour une répartition : un diagramme ;
– pour une comparaison : un histogramme.

2 L'interprétation d'un tableau de bord

■ L'interprétation d'un tableau de bord doit permettre d'observer les grandes évolutions, de mettre en avant les informations importantes et d'expliquer les causes de la valeur des indicateurs du tableau de bord.

■ Elle doit aussi permettre de rédiger un écrit professionnel dont la forme (un courriel, un rapport, une note) dépendra du destinataire.

3 Le bilan social

■ Rendu obligatoire par le Code du travail pour les entreprises de plus de 300 salariés, le bilan social est un tableau de bord / outil d'information, de suivi et de gestion des ressources humaines.

■ Il récapitule en un document unique les principales données chiffrées permettant :

☑ d'apprécier la situation de l'entreprise dans le domaine social ;

☑ d'enregistrer les réalisations effectuées ;

☑ de mesurer les changements intervenus au cours de l'année écoulée et des deux années précédentes.

À retenir !

■ Le tableau de bord social doit être facile à lire et à interpréter, d'où l'importance du choix des indicateurs et de leur représentation graphique, le bilan social en est un bon exemple.

Les requêtes SQL

Fiche 62

La mémorisation et la cohérence des données du PGI sont assurées par un ensemble structuré et organisé appelé base de données. La base de données permet de stocker des informations pour qu'elles puissent être extraites puis exploitées par les utilisateurs du PGI. Le langage informatique permettant cette exploitation est le langage SQL.

1 L'organisation des données au sein de la base de données

■ Le SGBDR (système de gestion de base de données relationnelle) apporte une cohérence entre les données de la base et les différents accès qui peuvent intervenir. Les accès simultanés à une même ressource sont gérés par le SGBDR.

■ Le « R » du terme SGBDR définit le lien entre les différentes tables de la base de données.

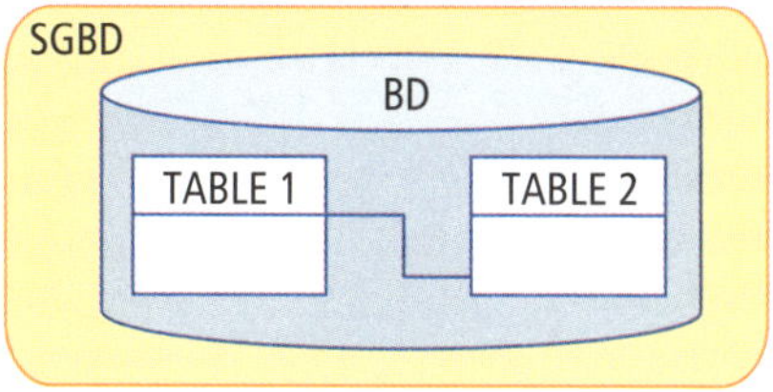

■ Au sein de la base de données, les informations sont organisées sous forme de tables. On peut représenter ces tables sous une forme tabulaire ou une forme symbolique ou logique, appelée relation.

La représentation tabulaire

Attributs	Matricule	Nom	Prénom	Service
Occurrences ou valeurs	M-231/1	COTRET	Linda	Commercial
	M-421/5	TAÏRO	Tarek	R&D

■ La représentation logique :

EMPLOYE (Matricule, Nom, Prénom, Service)

2 L'extraction des données dans la base de données

A. Le SQL

■ Le langage SQL (*Structured Query Language*) est le langage informatique permettant la manipulation des données au sein

Contrôle de gestion et analyse financière

Notes

Notes

d'une base. Il est normalisé, car il est composé d'un ensemble de syntaxes formelles.

■ La requête SQL est l'ensemble des instructions mises en commun de façon structurée afin de permettre une extraction de données cohérente et répondant à une question précise.

Ex. de questions posées au système : la liste des employés du service commercial, le CA moyen durant le mois de décembre N…

B. Les différentes commandes SQL

■ La projection est une opération permettant de récupérer un ensemble d'attributs d'une table. L'ensemble des lignes de la table seront récupérées.

Syntaxe	Exemple
SELECT attribut(s) FROM nom table ;	Nom et prénom de l'ensemble de la table EMPLOYE SELECT nom, prenom FROM employe ; SELECT * FROM employe ; *L'astérisque permet de récupérer l'ensemble des attributs de la table (matricule, nom, prénom et service).*

■ La clause DISTINCT ajoutée derrière SELECT permet d'éliminer les doublons.

■ La restriction est une condition faite sur les lignes de la table. Au lieu de récupérer l'ensemble des lignes, une restriction sera faite sur les lignes.

Syntaxe	Exemple
SELECT attribut(s) FROM nom table WHERE condition ; Une condition se compose toujours : - d'un attribut ; - d'un opérateur de comparaison (>, <, =, etc.) ; - d'une valeur ou d'un autre attribut.	Liste des employés du service commercial SELECT * FROM employe WHERE Service = « Commercial » ; Attribut Opérateur Valeur

■ Il est possible d'ajouter aux opérateurs arithmétiques classiques d'autres opérateurs logiques (BETWEEN, LIKE, etc.).

■ Le tri des données. Les lignes retournées lors des instructions précédentes le sont dans un ordre indéterminé. L'instruction ORDER BY réalise un tri des lignes résultat sur un ou plusieurs attributs.

Ex. : Noms et prénoms des employés du plus jeune au plus âgé :

```
SELECT Nom, Prénom
FROM Employes
ORDER BY dateNais DESC ;
```

Remarque

Le mot-clé DESC définit un ordre décroissant et ASC l'ordre ascendant.

■ Les fonctions d'agrégats sont utilisées pour effectuer un traitement (généralement un calcul) sur les valeurs d'un attribut d'une table.

Ex. : Salaire moyen des employés du service « R&D »

```
SELECT AVG (salaire)
FROM Employes
WHERE Service = « R&D » ;
```

Remarque

Les autres fonctions sont : MAX, MIN, SUM et COUNT. Cette dernière permet de compter le nombre de lignes résultats de la requête.

■ La plupart du temps, les informations exploitées dans une base de données proviennent d'un ensemble de tables. Pour obtenir ces données, il est primordial de rechercher le lien entre les différentes tables (ou relations) du système.

■ La jointure est un mécanisme très puissant qui permet de combiner les données issues de plusieurs tables.

Ex. : Soit les relations suivantes :

EMPLOYE (<u>Matricule</u>, Nom, Prénom, DateNais, Service, codeQualification#)
QUALIFICATION (codeQualification, libelléQualification, indiceQualification)

Nom des employés ainsi que leur qualification respective

```
SELECT Nom, libelléQualification
FROM Employes
INNER JOIN EMPLOYE.CodeQualification
= QUALIFICATION. codeQualification;
```

Remarque

Les attributs placés dans l'égalité de la jointure permettent de formaliser le lien entre les deux tables. Après l'instruction INNER JOIN, il est possible de faire une restriction, un tri ou même une autre jointure.

■ La commande GROUP BY permet, comme son nom l'indique, le regroupement des lignes qui ont la même valeur pour une ou plusieurs colonnes. Elle donne également la possibilité d'effectuer le résultat d'un calcul statistique sur ces lignes (moyenne, somme, nombre, minimum, maximum…).

Ex. : Nom des employés ainsi que leur qualification respective

```
SELECT libelléQualification, Nom
```

Contrôle de gestion et analyse financière

Notes

Notes

FROM Employes

INNER JOIN EMPLOYE.CodeQualification = QUALIFICATION codeQualification

GROUP BY libelléQualification, Nom ;

Nom des employés les plus âgés par service

SELECT Nom, Service, min(dateNais)

FROM Employes

GROUP BY service, nom ;

■ La clause WHERE permet d'appliquer une restriction sur les lignes d'une relation tandis que la clause HAVING utilisée après le GROUP BY permet d'appliquer une restriction sur les groupes.

***Ex.* :** Nom des employés ayant le salaire le plus important par service ; ce salaire maximum trouvé doit être supérieur à 3 000 €.

SELECT Nom, SUM(salaireBrutMensuel)

FROM Employe

GROUP BY Nom

HAVING SUM(salaireBrutMensuel) > 3 000 ;

à retenir !

■ Le langage SQL permet une interrogation des données de la base. C'est un langage normalisé d'où l'utilisation d'un ensemble de commandes spécifiques. La plus courante SELECT …FROM…consiste à lire des données dans une table ; d'autres permettent une optimisation des données renvoyées (WHERE pour une restriction, GROUP BY pour un regroupement, etc.)

L'automatisation des tâches

Dans un système informatisé, certaines tâches font l'objet de traitements spécifiques (recherches, calculs, comparaison, etc.). Ces traitements sont réalisés par le biais d'instructions élémentaires ordonnées et formalisées grâce à un algorithme.

1 La structure algorithmique

■ Un algorithme est une suite d'instructions, qui une fois exécutées séquentiellement, conduisent à un résultat donné.

A. Les éléments de base d'un algorithme

■ Un algorithme a généralement besoin d'un certain nombre d'éléments du contexte pour envoyer un résultat approprié. Il utilise pour cela des ordres ou instructions permettant la manipulation des informations.

Ex. : Une remise de 5 % est appliquée sur le montant si celui-ci dépasse 100 €.

Entrée = 136,5 € → Ordres / instructions → Sortie = 129,67 €

■ Dans cet exemple, l'algorithme devra contenir : l'évaluation du prix et le calcul du nouveau prix si les conditions sont respectées.

***Ex.* d'algorithme :**

```
ALGO PRIME                      ← Nom de l'algorithme
VARIABLES
   Anciennete : réel            ← Déclaration des variables
   Prime : entier
DEBUT
Prime ← 0                       ← Affectation d'une variable
Afficher (« Veuillez saisir le nombre d'années d'ancienneté »)   ← Instructions d'entrée/sortie
Saisir (Anciennete)             ← Instructions d'entrée/sortie
SI Anciennete > 1 ALORS
   Prime ← 150                  ← Structure conditionnelle
FIN SI
FIN                             ← Fin de l'algorithme
```

■ Les variables sont des éléments informationnels. Elles permettent de conserver des données au sein de l'algorithme. Une fois déclarées, les variables peuvent changer de valeurs au cours de l'algorithme mais le type de valeurs reste, lui, inchangé du début à la fin.

Notes

Notes

■ Les instructions sont des mots-clés et opérations utilisés dans l'algorithme pour répondre à un besoin ou une question spécifique. Il existe plusieurs types d'instructions :

❶ l'affectation (consiste à donner une valeur à une variable grâce au signe « ← ») ;

❷ la structure conditionnelle (Si… Alors… Fin si) ;

❸ les structures itératives.

B. Les structures conditionnelles

■ Elles ont pour objectif d'évaluer les valeurs d'une ou plusieurs variables afin de vérifier leurs cohérences dans un contexte donné. Il existe deux types de structures conditionnelles :

Les structures conditionnelles (ou alternatives) simples	Les structures conditionnelles (ou alternatives) complètes
SI ***Condition*** ALORS ***Instruction(s)*** FIN SI	SI ***Condition*** ALORS ***Instruction(s)*** SINON ***Instruction(s)*** FIN SI

2 L'algorithme associé aux tableurs

■ Dans un tableur, la solution algorithmique passe par le biais des fonctions et des formules.

■ Les fonctions représentent l'ensemble des formules prédéfinies par le logiciel de tableur utilisé (SOMME( ), RECHERCHEV( ), SI( ), etc.) tandis que le terme formule est utilisé pour définir un ensemble d'opérations créées par l'utilisateur (pouvant contenir des fonctions).

***Ex.* de la gestion des primes :**

=SI(B20 > = 61 ; 200 ; SI(B20 >= 13 ; 200 ; SI(B20 >= 1 ; 100 ;0)))

à retenir !

- Un algorithme est une séquence d'instructions définie pour résoudre une problématique. L'intérêt de sa mise en œuvre est sa réutilisation à chaque fois que ce problème survient : d'où la notion d'automatisation.
- Les instructions qui composent l'algorithme sont destinées à interagir avec l'environnement (affectation/affichage/saisie), vérifier une condition (Si…FinSi) ou même répéter une suite d'instructions (itération).

Contrôle de gestion et analyse financière

Sommaire

Notes

Présentation de l'épreuve « E5 - Situations de contrôle de gestion et d'analyse financière »

Épreuve en CCF ou forme ponctuelle
Coefficient : 5
Matériel : sur poste informatique (sur tableur)

1 L'organisation de l'épreuve

■ L'épreuve prend appui sur un dossier comprenant :

❶ le passeport professionnel qui permet de valider les compétences ;

❷ 3 fiches de situations professionnelles (SP) couvrant l'ensemble des activités des processus P5, P6 et P7.

■ Les conditions de validité des situations professionnelles. Chaque SP doit obligatoirement avoir du P7 et un autre processus : P5 ou P6. Les processus P5 et P6 doivent être présents dans l'ensemble des fiches.

2 Le déroulement de l'épreuve en CCF

■ Situation A (14 points) : l'enseignant d'AP évalue après chaque SP en fonction de différents critères. L'étudiant est donc évalué sur chaque AP réalisée. À la fin des deux années, les évaluations permettent de déterminer un profil et d'attribuer une note.

■ Situation B (6 points) : c'est une épreuve orale de 20 minutes à la fin de la 2e année avec deux enseignants des processus P5, P6 et P7 et des AP. Les étudiants doivent retenir trois SP qui traitent de P5, P6 et P7. Le candidat tire au sort une SP sur les trois et est interrogé sur les connaissances requises pour la SP et sur l'utilisation du tableur.

3 Le déroulement de l'épreuve ponctuelle (en fin de 2e année)

■ L'épreuve orale dure 30 minutes avec 30 minutes de préparation (le temps pour installer les ressources numériques et préparer les travaux demandés). Cette épreuve a lieu à la fin de la 2e année avec 2 enseignants extérieurs qui viennent vous interroger dans votre établissement.

Notes

Notes

– 10 minutes au maximum : présentation de la SP (contexte, problème de gestion…) et explicitation des démarches et méthodes mises en œuvre.

– 20 minutes sur poste informatique : des questions de connaissances et des modifications sont demandées par le jury (ex. : modification d'un délai de paiement ou d'un élément de coût et appréciation des conséquences sur la trésorerie…) et le candidat doit les mettre en œuvre et les expliquer.

■ Quelle que soit la modalité (CCF ou ponctuelle), l'important est de maîtriser l'utilisation du tableur.

4 Les conseils pour réussir cette épreuve

■ Les interrogations sont conduites dans un esprit d'évaluation positive et bienveillante, les enseignants ne sont pas là pour vous piéger. Si vous avez bien préparé votre oral, tout se passera pour le mieux.

☑ Entraînez-vous régulièrement : présentez oralement les trois SP à votre entourage.

☑ Maîtrisez le logiciel (toutes les fonctions utilisées et leur utilité) et le contenu de votre SP.

☑ Posez-vous des questions : quel était le problème de gestion de cette situation ? Pourquoi réalise-t-on telle tâche plutôt qu'une autre ? Soyez curieux. Vous devez maîtriser les connaissances mobilisées.

☑ Faites une sauvegarde de secours.

☑ Utilisez un vocabulaire adapté : pas de familiarité ni de vulgarité.

☑ Soyez poli, adoptez une tenue professionnelle.

Charges incorporées aux coûts et hiérarchie des coûts

Fiche 1

Effectuer des calculs en coûts complets signifie que toutes les charges constitutives de coûts doivent être attribuées aux différents produits ou services réalisés par l'entreprise.

1 L'incorporation des charges aux coûts

■ L'essentiel des coûts de la comptabilité de gestion est constitué des charges de la comptabilité générale, cependant certains retraitements sont nécessaires :

❶ l'abonnement des charges ;

❷ les éléments supplétifs ;

❸ les charges non incorporables : certaines charges non représentatives d'un coût ou dont la prise en compte dans l'évaluation des coûts ne serait pas pertinente sont exclues, il s'agit notamment des charges exceptionnelles ;

❹ les charges étalées : les dotations aux dépréciations peuvent être remplacées par des charges dites « charges étalées » économiquement plus significatives.

2 Charges directes et charges indirectes

■ Après détermination des charges incorporées aux coûts, une première analyse s'impose pour les ventiler en :

– charges directes : charges pouvant être affectées sans ambiguïté à un coût ;

– charges indirectes : charges concernant plusieurs coûts simultanément. Leur prise en compte dans le calcul des coûts nécessite un traitement spécifique.

3 Coûts hiérarchisés et résultat analytique

■ Afin d'évaluer la contribution de chacun des produits de l'entreprise au résultat réalisé, il est possible de retracer les différentes étapes de formation des coûts, selon une optique fonctionnelle.

Remarque

L'approche fonctionnelle n'est pas utilisée dans la méthode ABC.

■ Le coût d'achat. En plus du prix que l'entreprise paye à ses fournisseurs pour ses achats, elle doit également supporter certains frais tels que le loyer et l'assurance de l'entrepôt de stockage, le salaire du magasinier, etc. Le coût d'achat, calculé pour chaque matière et marchandise, est égal au prix d'achat augmenté des

Notes

Notes

charges directes ou indirectes d'approvisionnement.

■ Le coût de production est constitué du coût d'achat des matières consommées lors de la production et des charges directes (essentiellement la main-d'œuvre directe) et indirectes de production.

■ Le coût de distribution est constitué de toutes les charges, directes et indirectes, liées à la mise à disposition du client du produit ou du service vendu.

■ Le coût de revient représente tout ce qu'a coûté le produit à son stade final, jusqu'à sa vente ; autrement dit, le coût de revient ne peut être calculé que pour les produits que l'entreprise a vendus. Le coût de revient se compose du coût de production du produit vendu, du coût de distribution et des autres coûts non pris en compte précédemment (administration, financement...).

■ Le résultat analytique par produit est égal à la différence entre le chiffre d'affaires et le coût de revient. En première approche, il permet de connaître la contribution de chaque produit à la formation du résultat de l'entreprise.

À retenir !

■ Le coût hors production regroupe tout ce qui dans le coût de revient n'est pas coût de production du produit vendu (c'est-à-dire le coût de distribution et les autres coûts du coût de revient).

Le modèle des centres d'analyse

Fiche 2

La méthode des centres d'analyse suit les étapes suivantes :
- définition des centres d'analyse ;
- répartition (primaire et secondaire) des charges indirectes entre ces centres d'analyse ;
- imputation des coûts des centres d'analyse principaux aux différents coûts (d'achat, de production…).

1 Les centres d'analyse

A. Définition

■ Un centre d'analyse est une division comptable de l'entreprise permettant l'analyse des charges indirectes avant leur imputation aux coûts concernés. Cette division peut correspondre à une réalité physique (par exemple, un atelier de production) ou n'être qu'une division fictive ayant pour objet de permettre le regroupement de certaines charges indirectes (par exemple, le centre « Financement »).

B. Typologie

Centres auxiliaires	Centres principaux
Certains centres d'analyse fournissent leurs prestations aux autres centres d'analyse ; le coût de ces centres auxiliaires est réparti entre les autres centres lors de la répartition secondaire.	Le coût de ces centres, après répartition secondaire, est imputé aux différents coûts concernés.

C. La mesure de l'activité des centres d'analyse

■ L'activité d'un centre d'analyse peut être mesurée par :
- une unité physique (heure de MOD – main-d'œuvre directe –, heure machine, kilos de matières achetées…), appelée unité d'œuvre ;
- une unité monétaire (la centaine d'euros d'achats…), appelée assiette de frais.

■ Pour être représentative de l'activité du centre d'analyse, l'unité d'œuvre (ou l'assiette de frais) retenue doit être telle que le coût du centre varie en fonction du nombre d'unités d'œuvre (ou de la valeur de l'assiette de frais).

Notes

■ Pour chaque centre principal, le calcul du coût de l'unité d'œuvre (ou du taux de frais) permet d'imputer les coûts des centres principaux aux différents coûts concernés proportionnellement au nombre d'unités d'œuvre consommées.

Coût de l'UO = coût du centre principal / nombre d'UO

2 La répartition des charges indirectes

■ La répartition des charges indirectes se fait selon le schéma suivant :

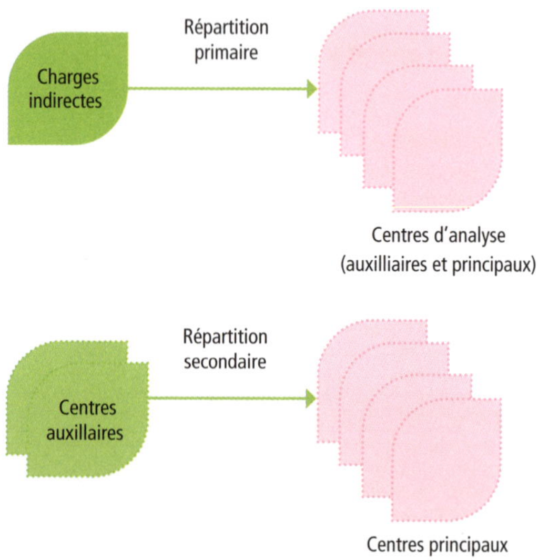

À retenir !

■ Après répartition secondaire, la totalité des charges indirectes se retrouve dans les centres principaux.

La répartition des charges indirectes

Fiche 3

La répartition des charges indirectes dans les centres d'analyse est réalisée dans un tableau des charges indirectes.

1 La répartition des charges indirecte : exemple de l'entreprise Fruidor

■ L'entreprise Fruidor produit à partir de deux matières A et B deux produits P1 et P2 ; elle communique le tableau ci-dessous pour procéder à la répartition de ses charges indirectes.

		Centres auxiliaires		Centres principaux		
Charges indirectes	**Montants**	**Gestion du personnel**	**Gestion des moyens**	**Approvi-sionnements**	**Atelier**	**Adminis-tration**
Services extérieurs	10 500	5 %	10 %	30 %	40 %	15 %
Charges de personnel	40 000	10 %	5 %	25 %	50 %	10 %
Éléments supplétifs	7 500	475 €	140 €	74 €	1 234 €	5 577 €
Totaux	58 000					

2 La répartition primaire

■ Les charges indirectes sont d'abord affectées ou réparties à l'aide de clés de répartition entre les centres d'analyse, auxiliaires et principaux. À l'issue de cette étape, le total des coûts des centres d'analyse doit être égal au total des charges indirectes.

		Centres auxiliaires		Centres principaux		
Charges indirectes	**Montants**	**Gestion du personnel**	**Gestion des moyens**	**Approvi-sionnements**	**Atelier**	**Adminis-tration**
Services extérieurs	10 500	525	1 050	3 150	4 200	1 575
Charges de personnel	40 000	4 000	2 000	10 000	20 000	4 000
Éléments supplétifs	7 500	475	140	74	1 234	5 577
Totaux	58 000	5 000	3 190	13 224	25 434	11 152

Notes

Notes

3 La répartition secondaire

■ Les coûts des centres auxiliaires obtenus après la répartition primaire sont ensuite répartis entre les centres principaux. Les pourcentages de répartition des centres auxiliaires vous sont fournis ci-dessous :

		Centres auxiliaires		Centres principaux		
Totaux après répartition primaire	**Montants**	**Gestion du personnel**	**Gestion des moyens**	**Approvisionnements**	**Atelier**	**Administration**
	58 000	5 000	3 190	13 224	25 434	11 152
Gestion du personnel		– 100 %	15 %	25 %	50 %	10 %
Gestion des moyens			– 100 %	40 %	40 %	20 %

■ Les transferts en escalier : pour répartir les coûts des centres auxiliaires, il faut commencer par le centre qui ne reçoit aucune prestation en provenance d'autres centres auxiliaires. Les coûts des centres auxiliaires suivants sont ensuite répartis en tenant compte des prestations reçues à l'étape précédente (transferts dits « en escalier »). Ici, les pourcentages de répartition du centre « Gestion des moyens » s'appliqueront à 3 940 € (3 190 + 750).

		Centres auxiliaires		Centres principaux		
Totaux après répartition primaire	**Montants**	**Gestion du personnel**	**Gestion des moyens**	**Approvisionnements**	**Atelier**	**Administration**
	58 000	5 000	3 190	13 224	25 434	11 152
Gestion du personnel		– 5 000	750	1 250	2 500	500
Gestion des moyens			– 3 940	1 576	1 576	788
Totaux après répartition secondaire	58 000	0	0	16 050	29 510	12 440

À retenir !

■ À l'issue de la répartition secondaire, les totaux des centres auxiliaires doivent être égaux à zéro et le total des charges après répartition secondaire doit être identique au total issu de la répartition primaire.

L'imputation des coûts des centres principaux

Fiche 4

Les coûts des centres principaux, après répartition secondaire, sont imputés aux différents coûts concernés (d'achat, de production, de distribution ou de revient) proportionnellement aux unités d'œuvre consommées par chaque élément pour lequel un coût est calculé.

1 L'imputation des coûts des centres principaux : exemple de l'entreprise Fruidor

■ Les unités d'œuvre retenues par l'entreprise Fruidor sont les suivantes :

❶ approvisionnement : l'euro d'achat ;

❷ atelier : l'heure machine ;

❸ administration : le produit vendu.

■ Au cours du mois, elle a acheté 8 000 kg de matière A à 28 € le kg et 5 000 kg de matière B à 19,40 € le kg. La production du mois a nécessité 5 902 heures machine (dont 2 000 consacrées à la production de P1).

■ L'entreprise a vendu 2 500 produits P1 et 3 720 produits P2.

	Approvisionnement	Atelier	Administration
Total après répartition secondaire	16 050	29 510	12 440
Nature de l'UO	€ d'achat	Heure machine	Produit vendu
Nombre d'UO	321 000 = (8 000 × 28) + (5 000 × 19,40)	5 902	2 500 + 3 720 = 6 220
Coûts de l'UO	$\frac{16\,050}{321\,000} = 0{,}05$	$\frac{29\,510}{5\,902} = 5$	$\frac{12\,440}{6\,220} = 2$

■ Pour répartir correctement les coûts des centres principaux entre les différents coûts concernés, il suffit de répondre à la question suivante : combien l'élément concerné a-t-il consommé d'unités d'œuvre ? Et, pour ce faire, de toujours se référer à la nature de l'UO retenue.

Notes

Notes

2 Répartition du centre « Approvisionnement » entre les deux coûts d'achat

■ La matière A a « consommé » 224 000 € d'achat (assiette de frais retenue pour le centre « Approvisionnement »), chaque euro d'achat se voyant affecter 0,05 € de charges indirectes.

	Matière A			Matière B		
	Q	CU	Montant	Q	CU	Montant
Achats	8 000	28,00	224 000	5 000	19,40	97 000
Approvi-sionnement	224 000	0,05	11 200	97 000	0,05	4 850
Coût d'achat	8 000	29,40	235 200	5 000	20,37	101 850

3 Répartition du centre « Atelier » entre les deux coûts de production

■ Les coûts de production de P1 et P2 comprendront respectivement (2 000 × 5) = 10 000 € et (3 902 × 5) = 19 510 € de charges indirectes du centre « Atelier ».

4 Répartition du centre « Administration » entre les deux coûts de revient

■ Les coûts de revient de P1 et P2 comprendront respectivement (2 500 × 2) = 5 000 € et (3 720 × 2) = 7 440 € de charges indirectes du centre « Administration ».

Remarque

Il est facile de vérifier que la totalité des charges indirectes de chaque centre a été répartie entre les différents coûts concernés (ex. : les 16 050 euros de charges indirectes du centre « Approvisionnement » ont été répartis intégralement entre la matière A (11 200 euros) et la matière B (4 850 euros)).

À retenir !

- La totalité des charges indirectes de chaque centre doit être répartie entre les différents coûts concernés.
- Ex. : les 16 050 € de charges indirectes du centre « Approvisionnement » ont été répartis intégralement entre la matière A (11 200 €) et la matière B (4 850 €)).

Le modèle à base d'activités

Fiche 5

La comptabilité à base d'activités (ou méthode ABC pour *Activity-Based Costing*) est une méthode de calcul et d'analyse des coûts complets qui a été développée dans les années 1980.

1 La formation des coûts

A. La consommation des ressources

■ L'objectif majeur de la méthode ABC consiste à mettre en évidence les facteurs qui donnent naissance aux coûts. Or ce n'est pas le produit en tant que tel qui explique directement l'existence de coûts, mais bien le fait que sa production nécessite la réalisation d'un certain nombre d'activités.

■ Les coûts proviennent de la consommation de ressources (matières, temps de travail, charges diverses...) par les activités, ces dernières étant réalisées (« consommées ») pour permettre l'obtention des produits.

■ Dès lors, il s'agit de gérer le coût des activités et non plus celui des produits tout en cherchant à éliminer les activités qui n'ajouteraient pas de valeur au produit.

B. Les inducteurs

■ Le coût des activités dépend de divers facteurs appelés inducteurs sur lesquels le gestionnaire peut être amené à agir.

Inducteur	Exemple
La fréquence à laquelle cette activité survient	L'activité « Réception des commandes » est réalisée à chaque livraison ; une réduction du nombre de livraisons permettrait de diminuer le coût de cette activité.
Les conditions dans lesquelles l'activité est réalisée	L'efficacité et donc le coût de l'activité « Réception des commandes » dépendent du matériel de manutention utilisé, de l'aménagement de l'entrepôt de stockage...

C. L'allocation du coût des activités aux coûts des produits

■ La démarche est identique à celle de la méthode des centres d'analyse : il s'agit de repérer pour chaque activité un inducteur (ou une unité de mesure) représentatif de la consommation de ressources par l'activité ; le coût de l'activité est ensuite réparti

Notes

Notes

entre les différents produits proportionnellement aux volumes d'inducteurs consommés.

■ L'activité « Réception des commandes » peut être ainsi répartie en fonction des quantités consommées, si l'on fait l'hypothèse que le coût de cette activité varie en fonction des quantités.

Remarque
Les charges directes variables, étant proportionnelles aux quantités produites, sont directement affectées aux produits concernés.

2 Les apports de la méthode ABC

A. Causalité et corrélation

■ Le concept d'inducteur fait nécessairement référence à un lien de cause à effet. L'unité d'œuvre utilisée dans la méthode des centres d'analyse traduit juste l'existence d'une corrélation (au sens statistique) avec le coût du centre d'analyse.

B. L'organisation de la production

■ Le déclenchement de certaines activités et donc l'apparition de coûts sont liés à la manière dont la production est organisée et non pas au volume produit : par exemple, chaque lancement d'une série nécessite le réglage des machines, indépendant de la taille de la série produite.

C. L'approche transversale

■ L'entreprise n'est pas appréhendée comme un ensemble de fonctions juxtaposées (approche fonctionnelle) mais comme un ensemble de processus à réaliser pour satisfaire le client.

3 Méthodologie

■ Une fois recensées les activités qui coexistent dans les centres d'analyse et repérés les inducteurs les plus pertinents, il faut :

☑ calculer le coût des inducteurs en regroupant les activités ayant même inducteur ;

☑ affecter le coût de chaque inducteur aux produits concernés en fonction du volume consommé. Le coût de revient s'obtient alors en additionnant le coût direct et le coût des inducteurs.

à retenir !

■ Ce sont les activités qui sont à l'origine des coûts des produits : les produits consomment des activités qui consomment les ressources nécessaires à leur réalisation.

La valorisation des stocks

Concernant la valorisation des stocks, deux problèmes se posent :
– Comment évaluer les entrées en stocks ?
– Comment évaluer les sorties de stocks, c'est-à-dire le coût des matières consommées ou des produits vendus ?

1 Les entrées en stock

■ Pour ce qui est des éléments achetés par l'entreprise – matières ou marchandises – il est nécessaire de tenir compte des divers frais (internes ou externes) qui s'ajoutent au prix d'achat. En comptabilité de gestion, ce coût d'achat des matières ou marchandises achetées (CAMA) est égal au prix d'achat augmenté des charges directes et indirectes liées à l'approvisionnement.

■ Produits finis, intermédiaires ou en cours. Les entrées en stocks sont valorisées au coût de production des produits fabriqués (CPPF) :

CPPF = Coût d'achat des matières consommées (CAMC) + Coût de production des produits intermédiaires consommés + Charges directes de production (MOD…) + Charges indirectes de production

2 Les sorties de stock

■ À quel coût doit-on valoriser les consommations de matière du mois ? La réponse à cette question permet de calculer :

☑ pour les matières, le coût d'achat des matières consommées (CAMC) ;

☑ pour les produits, le coût de production des produits vendus (ou consommés dans le cas de produits intermédiaires) (CPPV).

■ Différentes méthodes sont envisageables, notamment :

❶ le coût moyen unitaire pondéré (CMUP) ;

❷ le « premier entré, premier sorti » (PEPS).

A. Valorisation au coût moyen unitaire pondéré (CMUP)

■ Les sorties de stock et le stock final sont valorisés au même coût unitaire, le CMUP, avec :

CMUP = total SI et entrées en valeur / total SI et entrées en quantité

Notes

Notes

B. Valorisation selon la méthode premier entré, premier sorti (PEPS)

■ Selon cette méthode, les sorties de stocks sont supposées s'effectuer selon l'ordre chronologique : en priorité sont supposés être utilisés les éléments détenus depuis le plus longtemps dans l'entreprise.

3 Les différences d'inventaire

■ Concernant les stocks, certaines divergences existent entre la comptabilité financière et la comptabilité de gestion :
– la comptabilité financière se doit d'effectuer un inventaire extra-comptable au moins une fois par an, en comptant physiquement les éléments existant effectivement à la date d'inventaire, il s'agit de l'inventaire intermittent ;
– la comptabilité de gestion pratique l'inventaire permanent, c'est-à-dire qu'elle calcule ses stocks théoriques en fonction des entrées et des sorties de la période.

■ En comptabilité de gestion :

Stock final = stock initial + entrées – sorties

Comptabilité financière	Comptabilité de gestion
Stock final = stock réel	Stock final = stock théorique

■ On appelle différence d'inventaire la différence qui peut exister entre le stock réel et le stock théorique :

☑ si stock final réel > stock final théorique, il s'agit d'un boni (+) apparaissant du côté des entrées dans la fiche de stock ;

☑ si stock final réel < stock final théorique, il s'agit d'un mali (–) apparaissant du côté des sorties dans la fiche de stock.

■ Du fait de l'inscription de la différence d'inventaire en entrées ou en sorties, une fiche de stock doit toujours être équilibrée.

À retenir !

■ Du fait de l'inscription de la différence d'inventaire en entrées ou en sorties, une fiche de stock doit toujours être équilibrée.

Les coûts partiels

Fiche 7

L'analyse en coûts partiels est complémentaire de l'analyse en coûts complets, elle répond à des objectifs de gestion différents :
– les coûts complets permettent de connaître le coût de revient et le résultat dégagé par produit ou par activité ;
– les coûts partiels permettent de faire apparaître diverses marges nécessaires pour prendre des décisions de gestion.

1 Les charges opérationnelles et les charges de structure

- Les charges peuvent être classées en deux catégories :

❶ les charges opérationnelles ou variables, qui varient avec le volume d'activité ;

❷ les charges fixes ou de structure, qui sont indépendantes du niveau d'activité à l'intérieur d'un palier de structure.

- Le tableau suivant met en évidence les distinctions existant entre charges variables et charges fixes.

	Charges variables	Charges fixes
Charges directes	Charges qui varient en fonction de l'activité et que l'on peut affecter directement à un produit. ***Ex.*** **:** matières premières, éventuellement des charges de main-d'œuvre.	Charges qui ne varient pas en fonction de l'activité et que l'on peut affecter directement à un produit. ***Ex.*** **:** amortissement de matériel spécifique à une production, charges de main-d'œuvre affectables à un seul produit.
Charges indirectes	Charges qui varient en fonction de l'activité mais que l'on ne peut pas affecter directement à un produit. ***Ex.*** **:** publicité, consommation d'électricité d'un atelier.	Charges qui ne varient pas en fonction de l'activité et que l'on ne peut pas affecter directement à un produit. ***Ex.*** **:** amortissement du matériel et des locaux administratifs. Charges administratives.

Attention

Ne pas confondre charges variables et charges directes, charges fixes et charges indirectes. Une charge est directe si son affectation à un produit ou à un centre peut être faite sans ambiguïté.

Contrôle de gestion et analyse financière

Notes

Notes

2 Les coûts variables

■ La méthode du coût variable peut être schématisée de la façon suivante :

Produits	P_1	P_2	…	P_n	Total
Chiffre d'affaires	CA_1	CA_2	…	CA_n	CA
– Coûts variables des produits vendus (de production et hors production)	CV_1	CV_2	…	CV_n	CV
= Marge sur coûts variables	MCV_1	MCV_2	…	MCV_n	MCV
– Charges de structure	CF				CF
= Résultat					R

■ Ce tableau représente le compte de résultat différentiel.

■ Cette analyse en coûts partiels permet aux dirigeants de l'entreprise de bien cerner les produits ou activités ayant de fortes marges sur coûts variables, et les produits ou activités à faible marge. Cette analyse peut être affinée, en affectant certaines charges fixes aux coûts des produits.

3 Les coûts spécifiques

■ Les coûts spécifiques sont obtenus en ajoutant aux coûts variables les charges de structure concernant sans ambiguïté ces coûts. Les autres charges de structure sont dénommées charges fixes communes.

■ Dès lors, il est possible de calculer pour chaque produit sa marge sur coût spécifique :

Marge sur coût spécifique =
marge sur coût variable – charges fixes spécifiques

Résultat de l'entreprise =
somme des marges spécifiques – charges fixes communes

À retenir !

■ Si un produit ou une activité dégage une marge sur coût spécifique négative, la question de son abandon doit être posée.

Le seuil de rentabilité et le point mort

Fiche 8

Le seuil de rentabilité, ou chiffre d'affaires critique, est le chiffre d'affaires qui permet à l'entreprise de couvrir la totalité de ses charges c'est-à-dire d'avoir un résultat égal à zéro.

1 Le seuil de rentabilité

R = marge sur coûts variables – charges fixes

- Au seuil de rentabilité, R = 0 donc MCV = CF.

A. Calcul du seuil de rentabilité

- Du fait de l'existence de charges fixes, le résultat n'est pas proportionnel au chiffre d'affaires, mais la marge sur coût variable l'est.
- Il suffit donc d'utiliser cette proportionnalité pour calculer le seuil de rentabilité à l'aide d'un produit en croix : le SR est le chiffre d'affaires pour lequel la marge sur coût variable est égale aux charges fixes.
- Le calcul peut être fait à partir du taux de marge sur coût variable :

$$\mathbf{SR} = \frac{\text{charges fixes}}{\text{taux de marge sur coût variable}}$$

- On peut également calculer le seuil de rentabilité à partir du CA, des charges fixes et de la marge sur coût variable :

$$\mathbf{SR} = \frac{\text{CA} \times \text{charges fixes (CF)}}{\text{marge sur coût variable (MCV)}}$$

B. Représentation graphique

MCV = CF

Ex. : Société Pizzadau

La société Pizzadau vend des pizzas à emporter. Cette société a vendu, pendant l'exercice N, 43 200 pizzas à un prix moyen de 15 € la pizza. Les charges de cette entreprise se répartissent de la façon suivante :

Notes

CA HT (43 200 × 15) – Charges variables	648 000 388 800	100 % 60 %
= Marge sur coûts variables (MCV)	259 200	40 %
– Charges fixes (CF)	194 400	
= Résultat (R)	64 800	

388 800 / 648 000

259 200 / 648 000
ou 100 % – 60 %
représente le taux de marge

– Droite de la MCV : $y_1 = 0{,}40X$.

– Droite des coûts fixes : $y_2 = 194\ 400$.

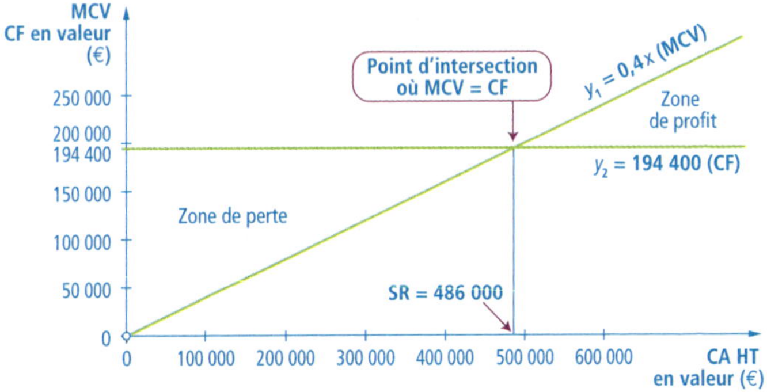

2 Le point mort

■ La date à laquelle le seuil de rentabilité est atteint est appelée point mort.

***Ex.* (suite) :** Société Pizzadau

– Si l'on considère que la vente des pizzas dans l'entreprise Pizzadau est régulière durant l'année, et que cette entreprise travaille les 12 mois de l'année, il y a proportionnalité entre le temps et le chiffre d'affaires :

360 jours ⇒ CA = 648 000 €

n jours ⇒ CA = 486 000 €

n = 360 / 648 000 ⇒ 486 000 = 270 jours, soit le 1er octobre

– Si l'activité n'est pas régulière, il faut cumuler les chiffres d'affaires mensuels. Lorsque le cumul atteint le seuil de rentabilité, c'est le point mort.

■ Plus le point mort est élevé, plus le risque d'exploitation est important.

À retenir !

■ Le seuil de rentabilité est le chiffre d'affaires pour lequel la marge sur coût variable est égale aux charges fixes (et donc le résultat égal à zéro).

Les coûts préétablis et l'analyse des écarts

Fiche 9

Un coût préétabli est un coût évalué *a priori* pour permettre le contrôle de gestion par l'analyse des écarts. Son élaboration ne dispense pas des calculs des coûts réels mais il permet une comparaison entre les réalisations et les prévisions.

1 Les coûts préétablis

A. Notion de coût préétabli

■ Le coût préétabli a certaines caractéristiques propres :

❶ les calculs en coûts préétablis permettent d'obtenir des résultats rapides, sans attendre le résultat du dépouillement des informations comptables ; ils permettent d'effectuer des prévisions ou d'établir des devis ;

❷ la notion de coût préétabli permet à l'entreprise de se fixer des normes, des objectifs, et, par la suite, d'analyser les causes de divergence entre les données réelles (ou constatées) et les données préétablies.

B. La fiche de coût préétabli

■ La fiche de coût préétabli est l'instrument quasi indispensable pour mener à bien les calculs prévisionnels ou pour quantifier les objectifs que s'est fixés l'entreprise en matière de coûts.

■ La fiche de coût préétabli permet, pour un niveau de production donné, de mettre en lumière les composantes du coût de production unitaire d'un produit donné.

Ex. :

	Q	CU (Cp)	Montant (Mp)
Bois	1,20	1,80	2,16
Main-d'œuvre	1,10	15,80	17,38
Façonnage	1,10	1,30	1,43
Coût de production unitaire			20,97

■ Il est indispensable de bien différencier :

☑ le coût préétabli (Cp) du facteur de production (1,80 € le kg de bois) ;

☑ du montant préétabli (Mp) de ce facteur de production dans le produit fini (2,16 € de bois dans le produit fini).

Contrôle de gestion et analyse financière

Notes

Notes

■ En effet, les calculs effectués avec Cp se combinent toujours avec une **quantité de facteur** de production (nombre de kg de bois) alors que ceux effectués avec Mp font toujours intervenir une **production**.

C. L'analyse des écarts

■ Un **écart** résulte de la différence qui existe entre un coût réel, constaté et un coût préétabli.

Écart = coût constaté (CC) – coût préétabli (CP)

■ Par convention de calcul, un écart est donc **défavorable** s'il est positif, **favorable** dans le cas contraire.

■ L'écart sur coût de production s'analyse en examinant les différents facteurs de production constitutifs du coût de production.

■ On peut distinguer **deux types d'analyse d'écarts** :

1. les **écarts sur charges directes variables** (ou opérationnelles) (voir **fiche 10**) ;
2. les **écarts sur coût d'un centre de travail** (écarts sur charges indirectes).

À retenir !

- L'analyse des écarts consiste à confronter le réel au prévisionnel ; elle doit permettre de repérer certains dysfonctionnements et d'y remédier.

Les écarts sur charges directes variables

Fiche 10

Les charges directes variables sont considérées comme étant strictement proportionnelles à la production par le biais des quantités consommées ; il s'agit ici des écarts sur matières consommées et sur la main-d'œuvre (MOD).

1 L'écart relatif à la production constatée (écart global)

■ L'écart global permet de comparer le coût réel et le coût préétabli du facteur de production consommé au niveau de la production constatée. Il se calcule par différence entre le coût constaté (CC) et le coût préétabli de la production constatée (CPPc).

Écart global = CC – CPPc

■ Le coût préétabli de la production constatée représente le coût qu'aurait dû supporter l'entreprise pour réaliser la production constatée.

■ Ce coût dépend :

☑ de la quantité de facteur de production qu'aurait dû consommer l'entreprise pour réaliser la production constatée (notée Qpc). Cette quantité se calcule en appliquant la quantité unitaire préétablie (fiche de coût préétabli) à la production constatée ;

☑ du coût préétabli du facteur de production (Cp).

2 L'analyse de l'écart global

■ Deux différences sont susceptibles d'expliquer l'écart global sur charges directes variables :

❶ au niveau des quantités consommées (réelles et préétablies) relatives à la production constatée ;

❷ au niveau des coûts unitaires (réels et préétablis) du facteur de production.

■ D'où les deux composantes de l'écart global sur charges directes variables.

Contrôle de gestion et analyse financière

Notes

Notes

A. L'écart sur quantité de facteur de production consommé

- Il se calcule ainsi :

$$(Qc - Qpc).Cp$$

- Qc : quantité réellement consommée
- Qpc : quantité préétablie pour la production constatée
- Cp : coût unitaire préétabli du facteur de production

B. L'écart sur coût unitaire du facteur de production

- Il se calcule ainsi :

$$(Cc - Cp).Qc$$

- Cc : coût unitaire réel du facteur de production

Remarque

La convention généralement retenue pour le calcul des écarts est la suivante :

– les différences de quantités ou de productions sont valorisées à des valeurs préétablies ;

– les différences de valeurs sont pondérées par des quantités ou des productions constatées.

Concernant la main-d'œuvre, l'écart sur quantité est dénommé « écart sur temps », l'écart sur coût « écart sur taux » ou « écart sur salaire horaire ».

À retenir !

- Le calcul et la décomposition de l'écart global s'effectuent sur la base de la production réelle (production constatée).

Le budget des charges indirectes

Fiche 11

Le budget des charges est constitué d'un certain nombre de sous-budgets. Le budget des charges indirectes est l'un d'eux, il traduit l'ensemble des charges variables ou fixes entrant dans le calcul afin d'établir le budget.

1 Coût préétabli et activité normale

- Du fait de l'existence de charges fixes, le coût d'un centre d'analyse n'est pas proportionnel à son activité ; le coût de l'unité d'œuvre dépend donc du niveau d'activité pour lequel il a été calculé.
- Il est donc nécessaire de définir un niveau d'activité – dit activité normale (An) – permettant de fixer le coût préétabli de l'unité d'œuvre (Cp) et de présenter la fiche de coût préétabli.

Ex. : L'activité normale du centre Assemblage, évaluée suite à une étude portant sur les trois dernières années, est de 1 200 heures machine (unité d'œuvre) ; le montant de charges indirectes correspondant est estimé à 3 600 € comprenant 600 € de charges fixes.

Le coût préétabli de l'unité d'œuvre (Cp) qui sera porté dans la fiche de coût préétabli sera égal à 3 600 / 1 200 = 3 €.

Il est égal au coût prévisionnel unitaire (composé de charges fixes et variables) calculé pour l'activité normale.

Ce coût préétabli pourra être utilisé pour élaborer des devis qui soient indépendants de l'activité réelle de l'entreprise afin de ne pas répercuter sur le client les variations saisonnières d'activité.

Notes

2 Le budget flexible

- Le budget flexible est le budget d'un centre d'analyse portant sur différents niveaux d'activité, en distinguant les charges variables des charges fixes.
- Il est utilisé dans l'entreprise comme composante des différents budgets (de production, de trésorerie...).

***Ex.* (suite) :** Le budget flexible du centre Assemblage pour les niveaux d'activité de 1 000, 1 200 et 1 500 unités d'œuvre est le suivant :

Notes

	Budget du centre Assemblage		
Activité	1 000	1 200 (Act. normale)	1 500
Charges variables	2 500	3 000	3 750
Charges fixes	600	600	600
Charges indirectes totales	3 100	3 600	4 350
CV unitaire	2,50	2,50	2,50
CF unitaire	0,60	0,50	0,40
CT unitaire	3,10	3,00 (Cp)	2,90

L'examen de ce budget montre que les éléments indépendants du niveau d'activité sont :

– les charges variables unitaires (CVu = 2,50 €) ;

– les charges fixes totales (CF = 600 €).

L'équation permettant de calculer le montant du budget des charges indirectes pour différents niveaux d'activité est donc de la forme :

$Y = CVu.x + CF = 2{,}50x + 600$ où $\times$ représente l'activité (nombre d'unités d'œuvre) du centre.

À retenir !

- **Dans la fiche de coût préétabli, les coûts des unités d'œuvre sont calculés sur la base des activités normales de chaque centre d'analyse.**

La prévision des ventes

Fiche 12

La prévision des ventes permet aux dirigeants d'anticiper certaines décisions financières. La représentation graphique des ventes antérieures permet de déduire une tendance.

1 L'ajustement linéaire

A. La droite d'ajustement de y en x

- Afin d'effectuer des prévisions, il est souvent nécessaire de disposer d'une représentation simplifiée du phénomène étudié. L'ajustement linéaire par la méthode des moindres carrés permet de représenter un nuage de points par une droite.
- Droite d'ajustement de y en x de la forme $y = ax + b$ avec :

$$a = \frac{\sum x_i y_i - n\overline{x}\overline{y}}{\sum x_i^2 - n\overline{x}^2} \qquad b = \overline{y} - a\overline{x}$$

Remarque

La méthode s'appelle les « moindres carrés » car les droites d'ajustement obtenues par cette méthode sont celles pour lesquelles la somme des carrés des écarts entre les points du nuage et les points correspondants de la droite est la plus faible possible.

Remarque

$\overline{x}$ et $\overline{y}$ représentent respectivement les moyennes arithmétiques des x_i et des y_i.

B. Le cœfficient de corrélation linéaire

- Il mesure la qualité de l'ajustement linéaire, c'est-à-dire sa pertinence.
- Statistiquement, la corrélation linéaire est jugée acceptable pour des valeurs absolues de r supérieures à 0,87.

$$r = \pm \frac{\sum x_i y_i - n\overline{x}\overline{y}}{\sqrt{\sum\left(x_i^2 - n\overline{x}^2\right)\sum\left(y_i^2 - n\overline{y}^2\right)}}$$

2 L'étude des séries chronologiques

- Une série chronologique décrit l'évolution dans le temps d'une variable ; l'étude d'une telle série consiste à dégager la tendance (ou *trend*) à moyen et long terme du phénomène étudié et à mettre en évidence sa saisonnalité.

Notes

Notes

A. Recherche de la tendance

■ La tendance peut être estimée selon **diverses méthodes**, notamment par :

❶ les moyennes mobiles (centrées) ;

❷ l'ajustement linéaire des observations ;

❸ l'ajustement linéaire des moyennes mobiles.

■ Les deux dernières méthodes permettent de disposer d'une équation rendant possible l'utilisation prévisionnelle du modèle.

B. Moyennes mobiles et moyennes mobiles centrées

■ Calculer les moyennes mobiles consiste à remplacer les observations par leurs moyennes calculées sur un certain nombre de périodes consécutives. Ce procédé permet de « lisser » la courbe des données observées et de faire ressortir la tendance.

■ Si la périodicité du phénomène est paire, il est nécessaire de « centrer » les moyennes mobiles en calculant la moyenne de deux moyennes mobiles consécutives afin que l'abscisse de cette moyenne soit un nombre entier.

C. Indices saisonniers et coefficients saisonniers

■ Les indices saisonniers s'obtiennent en faisant le rapport entre l'observation et la valeur correspondante de la tendance :

Is = observation / tendance

■ Le cœfficient saisonnier est égal à la moyenne des indices saisonniers de même rang (par exemple, la moyenne des indices saisonniers relatifs aux premiers trimestres, deuxièmes trimestres…).

D. Utilisation du modèle : série CVS et prévisions

■ Pour étudier un phénomène indépendamment de sa saisonnalité, il est nécessaire de « désaisonnaliser » la série, c'est-à-dire de présenter la série « corrigée des variations saisonnières » (série CVS).

Série CVS = observation / coefficient saisonnier

■ Pour effectuer des prévisions, il faut calculer la tendance prévisionnelle puis la multiplier par les coefficients saisonniers correspondants afin de reproduire la saisonnalité du phénomène.

À retenir !

■ Le modèle des séries chronologiques a pour inconvénient de ne retenir comme facteur explicatif que le facteur temps et donc de faire abstraction de toute action volontariste pouvant affecter les évolutions à venir.

Le budget de trésorerie et le budget général

Fiche 13

Contrôle de gestion et analyse financière

Élaboré mensuellement à partir des autres budgets (approvisionnement, production, investissements…), le budget de trésorerie doit permettre de connaître, mois par mois, la situation de trésorerie de l'entreprise.

1 Le budget de trésorerie

A. Principes

■ La logique retenue est celle du « tiroir-caisse » : les prévisions retenues sont relatives aux seuls encaissements et décaissements. Une des difficultés est de bien faire la distinction entre une charge et un décaissement (ou entre un produit et un encaissement). En effet, plusieurs éléments expliquent la non-concordance entre ces deux notions :

☑ il existe des charges ne donnant jamais lieu à un décaissement : parmi celles-ci figurent notamment les dotations aux amortissements ;

☑ de nombreux décaissements ne résultent pas d'une charge : TVA payée, acquisition d'immobilisations, amortissements d'emprunts… ;

☑ des décalages dans le temps rendent non simultanées l'apparition de la charge du décaissement correspondant : c'est le cas notamment de toutes les opérations enregistrées en charges effectuées à crédit.

■ Ces décalages dans le temps expliquent également que les décaissements soient pris en compte pour leurs montants toutes taxes comprises dans la mesure où les taxes déductibles (la TVA) ne sont remboursées qu'ultérieurement par l'État.

B. Les sous-budgets

■ La détermination des soldes de trésorerie mensuels nécessite le plus souvent d'élaborer certains budgets intermédiaires, notamment :

❶ Le budget de TVA

TVA à payer au titre du mois *m* =
TVA collectée du mois *m* – TVA déductible sur biens et services du mois *m*
– TVA déductible sur immobilisations du mois *m*
– report du crédit de TVA du mois (*m* – 1).

Notes

Notes

■ Si ce montant est négatif, l'entreprise dispose d'un crédit de TVA qu'elle peut soit reporter sur le mois suivant, soit, sous certaines conditions, s'en faire rembourser le montant par l'État. Pour les entreprises relevant du régime du réel normal, la TVA à payer est décaissée entre le 15 et le 24 du mois suivant.

❷ Le budget des encaissements recense les divers encaissements mensuels.

❸ Le budget des décaissements recense les divers décaissements mensuels.

❹ Le budget de trésorerie reprend, à partir des disponibilités existant au début de la période de budgétisation, le total des encaissements et des décaissements, afin de faire ressortir mensuellement la situation de trésorerie de l'entreprise. L'examen des soldes mensuels permet au gestionnaire de gérer au mieux sa trésorerie par des placements judicieux en cas d'excédents, par la recherche de financements adaptés en cas de déficits (recours aux découverts bancaires, à l'escompte, à la mobilisation des créances, négociation des délais de règlement aux fournisseurs...).

2 Le budget général

■ Le budget général est constitué de documents de synthèse prévisionnels, notamment d'un compte de résultat et d'un bilan prévisionnels. Le tableau ci-dessous résume les différences fondamentales existant entre ces deux documents :

Compte de résultat	Bilan
Comptes de gestion : Classes 6 et 7.	Comptes de bilan : classes 1 à 5.
Ces comptes sont soldés à la clôture de chaque exercice.	Les soldes de ces comptes sont reportés à nouveau, c'est-à-dire repris à l'ouverture de l'exercice suivant.
Le compte de résultat concerne une période donnée.	Le bilan est établi à une date donnée.
Le compte de résultat enregistre les flux relatifs à cette période.	Le bilan recense les « stocks(1) » existant à cette date.

(1) « Stock » s'entend ici au sens large : par exemple, le bilan nous informe sur le « stock » de créances existant à une date donnée, c'est-à-dire sur le montant des créances à cette date.

À retenir !

■ Le compte de résultat enregistre les produits et les charges de la période, le budget de trésorerie, les encaissements et décaissements de la période.

Le bilan fonctionnel

Le bilan fonctionnel permet une analyse détaillée du bilan comptable.

1 Le bilan comptable

■ Le bilan est un document de synthèse dans lequel sont regroupés, à une date donnée, l'ensemble des ressources de l'entreprise et des emplois.

■ Le bilan comptable qui se présente sous la forme d'un tableau et se compose de deux éléments :

❶ l'actif ;

❷ le passif.

	ACTIF = EMPLOIS (ou besoins de financement)	PASSIF = RESSOURCES (ou moyens de financement)
Cycle long	**Actif immobilisé** • Immobilisations incorporelles • Immobilisations corporelles • Immobilisations financières	**Capitaux propres** • Capital • Réserves • Résultat de l'exercice
Cycle court	**Actif circulant** • Stocks • Créances d'exploitation • Créances diverses • VMP • Disponibilités	**Dettes** • Dettes financières • Dettes d'exploitation • Dettes diverses

Notes

2 Le bilan fonctionnel

■ Le bilan fonctionnel est un bilan comptable retraité afin d'expliquer le fonctionnement de l'entreprise. Il permet une étude du financement de l'entreprise en faisant une distinction entre :
– les cycles longs : investissement et financement de l'investissement ;
– le cycle court d'exploitation et des opérations de trésorerie.

■ La présentation fonctionnelle du bilan facilite l'analyse de l'équilibre financier de l'entreprise.

■ Les rubriques du bilan prévues par le PCG ne reproduisent que de façon imparfaite la classification fonctionnelle, il faut donc procéder à des reclassements et à des retraitements (permettant des comparaisons au niveau international) pour obtenir un véritable bilan fonctionnel à partir du bilan comptable normalisé.

Notes

■ Le bilan fonctionnel permet de déterminer les points forts et faibles d'une entreprise et de rédiger ainsi un diagnostic financier.

Bilan fonctionnel

ACTIF : EMPLOIS	Montants	PASSIF : RESSOURCES	Montants
EMPLOIS STABLES **Cycle d'investissement**		**RESSOURCES STABLES** **Cycle de financement**	
Actif immobilisé brut (Total I) + Valeur d'origine des biens acquis en crédit-bail		Capitaux propres (Total (I) du passif) + Amortiss. et dépréciations (total 2e col. de l'actif) + Amortissements du crédit-bail + Provisions + Dettes financières – Concours bancaires courants et soldes créditeurs de banque + VCN du bien en crédit-bail	
ACTIF CIRCULANT **= cycle d'exploitation**	Colonne « brut » du bilan	**DETTES CIRCULANTES** **= cycle d'exploitation**	
EXPLOITATION Stocks (en valeurs brutes) + Avances et acomptes versés + Créances d'exploitation (brut) + Charges constatées d'avance relatives à l'exploitation (CCA) + EENE (effets escomptés non échus) **HORS EXPLOITATION** Créances hors exploitation (BRUT) + Charges constatées d'avance hors exploitation		**EXPLOITATION** Avances et acomptes reçus + Dettes fournisseurs d'exploitation + Dettes fiscales et sociales (sauf IS) + Autres dettes d'exploitation + Produits constatés d'avance d'exploitation (PCA) **HORS EXPLOITATION** Dettes fiscales IS + Dettes sur immobilisations + Autres dettes hors exploitation + Produits constatés d'avance hors exploitation (PCA)	
TRÉSORERIE ACTIVE		**TRÉSORERIE PASSIVE**	
Disponibilités (Banque et Caisse) + Valeurs mobilières de placement (BRUT)		Concours bancaires courants (CBC) et soldes créditeurs de banque + Part des EENE qui doit être affectée à la trésorerie passive	
TOTAL ACTIF		**TOTAL PASSIF**	

Les reclassements   Les retraitements

À retenir !

■ Tous les éléments de l'actif sont utilisés pour leur valeur brute.

Les outils d'analyse du bilan fonctionnel

Les outils d'analyse du bilan fonctionnel sont : le FRNG, le BFR et la trésorerie.

1 Le FRNG, le BFR et la trésorerie

Le fonds de roulement net global (FRNG)

On appelle fonds de roulement net global la partie de l'actif circulant financée par des ressources stables.

FRNG = ressources stables – emplois stables

Le besoin en fonds de roulements (BFR)

Le BFR est un besoin, il ne constitue pas des fonds disponibles.

BFR = actif circulant – dettes circulantes

La trésorerie (T)

La trésorerie nette correspond aux disponibilités dont l'entreprise dispose.

T = trésorerie active – trésorerie passive

ou **T** = FRNG – BFR

Besoin en fonds de roulement

BFRE = actif circulant d'exploitation – dettes circulantes d'exploitation

Besoin en fonds de roulement hors exploitation

BFRHE = actif circulant hors exploitation – dettes circulantes hors exploitation

■ En principe, une structure financière équilibrée se caractérise par un excédent de ressources stables sur les emplois stables : l'entreprise finance alors la totalité de ses investissements par des ressources « longues », mais également une partie de son actif circulant.

■ Le besoin en fonds de roulement (BFR) existe du fait des décalages dans le temps entre :
– les achats et les ventes qui entraînent la constitution de stocks ;
– les produits comptables (ex. : les ventes) et les paiements correspondants (ex. : paiement des clients) qui donnent naissance à des créances.

■ Ces décalages créent des besoins de financement.

Notes

Notes

2 L'analyse de la trésorerie

■ Si le FRNG est supérieur au BFR, la trésorerie est positive, elle dispose de disponibilités. Une trésorerie trop importante est peu rentable, il faudra la placer à court terme pour qu'elle produise des intérêts.

■ Si le FRNG est négatif, les ressources stables sont insuffisantes pour couvrir les emplois stables : la situation de l'entreprise est alarmante et il faut trouver d'urgence de nouvelles ressources stables. Une trésorerie négative indique que l'entreprise a du mal à financer son cycle d'exploitation. L'entreprise finance alors une partie de son cycle d'exploitation par des concours bancaires courants qui ont la particularité d'être très coûteux.

■ Deux options sont possibles : augmenter le FRNG ou diminuer le BFR.

Augmenter le FRNG	Diminuer le BFR
Augmenter ses ressources stables • Réaliser de nouveaux emprunts si le taux d'endettement de l'entreprise le permet. • Réaliser une augmentation de capital mais cela peut engendrer une modification de la répartition des pouvoirs dans l'entreprise si les associés existants n'y participent pas. • Favoriser l'autofinancement de l'entreprise : pour cela, les apporteurs de capitaux doivent décider de diminuer la distribution de dividendes lors de la prochaine répartition de bénéfices au profit d'une augmentation des réserves.	**Allonger la durée du crédit fournisseurs** Pour cela, demander des délais de paiement en faisant jouer la concurrence entre fournisseurs, user de son pouvoir de négociation.
Diminuer ses emplois stables Céder des immobilisations inutiles pour l'entreprise (certaines immobilisations financières par exemple).	**Réduire la durée du crédit client** • En modifiant ses conditions générales de vente (ce qui est commercialement difficile, mais l'entreprise peut leur proposer un escompte pour paiement comptant). • En demandant des acomptes aux clients. • En mettant en place une meilleure relance client afin d'éviter les retards de paiement.
	Réduire le montant des stocks Pour cela, il faut optimiser les approvisionnements (mise en place d'une gestion des stocks en flux tendus).

À retenir !

■ Il n'y a pas une seule solution pour améliorer l'équilibre financier, l'entreprise doit combiner plusieurs solutions.

Les ratios d'analyse du bilan fonctionnel

Fiche 16

Contrôle de gestion et analyse financière

Les ratios permettent :
- une mesure synthétique de la structure financière et des performances de l'entreprise ;
- une analyse de l'évolution dans le temps de la situation financière ;
- des comparaisons de la situation actuelle de l'entreprise avec celle des entreprises du même secteur d'activité.

1 Les ratios de structure

■ Le ratio de financement structurel mesure la manière dont l'entreprise finance ses emplois stables. Il doit être supérieur à 1.

$$\textbf{Ratio de financement structurel} = \frac{\text{ressources stables}}{\text{emplois stables}}$$

■ Le ratio de couverture des capitaux investis permet de vérifier que les ressources stables financent non seulement les emplois stables mais aussi le BFRE.

$$\textbf{Ratio de couverture des capitaux investis} = \frac{\text{ressources stables}}{\text{emplois stables + BFRE}}$$

■ Les banques refusent généralement d'accorder des crédits aux entreprises dont le taux d'endettement dépasse 100 % (soit un ratio < 1).

$$\textbf{Taux d'endettement} = \frac{\text{dettes financières stables + CBC + solde créditeur de banque}}{\text{ressources propres}}$$

■ Le poids du BFRE peut être exprimé en pourcentage du chiffre d'affaires (× 100) ou en jours de CA HT (× 360).

$$\textbf{Poids du BFRE dans le CA HT} = \frac{\text{BFRE}}{\text{CA HT}}$$

Notes

Notes

2 Les ratios de rotation

- Ratio de temps d'écoulement : il précise la durée pendant laquelle un flux réel de matières, créances ou dettes est resté immobilisé dans l'entreprise.

- Temps de stockage des marchandises et le temps de stockage des produits finis expriment le nombre de jours d'écoulement des stocks et donc la qualité de gestion des stocks. Une durée de stockage importante pèse sur le BFR et donc sur la trésorerie.

Temps de stockage des marchandises =

$$\frac{\text{stock de marchandises}}{\text{coût annuel des marchandises}} \times 360$$

Temps de stockage des produits finis =

$$\frac{\text{stock des produits finis}}{\text{coût annuel des produits finis}} \times 360$$

- Le délai de règlement des clients exprime en jours le délai moyen de paiement des clients et illustre la politique commerciale et la gestion des clients de l'entreprise. Plus les clients paient rapidement, moins le BFR est important.

Délai de réglement des clients =

$$\frac{\text{Créances clients} - \text{avances et acomptes reçus}}{\text{chiffre d'affaires TTC}} \times 360$$

- Le délai de règlement fournisseurs exprime en jours le délai moyen de paiement accordé par les fournisseurs. Plus les fournisseurs nous accordent des délais de règlement, moins le BFR sera important.

Délai de réglement des fournisseurs =

$$\frac{\text{Dettes fournisseurs} - \text{avances et acomptes versés}}{\text{achats et charges externes TTC}} \times 360$$

- Les ratios permettent une mesure des performances de l'entreprise et des comparaisons de la situation actuelle avec celle des entreprises du même secteur d'activité.

à retenir !

- Pris isolément, les ratios n'ont pas d'intérêt, il faut toujours les comparer à ceux du même secteur d'activité.

Les SIG (soldes intermédiaires de gestion)

Fiche 17

Les soldes intermédiaires de gestion permettent une analyse détaillée du compte de résultat.

1 Le compte de résultat

Résultat = produits – charges

Compte de résultat			
Charges		**Produits**	
Charges d'exploitation	Comptes 60 à 65 + 681	**Produits d'exploitation**	70 à 75 + 781
Charges financières	Comptes 66 + 686	**Produits financiers**	76 + 786
Charges exceptionnelles	Comptes 67 + 687	**Produits exceptionnels**	77 + 787
Total		Total	
Bénéfice	Si produits > charges	*Perte*	Si produits < charges
Total général		Total général	

2 Les soldes intermédiaires de gestion (SIG)

■ Un SIG est une différence entre des produits et des charges de même nature.

■ Le tableau des SIG permet de comprendre les différentes étapes de la formation du résultat en calculant des résultats ou soldes en cascades : ce sont les soldes intermédiaires de gestion.

Notes

A. La marge commerciale

■ C'est un indicateur très important pour mesurer la performance des entreprises commerciales. Ce solde n'est calculé que si l'entreprise a une activité commerciale.

Marge commerciale = ventes de marchandises (707 – 709)
– coût d'achat des marchandises vendues (607 – 6097+/– 6037)

B. La production de l'exercice

■ Ce solde concerne les entreprises qui réalisent une activité industrielle de transformation et/ou de prestations de services.

Production de l'exercice = production vendue (701 – 7091)
+ /– production stockée (71) + production immobilisée (72)

Notes

C. La valeur ajoutée (VA)

- La valeur ajoutée mesure la richesse créée par l'entreprise.

Valeur ajoutée = marge commerciale + production de l'exercice
– consommations en provenance des tiers comptes 60
(sauf 607 ; +/– 6037 ; 6097) + comptes 61 et 62

D. L'EBE

- Il ne contient que des produits encaissables et des charges décaissables.

EBE = valeur ajoutée + subventions d'exploitation
– impôts et taxes (63) – charges de personnel (64)

- On utilise le terme IBE (insuffisance brute d'exploitation) si le résultat est négatif.

E. Le résultat d'exploitation

Résultat d'exploitation = EBE + reprises sur provisions d'exploitation (781)
+ autres produits de gestion courante (75)
– autres charges de gestion courante (65)
– dotations aux amortissements, dépréciations et provisions d'exploitation (681)

F. Le résultat courant avant impôt

- Ce solde permet de mesurer l'efficacité de la fonction financière de l'entreprise.

Résultat courant avant impôts = résultat d'exploitation
+ produits financiers (76, 786, 796) – charges financières (66, 686)

G. Le résultat exceptionnel

Résultat exceptionnel = produits exceptionnels (77, 787)
– charges exceptionnelles (67, 687)

H. Le résultat net

Résultat de l'exercice = résultat courant avant impôt
+ résultat exceptionnel – participation des salariés – impôts sur les bénéfices

I. Les plus ou moins-values de cessions d'éléments d'actifs

Plus ou moins-value de cession = produits de cession (compte 775)
– valeur nette comptable des éléments d'actifs cédés (compte 675)

À retenir !

- Le solde « résultat d'exploitation » peut être vérifié en calculant à partir du compte de résultat Produits d'exploitation – Charges d'exploitation. Si le montant est différent, c'est qu'il y a une erreur dans les SIG.

La CAF et les retraitements des SIG

Fiche 18

Après l'élaboration du tableau des SIG, l'entreprise détermine le montant de sa CAF (capacité d'autofinancement) et peut être amenée également à réaliser des retraitements pour rendre plus pertinentes les comparaisons interentreprises.

1 Le calcul de la CAF (capacité d'autofinancement)

- Il s'agit de la trésorerie potentielle dégagée par l'activité.

CAF = produits encaissables – charges décaissables

- L'autofinancement est la part de la CAF consacrée au financement de l'entreprise. C'est la ressource interne disponible après rémunération des associés.

Autofinancement de l'exercice (N) =
CAF (N) – dividendes versés durant l'exercice (relatifs aux résultats de l'exercice N–1)

- La CAF peut être calculée selon deux approches :

❶ explicative ;

❷ vérificative.

Approche explicative à partir de l'EBE	
EBE	
+ Transferts de charges d'exploitation	791
+ Autres produits d'exploitation	75 (sauf 755)
– Autres charges d'exploitation	65 (sauf 655)
+/– Quotes-parts de résultat sur opérations faites en commun	+ 755 ou – 655
+ Produits financiers sauf reprises sur provisions et dépréciations	76 (sauf 786) + 796
– Charges financières sauf dotations financières	66 (sauf (686)
+ Produits exceptionnels sauf : produits de cessions d'éléments d'actif, quote-part des subventions d'investissement virées au résultat, reprises sur provisions et dépréciations exceptionnelles.	77 + 797 Sauf 775 Sauf 777 Sauf 787
– Charges exceptionnelles sauf : valeur comptable des éléments d'actif cédés, dotations aux amortissements, dépréciations et provisions exceptionnels.	67 Sauf 675 Sauf 687
– Participation des salariés	691
– Impôt sur les bénéfices	695 + 697 – 699
Dans cette approche, le calcul de l'EBE a permis de faire le calcul suivant : les produits encaissables – certaines charges encaissables (haut du tableau des SIG). Ensuite, il faut ajouter les autres produits encaissables et soustraire les autres charges décaissables (ceux après l'EBE).	

Notes

Notes

Approche vérificative à partir du résultat	
+/– Résultat de l'exercice + Valeur comptable des éléments d'actif cédés – Produits des cessions d'éléments d'actifs + Dotation aux amortissements, dépréciations et provisions – Reprises sur amortissements, dépréciations et provisions – Quote-part des subventions virées au résultat	+ 120 ou – 129 675 775 681 + 686 + 687 781 + 786 + 787 777
Ici, il faut annuler les charges non décaissées et les produits non encaissés qui ont été pris en compte dans le calcul du résultat : – les charges sont ajoutées, pour le résultat elles avaient été soustraites ce qui permet de les annuler ; – les produits sont soustraits, pour le résultat ils avaient été ajoutés ce qui permet de les annuler.	

2 Les retraitements des SIG

- **Retraitements des charges de personnel intérimaire** : pour l'analyse économique, il s'agit de déplacer les charges de personnel intérimaire des consommations en provenance des tiers (– dans les consommations en provenance des tiers) vers les charges de personnel (+ dans les charges de personnel).
- **Retraitements du crédit-bail** : la charge de crédit-bail est déplacée des consommations intermédiaires (– dans les consommations intermédiaires) vers les DAP (compte 681) qui auraient été calculées si le bien avait été acheté et vers les charges d'intérêt (compte 661).

3 Les ratios

Type de ratio	Nature du ratio	Mode de calcul
Ratios d'activité	Taux de croissance du chiffre d'affaires (CA)	$\frac{\text{CA (N)} - \text{CA (N-1)}}{\text{CA (N-1)}}$
	Taux de croissance de la valeur ajoutée (VA)	$\frac{\text{VA (N)} - \text{VA (N-1)}}{\text{VA (N-1)}}$
Ratios de profitabilité	Taux de marge commerciale	$\frac{\text{marge commerciale}}{\text{ventes de marchandises HT}}$
	Taux de profitabilité	$\frac{\text{résultat net}}{\text{CA}}$
	Taux de marge brute d'exploitation	$\frac{\text{excédent brut d'exploitation}}{\text{chiffre d'affaires HT}}$
Poids de l'endettement	Poids de l'endettement	$\frac{\text{charges d'intérêts}}{\text{chiffre d'affaires HT}}$
		$\frac{\text{charges d'intérêts}}{\text{EBE}}$
	Le taux de capacité d'autofinancement	$\frac{\text{CAF}}{\text{CA}}$

à retenir !

- La CAF est un potentiel de trésorerie, sont donc exclus tous les produits non-encaissables (reprises) et toutes les charges non-décaissables (amortissements).

Les choix d'investissement

Fiche 19

Contrôle de gestion et analyse financière

Investir peut s'avérer très risqué pour une entreprise, cela peut représenter des montants très importants, il est donc indispensable de déterminer au bout de combien de temps elle peut espérer récupérer les sommes investies. Calculer la rentabilité consiste à déterminer les flux nets de trésorerie dégagés par l'investissement.

1 La détermination des flux nets de trésorerie générés par un investissement

A. Calcul des recettes générées par l'investissement

Calcul de la CAF					
	1	2	…	N	Durée du projet d'investissement
Chiffres d'affaires HT					
– Charges d'exploitation					Charges décaissables
= EBE					Excédent brut d'exploitation
– Amortissements					Charges non décaissables, déduites pour calculer l'impôt
= Résultat d'exploitation avant impôts					
– Impôt					Taux d'IS × résultat d'exploitation avant impôts
= Résultat d'exploitation net					
+ Amortissements					Ils sont réintégrés car ce sont des charges non décaissables (pas de sorties de trésorerie)
= CAF d'exploitation					Appelé aussi cash-flow d'exploitation ou EBE net d'IS

La CAF (capacité d'autofinancement d'exploitation)

Il s'agit du montant qui ne tient compte que des sommes encaissées (sont exclus les charges et les produits calculés tels que les amortissements et les reprises).

■ Les calculs sont réalisés en faisant l'hypothèse que l'entreprise finance elle-même l'intégralité des sommes : il y a séparation entre la décision d'investissement et la décision de financement.

Notes

Notes

B. Réalisation du tableau des flux nets de trésorerie

	Éléments	0	1	2	N
Recettes générées par l'investissement	**Ressources**				
	CAF d'exploitation				
	Valeur résiduelle				
	Récupération du BFR				
	Total ressources				
Montant de l'investissement	**Emplois**				
	Investissement				
	Variations du BFR				
	Total emplois				
	Flux nets de trésorerie (FNT)	Total ressources – total emplois			
	Flux nets actualisés en 0		FNT / $(1 + \text{taux})^1$	FNT / $(1 + \text{taux})^2$	FNT / $(1 + \text{taux})^n$

La dernière année, l'entreprise récupère la totalité du BFR calculé depuis l'origine.

Variation du BFR = BFR nécessaire pour l'année N – BFR nécessaire N–1

2 Les critères de décision

A. La valeur actuelle nette (VAN) et le TIR (ou TRI)

VAN = cumul des flux nets de trésorerie actualisés

- Le projet est rentable si la VAN est supérieure ou égale à 0.
- Le TIR représente le taux de rentabilité de l'investissement. Le TIR est le taux pour lequel la VAN est égale à 0.

B. Le taux de profitabilité et le délai de récupération du capital investi (DRCI)

$$\textbf{Taux de profitabilité} = \frac{\text{flux nets de trésorerie actualisés (années 1 à N)}}{\text{montant de l'investissement (année 0)}}$$

- Le DCRI correspond à la date à partir de laquelle l'entreprise récupère, grâce aux gains du projet, le coût de l'investissement initial. Il s'agit d'un indicateur de risque et non de rentabilité, plus un projet est récupéré rapidement, moins il est risqué.

À retenir !

- Plus le TIR est élevé, plus le projet a de chance d'être rentable. Il faut le comparer au taux d'actualisation : si le TIR > taux d'actualisation : le projet est acceptable, si le TIR < taux d'actualisation : le projet est non acceptable.

Le plan de financement

Fiche 20

Dès que la décision d'investir est prise, il faut faire des choix en matière de financement.

1 Le plan de financement : définition

■ Le plan de financement a pour but de synthétiser l'ensemble des éléments relatifs à l'activité, la politique d'investissement et celle de financement.

■ Ce document prévisionnel permet, sur une période de 3 à 5 ans, de récapituler les différentes ressources dégagées et les différents emplois (besoins). Il se compose des emplois et des ressources, le solde représente la trésorerie dégagée par le projet.

■ Le plan de financement permet de faire des simulations et ainsi choisir le financement adapté. C'est pour cette raison qu'il s'établit en plusieurs étapes :

étape 1 — En ne tenant compte que du financement interne : l'autofinancement.

étape 2 — En faisant des simulations avec des financements externes : emprunt, crédit-bail, augmentation de capital.

2 L'élaboration du plan de financement

■ Le plan de financement permet de contrôler que le financement d'un investissement ne déséquilibre pas la situation financière de la société.

■ Il n'existe pas de présentation normalisée.

	Éléments	0 Début de l'année 1	1 Fin de l'année 1	2 Fin de chaque année	N
Sommes encaissées	**Ressources**				
	CAF de l'activité				
	Cession d'immobilisations				
	Augmentation de capital en numéraire				
	Emprunts souscrits				
	Subventions reçues				
	Total ressources				

Contrôle de gestion et analyse financière

Notes

Notes

	Éléments	0 Début de l'année 1	1 Fin de l'année 1	2 Fin de chaque année	N
Sommes décaissées	**Emplois**				
	Acquisition d'immobilisations				
	Variations de BFR				
	Remboursement des emprunts				
	Versements de dividendes				
	Total emplois				
	Variation de la trésorerie	Total ressources - total emplois			
	Trésorerie initiale				
	Trésorerie finale	TI +/- variation de la trésorerie			

- Les ressources :

La CAF de l'activité	Produits encaissables – charges décaissables.
La cession d'immobilisations	Prix de vente probable des immobilisations cédées.
L'augmentation de capital	Il s'agit des nouveaux apports en numéraire lors d'une augmentation de capital.
Les emprunts	Il s'agit des nouveaux emprunts souscrits.
Les subventions reçues	Il s'agit des sommes attribuées par l'État ou les collectivités territoriales.

- Les emplois (les besoins de financement) :

Les acquisitions d'immobilisations	Elles sont inscrites pour le montant du coût d'acquisition de l'immobilisation concernée.
La variation du BFR	Au fur et à mesure des années, l'activité augmente donc le BFR aussi. On inscrit chaque année la variation de BFR. Variation de BFR = BFR nécessaire pour l'année N – BFR nécessaire N–1
Le remboursement des emprunts	Tous les remboursements d'emprunt (uniquement pour la fraction « remboursement de capital » c'est-à-dire hors intérêts).
Les dividendes	Le montant des dividendes prévisionnels doit être inscrit dans les emplois.

À retenir !

- **Le plan de financement est un document prévisionnel sur une période de 3 à 5 ans qui permet de contrôler que le financement d'un investissement ne déséquilibre pas la situation financière de la société.**

Les modes de financement externes

Fiche 21

On distingue : l'emprunt, l'augmentation de capital et le crédit-bail.

1 L'emprunt

■ Les modalités de remboursement sont l'annuité constante, l'amortissement constant et *in fine*.

Emprunt *indivis*
Opération par laquelle l'entreprise se fait prêter une somme d'argent par un organisme bancaire.

Coût de l'emprunt = cumul des annuités – capital emprunté

Avantages de l'emprunt	Inconvénients de l'emprunt
• Permet d'obtenir des ressources importantes rapidement. • Préserve les ressources internes.	• Perte d'indépendance financière. • Nécessité d'apporter des garanties.

A. L'emprunt par annuités constantes

■ Les annuités sont identiques chaque année.

i = taux d'intérêt
n = durée

Période	Capital début de période	Int.	Amort.	Annuités	Capital dû fin de période
N	Montant emprunté	Capital début N × taux d'int.	Annuités – int. N	Emprunt × (i / 1 – $(1 + i)^{-n}$)	Capital début N – amort. N
N + 1	Capital dû fin de période année précédente	Capital début N + 1 × taux d'int.	Annuités – int. N + 1	Emprunt × (i / 1 – $(1 + i)^{-n}$)	Capital début N + 1 – amort. N + 1

B. L'emprunt par amortissements constants

■ Les amortissements sont identiques chaque année, en revanche les annuités varient.

Contrôle de gestion et analyse financière

Notes

Notes

Période	Capital début de période	Int.	Amort.	Annuités	Capital dû fin de période
N	Montant emprunté	Capital début N × taux d'int.	Montant emprunté / durée	Int. N + amort. N	Capital début N – amort. N
N + 1	Capital dû fin de période année précédente	Capital début N + 1 × taux d'int.	Montant emprunté / durée	Int. N + 1 + amort. N + 1	Capital début N + 1 – amort. N + 1

C. L'emprunt à remboursement *in fine*

■ L'emprunt *in fine* sera remboursé en une seule fois à une date d'échéance prévue. Pendant la durée de l'emprunt, l'emprunteur ne verse que le montant des intérêts.

2 Les autres modes de financement externes

A. L'augmentation de capital

Avantages	Inconvénients
• Préserve l'indépendance financière de l'entreprise. • Ne nécessite pas le versement d'une rémunération obligatoire (dividendes). • Prouve l'implication des actionnaires.	• Lourd formalisme juridique. • Peut causer la perte du contrôle des anciens membres si appel excessif à des nouveaux. • Dépend de la capacité financière des membres.

B. Le crédit-bail

■ Il s'agit de la location d'un bien qui offre 3 possibilités à la fin du contrat :

❶ prolongation du contrat ;

❷ option de rachat du bien ;

❸ fin du contrat et restitution du bien loué.

■ L'entreprise n'est pas propriétaire, elle paye des redevances.

Avantages	Inconvénients
• Financement rapide. • Permet de changer de matériel régulièrement.	• Le patrimoine n'augmente pas. • Les loyers sont élevés.

À retenir !

■ Dans un emprunt, après chaque remboursement (annuité) : capital fin = capital de début – amortissements.

La rentabilité économique, financière et l'effet de levier

Fiche 22

Certains ratios permettent une analyse du choix de financement des investissements.

1 La rentabilité économique et la rentabilité financière

Type de rentabilité	Formule de calcul	Détail des calculs	Explications
Rentabilité économique	$\frac{\text{Résultat d'exploitation après IS}}{\text{Capitaux investis}}$	**Le résultat économique** est le résultat d'exploitation ou le résultat d'exploitation net d'IS. **Les capitaux investis** sont : – les immobilisations nettes + le BFR, ou – les capitaux propres + dettes financières.	Elle représente la capacité de l'entreprise à générer un résultat à partir des moyens mis en œuvre, ratio destiné aux investisseurs financiers.
Rentabilité financière	$\frac{\text{Résultat net comptable}}{\text{Capitaux propres}}$	**Résultat net comptable** = résultat – IS **Capitaux propres** = total I du passif du bilan	Mesure de rentabilité des capitaux propres, ratio destiné aux apporteurs de capitaux.

Ex. : La société BFJ réalise un investissement de 160 000 €, financé à 60 % par un emprunt à 10 %.

Le résultat d'exploitation de la première année s'élève à 28 800 € avant IS. Taux d'IS = 28 %.

Les capitaux investis = 160 000 € dont :
- 96 000 € empruntés (60 % × 160 000) ;
- 64 000 € de capitaux propres.

Rentabilité économique	
Résultat d'exploitation avant IS	28 800
IS	8 064
Résultat d'exploitation après IS	20 736
Rentabilité économique	20 736 / 160 000 = **12,96 %**

Notes

Notes

Rentabilité financière	
Résultat d'exploitation avant IS	28 800
Intérêts	96 000 × 10 % = 9 600
Résultat courant avant IS	19 200
IS	19 200 × 28 % = 5 376
Résultat courant après IS	19 200 – 5 376 = 13 824
Rentabilité financière	13 824 / 64 000 = **21,6%**

2 L'effet de levier

■ L'effet de levier mesure l'impact de l'endettement sur la rentabilité financière, c'est-à-dire la rentabilité des capitaux propres.

■ Si la rentabilité économique est supérieure au coût de l'endettement, on parle d'effet de levier positif c'est-à-dire que la rentabilité économique est supérieure au taux d'intérêt.

■ Dans le cas contraire, c'est-à-dire si la rentabilité économique est inférieure au coût de l'endettement, on parle alors « d'effet de massue ».

Remarque

L'effet de levier favorise l'emprunt. Beaucoup d'entreprises ont recours à l'emprunt et dépassent parfois leur taux d'endettement. Si l'effet de levier doit être pris en compte lors d'un choix d'investissement, il ne faut pas négliger le niveau d'endettement.

Effet de levier =
taux de rentabilité financière – taux de rentabilité économique après IS

Effet de levier =
(taux de rentabilité économique après IS – taux d'intérêt des dettes après IS)
× (dettes financières/capitaux propres)

à retenir !

■ Un effet de levier positif indique que le recours à l'endettement (emprunt) améliore la rentabilité financière.

Le tableau de financement

Fiche 23

Pour réaliser une analyse financière détaillée, l'entreprise peut réaliser un document d'analyse dynamique à partir du bilan : le tableau de financement.

1 Le tableau de financement

A. Définition

■ Le tableau de financement est un document de synthèse composé de deux tableaux : le tableau 1 : la variation du haut de bilan et le tableau 2 : variation du bas de bilan.

B. Présentation

■ Le tableau 1 du tableau de financement permet d'expliquer la variation des postes du haut de bilan. Ce dernier est présenté comme suit :

Flux d'emplois : **impact négatif** sur la trésorerie

Flux de ressources : **impact positif** sur la trésorerie

Emplois	Montant	Ressources	Montant
Distribution mise en paiement au cours de l'exercice		**Capacité d'autofinancement de l'exercice**	
Acquisitions d'éléments de l'actif immobilisé		**Cessions d'éléments d'actif immobilisé**	
– Immobilisations incorporelles		– Immobilisations incorporelles	
– Immobilisations corporelles		– Immobilisations corporelles	
– Immobilisations financières		– Immobilisations financières	
Réduction des capitaux propres		**Augmentation des capitaux propres**	
		Augmentation des autres capitaux propres	
Nouveaux remboursements d'emprunt		**Nouvelles dettes financières**	
Total des emplois		**Total des ressources**	
Variation du fonds de roulement net global (ressource nette)		**Variation du fonds de roulement net global (emploi net)**	

CAF (méthode additive) = résultat net N + DAP – RAP + VNC éléments d'actifs cédés – prix de cession des éléments d'actifs

Ils apparaissent pour leur prix de cession (compte 775) et non à leur valeur nette comptable.

Si total ressources > total emplois, le FRNG a augmenté : **ressource nette**

Si total ressources < total emplois, le FRNG a diminué : **emploi net**

ultat N – 1 ribué cours l'exer- N

gmen- on poste

Contrôle de gestion et analyse financière

Notes

Notes

■ Le tableau 2 du tableau de financement permet d'expliquer la variation des postes du bas de bilan (année N – année N – 1). Cette dernière est soit un besoin, soit un dégagement.

Variation du fonds de roulement net global	Exercice N		
	Besoin	Dégagement	Solde
	1	2	2 – 1
Variation exploitation			
Variation des actifs d'exploitation			
Stock et en-cours			
Avances et acomptes versés sur commandes			
Créances clients, créances d'exploitation			
Variation des dettes d'exploitation			
Avances et acomptes reçus sur commandes en cours			
Dettes fournisseurs, dettes d'exploitation			
Totaux			
A. Variation nette exploitation			
Variation hors exploitation			
Variation des autres débiteurs			
Variation des autres créditeurs			
Totaux			
B. Variation nette hors exploitation			
Total A + B **Besoins de l'exercice en fonds de roulement ou dégagement net de fonds de roulement dans l'exercice**			
Variation trésorerie			
Variation des disponibilités			
Variation des concours bancaires courants et soldes créditeurs de banques			
Totaux			
C. Variation nette trésorerie			
Variation du fonds de roulement net global (total A + B + C)			
TOTAL A + B + C **Emploi net** **Ou ressources nettes**			

(Variation des actifs d'exploitation) Si ↗ : besoin
Si ↘ : dégagement

(Variation des dettes d'exploitation) Si ↗ : besoin
Si ↘ : dégagement

Attention : si < 0, la trésorerie a augmenté

(A + B + C) Utilisation de la variation du FRNG calculée dans la partie 1

à retenir !

■ La variation du FRNG calculée dans tableau 2 doit être du même montant que dans le tableau 1. Il s'agit de l'utilisation de la variation du FRNG. Une ressource dans le tableau 1 = un emploi dans le tableau 2.

Le tableau des flux de trésorerie de l'OEC

Fiche 24

Afin de compléter son analyse financière, l'entreprise peut également réaliser à partir de son compte de résultat le tableau des flux de trésorerie selon l'OEC (Ordre des Experts-Comptables).

1 Définition

■ Le tableau des flux de trésorerie de l'OEC permet de montrer clairement la différence qui peut exister d'une part entre les charges et les décaissements, et d'autre part entre les produits et les encaissements. Plus que le solde final, c'est l'analyse des flux les uns par rapport aux autres qui doit primer. Une trésorerie qui augmente n'est pas toujours synonyme d'une santé florissante.

2 Élaboration du tableau des flux de trésorerie selon l'OEC

Flux de trésorerie liés à l'activité	Montants
Résultat d'exploitation	
Élimination des charges et des produits sans incidence sur la trésorerie	
+ Dotations aux amortissements, dépréciations et provisions d'exploitation (681)	
– Reprises aux amortissements et aux provisions d'exploitation (781)	
= Résultat brut d'exploitation	
– Variation du BFRE	
= Flux net de trésorerie d'exploitation	
Autres encaissements et décaissements liés à l'activité	
– Frais financiers	
+ Produits financiers	
– Autres décaissements liés à l'activité (ex. : participation ou IS)	
– Charges exceptionnelles liées à l'activité	
+ Produits exceptionnels liés à l'activité	
– Variation du BFRE lié à l'activité	
= Flux net de trésorerie généré par l'activité (A)	
Flux de trésorerie liés aux opérations d'investissement	
– Acquisitions d'immobilisations	
+ Cessions/réductions d'immobilisations (nettes d'impôt sur les plus-values)	

Point de départ : le RE est considéré positif.

Certaines ventes et achats ne sont pas encore encaissés/décaissés. Ce ne sont pas des flux de trésorerie, on les retrouve dans la variation du BFR.

La variation du BFR est scindée.

Capacité de l'entreprise à générer de la trésorerie grâce à son activité.

Contrôle de gestion et analyse financière

Notes

Flux de trésorerie liés à l'activité	Montants
– Variation du BFR lié à l'investissement (créances et dettes liées aux immobilisations)	
= Flux net de trésorerie lié aux opérations d'investissement (B)	
Flux de trésorerie liés aux opérations de financement	
+ Augmentation de capital en numéraire	
– Réduction de capital	
– Dividendes versés	
+ Émissions d'emprunts	
– Remboursements d'emprunts	
+ Subventions d'investissements reçues	
= Flux net de trésorerie lié aux opérations de financement (C)	
Variation de trésorerie (A + B + C)	
Trésorerie d'ouverture (D)	
Trésorerie de clôture (A + B + C + D)	

La variation du BFR est scindée.

☑ Le total A est une notion plus large que l'exploitation, car il intègre une partie des éléments hors exploitation. L'activité tient compte de tous les éléments encaissés et décaissés, même des éléments financiers (courants) et exceptionnels, mais à condition qu'ils ne relèvent pas des cycles B ou C.

☑ Si le total B est négatif, cela signifie que l'entreprise investit ; s'il est positif, cela indique que l'entreprise a vendu une partie de son actif sans avoir investi (ne doit pas être régulier).

☑ Si le total C est négatif, cela signifie que l'entreprise effectue des remboursements (politique de désendettement ou de dividendes élevés).

À retenir !

- Le tableau des flux de trésorerie met en évidence la contribution de chaque cycle (activité, investissement et financement) à la variation de la trésorerie (flux) sur l'exercice.

L'analyse de la solvabilité de l'entreprise

Fiche 25

L'analyse de la liquidité d'un bilan revient à étudier la solvabilité de l'entreprise.

1 L'analyse de la liquidité du bilan : définitions

■ Le **bilan financier** est un document non obligatoire. Il s'agit d'un bilan comptable reconstruit afin de déterminer la solvabilité et la liquidité de la société sur le court terme.

■ La **liquidité** mesure la capacité d'une entreprise à régler ses dettes arrivées à échéance à court terme grâce à sa trésorerie.

■ La **solvabilité** est la capacité de l'entreprise à faire face à ses engagements à long terme. Les capitaux propres permettent de mesurer la solvabilité d'une entreprise, ce sont eux qui garantissent à un tiers le remboursement d'une somme.

2 La présentation du bilan financier ou « bilan liquidité »

ACTIF	Commentaires	PASSIF	Commentaires
ACTIF À PLUS D'UN AN		**CAPITAUX PERMANENTS**	
+ Actif immobilisé (en valeurs nettes)	Il ne faut retenir que la valeur nette des immobilisations	+ Capitaux propres – Actifs fictifs	= Total I du passif
– Actifs fictifs	Certaines immobilisations ne peuvent se transformer en argent = à supprimer.	**PASSIF À PLUS D'UN AN**	
– Immobilisations financières avec une échéance < à 1 an	Elles sont classées dans la partie « Actif à moins d'un an ».	+ Dettes financières : emprunts dont l'échéance est > 1 an	Ne pas tenir compte des CBC
+ Retraitement du crédit-bail	Valeur nette = total des redevances restant à payer	+ Dettes non financières : fournisseurs, État > 1 an	
+ Créances à plus d'un an		+ Provisions pour risques > 1 an	
ACTIF À MOINS D'UN AN		+ Retraitement du crédit-bail	Redevances restant à payer à plus d'un an

Contrôle de gestion et analyse financière

Notes

ACTIF	Commentaires	PASSIF	Commentaires
+ Stocks	Valeurs nettes	**PASSIF À MOINS D'UN AN**	
+ Créances clients + avances et acomptes versés + autres créances + CCA (charges constatées d'avance) + valeur nominale des EENE (effets escomptés non échus)		+ Dettes (fournisseurs, dividendes) + provisions pour risques et charges à moins d'un an + PCA	Total II et total III du passif
– Créances > à 1 an		– Dettes financières : emprunts dont l'échéance est > à 1 an	Tous ces postes sont reclassés dans le passif à plus d'un an.
+ Immobilisations financières avec une échéance < à 1 an		– Dettes non financières : dettes fournisseurs, État ou PCA (produits constatés d'avance) dont l'échéance est > à 1 an	
+ Disponibilités		– Provisions pour risques et charges qui permettent de couvrir un risque > 1 an	
+ VMP		– CBC (concours bancaires courants)	Ils sont reclassés en CBC
		+ CBC	
		+ Valeur nominale des EENE	

■ Au passif, les ressources mises à la disposition de l'entreprise sont classées par ordre d'exigibilité croissante : une dette est exigible quand elle arrive à l'échéance (en bas figurent les dettes qui sont les premières exigibles).

■ À l'actif, les emplois sont classés par ordre de liquidité croissante : un actif est liquide quand on peut le vendre (en bas figurent les actifs les plus liquides, c'est-à-dire ceux qui vont se transformer en trésorerie le plus rapidement).

À retenir !

■ Une société peut être solvable, mais avoir des problèmes de liquidités.

Le suivi et l'analyse de la trésorerie à court terme

Fiche 26

Le calcul de la trésorerie peut faire apparaître un déficit ou au contraire un excédent de trésorerie. Selon les cas, l'entreprise doit réfléchir aux différentes solutions à court terme pour faire face au déficit ou faire fructifier ses excédents.

1 La gestion de la trésorerie négative

- L'élimination des soldes négatifs s'opère grâce à la mise en place de plusieurs solutions possibles : les crédits non bancaires (CMCC, loi Dailly), affacturage… (fiche 13) et l'obtention de crédits bancaires de trésorerie (découverts et escompte des effets de commerce).
- Ces différentes solutions ont un coût, il faut donc choisir la solution qui a le coût le plus faible.

Ex. : Escompte d'effet de commerce : une lettre de change d'une valeur nominale de 5 000 € créée le 10/06/N est remise à l'escompte le 25/06/N, échéance le 30/07.

Taux d'escompte 10 % ; commission d'endos : 0,50 % ; commission fixe : 4 € par effet.

- La banque applique deux jours de banque pour les opérations d'escompte d'effet de commerce.
- Nombre de jours pour une année : 360 jours.
- Nombre de jours : (30/06 – 25/06) + 30/07 + 2 jours de banque = 37 jours
- Escompte : 5 000 × 10 % × 37 / 360 = 51,39 €
- Commission d'endos : 5 000 × 0,50 % × 37 / 360 = 2,57 €
- Commission fixe : 4 €
- Total agios = 51,39 + 2,57 + 4 = 57,96 €
- Valeur nette versée = 5 000 – 57,96 = 4 972,04 €

Remarque

La date d'opération correspond au jour de l'opération. Pour des raisons techniques, la banque peut ajouter ou retirer des jours à une date d'opération (appelés « jours de valeur » ou « de banque »).

- Les agios correspondent à la somme retenue par la banque :

Agios =
escompte + commission d'endossement + commission fixe
+ TVA /commission fixe

Notes

Notes

2 La gestion de la trésorerie positive

■ Les soldes de trésorerie très largement excédentaires sont le plus souvent utilisés à court terme pour :

☑ rembourser par anticipation les emprunts à long terme ;

☑ financer les programmes d'acquisition des investissements prévus ;

☑ réaliser des placements financiers à court terme : le compte courant d'associé (compte permettant à un associé de prêter une somme d'argent à la société), les dépôts à terme (placement qui bloque l'argent entre un mois et quatre ans) et les achats de VMP auprès des OPCVM (organismes de placement collectif en valeurs mobilières).

■ Les placements financiers à court terme permettent d'obtenir une rémunération : les intérêts. Nous pouvons calculer les intérêts simples et les intérêts composés.

Intérêts simples	Intérêts composés
Ils se calculent sur une période et ne se cumulent pas avec le capital.	Les intérêts vont se cumuler avec le capital pour servir de base de calcul des intérêts de la prochaine période.
Ex. : Un capital de 10 000 € est placé à intérêts simples à 2 % pendant deux ans. • Intérêts à la fin de la 1re année : 10 000 × 0,02 = 200 €. • Intérêts à la fin de la 2e année : 10 000 × 0,02 = 200 €. • Valeur acquise au bout de 2 ans : 10 000 + 200 + 200 = 10 400 €.	**Ex.** : Un capital de 10 000 € est placé à intérêts composés à 2 % pendant deux ans. • Intérêts à la fin de la 1re année : 10 000 × 0,02 = 200 €. • Intérêts à la fin de la 2e année : 10 200 × 0,02 = 204 €. • Valeur acquise au bout de 2 ans : 10 000 + 200 + 204 = 10 404 €.

À retenir !

■ Les critères de choix d'un placement à court terme sont en fonction :
– de la rémunération (des intérêts) apportée par le placement ;
– de la sécurité : certains placements peuvent entraîner des pertes sur le capital placé ;
– de la liquidité : capacité du placement à se transformer en une somme d'argent afin de faire face aux échéances.

Parcours de professionnalisation

Sommaire

FICHES — Pages

Notes

La présentation de l'épreuve

Fiche 1

Épreuve orale à la fin de la 2e année
Durée : 30 min
Coefficient : 5

1 Les 3 objectifs de l'épreuve orale

❶ La caractérisation et l'analyse de choix organisationnels du système d'information comptable et de gestion (SICG) et de la veille informationnelle.

❷ La conduite d'une analyse réflexive sur la personnalité du candidat permettant son adaptation à des situations professionnelles variées.

❸ La communication à partir de documents professionnels écrits (collectés/produits) par le candidat et l'utilisation de modes de communication adaptés au contexte des situations professionnelles.

2 Les processus concernés

■ Les activités à mobiliser dans l'écrit professionnel attendu pour l'épreuve relèvent des processus P1 à P4, à la fois en termes de veille informationnelle que d'analyse de l'organisation d'un processus. L'épreuve repose de plus sur la totalité du parcours de professionnalisation du candidat, et notamment des situations recensées dans le passeport professionnel (voir p. 205).

3 Le déroulement de l'épreuve orale : un entretien en deux parties

■ L'épreuve ponctuelle orale dure 30 minutes et prend appui sur un dossier (voir p. 207-210) et éventuellement sur un support de présentation. L'oral relève d'un entretien en deux phases :

❶ (15 min max) Présentation de l'analyse de l'organisation d'un processus et des activités de veille prenant appui sur le dossier ;

❷ (15 min max) Discussion autour du parcours professionnel du candidat, notamment du passeport professionnel (voir p. 205). Aucun temps de préparation du candidat n'est prévu, car il s'agit d'un entretien.

Notes

Notes

4 Un support de présentation orale (ou non)

■ Le candidat peut prévoir un support de présentation orale, mis en œuvre grâce à un ordinateur, mais devra se munir du nécessaire, notamment d'un ordinateur portable avec une autonomie suffisante, car aucun branchement n'est prévu à cet effet. Le support de présentation orale n'est cependant pas obligatoire.

La préparation du passeport professionnel

Fiche 2

Les épreuves E42 (Pratiques comptables, sociales et fiscales, p. 11) et E6 (Parcours de professionnalisation, p. 203) prennent appui sur un dossier contenant notamment le passeport professionnel.

Le passeport professionnel est un document papier répertoriant :
- l'identification du candidat ;
- l'identification de l'établissement de formation ;
- l'intitulé des différentes situations professionnelles éligibles et validées par le formateur ;
- la référence aux différentes activités du référentiel (correspondant au niveau 3) ;
- la période et le lieu de la réalisation des activités.

1 Le contenu du passeport professionnel

■ Il recense l'ensemble des situations professionnelles, vécues par le candidat au cours de sa formation (en établissement de formation, en ateliers professionnels, lors des stages ou de l'exercice d'activités à caractère professionnel) qui lui ont permis d'acquérir les compétences associées aux activités prévues dans le référentiel. Ces situations professionnelles ont pu avoir lieu avant l'entrée en BTS.

■ Il décrit et analyse les situations, les compétences et les productions associées.

■ Il doit être rempli tout au long de la formation par l'étudiant, qui enregistre les situations qui lui ont permis de développer des compétences clairement identifiées ;

■ Il sera signé par les professeurs assurant les enseignements professionnels et les ateliers professionnels pour valider les compétences mobilisées dans le cadre des situations décrites, avant qu'ils ne soient transmis aux autorités académiques organisant les examens.

2 Les 3 objectifs du passeport professionnel

■ Formation. Il permet l'acquisition durable de compétences résultant d'expériences professionnelles réelles ou simulées. Il est le support des bilans d'étape et de différenciation des parcours de professionnalisation.

■ Évaluation de la qualité et de la diversité du parcours de professionnalisation du candidat.

Parcours de professionnalisation

Notes

Notes

- Passeport vers l'emploi qui permet d'appréhender le niveau de professionnalité du candidat et les conditions de son acquisition.

3 Les conditions de l'acquisition des compétences professionnelles

- Une situation peut alimenter le passeport professionnel lorsque ses caractéristiques sont suffisantes pour permettre à l'étudiant de mobiliser les compétences mises en œuvre dans d'autres situations.

- Le positionnement, dans le passeport professionnel de l'étudiant, des compétences développées lors des stages est assuré notamment dans le cadre des phases d'explicitation prévues à l'issue des stages, en première et en deuxième années.

- Les situations couvrent l'ensemble des processus (une situation ne peut être codifiée dans le passeport que si elle fait référence à un processus P1 à P6 au moins et P7).

Le dossier : analyse des activités de veille

Fiche 3

L'épreuve prend appui sur un dossier comprenant :
- le passeport professionnel qui permet de valider les compétences (voir p. 205) ;
- les attestations de stages ou certificats de travail ;
- un écrit professionnel (12 pages au maximum, sans annexe) composé d'une présentation de l'analyse de l'organisation d'un processus (P1 à P4) et de l'analyse des activités de veille professionnelle P1 à P4.

1 Les activités mobilisables par processus

■ Le candidat doit être en mesure, en fonction du processus analysé de présenter et d'analyser les activités de veille informationnelle menées/observées (maximum 2 pages).

■ Si les activités de l'écrit professionnel concernent…

Le processus 1 : Contrôle et traitement comptable des opérations commerciales

■ Le candidat devra mobiliser l'activité A.1.1 : Présentation et analyse du système d'information comptable (SIC), il s'agira de :
- de situer et d'identifier le rôle et les ressources du SIC en termes de traitement d'informations (1.1.1) ;
- de décrire et d'adapter l'organisation comptable et la hiérarchie des étapes de réalisation des travaux comptables (comptes, journaux, procédures) en fonction des contingences (1.1.2) ;
- d'identifier et rechercher les textes légaux et réglementaires à mettre en œuvre dans l'organisation (1.1.3) ;
- d'appréhender les mécanismes comptables et les principes de l'enregistrement comptable de base (1.1.4).

OU

Le processus 2 : Contrôle et production de l'information financière

■ Le candidat devra mobiliser l'activité A.2.1 : Conduite d'une veille réglementaire nécessaire à l'établissement des comptes, il s'agira :
- d'identifier les évolutions de la réglementation et les informations pertinentes au regard des informations de gestion rencontrées (2.1.1) ;

Parcours de professionnalisation

Notes

– de formuler des propositions répondant aux besoins de l'organisations et aux choix des dirigeants (2.1.2).

OU

Le processus 3 : Gestion des obligations fiscales

■ Le candidat devra mobiliser l'activité A.3.1 : Conduite de la veille fiscale, il s'agira :
– d'identifier les règles fiscales applicables à la situation et leurs évolutions (3.1.1) ;
– de caractériser les régimes d'imposition de l'entreprise et prendre en compte les obligations réglementaires concernant l'entreprise (3.1.2) ;
– d'établir l'échéancier des obligations fiscales relatives aux impôts directs et indirects sur les résultats de l'entreprise et la TVA (3.1.3).

OU

Le processus 4 : Gestion des relations sociales

■ Le candidat devra mobiliser l'activité A.4.1 : Conduite de la veille sociale, il s'agira :
– de mettre à jour la documentation sociale interne après avoir identifié les évolutions juridiques ayant des conséquences pour l'organisation et ses salariés (4.1.1) ;
– d'adapter des procédures et traitements internes aux résultats de la veille sociale (4.1.2) ;
– de repérer et mettre à jour les échéances en matière d'obligations sociales (4.1.3).

2 La veille informationnelle : apports notionnels

■ La veille est composée de deux types d'éléments :
– le pull : éléments recherchés lors des ateliers professionnels, cours de P1, P2, P3 et P4, qui doivent faire l'objet d'une étude au niveau de la fiabilité ;
– le push : l'information est amenée en fonction de critères de choix et de méthodes de collecte (flux RSS, newsletters, agrégateur de flux) et doit donner lieu à un traitement pour être utilisable.
– L'archivage de la veille peut être réalisé avec différents logiciels (FreeMind, Scoop.it, Pearltrees, Netvibes…).

Conseil
Dans les deux cas, la veille doit être archivée et conservée pour être présentée lors de l'épreuve.

Le dossier : analyse de l'organisation d'un processus

Fiche 4

Le candidat présente et analyse l'organisation du processus qu'il aura choisi en fonction des activités réalisées, observées et/ou simulées, principalement en stage ou sur le lieu d'exercice de son activité professionnelle.

■ Les activités de l'écrit professionnel peuvent relever des processus suivants :

Le processus 1 : Contrôle et traitement comptable des opérations commerciales

■ Le candidat devra mobiliser l'activité A.1.7 : Contribution à la performance du processus « Contrôle et traitement comptable des opérations commerciales » et la recherche de la sécurisation des opérations, il s'agira :
– de présenter les principales caractéristiques d'une organisation comptable afin de les analyser et d'apporter des solutions d'amélioration (1.7.1) ;
– d'analyser le processus « Contrôle et traitement comptable des opérations commerciales » et de repérer les dysfonctionnements et risques inhérents (1.7.2).

OU

Le processus 2 : Contrôle et production de l'information financière

■ Le candidat devra mobiliser l'activité A.2.8 : Contribution à la performance du processus « Contrôle et production de l'information financière » et la recherche de la sécurisation des opérations, il s'agira :
– de présenter les principales caractéristiques du contrôle et de la production de l'information financière (2.8.1) ;
– d'analyser le processus « Production de l'information financière » et repérer les dysfonctionnements et risques inhérents (2.8.2).

Parcours de professionnalisation

Notes

Notes

OU

Le processus 3 : Gestion des obligations fiscales

■ Le candidat devra détecter les anomalies, les communiquer à son supérieur et proposer des améliorations dans :
- les procédures de traitement de la TVA (3.2.5) ;
- les procédures de traitement des impôts directs (3.3.8).

OU

Le processus 4 : Gestion des relations sociales

■ Le candidat devra mobiliser l'activité A.4.4 : Contribution à la performance du processus « Gestion des relations sociales » et la recherche de la sécurisation des opérations, il s'agira de :
- présenter les principales caractéristiques de l'organisation des relations sociales (4.4.1) ;
- analyser le processus « Gestion des relations sociales » et repérer les dysfonctionnements et risques inhérents (4.4.2).

Le dossier : compétences et critères d'évaluation

Fiche 5

Le candidat est évalué à partir du dossier et de l'entretien sur un degré de maîtrise de compétences, par rapport à 7 critères.

1 Les 7 critères d'évaluation

■ Le candidat est évalué à partir du dossier et de l'entretien sur le degré de maîtrise de 7 critères (voir 2 ci-dessous).

	Dossier (voir p. 207)	1re phase (voir p. 203)	2e phase (voir p. 203)
Critères utilisés pour l'évaluation	1, 2, 3 a., 3 b., 6, 7	1, 2, 3 a., 3 b., 5, 6, 7	4, 5, 6, 7

■ Le candidat pourra être considéré, par critère, comme : TI : très insuffisant ; I : insuffisant ; S : satisfaisant ; TS : très satisfaisant.

2 Le détail du degré de compétence par critère

1 La qualité de la présentation d'une situation organisationnelle.

TI – Subit	I – Exécute	S – Maîtrise	TS – Est expert
Présente une description succincte partielle ou non structurée	Présente une situation structurée, mais sans analyse	Analyse la situation organisationnelle en présentant les principales caractéristiques	Est capable de transférer l'analyse de l'organisation du processus

2 La pertinence de l'analyse des caractéristiques et des choix opérés.

TI – Subit	I – Exécute	S – Maîtrise	TS – Est expert
Se limite à une activité très restreinte du processus et ne comprend pas les enjeux associés	Appréhende l'ensemble du processus décrit, mais sans en comprendre réellement les enjeux associés	Porte un degré d'analyse sur l'organisation d'un processus observé en identifiant les contraintes et les enjeux	Présente une analyse sur l'organisation du processus observé intégrant l'identification des contraintes, des enjeux et les limites des choix. Le candidat est en mesure de formuler des propositions argumentées d'amélioration face à des demandes.

Parcours de professionnalisation

Notes

Notes

3 a. Efficacité et pertinence de la veille dans les activités réalisées.

TI – Subit	I – Exécute	S – Maîtrise	TS – Est expert
N'a pas entrepris de démarche de veille	Utilise l'information sans la questionner ni la contrôler	Recherche des informations de manière autonome en contrôlant ses sources	Est capable de conduire sa recherche d'informations au domaine étudié de manière structurée, de les utiliser et d'argumenter

3 b. Efficacité et pertinence du contrôle interne dans les activités réalisées.

TI – Subit	I – Exécute	S – Maîtrise	TS – Est expert
Ne perçoit pas les enjeux du contrôle interne	Explique les enjeux du contrôle interne, mais ne sait pas mettre en œuvre une démarche en ce sens	Met en œuvre des procédures de contrôle interne et sait les expliquer	Propose des solutions pour améliorer des démarches de contrôle interne

4 La qualité de l'analyse réflexive sur son parcours de professionnalisation.

TI – Subit	I – Exécute	S – Maîtrise	TS – Est expert
Ne présente pas d'analyse et ne prend pas de distance sur son parcours	Présente une analyse étroite, peu autonome et limitée à une série d'activités	Sait expliquer en quoi une situation professionnelle a permis la construction de compétences	Montre le lien entre situations professionnelles et développement de ses compétences

5 La capacité d'adaptation à des situations variées.

TI – Subit	I – Exécute	S – Maîtrise	TS – Est expert
Ne comprend pas la demande	Demande systématiquement des explications avant de réaliser	Répond avec efficacité	Répond avec efficacité à la demande de manière autonome et si nécessaire en questionnant les aléas

6 La qualité de l'argumentation.

TI – Subit	I – Exécute	S – Maîtrise	TS – Est expert
N'argumente pas	Reste sur les aspects descriptifs de ses travaux	Limite son argumentation aux travaux prescrits	Sait mobiliser les arguments de référence (contraintes, ressources, techniques usuelles, méthodes)

7 La qualité de la communication écrite et orale.

TI – Subit	I – Exécute	S – Maîtrise	TS – Est expert
Ne communique pas	Fait un compte rendu partiel	Explique et fait comprendre	Fait adhérer par des qualités de conviction

Le dossier : les questions envisageables

Fiche 6

Notes

1 Les questions relatives à la première phase de l'entretien

■ Présentation de l'analyse de l'organisation d'un processus et des activités de veille prenant appui sur le dossier (15 min max).

■ Concernant les activités de veille informationnelle/professionnelle :

- ☑ Quel est l'intérêt de la veille ?
- ☑ Quelles démarches liées à la veille sont mises en œuvre ?
- ☑ Quels sont les éléments pour une veille efficace ?
- ☑ Quelles sont les conséquences, les incidences des résultats de la veille ?
- ☑ Quelles sont les sources d'information pour de la veille ?
- ☑ Quels sont les outils informatiques pour de la veille ?
- ☑ Quelles sont les différences et les similitudes entre votre démarche de veille et celle mise en œuvre en entreprise ?

■ Concernant l'adaptation des activités de veille informationnelle :

- ☑ La législation impose de nouvelles règles : quelles seront les incidences sur le processus ?
- ☑ Un client ou un fournisseur fait une réclamation : qui la traite ? Comment ?
- ☑ On vous charge des activités de veille : comment vous y prenez-vous ?

2 Les questions relatives à la deuxième phase de l'entretien

■ Discussion autour du parcours professionnel du candidat, notamment du passeport professionnel (15 min max) :

- ☑ Que vous a apporté votre formation en établissement, en termes de compétences acquises, d'organisation du travail, d'attitude professionnelle ?
- ☑ Vers quel métier vous orientez-vous ? Quels sont les processus à maîtriser pour pouvoir l'exercer ? Selon vous, quelles sont les qualités requises pour l'exercer ?
- ☑ Quelles situations professionnelles (mentionnées dans votre passeport professionnel) avez-vous appréciées ? Pourquoi ?

Notes

- ☑ Vous avez traité des activités identiques en stage et en établissement : quelles différences ou similitudes avez-vous observé ? avez-vous progressé ?
- ☑ Votre passeport ne présente pas certaines compétences acquises : est-ce un inconvénient pour votre futur métier ou votre poursuite d'études ?
- ☑ Comment vous êtes-vous organisé pour réaliser vos situations professionnelles en établissement (travail de groupe) ? Est-ce important de savoir travailler en équipe pour votre futur métier ?
- ☑ Vous avez probablement éprouvé quelques difficultés dans certaines situations professionnelles, comment les avez-vous surmontées ?

Culture économique, juridique et managériale

Sommaire

Notes

Présentation de l'épreuve de Culture économique, juridique et managériale (CEJM)

Épreuve écrite
Durée : 4 heures
Coefficient : 6

CEJM

Notes

1 Les finalités de l'épreuve

■ L'épreuve de CEJM vise à évaluer les compétences que vous avez acquises ainsi que votre capacité à les mobiliser pour éclairer des problématiques de gestion d'entreprise à travers un **questionnement croisant les champs disciplinaires économique, juridique et managérial**.

■ Il est donc important de ne pas se contenter lors de l'épreuve de juxtaposer des connaissances, mais bien **d'utiliser dans un argumentaire construit et cohérent les compétences qui permettent d'éclairer la problématique** posée dans le contexte concret qui est présenté.

2 L'objectif de l'épreuve

■ L'épreuve vise à **évaluer vos compétences** à :
- **analyser des situations** auxquelles l'entreprise est confrontée ;
- **exploiter une base documentaire** économique, juridique et managériale ;
- **proposer des solutions argumentées** en mobilisant des notions économiques, juridiques ou managériales et les méthodologies adaptées aux situations proposées ;
- **établir un diagnostic** (ou une partie de diagnostic) préparant une prise de décision stratégique ;
- **prendre des décisions opérationnelles** intégrant les dimensions économique, juridique et managériale ;
- **exposer des analyses et des propositions** de manière cohérente et argumentée.

■ Vous devez donc **vous positionner dans la fonction du manager** qui, confronté à une situation donnée, doit montrer les étapes de son raisonnement (qui s'appuie sur les compétences acquises dans les trois matières) et formuler une ou des proposition(s) argumentée(s) en lien avec la problématique posée.

■ Autant que la (les) solution(s) envisagée(s), c'est bien **l'ensemble du processus de prise de décision** qui est évalué et la logique du raisonnement que vous mettrez en avant.

■ N'hésitez pas à **être exhaustif** et à **avancer un maximum d'arguments** car le barème détaillé tiendra compte du nombre d'idées différentes avancées.

3 Les modalités de l'épreuve

■ L'épreuve prend appui sur un **dossier** qui comprend :

– la présentation d'une situation contextualisée d'entreprise contenant des problématiques de nature économique ou juridique ou managériale ;

– une base documentaire ;

– une série de questions permettant de structurer et d'orienter le travail à réaliser par le candidat.

■ Le dossier documentaire, d'une dizaine de pages au maximum, ainsi que le questionnement couvrent les trois champs de cette unité. Pour chaque question, une réponse construite et argumentée est attendue.

4 Conseils méthodologiques

Étape 1

■ Commencez par **lire attentivement la présentation générale**, et plus particulièrement les **mises en situation**. Ces dernières introduisent le traitement des questions et sont importantes car elles peuvent contenir des éléments d'information utiles.

Étape 2

■ Lisez ensuite les **questions**. Sachez repérer les verbes d'action utilisés dans les consignes car ils précisent ce qui est attendu :

– **définissez** : définir une notion ;

– **caractérisez** : décrire les traits fondamentaux, voire expliquer ;

– **identifiez**, **repérez** : trouver les éléments d'explication dans les documents en annexe ;

– **expliquez**, **justifiez** : avancer les arguments ou le raisonnement qui donnent les causes d'un fait ou d'une situation ;

– **analysez** : proposer des éléments de comparaison ou d'explication d'au moins deux variables ou plusieurs qui ont des liens entre elles.

Étape 3

■ À chaque question, reportez-vous aux annexes concernées. **Relevez les éléments d'information** qui serviront à formuler une réponse pour chacune de vos questions. Lorsque la question nécessite de faire appel à vos connaissances, rédigez-les avec clarté et en lien direct avec la question posée.

■ Pensez à être **soigneux** dans la rédaction de vos réponses. En général, elles doivent être justifiées à l'aide des documents et, pour le droit, avec rigueur. Vous pouvez recourir en économie et en management à des tableaux ou à des tirets pour énumérer vos arguments.

Les agents économiques, leurs rôles et leurs échanges

Fiche 1

CEJM

De multiples acteurs interviennent dans le domaine économique. On les qualifie d'**agents économiques** en les regroupant selon leurs fonctions économiques principales. Les principaux agents économiques sont les **entreprises**, les **ménages**, les **banques** et l'**État** (ou les **administrations publiques**). L'**activité économique** découle des échanges qui se nouent entre ces agents.

1 Les entreprises

■ Une entreprise regroupe des moyens humains, financiers et matériels dans l'objectif de produire des biens ou des services vendus sur le marché.

■ Pour produire, l'entreprise utilise des facteurs de production (travail, capital, matières premières, savoirs et connaissances).

Remarque

La majorité des entreprises a un but lucratif (réalisation d'un profit). La théorie économique considère qu'elles visent prioritairement à maximiser leur profit mais l'essor du secteur de l'économie sociale et solidaire montre qu'elles peuvent s'attacher à d'autres objectifs, comme le développement durable.

2 Les ménages

■ Au sens statistique, un ménage désigne tous les occupants (un ou plusieurs) d'un même logement, sans qu'ils aient nécessairement des liens de parenté. Les ménages disposent de revenus qu'ils tirent de leur travail (salaires) ou de la détention d'un patrimoine.

■ Avec leurs revenus, les ménages consomment et épargnent.

3 Les banques

■ Les banques sont des entreprises dont le rôle traditionnel est de collecter l'épargne des agents (dépôts, livrets) afin de financer par crédit d'autres agents qui ont besoin d'emprunter.

■ L'essor du marché financier (ou marché des capitaux) a fait évoluer le rôle des banques en permettant aux agents qui souhaitent épargner et à ceux qui souhaitent se financer de s'y rencontrer directement.

4 L'État (ou les administrations publiques)

■ Les administrations publiques regroupent l'État central (les ministères, etc.), les collectivités territoriales et les organismes de protection sociale.

Notes

Notes

■ L'action de l'État est principalement financée par des prélèvements obligatoires (impôts, taxes, cotisations).

LES FONCTIONS ÉCONOMIQUES DE L'ÉTAT

- **Allocation** : **Encadrer le fonctionnement du marché** par des règles de droit (droit des contrats, droit de la concurrence, etc.), voire être lui-même producteur de services non marchands (éducation, défense nationale, etc.).
- **Redistribution** : **Assurer une redistribution des revenus** pour éviter les inégalités les plus criantes (notamment *via* la protection sociale).
- **Stabilisation (ou régulation)** : **Réguler l'activité par sa politique économique** (favoriser la croissance, lutter contre le chômage, etc.).

5 Les échanges entre les agents économiques

■ Les agents sont amenés à nouer des relations économiques, généralement lors de transactions qui s'opèrent sur le marché. Ainsi, la relation employeur-employé s'apparente à la rencontre d'une offre et d'une demande sur le marché du travail :
– l'offre de travail émane des ménages ;
– la demande de facteur travail émane des entreprises ;
– le salaire correspond au prix auquel s'effectue l'échange.

■ Les entreprises échangent des biens et services (offre) avec les autres agents en contrepartie d'un paiement (demande) : consommation pour les ménages, consommations intermédiaires ou investissement pour les entreprises.

■ Les entreprises demandent des facteurs pour être en mesure de produire leurs biens et services :
– demande de facteur travail auprès des ménages ;
– demande de facteur capital auprès des banques ou en passant par les marchés financiers.

■ La relation entre les agents économiques ne peut toutefois pas se résumer à la confrontation d'une offre et d'une demande sur le marché.

Ex. **:** L'État produit des services non marchands (gratuits ou quasi-gratuits) qu'il finance par des prélèvements obligatoires.

À retenir !

- Les principaux agents sont les **entreprises**, les **ménages**, les **banques** et l'**État** (ou les **administrations publiques**).
- Ils sont caractérisés par leur fonction principale et nouent des relations économiques entre eux.

Le fonctionnement et le rôle du marché

Fiche 2

CEJM

La théorie économique fait du **marché** le lieu de rencontre et de régulation des initiatives individuelles prises par les différents agents économiques. La régulation de l'activité économique qui en découle repose notamment sur le principe de la libre concurrence entre les entreprises.

1 Le fonctionnement du marché

Ajustement de l'offre et de la demande sur le marché

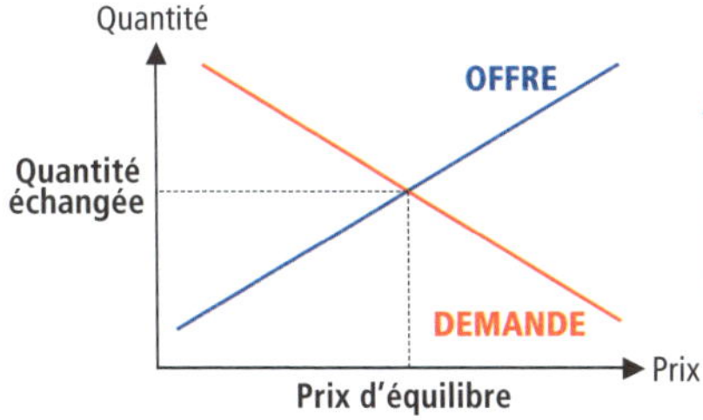

Marché

Lieu (fictif) de confrontation de l'offre et de la demande permettant la fixation d'un prix d'équilibre.

Notes

- Le marché permet d'égaliser offre et demande et fait émerger un prix d'équilibre.
- Sur certains marchés, le prix d'équilibre est spécifique :
  – le salaire d'équilibre permet d'égaliser l'offre et la demande sur le marché du travail ;
  – le taux d'intérêt d'équilibre permet d'égaliser l'offre et la demande sur le marché des capitaux.
- Sur le marché des biens et services :
  – seuls les offreurs ayant un coût de revient inférieur au prix de marché sont rentables et peuvent proposer leurs biens ou services. Lorsque le prix augmente, un plus grand nombre d'offreurs se présente sur le marché ;
  – lorsque le prix augmente, certains demandeurs quittent le marché, car leur pouvoir d'achat se réduit ; ils privilégient l'achat d'autres biens pour assurer leur satisfaction ;
  – l'équilibre du marché (point où les deux droites se croisent sur le schéma) est atteint lorsqu'il y a égalité entre l'offre et la demande. Ce point de croisement définit le prix d'équilibre (ou prix de marché).
- En réalité, l'équilibre se met en place progressivement par un jeu d'essais et d'erreurs.

Notes

2 Le rôle du marché

Rôle d'ajustement	Le marché permet d'équilibrer l'offre et la demande.
Rôle incitatif	Le marché oriente les actions et les décisions des agents. ***Ex.* :** une hausse de prix peut inciter des entreprises à se lancer sur le marché concerné car elles deviennent rentables.
Rôle informatif	Le marché et le prix fournissent des informations aux agents sur les tensions entre l'offre et la demande. ***Ex.* :** une hausse de prix indique une pénurie d'offre et/ou une forte pression de la demande.

■ En principe, le marché joue efficacement son rôle de régulateur de l'activité économique lorsque deux conditions sont respectées :
– la possibilité pour les agents de fixer librement leurs prix ;
– le marché doit être concurrentiel : cette émulation pousse les entreprises à réduire leurs prix, à améliorer la qualité de leurs produits et prestations.

3 La concurrence entre les entreprises

■ La compétitivité correspond à la capacité d'une entreprise à faire face à la **concurrence** :
– la compétitivité-prix reflète la capacité d'une entreprise à vendre ses produits à un prix similaire, voire plus faible que celui des concurrents ;
– la compétitivité hors-prix reflète la capacité d'une entreprise à se démarquer de ses concurrents autrement que par le prix (image de marque, innovation, qualité, etc.).

> **Concurrence**
> Rivalité entre agents qui poursuivent un même but (*ex.* : développer leur part de marché).

■ Pour disposer d'un pouvoir de marché (disposer de marges de manœuvre quant à la fixation de leurs prix, par exemple), les entreprises cherchent à résister à la pression concurrentielle qui s'exerce sur elles.

Les cinq forces de la concurrence de Michael Porter

Les cinq forces de la concurrence (M. Porter)
- Les entreprises concurrentes du secteur
- Les fournisseurs
- Les clients
- Les entrants potentiels
- Les produits de substitution

À retenir !

■ Le marché joue un rôle essentiel dans le fonctionnement des économies capitalistes. Pour être efficace, il doit reposer sur le principe de la libre concurrence entre les acteurs économiques.

Les situations de défaillance du marché

Fiche 3

CEJM

Notes

Le fonctionnement classique du marché peut être remis en cause soit par des stratégies d'entreprises, qui mettent en place des **coopérations** ou des **barrières à l'entrée** pour freiner la concurrence d'autres agents, soit parce que le marché est **défaillant**.

1 La coopération entre les entreprises

■ Les entreprises nouent parfois des relations de coopération qui peuvent prendre plusieurs formes, parmi lesquelles :

Type de coopération	*Exemple*
Alliance (entre fournisseurs et clients)	Sous-traitance, contrat de franchise, concession, etc.
Création d'une structure juridique propre	Filiale commune, GIE (Groupement d'intérêt économique).

■ De nombreuses raisons peuvent justifier ces relations de coopération :
– mettre en commun des moyens ou des savoir-faire (mutualiser des efforts de R&D) ;
– atteindre une taille critique ;
– pénétrer un marché étranger, etc.

■ Ces coopérations peuvent concerner l'entreprise dans sa globalité ou alors se limiter à un périmètre plus restreint, qu'il soit géographique ou fonctionnel. Des entreprises peuvent alors se retrouver en situation de coopération tout en restant concurrentes sur le marché.

2 Les barrières à l'entrée

A. Définition et conséquences

■ Les barrières à l'entrée :
– réduisent l'intensité concurrentielle qui pèse sur les acteurs du marché ;
– présentent un risque pour le consommateur que les prix soient plus élevés que sur un marché pleinement concurrentiel.

Barrière à l'entrée
Entrave qui empêche ou freine l'accès au marché à de nouveaux entrants.

■ Lorsqu'il y a des barrières à l'entrée, le marché n'est constitué que de quelques offreurs (oligopole), voire d'une seule entreprise (monopole).

Notes

B. Les différentes formes de barrières à l'entrée

- Les barrières peuvent être d'ordre règlementaire (nécessité d'avoir un diplôme, monopole institué par l'État), d'ordre technologique (accès au marché bloqué par un brevet), etc.
- Les tensions commerciales, notamment entre les États-Unis et la Chine, ont conduit à la mise en place de taxes sur les importations qui constituent des barrières (tarifaires) à l'entrée du marché.
- La structure des coûts du secteur ou des entreprises peut être à l'origine de barrières :

– lorsque les coûts d'entrée sur le marché sont importants ;
– lorsque la structure des coûts conduit à des économies d'échelle, c'est-à-dire à une diminution du coût unitaire lorsque la production augmente. Le premier entré sur un tel marché dispose d'un avantage en termes de coût lui permettant d'éliminer toute concurrence (en baissant suffisamment ses prix pour empêcher les concurrents d'être rentables).

3 L'asymétrie de l'information

A. Définition et conséquences

- Il y a asymétrie d'information lorsque, dans une transaction entre offreur et demandeur, l'un des deux manque d'informations pour prendre une décision parfaitement éclairée.
- Les asymétries d'information sont une situation de défaillance de marché. Elles ont pour effet d'entraîner de mauvaises prises de décision, de mauvaises évaluations du risque.

Ex. : L'assureur qui ne sait pas si le conducteur couvert va conduire prudemment. Le client d'un concessionnaire de voitures d'occasion qui ne connaît pas les points faibles de la voiture qu'il achète.

B. S'adapter aux asymétries

- Les agents qui souffrent de l'asymétrie peuvent parfois obtenir l'information qui leur manque : avant d'accorder un prêt, les banques demandent les bulletins de salaires, les avis d'imposition, etc.
- L'insertion de clauses dans le contrat noué par les parties peut être un moyen de s'assurer de sa bonne exécution.
- Le développement des nouvelles technologies permet, en partie, de répondre à ces asymétries en facilitant l'accès à l'information (comparateurs de prix, notation des offreurs et des demandeurs, etc.).

À retenir !

- Les défaillances du marché nuisent à son bon fonctionnement en limitant la concurrence entre les agents économiques (coopération, barrières à l'entrée) ou en faussant les règles de fixation des prix d'équilibre (asymétrie de l'information).

Les externalités négatives et positives

Fiche 4

CEJM

Toute activité économique a des effets sur son environnement, qu'ils soient directs ou indirects, qui ne sont pas tous pris en compte par le marché. On parle alors d'**externalité**.

1 Définition

■ Il y a externalité lorsque l'activité d'un agent a des effets induits :

– défavorables pour d'autres agents, sans que celui à l'origine de l'externalité soit sanctionné : externalité négative ;

– favorables pour d'autres agents, sans que celui à l'origine de l'externalité soit récompensé : externalité positive.

Externalité

Fait que l'activité d'un agent économique affecte (négativement ou positivement) le bien-être d'un autre agent économique sans qu'aucun des deux paye ou reçoive une compensation en retour.

Notes

2 Les externalités négatives

Exemple	Production ou consommation causant une dégradation de l'environnement (rejets polluants, épuisement des ressources naturelles, etc.).	
Raison de la défaillance	Les agents ne sont pas incités à être plus vertueux car le marché ne les sanctionne pas.	
Correction de la défaillance	Interdiction ou limitation de ces externalités par des règlementations publiques, l'introduction de normes. ***Ex.* :** interdiction de la production d'amiante.	• Principe du pollueur-payeur : faire supporter un coût au pollueur pour l'inciter à limiter les atteintes à l'environnement. ***Ex.* :** fiscalité verte ou écotaxe. • Logique de bonus-malus pour récompenser les agents les plus vertueux. ***Ex.* :** dans le secteur automobile.

■ La création d'un marché des droits à polluer a mis en place le principe du pollueur-payeur (**écotaxe**) relatif aux émissions de CO_2 à l'échelle mondiale :

– celui qui pollue excessivement doit racheter des droits à polluer ;

– celui qui pollue moins que les quotas qui lui sont accordés peut revendre ses droits à polluer et ainsi être « récompensé ».

Écotaxe

Taxe qui repose sur le principe « pollueur-payeur » appliqué aux activités entraînant des dommages sur l'environnement, pour contribuer à les limiter, à en atténuer ou à en réparer certains effets.

Notes

■ Toutes les externalités négatives ne sont pas pour autant monétisables sur un marché du fait de la multiplicité des agents concernés : la pollution résulte des activités de production mais aussi de l'activité quotidienne de l'ensemble des agents économiques.

3 Les externalités positives

Exemples	• **La R&D** : les nouvelles connaissances produites vont pouvoir inspirer d'autres entreprises. • **La formation** : une main-d'œuvre mieux formée par une entreprise entraînera des gains profitables pour d'autres agents.
Raison de la défaillance	Si les agents à l'origine des externalités positives ne sont pas récompensés, cela favorise des comportements opportunistes dits de « **passager clandestin** » : – des entreprises peuvent attendre que d'autres engagent des dépenses en R&D pour les copier ou s'inspirer de leurs innovations ; – des entreprises peuvent débaucher des employés formés ailleurs.
Corrections de la défaillance	• Clauses contractuelles qui protègent l'agent à l'origine de l'externalité. *Ex.* : clauses de dédit formation éliminant le risque de débauchage. • Droit des brevets : protège celui qui innove et constitue ainsi une incitation à la R&D ; • Mécanismes incitatifs de l'État (subventions ou crédits d'impôt) ou en produisant lui-même les activités sources d'externalités positives. *Ex.* : enseignement et recherche publics.

4 Mondialisation et externalités

■ Dans une économie mondialisée, la prise en compte des externalités se révèle plus complexe.

■ Certains États peuvent adopter un comportement de « passager clandestin » pour protéger leurs entreprises.

Ex. : La sortie des États-Unis des accords de Paris.
La taxe carbone variable selon les pays.

À retenir !

- Les externalités liées aux effets induits de l'activité des agents économiques peuvent être négatives ou positives.
- Le marché (mais aussi les pouvoirs publics) cherche à mieux évaluer ces externalités pour mesurer l'impact de l'activité d'une entreprise sur son environnement.

Le rôle des banques et du marché financier

Fiche 5

CEJM

Le **système financier** regroupe les organismes qui permettent le financement des agents économiques. Les **banques** en sont un acteur incontournable, mais le **marché financier** (ou **marché des capitaux**) est aussi devenu prépondérant en matière de financement.

1 Le rôle du système financier

■ Le système financier a pour fonction première de collecter l'épargne des agents à capacité de financement (ménages, entreprises) afin de financer les agents à besoin de financement (ménages, entreprises, administrations publiques) pour qu'ils puissent investir, consommer, etc.

Notes

2 Finance indirecte et finance directe

■ On distingue deux types de financement : le financement direct et le financement indirect.

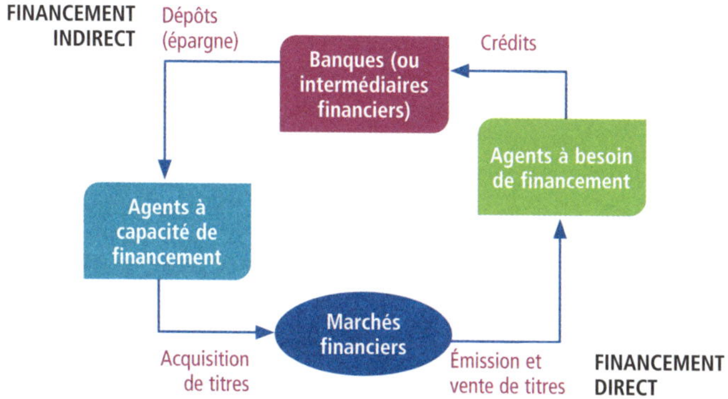

A. Le financement indirect

■ Le financement indirect est également appelé financement intermédié. Les banques (ou établissements de crédit) font office d'intermédiaire entre les agents à besoin et ceux à capacité de financement.

■ Les banques collectent l'épargne des agents *via* des dépôts et livrets dont elles se servent pour accorder des crédits aux agents ayant des besoins de financement. Elles réalisent une marge en

Notes

pratiquant des taux d'intérêt sur les crédits supérieurs aux taux qui rémunèrent les dépôts.

■ Le financement intermédié reste indispensable pour certains agents qui ont des difficultés à se financer directement sur les marchés financiers (jeunes entreprises, PME).

B. Le financement direct

■ Le financement direct est devenu prépondérant : les grandes entreprises se financent aujourd'hui presque exclusivement *via* les marchés financiers. Ce phénomène est qualifié de désintermédiation.

■ Le financement direct (ou désintermédié) permet la rencontre directe de l'offre et de la demande de capital sur le marché financier.

■ Selon les titres ou actifs financiers échangés, on distingue habituellement deux grands marchés :

– le marché monétaire utilisé par les entreprises, les États et, en particulier, les banques ; les durées d'emprunt et de prêt sont courtes ;

– le marché financier où les agents économiques émettent des **actions** ou des **obligations** ; il concerne les financements de moyen et long termes.

> **Action**
> Titre de propriété délivré par une société de capitaux. Elle confère à son détenteur la propriété d'une partie du capital, avec les droits qui y sont associés.

■ Le financement direct est devenu prépondérant au sein des économies développées. Il concerne principalement pour les entreprises :

– le marché obligataire où les entreprises émettent et vendent des obligations en contrepartie d'un remboursement futur et du paiement d'un intérêt pour le détenteur de l'obligation (assimilable à un emprunt morcelé) ;

> **Obligation**
> Titre de créance négociable, émis par une société privée, un établissement public, une collectivité locale ou l'État, en contrepartie d'un emprunt.

– le marché des actions où les entreprises augmentent leur capital en vendant des actions. Les détenteurs d'actions disposent alors d'un droit sur les bénéfices (dividendes) et espèrent une plus-value lors de la revente des actions acquises.

À retenir !

■ Le système financier permet le financement des agents économiques. Les banques y jouent un rôle important (financement indirect) mais le marché financier (financement direct) constitue une alternative de plus en plus utilisée par les agents économiques.

Le contrat et sa formation

Fiche 6

CEJM

Le droit défend les principes de l'autonomie de la volonté, du consentement libre, du respect de la parole donnée et de la loyauté entre les personnes. Le contrat est formé lorsque l'offre rencontre une acceptation. En principe, un contrat peut être conclu oralement, c'est le **principe du consensualisme**.

1 Les principes généraux du contrat

A. La liberté contractuelle selon l'*article 1102 du Code civil*

Les principes	Les limites légales
Liberté de contracter *(s'engager ou ne pas s'engager)*	La loi interdit de conclure certains contrats. À l'inverse, certains contrats sont obligatoires.
Libre choix du cocontractant *(choisir avec qui on veut conclure un contrat)*	Le libre choix est pertinent dans les contrats dits *intuitu personae*. Mais le libre choix ne doit pas constituer une discrimination.
Libre détermination du contenu du contrat *(fixer ses propres clauses)*	Le contrat doit respecter l'intérêt général, l'ordre public et les bonnes mœurs.

B. La force obligatoire des contrats

■ L'*article 1103 du Code civil* consacre le principe d'irrévocabilité du contrat : il ne peut être rompu que sous certaines formes ou conditions (**ex. :** le respect d'un délai de préavis dans les contrats à durée indéterminée).

C. La bonne foi

■ Selon l'*article 1104 du Code civil*, « Les contrats doivent être négociés, formés et exécutés de bonne foi ».

■ En droit des contrats, ce principe implique une loyauté entre les cocontractants.

2 La formation du contrat

A. L'exception du formalisme dans les contrats

■ Deux atténuations peuvent être apportées au principe du consensualisme.

– Le formalisme *ad probationem* : le contractant a intérêt à se constituer une trace écrite ou électronique afin de disposer d'une preuve en cas de litige.

– Le formalisme *ad validitatem* : lorsque le contrat met en jeu des sommes importantes, la loi impose la rédaction d'un écrit pour le rendre valable.

Notes

Notes

Ex. : Demander un ticket de caisse lors de l'acquisition de vêtements est un formalisme afin de se constituer une preuve d'achat pour éventuellement échanger le bien. En revanche, l'obligation de passer chez le notaire pour acheter ou vendre une maison constitue un formalisme conditionnant la validité du contrat de vente.

B. Les conditions de validité de la formation du contrat

■ **Le consentement ne doit pas être vicié.**

– Le consentement des parties se forme par la rencontre entre une offre ferme et précise et une acceptation. L'acceptant adhère pleinement à l'offre. S'il la modifie, il fait une contre-offre qui est une invitation à rentrer en pourparlers.

– La rencontre de l'offre et de l'acceptation fonctionne également avec les personnes morales via leur représentant légal.

– L'*article 1130 du Code civil* identifie trois vices du consentement :

Erreur	Croyance fausse portant sur un des termes du contrat.	L'erreur porte sur la personne ou sur le bien mais pas sur le prix.
Dol	Fait d'obtenir le consentement de l'autre par des manœuvres trompeuses.	La rétention volontaire d'information ou le silence peuvent être considérés comme un dol.
Violence	Lorsqu'une partie s'engage sous une contrainte.	La violence peut être physique ou morale ; elle doit être illégitime pour être sanctionnée.

■ **Les parties doivent être capables juridiquement.**

– Les parties doivent être des personnes physiques majeures ou mineures émancipées ou une personne physique représentant légalement une personne morale. Les mineurs et les majeurs faisant l'objet d'un régime de protection ne peuvent pas conclure de contrats. Leurs représentants légaux en ont la charge (tuteur ou curateur par exemple).

■ **Le contenu du contrat est licite et certain.**

– Le contenu du contrat doit être déterminé ou déterminable, que ce soit sur le prix ou sur le bien ou la prestation de service à fournir.

■ Le contrat entaché d'un vice du consentement, d'une partie incapable ou d'un contenu illicite est nul et entraîne l'anéantissement rétroactif du contrat.

À retenir !

■ Les hommes sont libres de négocier et de s'engager contractuellement. Mais la formation valable d'un contrat suppose la rencontre d'une offre et d'une acceptation exempte de tout vice.

La négociation du contrat

Notes

Une période de négociation et des **avant-contrats** précèdent la signature du contrat définitif. Cette phase préfigure le contenu du contrat qui sera formalisé par des **clauses**.

1 La négociation du contrat

A. Les phases de la négociation

■ Avant de s'entendre, les entreprises doivent prendre le temps de se rencontrer, d'établir un terrain d'accord, de fixer les conditions de leurs relations. Cela passe par :

Les pourparlers	Échanges informels d'intentions. Ils n'engagent pas contractuellement.
Les précontrats	Ou avant-contrats. Ils fixent les conditions du déroulement du processus de négociation et les modalités de rupture. Ils engagent les signataires.
Le contrat définitif	L'engagement lie les parties. Le contrat fixe les conditions de la relation contractuelle.

B. Les obligations durant la négociation

■ Les parties doivent satisfaire aux règles de la bonne foi pendant ces différentes phases, ce qui fait naître une obligation générale d'information : les parties doivent s'échanger les informations déterminantes qui ont un lien direct et nécessaire avec le contenu du contrat ou la qualité des parties.

Remarque

Le devoir d'information est impératif (« d'ordre public ») ; les parties ne peuvent ni le limiter, ni l'exclure.

■ Le principal élément de négociation reste le prix du bien ou du service. C'est pourquoi la loi prévoit que ce devoir d'information ne porte pas sur l'estimation de la valeur de la prestation.

C. La protection en cas d'échec des négociations

■ En cas de faute commise dans les négociations ou de non-respect du devoir d'information, la partie qui s'estime lésée doit apporter la preuve de son préjudice. À charge pour la partie adverse de prouver qu'elle n'a pas commis de faute ou qu'elle a bien fourni cette information.

Comportements pouvant entraîner une sanction

- Abus dans la rupture des pourparlers
- Non-respect d'une clause inscrite dans les avant-contrats
- Absence de remise d'une information déterminante par l'une des parties

Notes

- La loi envisage plusieurs sanctions selon l'importance du comportement constaté :
– le versement de dommages et intérêts par l'auteur de la faute commise ;
– l'annulation du contrat définitif, si la faute a généré un vice.

2 Les clauses contractuelles : le contenu du contrat

A. Clause contractuelle et clause abusive

- Chaque clause contractuelle est rédigée librement par les parties en fonction de leurs besoins respectifs. Les clauses ont également pour but d'anticiper d'éventuelles difficultés. Pour chacune, il convient de respecter un équilibre entre les parties.

- Une clause abusive est une clause qui a pour objet ou pour effet de créer un déséquilibre significatif entre les parties. Elles sont réputées non écrites par le juge.

B. Les différentes clauses contractuelles classiques

Clause	Définition	Remarques
Pénale	Les parties s'engagent à verser une somme forfaitaire fixée à l'avance si l'une d'entre elles ne remplit pas ses obligations.	• Le montant peut être modifié par le juge s'il est excessif ou dérisoire. • Elle est interdite dans certains contrats (de consommation, de prêt).
De renégociation	Les parties prévoient la possibilité de redéfinir les termes du contrat : le prix ou les prestations.	• Clause fréquente notamment dans les contrats à exécution successive. • Les clauses dites de révision, de variation de prix ou d'indexation de prix sont très proches.
Résolutoire	Les parties prévoient que le contrat sera résolu de plein droit si survient un événement décrit.	• Elle dispense le créancier de s'adresser à la justice. Il devra adresser à son débiteur une mise en demeure. • Ne s'applique pas si l'inexécution résulte d'un cas de force majeure.
Limitative de responsabilité	• Clause qui aménage la responsabilité des parties. • Les clauses les plus usuelles fixent à l'avance le montant maximum de dommages et intérêts en cas d'inexécution du contrat.	• Clause valable sous réserve de respecter l'ordre public et des textes spécifiques. • Elle ne peut pas porter sur les obligations essentielles du contrat.
De réserve de propriété	Elle diffère le transfert de propriété d'un bien jusqu'au paiement complet du prix.	Véritable garantie pour le créancier qui peut venir saisir le bien vendu si le prix n'a pas été intégralement payé.

À retenir !

- La liberté contractuelle permet aux parties de définir librement le contenu des clauses contractuelles. Mais ces dernières ne doivent pas être considérées comme abusives, sinon le juge peut les réputer non écrites.

La finalité de l'entreprise

Fiche 8

CEJM

Notes

Comme toutes les organisations, une entreprise se crée et se structure dans un but initial précis, déterminé par l'entrepreneur. Son action interagit avec son environnement et ses résultats doivent s'analyser au regard de la finalité que l'entreprise s'est fixée.

1 Définition

- La finalité d'une entreprise définit les buts principaux que celle-ci cherche à atteindre. La finalité a donc un caractère permanent pour l'entreprise.
- Au-delà des aspects économiques, la finalité de l'entreprise recouvre aujourd'hui des aspects de plus en plus larges.
- Le projet d'entreprise traduit de manière effective la finalité de l'entreprise. Il permet d'exprimer l'identité de l'entreprise et de rassembler ses acteurs autour d'un projet fédérateur et mobilisateur décliné en termes d'objectifs concrets (qualitatifs et quantitatifs).

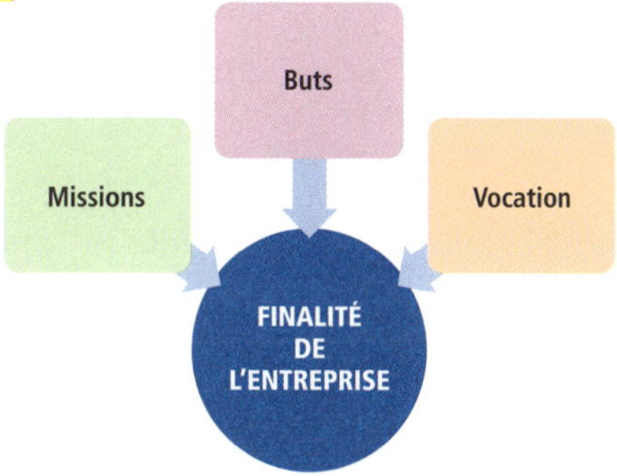

2 La responsabilité sociale de l'entreprise (RSE)

- La responsabilité sociale de l'entreprise se rapporte au concept de développement durable appliqué aux entreprises.
- À l'opposé d'une vision purement économique, la RSE incorpore les aspects sociaux (finalité sociétale), environnementaux (finalité

Remarque

L'économie sociale et solidaire rassemble les entreprises qui cherchent à concilier solidarité, performances économiques et utilité sociale. En 2017, ces entreprises représentaient 10 % du PIB et près de 13 % des emplois privés en France.

Notes

environnementale) de l'action d'une entreprise, ainsi que les préoccupations de ses principales parties prenantes (clients, fournisseurs, etc.). Elle illustre l'impact des actions d'une entreprise au sein de la société dans laquelle elle s'intègre.

■ Une entreprise peut concrétiser ces nouvelles responsabilités :

– en cherchant à limiter l'impact de ses activités sur l'environnement : développement du recyclage, mise en place de processus de production économes en énergie, responsabilisation des fournisseurs sur les aspects éthiques et environnementaux, etc. ;

– en valorisant l'action de ses salariés : valorisation des activités associatives, engagements à soutenir les initiatives individuelles ou collectives, etc. ;

– en s'impliquant pour soutenir des actions au service de la collectivité : mécénats, bourses de recherche, partenariats avec des associations caritatives, etc.

3 Les facteurs qui agissent sur la finalité de l'entreprise

■ La finalité d'une entreprise ne se limite pas à son simple objet social. Elle se construit à partir d'un ensemble de facteurs qui peuvent évoluer dans le temps :

– l'histoire de l'entreprise, ses traditions, ses statuts et sa culture ;

– la personnalité du dirigeant, ses valeurs et aspirations personnelles ;

– les attentes des parties prenantes (salariés, actionnaires, associés, etc.) de l'entreprise ;

– l'environnement commercial (fidélisation de la clientèle) ;

– l'environnement concurrentiel (part de marché et intensité de la concurrence) ;

– les évolutions technologiques, etc.

> **Remarque**
>
> **Peter Drucker** propose de mettre en avant la satisfaction de la clientèle comme finalité pour une entreprise. Cela passe notamment par la valorisation de l'innovation et du marketing.

■ Ces différents facteurs illustrent le fait qu'une entreprise se caractérise de plus en plus en fonction des conséquences de son activité sur son environnement social (emploi, effet sur l'environnement, etc.).

À retenir !

■ La finalité d'une entreprise est déterminée par un ensemble de facteurs mis en cohérence dans une approche globale.

■ L'impact croissant de l'action des entreprises sur la société amène à élargir la notion de finalité pour évaluer leur responsabilité sociale.

Les parties prenantes

Fiche 9

CEJM

Notes

Dans une entreprise, le pouvoir de décision ne saurait se limiter à la volonté d'un seul individu. La prise de décision s'opère avec les motivations des différentes parties prenantes impliquées dans l'entreprise.

1 Les principales parties prenantes

■ Les parties prenantes ne se limitent pas aux acteurs internes à l'entreprise mais doivent s'analyser aussi en prenant en compte les acteurs externes qui influent sur les prises de décision de l'entreprise.

Typologie des parties prenantes	Composantes
Internes	Propriétaires, dirigeants et managers, salariés.
Externes	Ensemble des groupes liés à l'entreprise (actionnaires, clients, fournisseurs, distributeurs, concurrents, médias, etc.).
Primaires	Liées contractuellement à l'entreprise et qui contribuent à son activité quotidienne : actionnaires, clients, salariés et fournisseurs.
Secondaires	Ne contribuent pas directement au fonctionnement de l'entreprise : consommateurs, groupes de pression, concurrents, médias, etc.

■ Les principales parties prenantes sont :

– les salariés, qui apportent leur force de travail, et recherchent une meilleure rémunération et une amélioration de leurs conditions de travail ;

– les actionnaires, qui fournissent des capitaux, et souhaitent obtenir des dividendes élevés ;

– les banques, qui fournissent également des capitaux, et souhaitent le remboursement des prêts contractés et le versement d'intérêts ;

– les fournisseurs, qui alimentent l'entreprise (matières premières, consommations intermédiaires, etc.), et veulent une juste rémunération de leurs produits et services ;

– les clients, qui contribuent au chiffre d'affaires, et souhaitent une baisse du prix des produits ou une amélioration des services rendus.

Notes

2 Les modèles de gouvernance

Gouvernance d'entreprise

Ensemble de règles qu'une entreprise décide d'adopter pour équilibrer les pouvoirs au sein de sa direction, de son management et, plus généralement, entre toutes les parties prenantes.

■ Le type de prise en compte des parties prenantes influence directement le modèle de **gouvernance** que va adopter une entreprise.

■ À partir d'une approche purement financière, ce modèle de gouvernance évolue sensiblement pour mieux appréhender le rôle social de l'entreprise et son impact global sur la société dans laquelle elle évolue.

Modèle actionnarial *(shareholder)*	Modèle partenarial *(stakeholder)*
• Privilégie la relation dirigeant/actionnaire. • Objectif de maximisation au profit des actionnaires. • Dirigeant soumis au contrôle des actionnaires.	• Cherche à prendre en compte et à défendre l'intérêt de l'ensemble des parties prenantes. • Management qui prend en compte la notion de responsabilité sociétale.

3 Les approches théoriques

■ Richard Cyert et James G. March analysent l'entreprise comme une organisation constituée de groupes d'individus aux aspirations contradictoires : approche conflictuelle fondée sur les intérêts divergents des parties prenantes.

– Le manager cherche à répondre à des objectifs parfois divergents selon un processus de décision privilégiant le meilleur compromis possible entre les parties prenantes, parfois au détriment du choix de la solution la plus optimale pour l'entreprise.

■ Michel Crozier insiste sur la nécessité pour le manager de mettre en place des mécanismes prenant en compte les intérêts individuels divergents au sein d'une entreprise, pour élaborer une dynamique collective positive et favoriser le bon fonctionnement de l'entreprise.

Ex. : On oppose souvent les attentes des actionnaires (recherche d'un dividende/profit maximum) aux aspirations des salariés (attentes d'augmentations salariales).

À retenir !

■ La prise en compte de la motivation des différentes parties prenantes impliquées dans l'entreprise est un facteur essentiel pour comprendre le modèle de gouvernance qui sera adopté. Le manager doit être en mesure d'identifier les intérêts divergents de ces parties prenantes et de mettre en place les mécanismes qui permettent d'aboutir à une dynamique collective positive.

Logiques entrepreneuriale et managériale

L'entrepreneur est l'acteur central de l'action collective engagée par l'entreprise. Sa démarche peut relever d'une logique managériale ou entrepreneuriale qu'il faut définir pour comprendre les motivations qui le guident.

Notes

1 Définitions

A. Le processus entrepreneurial

■ Le processus entrepreneurial ne se limite pas à identifier une opportunité.

■ Sa mise en œuvre et le respect d'un certain nombre d'étapes sont indispensables pour assurer la réalisation du projet et garantir au mieux sa pérennité.

Les étapes du processus entrepreneurial

- étape 1 : Idée ou opportunité
- étape 2 : Formalisation du projet
- étape 3 : Étude de faisabilité
- étape 4 : Définition des moyens
- étape 5 : *Business plan*
- étape 6 : Choix de la structure
- étape 7 : Lancement de l'activité
- étape 8 : Choix stratégiques

B. La logique entrepreneuriale

■ La logique entrepreneuriale est une logique d'entreprise qui articule quatre composantes entre elles :
- l'opportunité d'affaires ;
- l'innovation ;
- la création d'une organisation ;
- la création de valeur.

■ L'entrepreneur est donc tout à la fois un innovateur, un manager et un leader.

Remarque

Pour **Joseph Schumpeter**, l'entrepreneur est un agent économique dont la fonction est d'exécuter de nouvelles combinaisons productives ; c'est avant tout un innovateur qui a le goût de la prise de risque.

Notes

C. La logique managériale

■ La logique managériale est une logique d'entreprise caractérisée par la recherche de performance à travers l'optimisation des ressources exploitées pour atteindre les objectifs fixés.

■ On la retrouve essentiellement dans les entreprises où le manager n'est pas le propriétaire de l'entreprise. En tant que salarié, le manager se voit fixer des objectifs par les propriétaires de l'entreprise (les actionnaires).

2 Comparaison des deux logiques

	Entrepreneur	Manager
Gestion des risques	L'entrepreneur investit ses capitaux personnels et assume les risques de l'exploitation.	Le manager n'engage pas ses propres ressources. Il assume une responsabilité vis-à-vis du budget qui lui est accordé et des objectifs qu'il doit atteindre.
Recrutement	L'entrepreneur recrute ses collaborateurs.	Le manager partage le pouvoir décisionnaire ou confie le recrutement à un collaborateur.
Définition et mise en œuvre de la stratégie	L'entrepreneur définit la stratégie et les moyens nécessaires à sa réalisation.	Le manager participe à la définition de la stratégie mais doit surtout s'assurer de sa mise en œuvre et de l'utilisation des ressources qui y sont affectées.
Innovation	L'entrepreneur est un créateur, un innovateur en termes de produit, de procédé, de forme d'organisation du travail, etc.	Le manager cherche à créer de la valeur et donc à intégrer l'innovation pour améliorer l'efficacité de l'entreprise et assurer sa pérennité face à la concurrence.

■ L'entrepreneur se distingue donc plutôt par son côté créatif, audacieux et son goût pour les initiatives tandis que le manager mettra sa rationalité, sa capacité de gestion et de contrôle au service de l'entreprise.

À retenir !

■ Les logiques entrepreneuriale et managériale étant de plus en plus mêlées dans les entreprises, la notion d'**entrepreneur-manager** (intrapreneur) cherche à faire la synthèse des deux approches et permet aux entreprises de favoriser la prise de risque et l'innovation des collaborateurs en recherchant à la fois la performance et le développement de l'entreprise.

Les indicateurs de performance

Fiche 11

CEJM

Notes

Une entreprise est reconnue **performante** lorsqu'elle réalise les résultats et objectifs fixés compte tenu des moyens mis en œuvre pour y parvenir.

1 La mesure de la performance d'une entreprise

■ La notion de performance implique une dimension interne à l'entreprise (rentabilité, productivité, etc.) ainsi qu'une dimension externe (implication sociétale de l'entreprise, prise en compte des attentes des clients, des fournisseurs, des actionnaires, etc.).

■ La performance, souvent associée à des critères quantitatifs (résultats financiers), se mesure de plus en plus à partir de critères qualitatifs (climat social, degré de satisfaction de la clientèle, etc.).

Les différents critères d'évaluation de la performance

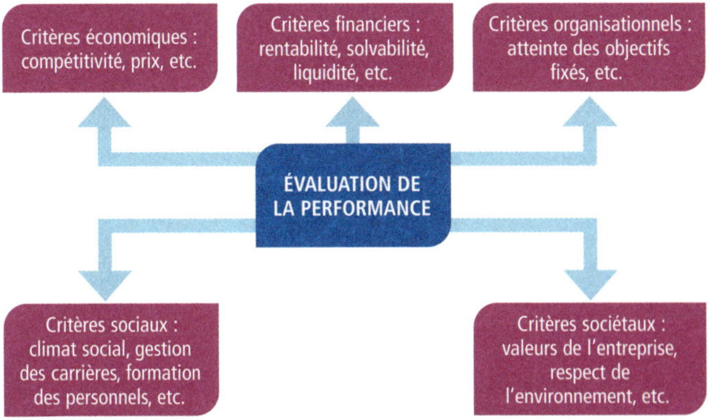

■ La mesure de la performance d'une entreprise doit :

– concilier des éléments quantitatifs et qualitatifs : l'atteinte d'un objectif de production doit se faire dans le respect de normes de qualité ;

– allier des objectifs à court et à long termes ;

– rechercher une performance collective basée sur le développement individuel de chaque membre de l'entreprise ;

– favoriser la stabilité de l'entreprise tout en la rendant apte au changement ;

Notes

– cibler une performance globale qui s'appuie sur une **efficacité** à chaque étape du processus productif ;

– assurer une unité de pilotage de l'entreprise tout en responsabilisant les acteurs (délégation du pouvoir de décision).

Efficacité et efficience

- **Efficacité :** capacité à obtenir le résultat souhaité ou attendu, à atteindre l'objectif qui a été fixé.
- **Efficience :** capacité à parvenir à un maximum de résultat avec un minimum de ressources.

Une action peut être efficace, mais pas efficiente si elle utilise des moyens disproportionnés.

2 Le tableau de bord : un outil au service du manager

■ Le tableau de bord prospectif permet d'orienter les décisions du manager. Avec cet outil d'évaluation, on passe du management stratégique au management opérationnel en rendant plus lisible la stratégie de l'entreprise. Le tableau de bord permet également d'équilibrer la répartition des critères de performance entre les acteurs.

■ Parmi les principaux critères utilisés pour concevoir un tableau de bord, on peut citer le chiffre d'affaires, le taux de marge, les délais de paiement client et fournisseur, le nombre de nouveaux clients, le taux d'absentéisme, le *turnover* des salariés, les flux de trésorerie ou la rotation des stocks.

■ Pour être pertinent, un indicateur doit être adapté, simple, précis, applicable et constant.

Un exemple de tableau de bord : le modèle de Norton et Kaplan

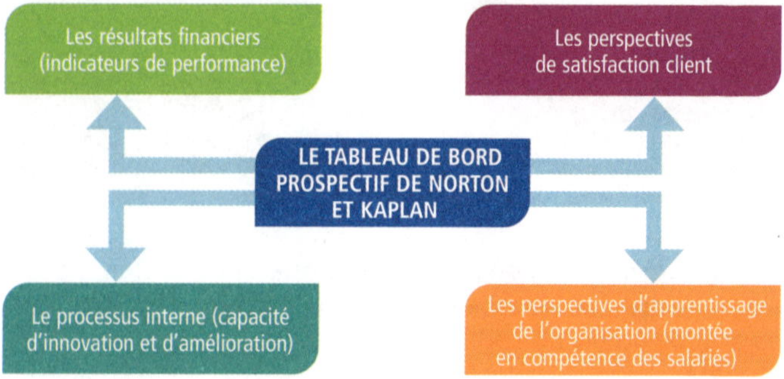

À retenir !

■ La notion de performance est une notion essentielle pour évaluer la pérennité d'une entreprise. Sa mesure, à la fois quantitative et qualitative, implique la mise en place d'un tableau de bord partagé entre le manager et les salariés.

Le rôle de l'État

Fiche 12

CEJM

Notes

Le poids de l'État est très différent d'un pays à l'autre. Néanmoins, quelle que soit sa place dans une économie de marché, l'État assume **trois grandes fonctions** selon **Richard Musgrave** : **allocation, redistribution** et **régulation**.

1 La fonction d'allocation

■ L'État met en place le cadre juridique et institutionnel indispensable au bon fonctionnement du marché : droit de la propriété, des contrats, de la concurrence, etc.

Richard Musgrave

Richard Abel Musgrave (1910-2007) était un économiste américain d'origine allemande, connu pour avoir appliqué l'approche microéconomique afin de comprendre le fonctionnement de l'État.

Ex. : L'absence de droit des contrats pénaliserait sans doute l'activité économique : les travailleurs pourraient craindre de ne pas être rémunérés par l'employeur.

■ Lorsque le marché est défaillant, l'État cherche à y remédier :

– en mettant en place les corrections nécessaires ;

Ex. : La fiscalité peut être un levier d'action pour freiner la pollution ; l'instauration des brevets est une incitation à la recherche et développement et à l'innovation.

– en se substituant au marché et en étant lui-même producteur de services non marchands.

Ex. : éducation nationale, défense nationale, etc.

2 La fonction de redistribution

■ L'État intervient pour corriger une répartition trop inégalitaire des richesses et des revenus.

■ Les inégalités de revenus concernent prioritairement les citoyens qui ne perçoivent aucun revenu de l'activité de production (retraités, demandeurs d'emplois, inactifs, etc.).

■ Son action passe par le versement de prestations ou la prise en charge de dépenses (soins médicaux) financées par des prélèvements obligatoires (impôts, taxes, cotisations) :

– la redistribution peut être verticale : les prélèvements s'opèrent sur les plus aisés en faveur des plus démunis ;

– la redistribution est horizontale lorsqu'elle couvre les risques sociaux (maladie, maternité, etc.) indépendamment des revenus.

Notes

3 La fonction de régulation (ou stabilisation)

■ La politique de régulation consiste à agir à court terme sur les fluctuations économiques. Selon **Nicholas Kaldor**, la situation économique d'un pays peut être envisagée à partir de quatre critères : la croissance de l'activité économique, l'évolution du niveau général des prix, l'équilibre extérieur de la balance commerciale et la situation du marché du travail. La recherche d'équilibre passe par une attention à chacun des critères pour former un « carré magique ».

Nicholas Kaldor

Nicholas Kaldor (1908-1986) était un économiste britannique, connu pour avoir travaillé sur les cycles économiques. Il justifie ainsi l'intervention de l'État dans l'économie pour en réguler l'activité.

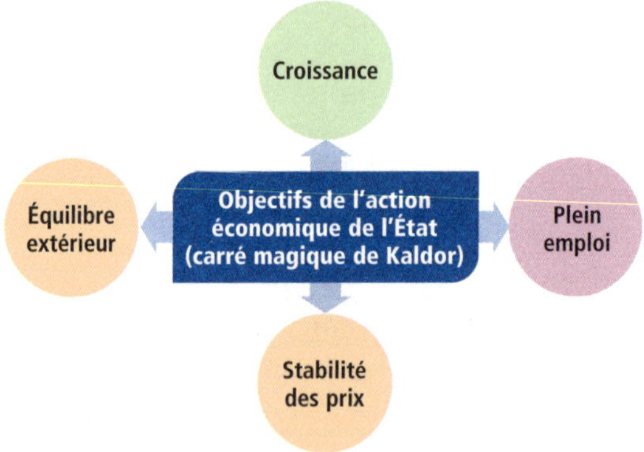

■ Il n'est en pratique pas possible de poursuivre simultanément ces quatre objectifs qui peuvent s'opposer (d'où le qualificatif de « magique »). Ainsi, privilégier la croissance repose sur une demande dynamique qui favorise un dérapage inflationniste, à l'encontre de l'objectif de stabilité des prix.

■ En matière de politique économique, l'État s'appuie sur deux leviers principaux :

– la politique budgétaire : l'État cherche à influer sur l'activité économique *via* ses dépenses et ses mesures fiscales ;

– la politique monétaire : l'État (la BCE pour les pays membres de l'UEM) cherche à influer sur l'activité économique *via* ses émissions de monnaie et son action sur les taux d'intérêt.

À retenir !

- L'État est un agent particulier qui exerce les fonctions d'allocation, de redistribution et de régulation.
- Son action répond à un besoin de justice sociale, de production de services non marchands et de stabilisation de l'activité économique.

La croissance économique

Fiche 13

CEJM

Pour évaluer l'activité économique d'un pays, il est nécessaire de définir des indicateurs permettant de mesurer la croissance économique. Au-delà d'une évaluation purement quantitative (PIB ou **PNB**), des approches plus contemporaines s'interrogent sur les aspects qualitatifs du développement économique.

1 Mesure et portée de la croissance économique

- La croissance économique est mesurée par le taux de variation du PIB (produit intérieur brut) d'un pays. Ce dernier peut s'envisager selon trois perspectives :

Optique production	Le PIB correspond aux richesses produites sur le territoire national. Il est égal à la somme des valeurs ajoutées (VA) produites par les agents. VA = Production – Consommations Intermédiaires
Optique demande	• Le PIB correspond à l'ensemble des éléments constitutifs de la demande globale. PIB = Consommation + Investissement + (Exportations – Importations) • Le PIB reflète les débouchés des entreprises : la demande interne (consommation et investissement) et la demande externe (exportations). Une partie de ces débouchés est toutefois captée par des entreprises étrangères (importations).
Optique revenu	Le PIB correspond à l'ensemble des revenus versés aux agents économiques résidents. Ainsi, le PIB par habitant (PIB/population) est un indicateur de revenu moyen.

- La croissance est un objectif majeur de la politique économique car elle conditionne l'augmentation du niveau de vie des individus.

- Pour qu'il y ait une croissance économique, il faut que le PIB/habitant augmente (PIB qui progresse plus rapidement que la population).

Produit national brut (PNB)

À la différence du PIB, le produit national brut (PNB) est un indicateur économique qui mesure la richesse produite au cours d'une année par l'ensemble des agents nationaux (qu'ils résident sur le territoire national ou à l'étranger).

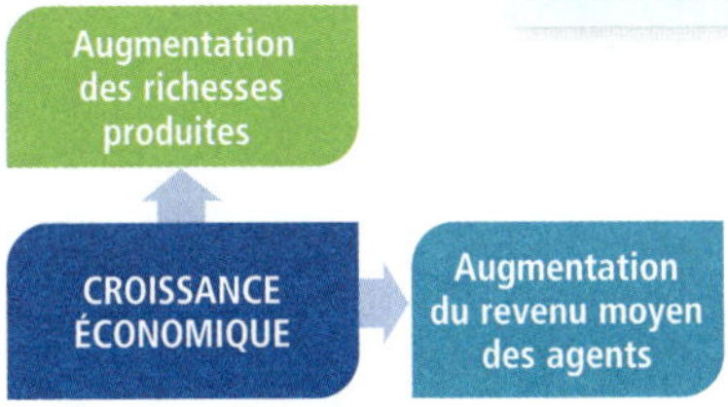

Notes

Notes

2 Les limites de la croissance

- La croissance n'est pas toujours synonyme de progrès :

– le progrès et le bien-être ne peuvent se résumer à des aspects exclusivement monétaires ;

– le PIB ne mesure pas parfaitement les richesses produites (non prise en compte des activités bénévoles, sous-estimation des productions non marchandes, etc.) ;

– la croissance peut s'accompagner d'effets indésirables tels que la pollution (externalité négative) ;

– la croissance peut aller de pair avec un creusement des inégalités.

- Les pouvoirs publics s'attachent donc aujourd'hui à des objectifs plus larges que la simple croissance. La volonté de promouvoir un développement durable en est un exemple. Ce dernier correspond à un « développement qui répond aux besoins du présent sans compromettre la capacité des générations futures de répondre aux leurs » (rapport Brundtland, 1987). En d'autres termes, le développement durable vise à concilier la croissance et une répartition équitable des richesses ainsi que la préservation de l'environnement.

- D'autres indicateurs que le PIB ont ainsi été élaborés afin de « mieux » mesurer la notion de progrès :

– l'IDH (indicateur de développement humain) est un outil de mesure qui ne néglige pas totalement le PIB (prise en compte du revenu national brut par habitant) mais qui intègre également l'espérance de vie et l'accès aux études ;

Extrait du classement des États du monde selon l'IDH (en 2018)

Rang	État	IDH	PIB/habitant en $ US (rang)
1	Norvège	0,953	79 733 (4)
2	Suisse	0,944	82 412 (3)
3	Australie	0,939	55 421 (11)
...			
13	États-Unis	0,924	64 767 (9)
24	France	0,901	42 473 (21)

– l'empreinte écologique est un indicateur qui évalue la pression exercée par les êtres humains sur les ressources naturelles.

À retenir !

- L'évolution de l'activité économique est un indicateur important permettant d'évaluer la richesse et donc le bien-être d'un pays et de ses habitants. Sa mesure passe par l'élaboration d'indicateurs quantitatifs (PIB) mais aussi qualitatifs (IDH).

L'existence de déséquilibres

Fiche 14

CEJM

Les fluctuations de l'activité économique génèrent des déséquilibres sur les marchés. Ces déséquilibres peuvent se traduire par des variations des prix (**inflation** ou **déflation**) et par le développement du **chômage** sur le marché du travail.

1 L'inflation et la déflation

A. Les effets de l'inflation et de la déflation

■ Une inflation trop forte est nuisible pour l'économie :

– elle réduit le pouvoir d'achat des individus (hausse du coût de la vie) ;

– elle crée de l'incertitude sur les recettes et les coûts futurs des entreprises (les coûts d'achat vont-ils progresser plus vite que les prix de vente ?), ce qui peut paralyser l'activité économique.

Inflation et déflation

• **Inflation :** élévation généralisée et soutenue des prix.

• **Déflation :** baisse généralisée des prix (ou inflation négative).

■ La déflation peut toutefois s'avérer pire qu'une inflation forte car elle est un symptôme de crise particulièrement grave : la baisse généralisée des prix conduit les entreprises à réduire leurs coûts (notamment salariaux) fragilisant ainsi la demande et les débouchés, ce qui a pour effet d'entretenir la crise (spirale déflationniste).

■ C'est pourquoi les pouvoirs publics visent une relative stabilité des prix (objectif d'une inflation positive de moins de 2 % au sein de l'UEM).

Ex. : En 2018, l'inflation a atteint un niveau record en France depuis 6 ans, même si elle a ralenti à 1,6 % sur un an en décembre du fait de la baisse des cours du pétrole.

B. Les multiples causes de l'inflation

Inflation par la demande	Une forte demande incite les entreprises à augmenter leurs prix. Une croissance forte peut ainsi s'accompagner d'une dérive inflationniste.
Inflation monétaire	L'inflation est causée par un excès de création monétaire (crédit bancaire notamment).
Inflation par les coûts	La hausse des coûts conduit les entreprises à augmenter leurs prix pour maintenir leurs marges.

Notes

Notes

2 Le chômage

A. Définition

■ Selon le BIT (Bureau international du travail) est chômeur toute personne en âge de travailler, sans emploi, disponible dans les 15 jours et à la recherche active d'un emploi.

■ En France, la mesure du chômage comprend différentes catégories de chômeurs. Le taux de chômage peut donc différer de celui du BIT. La mesure la plus courante s'appuie sur le nombre de demandeurs d'emplois en fin de mois (Pôle emploi).

B. Les effets du chômage

■ Outre la perte de revenu dont souffrent les chômeurs, le chômage fragilise le potentiel de croissance d'une économie (facteur travail disponible mais non utilisé) et les débouchés pour les entreprises.

C. Les multiples causes du chômage

■ Parmi les causes principales du chômage, on peut notamment citer :

– la faiblesse de la croissance et de l'activité des entreprises ;

– le manque de flexibilité du marché du travail (freine l'embauche des entreprises quand la conjoncture est favorable de peur d'avoir à licencier ultérieurement) ;

– le problème de formation (inadéquation avec les besoins des entreprises) ;

– le coût du facteur travail comparé au coût du facteur capital.

D. Chômage conjoncturel et chômage structurel

■ Le chômage conjoncturel est directement lié aux variations de l'activité économique : en phase de croissance économique, les offres d'emploi augmentent, ce qui fait baisser le taux de chômage.

■ Le chômage structurel ne dépend pas du niveau de l'activité économique mais du déséquilibre entre les compétences recherchées par les entreprises et celles des demandeurs d'emploi.

À retenir !

■ Les pouvoirs publics cherchent à agir pour prévenir ou corriger les déséquilibres qui nuisent à l'activité économique, en luttant contre l'inflation (ou la déflation) et le chômage. Cela suppose d'en comprendre les causes (parfois multiples) afin d'y apporter les réponses adéquates.

Les politiques économiques : finalités et leviers d'action

Fiche 15

CEJM

L'intervention de l'État dans la sphère économique se fait par le biais de **politiques économiques** qui dépendent d'objectifs (**finalités**) qui varient dans le temps et qui s'appuient sur différents **leviers d'action**.

1 Les objectifs des politiques économiques

■ L'économiste Nicholas Kaldor a identifié quatre objectifs principaux pour les politiques économiques : la croissance économique, le plein emploi, la stabilité des prix et l'équilibre extérieur.

■ On parle à ce sujet d'un « carré magique » pour signifier qu'il n'est pas possible de poursuivre simultanément ces quatre objectifs. Ainsi, par exemple :

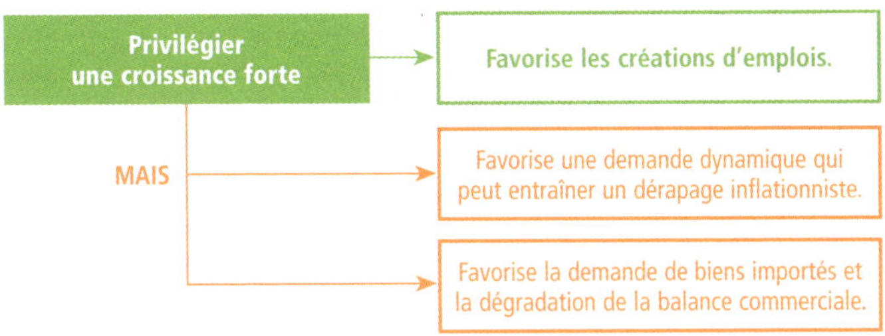

■ Les pouvoirs publics doivent donc constamment effectuer des arbitrages et privilégier certains objectifs au détriment d'autres selon le contexte et les déséquilibres observés.

2 Les principaux leviers de la politique économique

A. La politique budgétaire

■ La politique budgétaire (et fiscale) consiste à agir sur les dépenses et recettes publiques.

■ Une politique budgétaire expansionniste (ou de relance) consiste à augmenter les dépenses publiques et/ou alléger la fiscalité :

– pour augmenter les revenus des agents (embauche de fonctionnaires, baisses d'impôts) ;

– pour accroître les débouchés des entreprises (consommation, investissement) ;

– pour accélérer la croissance économique.

Notes

Notes

- À l'inverse, une politique budgétaire visant à rétablir l'équilibre budgétaire en réduisant les dépenses et/ou en alourdissant la fiscalité sera qualifiée de politique de rigueur ou d'austérité.

B. La politique monétaire

- La politique monétaire consiste principalement à agir sur les taux d'intérêt et la quantité de monnaie dans l'économie (*via* le crédit bancaire).

- Une politique monétaire restrictive (ou de rigueur ou d'austérité) consiste principalement à augmenter les taux d'intérêt :
  - elle renchérit le coût du crédit bancaire ;
  - elle freine la création monétaire et la demande ;
  - elle réduit le risque inflationniste.

- À l'inverse, une politique monétaire visant à faire baisser les taux d'intérêt sera qualifiée de politique monétaire expansionniste (ou de relance).

C. Les autres leviers

- La politique économique s'appuie aussi sur ce qui relève de la fonction d'allocation de l'État, notamment son pouvoir réglementaire : définir le niveau du SMIC, des cotisations, faire évoluer le droit du travail, élever le niveau de formation des individus, etc.

- La politique économique de l'État peut également être plus ciblée avec, par exemple, la mise en place :
  - d'une politique industrielle : soutien public ciblé à certaines branches professionnelles ;
  - d'une politique de change : **dévaluation** de la monnaie nationale pour favoriser la compétitivité des entreprises nationales ;
  - d'une politique commerciale : instauration de taxes sur les importations pour protéger l'industrie nationale ;
  - etc.

Dévaluation compétitive
Opération consistant pour un pays à abaisser le taux de change de sa monnaie afin d'accroître ses exportations et de diminuer ses importations.

Ex. : En 2018 et 2019, les États-Unis ont instauré des taxes sur les importations de produits chinois pour protéger leur industrie.

À retenir !

- Les politiques budgétaires et monétaires constituent les principaux leviers d'action à la disposition d'un État pour agir dans la sphère économique. Des politiques spécifiques permettent de mener une action plus sectorielle ou répondant à un objectif ciblé.

Les politiques conjoncturelles et structurelles

L'État intervient dans la sphère économique soit pour agir sur le niveau global de l'activité économique à court terme, soit pour améliorer à long terme l'environnement économique des entreprises. On distingue alors les politiques conjoncturelles des politiques structurelles.

1 Les politiques conjoncturelles

■ Les politiques conjoncturelles visent à agir sur la demande globale afin de stabiliser la conjoncture économique.

Types de politiques	Politique économique mobilisée	Moyens employés	Objectifs privilégiés
Politiques expansionnistes (ou de relance)	Politique budgétaire	Creusement du déficit budgétaire (↗ dépenses, ↘ impôts) pour stimuler la demande	Croissance et emploi
	Politique monétaire	↘ taux d'intérêt pour stimuler le crédit et la demande	
Politiques de rigueur (ou d'austérité)	Politique budgétaire	Résorption du déficit budgétaire pour freiner la demande	Stabilité des prix et équilibre extérieur
	Politique monétaire	↗ taux d'intérêt pour freiner le crédit et la demande	

■ Les politiques conjoncturelles sont dites « contracycliques » car elles cherchent à corriger les variations de l'activité économique afin de maintenir un rythme de croissance stable à moyen terme. L'État s'appuie principalement sur la politique budgétaire, la politique monétaire reposant sur la banque centrale européenne.

2 Les politiques structurelles

■ Les politiques structurelles sont plus particulièrement centrées sur l'offre. Les actions de l'État visent principalement à mettre en place un contexte favorable à l'activité des entreprises et à favoriser les mécanismes d'un marché concurrentiel ; les effets ne se font donc généralement ressentir qu'à moyen terme, voire à long terme.

Ex. :
- Politiques de formation (élévation du niveau de formation, promotion de la formation continue, etc.).
- Politique de déréglementation du travail (flexibilité horaire, etc.).

Notes

3 Limites et difficultés de l'intervention de l'État

■ Les politiques conjoncturelles et structurelles peuvent être difficiles à concilier.

Politique de baisse des impôts

→ **Sur le plan conjoncturel**
Favorise la demande (consommation, investissement) donc la croissance.

MAIS → **Sur le plan structurel**
Peut conduire l'État à réaliser des économies nuisibles pour la croissance sur le long terme (réduction des dépenses de formation, des investissements dans les infrastructures de transport et de communication).

Ex. : Le projet de budget 2020 présenté par le gouvernement en septembre 2019 prévoit une baisse des impôts de 5 milliards d'euros affectant la majorité des ménages afin de soutenir la consommation et donc l'activité économique.

■ De plus, dans des économies ouvertes, les politiques conjoncturelles peuvent se traduire par une hausse des importations et un creusement du déficit commercial si les entreprises nationales ne peuvent répondre à la hausse de la consommation des ménages (ce qui limite leur impact sur la croissance).

■ L'État fait face à certaines contraintes et difficultés qui réduisent ses marges de manœuvre :

– une légitimité en matière de régulation économique parfois contestée ;

– des marges de manœuvre réduites sur le plan budgétaire : une fiscalité en France considérée comme lourde et une dette publique élevée (environ 100 % du PIB en 2019) ;

– l'obligation de respecter les engagements pris dans le cadre de l'appartenance à l'Union européenne (limitation du déficit public à 3 % du PIB) ;

– une mondialisation qui crée des interdépendances plus fortes entre les pays : une diminution de la croissance chez nos partenaires économiques a un impact direct sur nos exportations et donc sur la croissance de notre économie.

À retenir !

■ Face à un ralentissement de l'activité économique, l'État peut intervenir par le biais de sa politique conjoncturelle. À plus long terme, il cherche à favoriser l'activité des entreprises en mettant en œuvre une politique structurelle.

Les limites de l'intervention de l'État dans une économie internationalisée

Fiche 17

CEJM

L'intervention de l'État dans l'économie est de plus en plus remise en cause du fait de l'interdépendance des économies ou de l'existence de déséquilibres dont la résolution dépasse les frontières nationales.

1 L'ouverture commerciale croissante

A. Une ouverture croissante des économies aux échanges internationaux

■ Le degré d'ouverture des économies (poids des échanges extérieurs dans le PIB) a fortement progressé depuis la Seconde Guerre mondiale : progrès en matière de transports et de communications, rôle de l'**OMC** et réduction des barrières à l'échange telles que les droits de douane.

OMC (Organisation mondiale du commerce)
Organisation internationale, créée en 1944, qui définit des règles régissant le commerce international entre les pays, et dont l'objectif principal est d'accroître les échanges internationaux.

■ Les politiques de relance ont une efficacité moindre : la stimulation de la demande profite en partie à des produits importés ; elle ne dynamise donc pas l'activité des entreprises locales.

B. La mesure de l'ouverture des économies

■ L'ouverture d'une économie peut s'évaluer de différentes manières :

– degré d'ouverture d'une économie : ce taux mesure la part du commerce international dans l'activité économique d'une nation :

Degré d'ouverture = [(importations + exportations) / 2] / PIB × 100

– le taux de couverture : ce taux permet d'évaluer la capacité d'une nation à équilibrer ses échanges avec l'extérieur :

Taux de couverture = (valeur des exportations/valeur des importations) × 100

– le compte des transactions courantes : il permet de mesurer les conséquences de l'ouverture d'une économie sur la richesse globale d'une nation en distinguant les principaux flux financiers selon leurs origines (échanges de biens, de services, transfert de revenus, autres transferts). Le compte des transactions courantes regroupe à la fois :

• les échanges de biens (solde commercial = exportations de marchandises – importations de marchandises) ;

• les échanges de services : tourisme, transports, services bancaires, assurance, etc. ;

Notes

Notes

- les transferts de revenus : ensemble des revenus des facteurs de production implantés à l'étranger (dividendes, intérêts perçus de placements à l'étranger, salaires, etc.) ;
- les transferts courants : transferts sans contrepartie (contribution au budget européen, dons accordés à d'autres États, etc.).

– Un compte des transactions courantes positif signifie qu'une nation s'enrichit globalement.

2 La mobilité internationale des capitaux

■ La plus grande mobilité des capitaux (mouvements financiers internationaux, délocalisations d'activité) crée des interdépendances fortes entre les pays et accentue les problèmes et contraintes suivants :
– les disparités en matière de coût du travail et de fiscalité qui affectent la compétitivité et l'attractivité des pays ;
– la perte d'autonomie des politiques monétaires et des politiques de change ;
– la nécessaire prise en compte du problème du financement des dettes souveraines (émises par un État ou une banque centrale).

3 Les problèmes à appréhender à l'échelle internationale

■ Les règlementations et politiques menées à l'échelle nationale ne suffisent plus face à certains phénomènes (évasion fiscale, puissance des multinationales qui tendent à devenir apatrides) et à certains problèmes qui ne peuvent être traités qu'à l'échelle internationale, parmi lesquels :
– les crises bancaires ou financières d'ampleur mondiale : la mise en place de règles contraignantes pour les organismes financiers, si elles ne concernent qu'un pays, peut entraîner une fuite des capitaux ;
– certains problèmes environnementaux tels que les gaz à effet de serre et le réchauffement climatique.

4 Les perspectives

■ La mondialisation économique rend donc les économies de plus en plus interdépendantes, ce qui réduit l'autonomie et l'efficacité des politiques économiques nationales.

■ Un pays ne peut mener une politique économique propre sans s'interroger au préalable sur son impact en matière de compétitivité, sans envisager de possibles fuites de capitaux qui fragiliseraient le financement de l'activité économique.

à retenir !

■ Le développement du commerce international se traduit par une plus grande interdépendance entre les pays. Ce phénomène de mondialisation limite d'autant l'efficacité des politiques économiques nationales.

Le rôle du droit dans la régulation économique

Fiche 18

CEJM

Notes

Le **droit** fixe les règles du jeu de la concurrence pour les entreprises. Certaines règles sont dites d'ordre public, c'est-à-dire **impératives**, et d'autres sont dites **supplétives**, c'est-à-dire susceptibles de règles contractuelles alternatives.

1 Les caractères de la règle de droit

■ La règle de droit peut imposer, interdire ou permettre.

Ex. : Le droit oblige une entreprise à déclarer ses bénéfices au Trésor public, interdit le vol et permet d'opter pour différents statuts juridiques pour fonctionner (SA, SAS, SARL, etc.).

Droit

Ensemble des règles qui régissent les rapports des hommes entre eux. Il suppose des prérogatives individuelles (les droits subjectifs) que les institutions protègent (le droit objectif).

■ Le législateur et les institutions de l'État au sens large jouent donc un rôle fondamental pour régir les rapports sociaux. Les juges complètent par leur jurisprudence les insuffisances de la loi.

■ Deux institutions jouent un rôle spécifique dans la régulation juridique de l'économie :

– l'autorité de la concurrence pour la France ;

– la Commission européenne pour l'Union européenne.

2 Les règles impératives : l'ordre public

A. L'ordre public et le respect des libertés individuelles

■ L'autonomie de la volonté, la liberté contractuelle et la liberté du commerce et de l'industrie ne sont garanties qu'à condition qu'elles respectent un intérêt général impérieux appelé « ordre public ». La cohésion de l'ensemble prime sur les prérogatives individuelles.

Ex.* : *Article 1102 du Code civil

Chacun est libre de contracter […] **dans les limites fixées par la loi. La liberté contractuelle ne permet pas de déroger aux règles qui intéressent l'ordre public.**

■ La notion d'ordre public fait référence à des règles impératives auxquelles on ne peut pas déroger, par opposition aux règles supplétives où l'individu peut proposer des aménagements selon son bon vouloir.

Notes

B. L'ordre public de direction et l'ordre public de protection

■ Généralement le législateur régule l'activité économique :

– selon l'ordre public de direction : il regroupe l'ensemble des règles qui ont pour vocation de fixer les limites entre ce qui est interdit et ce qui est autorisé ; cet ordre public vise à protéger l'intérêt général et à manifester des choix de société où la liberté est limitée ;

Ex. : L'interdiction de la mise sur le marché des organes humains pour de l'argent.

– selon l'ordre public de protection : il regroupe l'ensemble des règles impératives qui ont pour vocation de protéger les parties faibles (les mineurs, les salariés, les consommateurs).

Ex. : Le montant du SMIC protège les salariés face à leur employeur.

3 Les finalités des règles de droit

■ Le droit assure principalement cinq grandes finalités :

Fonction	Principe	*Exemple*
Assurer l'ordre social	Les règles de droit évitent l'anarchie et contribuent au vivre ensemble.	Les commerçants ne peuvent pas exercer de pratiques commerciales déloyales.
Orienter les choix de développement d'une société	À travers les lois qu'elle vote, une société poursuit un modèle de vie collective qui lui est propre.	Les grands hypermarchés sont interdits dans les centres-villes.
Garantir des règles stables dans le temps	Lorsque les règles sont clairement établies et respectées, elles permettent aux personnes de prendre des engagements les unes envers les autres.	Les clauses d'un contrat fixent les relations entre les cocontractants pour le temps d'exécution du contrat.
Assurer la sécurité des personnes	Pour vivre ensemble, les personnes doivent respecter les libertés de chacun et ne pas nuire à autrui.	Un vendeur s'engage à ne pas mettre sur le marché un produit défectueux.
Assurer la sécurité des biens	Les individus sont responsables des biens dont ils sont propriétaires.	Un bien mis en circulation ne doit pas entraîner de dommage à son utilisateur.

À retenir !

■ Les règles de droit, impératives ou supplétives, permettent ou obligent des comportements. Elles contribuent, notamment, à réguler les relations économiques entre les agents sur les marchés.

Le droit de la concurrence

Fiche 19

CEJM

Notes

La liberté du commerce et de l'industrie a été proclamée en 1791. **Le droit de la concurrence** a pour objectif majeur de protéger le marché, d'une part en favorisant la concurrence, d'autre part en la protégeant. Ainsi, certains comportements sont considérés comme étant anticoncurrentiels, donc interdits, et d'autres sont règlementés. L'ensemble est encadré par des Autorités Administratives Indépendantes (AAI).

1 L'interdiction des pratiques anticoncurrentielles

A. Les pratiques anticoncurrentielles sanctionnées pénalement

Pratique anticoncurrentielle	Article	Principe
L'entente	• *Article L. 420-1 du Code du commerce* • *Article 101 du Traité sur le fonctionnement de l'UE*	Toute forme d'accord entre entreprises qui cherche notamment à limiter l'accès au marché, à faire obstacle à la libre fixation des prix est interdit.
L'abus de position dominante	• *Article L. 420-2 du Code de commerce* • *Article 102 du Traité sur le fonctionnement de l'UE*	Une entreprise a le droit d'exploiter une position dominante mais pas d'en abuser.

■ À titre exceptionnel, les ententes et les abus de position dominante sont autorisés lorsqu'un texte règlementaire ou législatif le prévoit explicitement, ou lorsque l'entente peut assurer un progrès économique, la création d'emploi ou le partage équitable du profit qui en résulte, notamment pour le consommateur.

■ Les pratiques anticoncurrentielles sont sanctionnées par l'autorité de la concurrence en droit français et par la Commission européenne sur le marché européen. Les sanctions sont pénales : des amendes financières et/ou la cessation du comportement illicite.

B. Les pratiques déloyales sanctionnées civilement

■ **Les conditions de l'action en concurrence déloyale**

– Une victime de concurrence déloyale peut agir en justice par une action en concurrence déloyale dans un délai de 5 ans à partir du jour où la victime a connaissance du dommage ou lors de la cessation des agissements déloyaux.

Concurrence déloyale

Ensemble des procédés concurrentiels contraires à la loi ou aux usages, constitutifs d'une faute intentionnelle ou non, et de nature à causer un préjudice aux concurrents.

Notes

– Pour être efficace, le demandeur doit apporter la preuve de trois conditions :

La faute du professionnel ← **Le lien de causalité entre les deux** → **Le préjudice de la victime**

Direct et certain

4 formes possibles :
– le dénigrement ;
– l'imitation ou la recherche de confusion ;
– la désorganisation de l'entreprise ;
– la désorganisation du marché.

5 types de dommage :
– la dépréciation d'un élément attractif de la clientèle (comme une marque) ;
– la diminution d'un avantage concurrentiel ;
– le détournement de clientèle ;
– la gêne dans les initiatives commerciales ;
– l'atteinte à l'image de marque.

■ Les sanctions de la concurrence déloyale

– Le versement de dommages et intérêts pour indemniser la victime du préjudice subi peut être à titre financier, matériel ou moral (atteinte à l'image de l'entreprise, à sa réputation).
– À titre complémentaire, le juge peut également ordonner la cessation du comportement déloyal ou la publication du jugement.

2 Les pratiques concurrentielles réglementées : le contrôle des concentrations

■ Les entreprises ont naturellement vocation à acquérir des parts de marché pour tendre vers une situation de monopole. Le but de la régulation est de contrôler les opérations de concentration afin que la concurrence soit maintenue.

■ La définition des opérations de concentration

– *Les articles L. 430-1 et suivants du Code de commerce* précisent les opérations visées. La concentration suppose :
- soit une opération de fusion entre entreprises ;
- soit une prise de contrôle d'une ou plusieurs entreprises par prise de participation.

■ La procédure de contrôle

– L'autorité de la concurrence, qui est une autorité administrative indépendante, intervient lorsque l'opération de concentration dépasse certains seuils financiers définis par une ordonnance du 29 mars 2011.
– La Commission européenne procède au même type de contrôle selon les seuils fixés par le règlement communautaire du 20 janvier 2004.

à retenir !

■ Les autorités administratives indépendantes telles que l'autorité de la concurrence pour la France ont la charge de réguler l'économie en encourageant la concurrence et en contrôlant les concentrations.

Le droit de la propriété industrielle : le brevet et la marque

Fiche 20

CEJM

Notes

Dans un monde concurrentiel, l'État accorde un monopole d'exploitation temporaire et une protection contre les reproductions sans autorisation aux entreprises qui se démarquent par une innovation, formalisée par un **brevet**, ou par un signe distinctif, concrétisé par une **marque**.

1 Les brevets d'invention

(articles L. 611-1 et suivants du Code de la propriété intellectuelle)

Brevet

Titre juridique délivré par un organisme public (Institut national de la propriété industrielle en France, INPI) qui confère à son titulaire un **monopole temporaire d'exploitation de l'invention** (20 ans). En contrepartie, le titulaire du brevet doit divulguer le contenu de son invention et payer une redevance annuelle à l'INPI.

■ Pour être brevetable, une invention doit remplir quatre conditions :

– avoir un caractère industriel : être utilisable dans l'industrie ou l'agriculture ;

– être nouvelle : produits ou procédés nouveaux, combinaisons nouvelles de procédés déjà connus ; ne pas avoir déjà fait l'objet d'une demande de brevet ; ne pas avoir été divulguée ;

– impliquer une activité inventive : il en est ainsi lorsque, pour un homme du métier, l'invention ne découle pas d'une manière évidente de l'état de la technique ;

– être licite : ne pas être contraire à l'ordre public et aux bonnes mœurs.

■ Par principe, le propriétaire du brevet est le déposant. Toutefois, une entreprise est propriétaire du brevet dès lors que l'invention a été mise au jour par un salarié travaillant pour le compte de l'entreprise.

2 Les marques

(articles L. 711-1 et suivants du Code de la propriété intellectuelle)

Marque

Signe susceptible de représentation graphique servant à distinguer les produits ou services d'une personne physique ou morale. Elle joue un rôle actif dans la pérennité de l'entreprise, permettant notamment d'attirer et de retenir la clientèle.

■ Une fois déposée, la marque est protégée pendant 10 ans renouvelables indéfiniment.

Exemples de marques : Google, Danone, Décathlon, Renault.

Notes

■ Pour être valablement déposée, la marque doit remplir quatre conditions :

Condition : la marque doit…	Explication
être originale et distinctive	Elle ne doit pas être la désignation générique ou usuelle du produit ou la forme imposée par la nature.
ne pas être déceptive	Elle ne doit pas tromper le public sur le produit ou le service.
être nouvelle	Elle ne doit pas porter atteinte à des droits antérieurs : une autre marque déjà enregistrée, une marque notoire, même non déposée s'il y a risque de confusion, etc.
être licite	Certains signes sont réservés ou prohibés.

■ Lors du dépôt de la marque, le déposant doit déclarer les « classes » dans lesquelles il souhaite la protéger. Il existe 45 classes rassemblées dans un document appelé la « classification de Nice ».

3 La protection de la propriété industrielle

A. Les formalités de protection

■ Pour bénéficier de la protection liée au brevet ou à la marque, les entreprises doivent réaliser un dépôt à l'Institut national de la propriété industrielle (INPI) en France. La protection est également accordée au niveau européen par le dépôt d'un brevet européen ou d'une marque communautaire.

B. L'action en contrefaçon

■ Le brevet comme la marque représentent pour la plupart des entreprises une grande valeur patrimoniale, c'est pourquoi il est nécessaire de les protéger. Dès lors que le brevet ou la marque sont déposés, ils confèrent un monopole d'exploitation que le propriétaire peut utiliser à sa guise comme un droit de propriété. Il peut le conserver pour lui, octroyer des licences d'exploitation ou encore le céder.

■ Si quelqu'un porte atteinte à ce monopole d'exploitation sans avoir eu l'autorisation du propriétaire du titre juridique, ce dernier peut agir en contrefaçon. La contrefaçon est un délit pénal.

■ Si la contrefaçon n'est pas une reproduction identique de l'invention ou de la marque, l'entreprise titulaire du titre peut agir en concurrence déloyale contre l'entreprise malveillante.

À retenir !

■ Grâce au droit de la propriété industrielle, l'État concilie régulation du jeu de la concurrence économique et incitation au progrès technique.

Les caractéristiques de l'environnement

Fiche 21

CEJM

Pour définir sa stratégie, une entreprise doit au préalable analyser ses forces et ses faiblesses internes et les confronter aux opportunités et menaces de son environnement. Elle réalise pour cela un diagnostic stratégique.

1 Les sources de l'avantage concurrentiel

- Une entreprise s'intéresse en premier lieu aux forces et faiblesses qui la caractérisent vis-à-vis de ses principaux concurrents sur le marché.
- Pour définir ses sources d'**avantage concurrentiel**, une entreprise doit mener un diagnostic global de son environnement.

Avantage concurrentiel

Élément qui différencie une entreprise de ses concurrents et lui procure un avantage sur eux ; c'est un facteur clé de succès, un atout stratégique.

Ex. : L'industrie du luxe fait de la marque un élément important de différenciation.

Les groupes de distribution unissent leurs services achats pour peser sur la négociation avec les fournisseurs.

Apple a développé un système d'exploitation spécifique et fermé pour éviter la concurrence des autres entreprises du secteur.

- Selon **Michael Porter**, les cinq forces de la concurrence sont :

– l'existence de produits de substitution qui exerce une pression indirecte sur le marché de l'entreprise ;

– le pouvoir de négociation des fournisseurs qui mesure le degré de dépendance d'une entreprise par rapport à ses fournisseurs ;

– le pouvoir de négociation des clients qui mesure les conditions d'achat qui peuvent être négociées par les clients ;

– l'intensité de la concurrence sur le marché (taille et nombre des entreprises concurrentes) ;

– l'existence de barrières à l'entrée qui limitent la menace de nouveaux entrants potentiels sur le marché.

Michael Porter

Professeur de stratégie d'entreprise à l'université d'Harvard, Michael Porter, né en 1947, est devenu célèbre pour son analyse sur la manière dont une entreprise peut obtenir un avantage concurrentiel en maîtrisant mieux que ses concurrents les forces qui structurent son environnement concurrentiel.

Notes

Notes

2 Le modèle Pestel

■ Le modèle PESTEL propose une analyse plus globale de l'environnement que celle de Michael Porter.

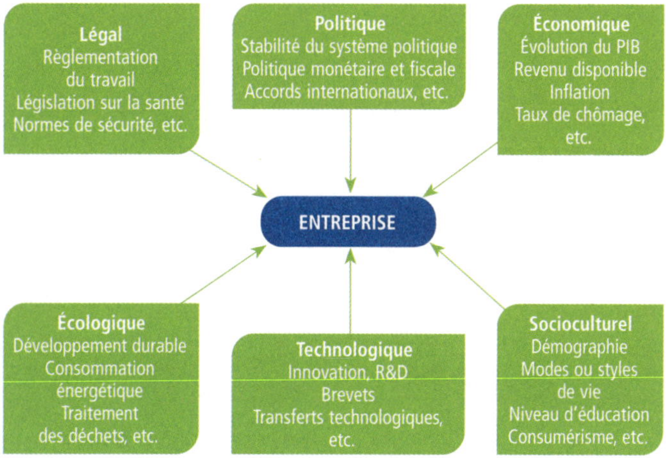

■ Le diagnostic stratégique fait donc apparaître les forces et faiblesses de chaque entreprise (diagnostic interne) vis-à-vis des différentes composantes de son environnement (diagnostic externe) et lui permet ainsi d'adapter sa stratégie pour réagir.

Ex. : **Caractéristique socioculturelle de l'environnement (modèle PESTEL)**
Les confiseurs ont signé en juin 2018 une charte de déontologie et d'engagement pour rendre les bonbons plus transparents. Fini donc l'ajout du colorant E171, cancérogène, et place à un étiquetage plus clair pour les consommateurs. Par ailleurs, les fabricants de sucreries prévoient d'innover en créant des produits allégés en sucre, voire sans sucre.

■ Dans un environnement de plus en plus incertain et complexe, la force d'une entreprise réside en grande partie dans ses capacités d'analyse de l'environnement, d'adaptation et de réactivité, ce qui l'amène à revoir son organisation et ses processus de décision.

À retenir !

■ Le diagnostic stratégique est un outil d'aide à la décision qui permet de définir l'avantage concurrentiel sur lequel une entreprise va se fonder pour assurer son développement. De nombreux outils et grilles d'analyses peuvent permettre l'élaboration de ce diagnostic : modèle de Michael Porter, modèle PESTEL, etc.

Le rôle de l'innovation

Fiche 22

CEJM

Notes

Pour rester compétitives, les entreprises consacrent une part importante de leurs ressources à innover et se constituer un patrimoine technologique qui leur permettra de bénéficier d'un avantage concurrentiel.

1 L'innovation

Innovation
Ensemble des démarches scientifiques, technologiques, organisationnelles, financières et commerciales qui aboutissent à la réalisation de produits, procédés ou processus nouveaux ou améliorés.

■ L'**innovation** distingue notamment :
– la création de produits nouveaux qui répondent mieux aux besoins des consommateurs ;
– la satisfaction d'un besoin nouveau qui permet à l'entreprise de se démarquer de la concurrence ;
– l'amélioration de la qualité d'un produit qui permet parfois d'offrir de nouveaux services au consommateur ;
– la conquête de nouveaux débouchés soit à l'international, soit en touchant de nouvelles clientèles ;
– la mise au point d'une nouvelle méthode de production afin de réaliser des gains de productivité.

■ Ces innovations permettent à l'entreprise de différencier sa production et d'obtenir un avantage concurrentiel temporaire sur le marché.

Exemples d'innovations **:** Les grands constructeurs automobiles se lancent dans la production de véhicules électriques pour remplacer les véhicules diesel et à essence. Dyson abandonne l'aspirateur avec fil à la suite de ses innovations technologiques.

2 Le patrimoine technologique

■ **Le patrimoine technologique** regroupe l'ensemble des technologies possédées par une entreprise, qu'elles soient émergentes (technique en phase de développement), clés (déterminantes dans l'avantage concurrentiel de l'entreprise) ou de base (nécessaires mais non discriminantes par rapport à la concurrence).

■ Ce patrimoine doit être protégé pour éviter qu'il ne soit utilisé par les entreprises concurrentes. Cela passe notamment par un dépôt de brevet qui assure la protection et la valorisation des inventions, des innovations et des créations. Ces brevets peuvent couvrir le territoire national mais aussi s'appliquer au niveau international et protéger ainsi l'entreprise des risques de contrefaçon.

Notes

■ Dans une économie de plus en plus tournée vers le secteur tertiaire et le numérique, la propriété industrielle concerne de plus en plus le patrimoine immatériel d'une entreprise (la marque, le nom commercial, le nom de domaine ainsi que les appellations d'origine).

■ La connaissance du patrimoine technologique de l'entreprise est un élément déterminant de la politique d'innovation qui pourra être décidée par le manager.

3 Le développement du patrimoine technologique

■ Pour accroître son patrimoine technologique, l'entreprise dispose de nombreux outils :

– la recherche et le développement : l'ensemble des travaux de création entrepris de façon systématique en vue d'accroître la somme des connaissances et son utilisation pour de nouvelles applications ;

– la veille technologique : l'ensemble des techniques licites qui organisent de façon systématique la collecte d'informations technologiques, l'analyse, la diffusion et l'exploitation de ces informations utiles à la croissance et au développement de l'entreprise ;

– la démarche qualité : mode de management qui consiste à rechercher l'amélioration continue et progressive des pratiques existantes.

■ Les activités de recherche et développement nécessitent la mobilisation de capitaux, de temps et de personnel pour des résultats de recherche (ou de faisabilité), par principe, aléatoires. La question du financement de ces activités se pose donc logiquement pour le manager et, tout particulièrement, pour les PME qui n'ont pas toujours les capitaux suffisants.

■ Les dépenses de recherche et développement représentent un peu plus de 2 % du PIB en France. En 2018, les entreprises françaises ont déposé 16 222 brevets à l'INPI, 95 419 marques et 5 757 dessins et modèles. Le classement 2018 confirme qu'en France, le secteur automobile (et ses fournisseurs) reste le principal secteur concerné par la protection intellectuelle avec Valéo, leader des dépôts de brevets depuis 2016 (1 355), suivi de PSA (1 074), Renault (453) et Michelin (352).

À retenir !

■ L'innovation est au cœur de la stratégie de nombreuses entreprises qui cherchent ainsi le moyen de se constituer un avantage compétitif. Le poids des investissements en recherche et développement est un bon indicateur pour évaluer l'engagement d'une entreprise à se constituer un patrimoine technologique.

Les facteurs de production

Afin d'assurer la production de biens ou de services, **l'entreprise s'appuie sur des facteurs de production** qui correspondent aux moyens humains, matériels et immatériels qu'elle utilise.

1 Le choix d'un mode de production

■ La majorité des entreprises opère dans un but lucratif : elles cherchent à adopter un **mode de production** tel que la valeur de la production excède les coûts engendrés par l'utilisation de facteurs.

Mode de production
Manière dont les différents facteurs de production (ressources, matérielles ou non) sont organisés et utilisés dans le processus de production pour réaliser un bien ou un service.

Notes

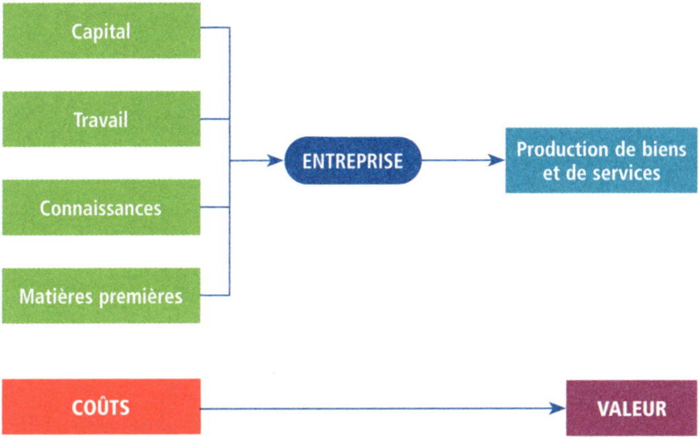

■ Le choix d'un mode de production dépendra du type de production de l'entreprise :
– production en série (réalisation de produits standardisés fabriqués en grand nombre), par lots ou à l'unité (production en fonction des commandes passées sur des biens non standardisés) ;
– production en continu (production en flux continus qui peut se faire 24 heures sur 24) ou discontinue (selon l'activité de l'entreprise ; ***ex.* :** la restauration).

■ Les services font l'objet d'un mode de production spécifique : ils ne sont, en effet, pas stockables et sont consommés immédiatement après avoir été produits.

Notes

2 Les principaux facteurs de production

- Les entreprises combinent plusieurs facteurs de production pour fabriquer des biens ou proposer des services.

- Le facteur capital peut être envisagé de deux manières :
  - les moyens financiers nécessaires au développement de l'activité. Sur le plan comptable, le capital s'apparente à un passif, par exemple, le capital social ;
  - les moyens matériels (et immatériels) permettant la production. Sur le plan comptable, le capital s'apparente à des immobilisations (actif), par exemple, les équipements et les machines.

- Le facteur travail regroupe l'ensemble des moyens humains nécessaires à la production, qu'ils soient permanents (CDI) ou temporaires (CDD, intérim, etc.).

- Les connaissances prennent une part de plus en plus importante dans le processus de production, car elles sont source de différenciation, d'innovation et de **progrès technique**. Elles résultent, par exemple, d'activités de R&D et de la formation des salariés. Elles s'apparentent à un capital immatériel lorsqu'elles prennent la forme de brevets, de logiciels. Sur le plan comptable, on parle d'immobilisations incorporelles.

> **Progrès technique**
> Ensemble des innovations permettant d'améliorer l'efficacité du système productif, de créer de nouveaux produits ou de nouveaux procédés commerciaux.

- Les matières premières, contrairement au capital, sont détruites lors du processus de production et sont généralement incorporées aux biens et aux services réalisés.

- Le mode de production retenu doit permettre à l'entreprise d'optimiser l'utilisation de ses facteurs de production. La recherche d'une production en « juste-à-temps » permet la réduction des délais durant le cycle de fabrication en ajustant en temps réel les quantités produites à la demande exprimée par les clients. Ceci permet de réduire les stocks sur l'ensemble du cycle de production de l'entreprise.

à retenir !

- Le processus productif est déterminé par le mode de production adopté par une entreprise pour réaliser un bien ou un service à partir des facteurs de production à sa disposition.
- Les principaux facteurs de production utilisés sont le facteur travail, le facteur capital, le capital immatériel ainsi que les matières premières.

Les gains de productivité et les coûts de production

Fiche 24

CEJM

Pour rester compétitive, une entreprise s'engage dans un processus constant d'amélioration de son processus productif afin de réaliser des **gains de productivité** qui lui permettront de réduire ses **coûts de production**. Pour cela, elle adapte sa **combinaison productive** en fonction du coût relatif des différents facteurs de production.

1 Productivité et progrès technique

■ Les gains de productivité correspondent à un accroissement de la productivité.

■ L'entreprise peut soit produire autant avec moins de facteurs, soit produire plus en volume ou créer plus de valeur avec une même quantité de facteurs.

■ Les gains de productivité sont le fruit du progrès technique qui peut provenir :
- d'une élévation des qualifications des travailleurs ;
- d'un investissement dans des équipements plus performants ;
- d'une meilleure organisation de la production.

Productivités

• **Productivité :** rapport entre une production et l'ensemble des moyens humains, financiers et techniques mis en œuvre pour assurer cette production. La productivité peut aussi être déterminée pour un facteur spécifique (productivité du travail, du capital).

• **Productivité horaire :** valeur d'une production/nombre d'heures nécessaires à sa production.

Notes

2 Les coûts de production

■ Les coûts de production sont déterminés à partir des facteurs de production utilisés.

Facteurs de production	Éléments de coût
Capital (financier)	• Le coût du capital est surtout reflété par le taux d'intérêt. • Le taux d'intérêt représente le coût d'un financement lorsqu'il s'agit d'emprunt.
Travail	• Tensions sur le marché du travail (faible/forte demande pour un métier, pénurie de main-d'œuvre, etc.). • Aspects fiscaux et sociaux (cotisations). • Formations à mettre en place pour les nouveaux embauchés. • Etc.
Connaissances	• Coûts des activités de R&D, coût de formation des salariés. • Achats ou licences d'exploitation de brevets. • Etc.
Matières premières	• Cours des matières premières. • Éventuels coûts induits (externalités négatives → paiement d'écotaxes).

Notes

3 Le choix d'une combinaison productive

■ La combinaison productive (part des différents facteurs utilisés dans le processus de production) résulte d'un arbitrage entre le coût des facteurs et leur productivité.

■ Ainsi, une entreprise peut choisir d'automatiser plus fortement sa production (renforcer la part du capital au détriment du facteur travail) lorsque plusieurs phénomènes le favorisent, par exemple :

Les taux d'intérêt baissent.
→ **baisse du coût du capital.**

L'automatisation améliore la qualité de la production et crée de la valeur aux yeux des consommateurs.
→ **gain de productivité (capital).**

Les taux de cotisation augmentent.
→ **hausse du coût du travail.**

→ **Choix d'une nouvelle combinaison productive :** plus de facteur capital, moins de facteur travail (ou substitution du capital au travail).

■ La productivité globale résulte de la combinaison des facteurs de production qui sera mise en œuvre et du volume de production réalisé.

■ Ainsi, la productivité d'une machine dépendra de son taux d'utilisation qui varie selon la demande adressée à l'entreprise, selon les temps de maintenance indispensables à sa bonne utilisation, etc. Une réduction du facteur travail peut alors entraîner une réduction parallèle de la productivité du capital.

■ Au-delà des seules considérations économiques, la combinaison productive choisie par l'entreprise peut tenir compte d'objectifs de développement durable.

Ex. : Privilégier des produits ou procédés plus économes en matières premières, envisager un possible recyclage en fin de vie du produit, etc.

À retenir !

- L'adaptation de la combinaison productive est le résultat d'une recherche permanente de gains de productivité de la part de l'entreprise.
- Le progrès technologique permet la diminution régulière des coûts de production.

La chaîne de valeur

Fiche 25

CEJM

Notes

L'analyse de l'origine de la productivité implique pour l'entreprise d'étudier de manière globale sa **chaîne de valeur** afin d'identifier les activités qui sont essentielles afin de maintenir son avantage compétitif.

1 Présentation de la chaîne de valeur

■ La chaîne de valeur de Michael Porter a pour objectifs de recenser les activités de l'entreprise et de mesurer en quoi elles sont créatrices de valeur pour les clients (et donc de marge pour l'entreprise).

La chaîne de valeur de Porter

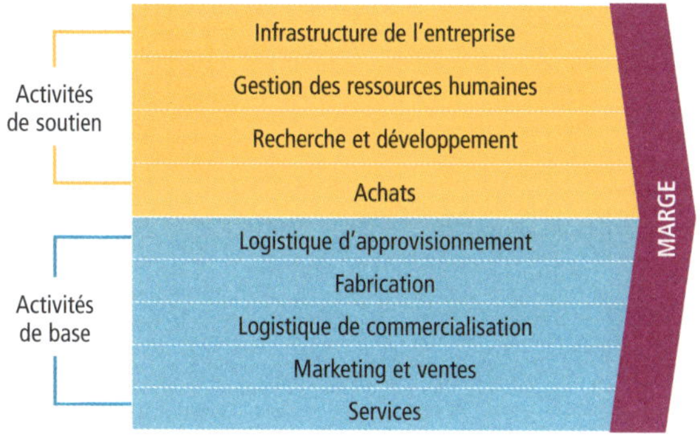

■ Michael Porter distingue :

– les activités de base (fabrication, vente, etc.) qui participent directement à la création et à la vente du produit de l'entreprise ;

– et les activités de soutien ou de support (gestion de l'infrastructure de l'entreprise, R&D, GRH, etc.) qui rendent possibles les activités de base et en assurent la coordination, le bon fonctionnement.

■ La valeur que l'entreprise parvient à générer provient des activités elles-mêmes, mais elle peut être le fruit de complémentarité entre activités.

***Ex.* :** L'un des atouts d'Amazon est d'avoir su mettre à profit son activité de R&D (activité de soutien) pour robotiser et améliorer son activité de logistique en matière de gestion des stocks (activité de base).

Notes

2 Les enseignements à tirer de la chaîne de valeur

■ L'analyse de la chaîne de valeur permet au manager d'optimiser son organisation afin de concentrer les ressources de l'entreprise sur les activités qui contribuent le plus à la création de valeur.

■ Face à des ressources par principe limitées, une entreprise peut confier à une entreprise extérieure une partie de la production d'un bien ou la prestation d'un service pour pouvoir se concentrer sur les activités fortement créatrices de valeur.

■ Cela entraîne une perte de compétences en interne dont il ne faut pas négliger les conséquences potentielles.

Type d'activité	Actions envisagées
Activités fortement créatrices de valeur	• Les **développer pour construire un avantage concurrentiel**. • Les conserver et en faire le **cœur de métier de l'entreprise**. • Logique d'optimisation pour l'entreprise : **maximiser la création de valeur/coût** (ne pas chercher à faire des économies qui feraient diminuer plus fortement encore la valeur créée).
Activités faiblement créatrices de valeur	• Activités avant tout génératrices de coûts. • Logique d'optimisation : **minimiser les coûts**. • **Peuvent faire l'objet d'une externalisation**.

Ex. : La société Nike a su bâtir son expansion en s'appuyant sur son image de marque :
– les dépenses marketing et publicitaires (en faisant appel à des sportifs reconnus) et la conception des nouveaux modèles valorisent cette image de marque et sont ainsi fortement créatrices de valeur. Elles constituent le cœur de métier de la société ;
– en réalité, la fabrication des produits crée peu de valeur. Nike fait appel à des sous-traitants.

À retenir !

■ Michael Porter propose un schéma global de la chaîne de valeur distinguant les activités de base des activités de soutien.

■ L'analyse de la chaîne de valeur permet à l'entreprise d'identifier les activités dans lesquelles investir pour renforcer son avantage concurrentiel.

Les principes et finalités de l'impartition

Fiche 26

CEJM

Les ressources d'une entreprise étant limitées, celle-ci doit s'interroger sur les activités dans lesquelles elle doit investir. Cela peut l'amener à transférer à des partenaires externes la réalisation de certaines activités **(stratégie d'impartition)**.

1 Les techniques d'impartition

Stratégie d'impartition

Stratégie consistant à faire réaliser ou produire des biens et services par d'autres entreprises.

Notes

■ L'impartition va de pair avec la domination ou le contrôle d'une entreprise sur une autre. Les principales techniques d'impartition sont :

La concession	• Modalité très présente dans la distribution automobile. • Une entreprise (le concédant) s'engage à approvisionner en produits de sa marque une autre entreprise (le concessionnaire). • Le concessionnaire doit respecter des contraintes (éventuels quotas, politique commerciale de vente du concédant, etc.).
La franchise	• Modalité présente dans divers secteurs, notamment la restauration rapide (Subway, McDonald's), l'entretien automobile (Feu vert, Point S), etc. • Une entreprise (le franchiseur) met à la disposition d'une autre entreprise (le franchisé) sa gamme de produits ou de services et une assistance commerciale ou technique. Le franchisé s'acquitte du paiement d'une redevance. • Permet une croissance rapide, sans moyens importants pour le franchiseur (il achète lui-même son point de vente).
La sous-traitance	• Une entreprise (donneuse d'ordre) confie à une autre entreprise (le sous-traitant) des travaux à exécuter. • Les grandes entreprises distinguent souvent différentes catégories de sous-traitants selon l'importance stratégique des activités confiées et peuvent, dans certains cas, intégrer les ateliers de certains sous-traitants au sein même de leurs unités de production.

■ Dans des organisations productives fonctionnant de plus en plus selon le principe du « juste-à-temps », la sous-traitance implique le développement de relations contractuelles stables afin de ne pas perturber la chaîne de production. La défaillance d'un sous-traitant aura, en effet, un impact immédiat sur l'entreprise. Le rapport de domination ou de contrôle peut être contrebalancé par un rapport de dépendance du donneur d'ordre envers son fournisseur.

Notes

2 Les finalités de l'impartition

■ Le recours à l'impartition est envisageable :

– lorsqu'il y a un gain à recourir à une autre entreprise car elle propose des prestations moins coûteuses et/ou de meilleure qualité qu'une prestation réalisée soi-même ;

– lorsque les coûts de transaction (liés à la coopération à mettre en place avec l'entreprise partenaire) ne l'emportent pas sur les gains attendus. L'entreprise peut ainsi se concentrer sur les activités créatrices de valeur.

> **Remarque**
> La question du recours à l'impartition est une réponse à la question : faire ou faire faire ?

■ Mais l'impartition ne doit pas concerner les activités fortement créatrices de valeur, source d'avantage concurrentiel.

■ L'impartition concerne donc plutôt les activités de soutien de l'entreprise (gestion des ressources humaines, gestion) et les activités de base non stratégiques pour l'entreprise (logistique par exemple).

■ L'impartition entraîne un risque de perte de savoir-faire et de compétences qui peut causer une dépendance du donneur d'ordre envers le sous-traitant ; l'activité sous-traitée devient alors essentielle en terme de création de valeur pour le produit ou service d'ensemble.

■ L'impartition est souvent envisagée dans une relation contractuelle de long terme avec les sous-traitants (qui peut même se traduire par une prise de participation minoritaire au capital du sous-traitant), une défaillance de celui-ci faisant courir un risque trop important pour l'activité de l'entreprise.

Processus de choix du mode d'impartition

Étape ❶ →	Étape ❷ →	Étape ❸
Analyse des activités réalisées par l'entreprise	**Identification** des activités qui peuvent être sous-traitées	**Choix du mode d'impartition** (concession, franchise, sous-traitance)

À retenir !

■ Dans une logique de concentration des ressources sur les activités stratégiques, une entreprise peut mettre en œuvre une stratégie d'impartition pour ses activités non essentielles. Une telle démarche entraîne un risque de perte de savoir-faire et de compétences qu'il convient d'analyser avec attention.

Le choix de la structure juridique pour l'entreprise

Fiche 27

CEJM

L'entreprise rassemble des moyens humains, matériels et financiers afin de fonctionner. Le choix de la **structure juridique** de l'entreprise dépend logiquement des moyens dont elle veut se doter. Plusieurs formes juridiques existent.

1 Les facteurs de choix d'une structure juridique

A. Entreprendre seul ou à plusieurs

- Le choix s'effectue selon quelques critères décisifs :

Critère clé	Entrepreneur individuel	Société commerciale
Nombre d'entrepreneurs	Une personne physique.	Plusieurs personnes physiques ou morales appelées « associés ».
Autonomie	Le chef d'entreprise décide seul. Il a tous les pouvoirs.	Les décisions sont prises au moins à la majorité des associés.
Formalisme	Une personne physique peut créer sa microentreprise en quelques minutes.	L'existence de la personne morale suppose la signature des statuts et l'immatriculation de la société au RCS.
Le régime fiscal applicable aux bénéfices de l'activité	Impôt sur le revenu dans la rubrique « bénéfices industriels et commerciaux » (BIC).	Impôt sur les sociétés des bénéfices réalisés.
La transmission de l'entreprise	Le chef d'entreprise doit transmettre l'ensemble des biens constituant son activité.	Les associés doivent simplement transmettre leurs parts sociales. Le transfert est facilité.

B. Protéger son patrimoine

Critère clé	Entrepreneur individuel	Société commerciale
Capacité financière de développement	Selon le patrimoine de l'entrepreneur.	Possibilité de faire appel à des capitaux extérieurs et de créer des alliances avec d'autres structures.
Étendue de la responsabilité	En principe, à l'ensemble du patrimoine de l'entrepreneur.	Au montant des apports des associés dans les sociétés où la responsabilité est limitée (SARL, SA, SAS).

Notes

Notes

■ En matière d'entreprise individuelle, le législateur a instauré plusieurs dispositifs afin de protéger le patrimoine de l'entrepreneur contre les risques de saisie par les créanciers :
– depuis le 1er janvier 2011, une personne physique peut opter pour le régime de l'EIRL ; il permet de compartimenter son patrimoine et d'affecter une partie seulement de ses biens à une activité professionnelle ; alors, les biens en dehors de cette affectation ne sont pas saisissables ;
– depuis la loi du 6 août 2015, la résidence principale de l'entrepreneur est insaisissable de plein droit (auparavant il devait effectuer une déclaration d'insaisissabilité).

C. Choisir son régime matrimonial

■ Le régime matrimonial de l'entrepreneur marié ou pacsé peut avoir un impact sur les biens saisissables en cas de déconfiture de l'activité. Trois régimes coexistent :
– la communauté légale : les biens acquis à titre onéreux pendant le mariage sont communs aux deux époux. C'est le régime par défaut du Code civil ;
– la communauté universelle : l'ensemble des biens, même ceux acquis avant le mariage, appartient à l'un et à l'autre des époux ;
– la séparation des biens : ce qui est acquis par un conjoint, avant ou après le mariage, lui appartient exclusivement.

■ Lorsqu'un conjoint se lance dans une entreprise individuelle, le régime matrimonial recommandé est la séparation des biens. Le choix est plus libre si l'entreprise créée est une société.

2 L'entreprise individuelle et les structures sociétaires

■ Le choix d'une forme juridique implique des régimes fiscaux et sociaux différents que le créateur d'entreprise doit prendre en compte.

Critère clé	Entrepreneur individuel	Société commerciale
Le régime fiscal applicable aux bénéfices de l'activité	Impôt sur le revenu dans la rubrique « bénéfices industriels et commerciaux » (BIC).	• EURL : impôt sur le revenu ou impôt sur les sociétés sur option. • SA, SAS, SARL : impôt sur les sociétés mais possibilité d'impôt sur les revenus sous conditions.
Le statut social de l'entrepreneur	Travailleur non salarié ou assimilé salarié.	• Associés d'EURL : travailleurs non salariés. • Associés de SA, SAS, SARL : régime des salariés.

à retenir !

■ Le choix de la forme juridique a des incidences sur la protection du patrimoine de l'entrepreneur et sur le statut fiscal et social de l'entreprise.

Les formes juridiques de l'économie sociale et solidaire (ESS)

Fiche 28

CEJM

L'économie sociale et solidaire (ESS) est une **déclinaison du concept de développement durable.** Elle cherche à concilier trois piliers : la performance économique, le respect des humains en appliquant des valeurs d'équité et d'utilité sociale, et le respect de l'environnement.
Le législateur a instauré des formes juridiques adaptées à ce modèle économique.

1 Les principes communs aux formes juridiques de l'ESS

■ L'ESS représentait plus de 10 % du PIB en France et environ 12 % des emplois en 2017. Les domaines d'activité sont multiples : santé, éducation, logement, insertion sociale, environnement, banque, etc.

■ Les entreprises de l'ESS se définissent par des modes de gestion et de décision démocratiques et participatifs. L'utilisation des résultats financiers est strictement encadrée : leur finalité est de réinvestir des bénéfices dans l'activité, pas de distribuer des profits.

■ Les formes juridiques de l'ESS bénéficient d'un cadre renforcé par la loi du 31 juillet 2014 relative à l'économie sociale et solidaire : des sociétés commerciales peuvent être labellisées ESS, ce qui leur permet de bénéficier d'une fiscalité avantageuse et de dispositifs de financement spécifiques.

2 Les règles spécifiques aux formes juridiques de l'ESS

■ La loi distingue trois grandes familles de structures juridiques relevant de l'ESS : les associations, les mutuelles et les coopératives.

A. Les associations

■ Depuis la loi de 1901, les associations sont des personnes morales à but non lucratif. Elles sont représentées par un président et leurs statuts sont déposés à la préfecture.

■ Elles peuvent être déclarées d'utilité publique lorsqu'elles poursuivent un but caritatif, humanitaire ou culturel.

■ Elles peuvent engager des salariés mais aussi recourir à l'aide de bénévoles.

Ex. : Les Restaurants (Restos) du Cœur, la Croix-Rouge française, etc.

Notes

Notes

B. Les mutuelles

■ Comme leur nom l'indique, les mutuelles ont vocation à mettre des moyens en commun. Elles sont nombreuses dans le domaine de l'assurance.

Ex. : Mutuelles du Mans, MGEN, MAIF, etc.

■ Les mutuelles sont des sociétés de personnes (par opposition aux sociétés de capitaux). Ce sont des groupements ayant la capacité civile où le pouvoir de décision est attaché à la personne (un adhérent = une voix) et non pas fonction du capital qu'elle détient. Leur création est soumise à déclaration.

■ Les mutuelles s'autogèrent et n'ont pas de but lucratif. Elles doivent observer une obligation stricte de prudence financière pour garantir l'intérêt des adhérents. Elles peuvent être dirigées par des bénévoles élus au sein de leur rang.

C. Les coopératives

■ Les formes de coopératives sont nombreuses et dépendent de la qualité de leurs membres :
– les coopératives agricoles ont pour membres des agriculteurs ;
– les coopératives de consommateurs ont pour membres des consommateurs ;
– les sociétés coopératives (SCOP) de forme SA, SARL ou SAS sont composées majoritairement de salariés. Dans ce dernier cas, les salariés détiennent au moins 51 % du capital et 65 % des droits de vote.

À noter

Les sociétés coopératives d'intérêt collectif (SCIC) sont des SCOP dans les domaines de l'énergie, l'environnement, la culture, la santé. Toutefois, les membres associés au capital peuvent avoir des qualités très variées : salariés mais aussi clients, bénévoles, collectivités territoriales, partenaires privés… L'essentiel est de s'impliquer dans le projet.

■ La SCOP présente plusieurs caractéristiques :

Nomination du dirigeant	Élu par les salariés associés.
Partage du profit : respect du principe d'équité	• Une part pour tous les salariés, sous la forme de participation et d'intéressement ; • une part pour les salariés associés sous la forme de dividendes ; • une part pour les réserves de l'entreprise.
Réserves	Non partageables et définitives, elles contribuent à la pérennité de l'entreprise.

À retenir !

■ Afin de faciliter le développement d'une économie plus sociale et plus solidaire, les associations, mutuelles et coopératives sont des alternatives juridiques aux structures traditionnelles tournées vers des objectifs purement financiers.

La responsabilité de l'entreprise face aux risques juridiques

Notes

Dans un environnement concurrentiel et incertain, l'entreprise peut être amenée à affronter divers risques susceptibles d'engager sa responsabilité juridique civile ou pénale lorsque plusieurs conditions sont remplies.

1 Les risques

- En termes de droit, le risque est un événement dommageable dont la survenance est incertaine.
- L'entreprise est confrontée à de nombreux risques.

Type de risque	Illustration
Environnemental	Lorsqu'une entreprise porte atteinte à l'environnement, elle peut être amenée à réparer le préjudice écologique qu'elle a commis (*article 1246 du Code civil*).
Technologique	Lorsqu'une machine tombe en panne ou qu'un brevet a été copié, l'entreprise peut réduire sa production et voir son chiffre d'affaires diminuer rapidement.
Numérique	L'entreprise peut faire l'objet d'une attaque par un virus informatique.
Politique	Le programme d'un homme politique peut avoir un impact sur l'activité de l'entreprise. ***Ex.*** **:** Les mesures protectionnistes prises par Donald Trump aux États-Unis ont un impact sur les activités économiques des entreprises européennes.
Économique	Un client en difficulté ne paie pas ses factures dans les délais.

- Lorsque le risque est subi, l'entreprise peut (mais pas toujours) agir en justice pour demander réparation au partenaire fautif.
- Lorsque l'entreprise est elle-même à l'origine du risque, consciemment ou non, elle engage sa responsabilité juridique.
- En 1999, le navire Erika fait naufrage et génère une marée noire sur la côte ouest française. Cette affaire a entraîné une évolution de la législation et a donné naissance à la notion de « préjudice écologique ». Une entreprise doit donc désormais réparer ses atteintes à l'environnement.
- Selon l'*article 1249 du Code civil*, l'atteinte à l'environnement doit être réparée en priorité en nature. Si c'est impossible, un dédommagement est versé à l'État.

Notes

2 La responsabilité civile et la responsabilité pénale

■ Le droit distingue deux formes de responsabilité. Leurs caractéristiques diffèrent :

Type de responsabilité	Civile	Pénale
Manifestation	Atteinte à un intérêt privé	Atteinte à l'intérêt général
Fondement	Faute volontaire ou non Risque encouru	Réalisation intentionnelle d'une infraction (contravention, délit ou crime)
Type de sanction	Dommages et intérêts	Amende et/ou peine d'emprisonnement
Objectif de la sanction	Réparer le dommage causé à la victime	Réparer le dommage causé à la société

A. La responsabilité civile

■ En matière civile, trois conditions sont nécessaires pour que la responsabilité soit engagée :

– un fait générateur : il peut s'agit d'une faute intentionnelle ou non issue d'une situation contractuelle ou extracontractuelle ;

– un dommage : une personne subit un préjudice ;

– un lien de causalité entre le fait générateur et le dommage. Le dommage découle directement du fait générateur.

B. La responsabilité pénale

■ Pour qu'une infraction pénale soit constituée, trois composantes doivent être réunies :

– un élément légal : un texte prévoit de sanctionner l'infraction. Il n'y a pas d'infraction sans texte ;

– un élément matériel : l'infraction est exécutée et consommée par des actions précises ou parfois par une omission ;

– un élément intentionnel : le délinquant doit avoir agi en connaissance de cause. La mauvaise foi doit être prouvée.

Remarque

En matière pénale, ce qui n'est pas interdit n'est pas une infraction.

Ex. : Selon l'*article L. 823-12 du Code de commerce* (élément légal), le commissaire aux comptes commet un délit s'il ne dénonce pas une faute constatée (élément matériel comprenant une omission) dans la tenue des comptes de l'entreprise qu'il certifie et dont il avait connaissance (élément intentionnel).

À retenir !

■ Les entreprises font face à des risques variés qui peuvent engager leur responsabilité civile ou pénale. Chaque type de responsabilité a son régime juridique propre et donne donc lieu à des sanctions spécifiques.

L'inexécution du contrat et la responsabilité civile contractuelle

Le contrat génère une stabilité dans le temps dont l'entreprise peut jouir. Mais si les contrats sécurisent effectivement les relations, ils peuvent également être source d'inexécution et donc de risque. Or, l'*article 1103 du Code civil* rappelle bien que tous « les contrats légalement formés tiennent lieu de loi à ceux qui les ont faits. » **L'inexécution du contrat entraîne donc la responsabilité contractuelle du débiteur défaillant.**

1 Les trois conditions de la responsabilité civile contractuelle

Notes

A. La faute

■ Elle consiste en l'inexécution de ses obligations par l'une des parties et peut prendre trois formes : l'inexécution totale, l'inexécution partielle ou le retard dans l'exécution.

B. Le dommage

■ Le créancier victime de la faute du débiteur peut exiger réparation dès lors qu'une des obligations au contrat n'a pas été remplie. Le dommage peut être patrimonial ou extrapatrimonial.

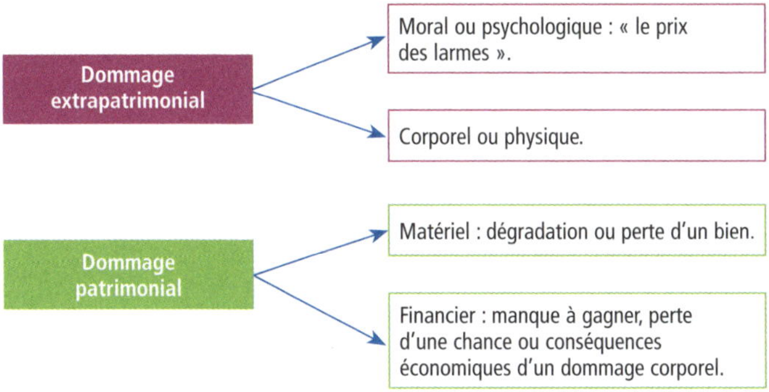

C. Le lien de causalité

■ Ce lien entre la faute et le dommage doit être direct et certain. Seul le dommage prévisible donne lieu à réparation car chacun doit pouvoir calculer les risques qu'il prend en contractant.

Notes

2 Les cinq sanctions de l'inexécution contractuelle

■ Selon l'*article 1217 du Code civil*, des sanctions sont envisageables.

Sanction	Explication
L'exception d'inexécution	Dans un contrat synallagmatique (bilatéral), une partie peut refuser d'exécuter son obligation si l'autre n'exécute pas la sienne.
L'exécution forcée en nature	Lorsque l'obligation inexécutée est une obligation de payer une somme d'argent, l'exécution forcée s'effectue en nature : les biens du débiteur sont saisis et vendus. Le créancier est payé sur le prix de la vente. Cette sanction n'est pas envisageable pour l'exécution d'une prestation de service.
La réduction du prix	Le créancier peut accepter une exécution imparfaite du contrat et solliciter une réduction proportionnelle du prix. Si l'obligation n'est que partiellement remplie, il est logique que le prix soit moindre.
La résolution du contrat	Le créancier dénonce la faute du débiteur et les parties reviennent dans la situation dans laquelle elles étaient avant la conclusion du contrat.
La réparation du préjudice	Le débiteur fautif verse des dommages et intérêts au créancier victime. Les intérêts versés peuvent être compensatoires et/ou moratoires.

3 Les formalités à accomplir

■ Par une mise en demeure, le créancier envoie un dernier avertissement solennel au débiteur pour qu'il se conforme à ses obligations.

■ Si cet ultimatum n'est pas suivi d'effet, le créancier peut saisir la justice et obtenir réparation de son préjudice ou l'exécution forcée du contrat.

Remarque

Comme dans le régime de droit commun, il appartient au créancier victime d'apporter la preuve de la défaillance de son cocontractant.

4 Les causes d'exonération

■ Une « cause étrangère » entraîne l'exonération de la responsabilité du débiteur. Elle peut correspondre à deux situations :
– un cas de force majeure : il découle des forces de la nature ;
– un cas fortuit : il découle de l'intervention fortuite d'une tierce personne.

■ Dans tous les cas, la cause étrangère est un événement extérieur, imprévisible et surtout irrésistible : le débiteur ne peut pas le surmonter.

À retenir !

■ L'engagement de la responsabilité contractuelle suppose de réunir la preuve de ses éléments constitutifs. Mais, dans des cas spécifiques, la responsabilité peut faire l'objet d'une exonération.

Les principes de la responsabilité civile extracontractuelle

Fiche 31

CEJM

Lorsqu'une personne subit un dommage dans le cadre non d'un contrat mais d'une situation relevant d'un **fait juridique**, la victime peut invoquer le régime de la **responsabilité civile extracontractuelle** pour obtenir une **indemnisation**.

1 La responsabilité civile extracontractuelle : de la faute au risque

A. Le principe : la faute

■ Historiquement, la responsabilité d'une personne est engagée dès lors que l'on peut prouver qu'elle a commis une faute intentionnelle.

■ La responsabilité est qualifiée de subjective car elle n'est retenue que si la faute est établie. Cette responsabilité a toutefois été étendue aux cas où l'auteur du fait juridique a agi avec imprudence et négligence (faute non intentionnelle).

Ex. **:** Un entrepreneur ne prend pas soin de bien fixer des tuiles et du matériel de chantier sur un toit. Un fort vent fait s'envoler quelques tuiles qui créent des dégâts sur l'immeuble voisin. L'entrepreneur a commis une imprudence qui constitue une faute non intentionnelle.

■ Mais l'ère de la révolution industrielle et de la production en masse de produits complexes a rendu plus difficile l'identification des auteurs d'une faute. Pour éviter ces incertitudes, le droit s'est progressivement tourné vers une systématisation de l'indemnisation.

B. Priorité à l'indemnisation de la victime : la théorie du risque

■ La théorie du risque s'est bâtie pour permettre d'engager la responsabilité d'une personne physique ou morale sans avoir à prouver une faute de sa part. Le risque, c'est d'abord celui qu'il faut assumer parce qu'il accompagne le profit tiré d'une activité.

■ Dans ce cas, l'existence seule du dommage permet à la victime de devenir créancière. La responsabilité est dite objective ou de plein droit.

C. Jusqu'au bout de la logique : la théorie de la garantie

■ Dans cette théorie, la réparation du préjudice subi par la victime est considérée comme une priorité sociale et son indemnisation est fortement facilitée.

■ On ne cherche plus à identifier l'auteur et sa faute (qui le sont d'ailleurs difficilement). Ce mécanisme s'appuie sur un principe d'assurance.

Notes

Notes

2 Les conditions de mise en œuvre

■ Aujourd'hui, pour être engagée, la responsabilité civile extracontractuelle suppose de réunir trois conditions :
– un fait générateur : le Code civil prévoit le fait personnel, le fait d'autrui et le fait des choses ;
– un dommage : son appréciation est la même qu'en matière contractuelle. Il est patrimonial ou extrapatrimonial ;
– un lien de causalité direct et certain entre le fait générateur et le dommage.

3 Les régimes spéciaux de la responsabilité civile extracontractuelle

A. La responsabilité du fait des produits défectueux *(articles 1245 et suivants du Code civil)*

■ Elle définit les conditions de la responsabilité de plein droit du producteur lorsqu'un produit défectueux a porté atteinte à une personne physique ou à un bien (pour un dégât supérieur à 500 €).
■ Un produit est considéré comme défectueux dès lors qu'il n'offre pas à son utilisateur la sécurité à laquelle il peut légitimement s'attendre. Toute personne ayant participé à la chaîne de production est responsable solidairement du dommage causé.
■ Le régime prévoit quelques cas d'exonération du producteur *(article 1245-10 du Code civil)*.

B. La responsabilité de l'employeur vis-à-vis de ses salariés

■ L'employeur a une obligation de sécurité de résultat vis-à-vis de ses salariés. Il est responsable des dommages qu'ils peuvent subir dès lors qu'il « avait ou aurait dû avoir conscience des risques » qu'il leur faisait encourir.

À noter
L'employeur peut voir engager sa responsabilité civile mais aussi sa responsabilité pénale.

C. La responsabilité du fait de l'atteinte à l'environnement

■ La responsabilité de l'entreprise peut être engagée à l'occasion de la survenance d'un préjudice écologique. *L'article 1246 du Code civil* énonce : « Toute personne responsable d'un préjudice écologique est tenu de le réparer. »

D. L'obligation précontractuelle d'information

■ Lors de la négociation du contrat, une sanction est envisageable sur le fondement de la responsabilité extracontractuelle lorsque l'une des parties ne respecte pas l'obligation de bonne foi et l'obligation précontractuelle d'information qui en découle.

À retenir !

■ Le droit prévoit les conditions d'engagement de la responsabilité civile extracontractuelle lorsqu'une personne est victime d'un fait juridique préjudiciable. Pour envisager tous les cas de figure, certains régimes spéciaux de responsabilité ont été créés.

Les ressources tangibles et intangibles

Une entreprise se constitue autour d'un **ensemble de ressources** qui vont être utilisées pour financer l'activité, réaliser les fonctions de production ou de commercialisation. La quantité et la qualité des ressources disponibles conditionnent le niveau d'activité de l'entreprise.

1 Les ressources tangibles

■ Les ressources tangibles constituent les ressources matérielles propres à l'entreprise.

RESSOURCES TANGIBLES

- Ressources humaines : les salariés
- Ressources physiques : bâtiments, équipements, installations techniques
- Ressources financières : financement à court et long termes (dette, trésorerie)

■ Les ressources humaines sont évaluées à la fois d'un point de vue qualitatif, mais aussi quantitatif (nombre de salariés en équivalent temps plein × temps de travail annuel en heures).

■ Les ressources physiques peuvent être détenues directement en propriété par l'entreprise mais, pour gagner en souplesse, elle peut aussi faire appel à des mécanismes de prêt à plus ou moins long terme de matériels ou d'équipements (***ex.*** **:** crédit-bail).

■ Les ressources financières doivent permettre de faire face aux besoins financiers de l'entreprise à court et long termes.

■ Si l'on se base sur la théorie des ressources d'Edith Penrose, une économiste anglaise (1914-1996), l'entreprise est un ensemble de ressources tangibles (matérielles) et intangibles (immatérielles).

> **Remarque**
> Les ressources sont appelées ressources stratégiques lorsqu'elles permettent d'obtenir un avantage concurrentiel.

2 Les ressources intangibles

■ Dans une économie toujours plus fondée sur les technologies de l'information et de la communication (TIC), l'avantage compétitif d'une entreprise dépend de ses ressources intangibles (immatérielles ou compétences).

Notes

Notes

RESSOURCES INTANGIBLES

- Organisation de l'entreprise (structure, SI)
- Ressources technologiques (brevets, savoir-faire)
- Ressources commerciales (image de marque, notoriété)

3 Les savoirs et compétences

■ La compétence d'une entreprise repose sur trois éléments complémentaires détenus par ses salariés :

– les connaissances ou le savoir : connaissance acquise par l'étude, par l'apprentissage, par l'expérience ;

– les pratiques ou le savoir-faire : ensemble des expériences acquises par un individu dans son domaine d'activité ;

– les attitudes ou le savoir-être : capacité de produire des actions et des réactions adaptées à l'environnement humain et écologique. On parle aussi de « savoir-être relationnel ».

■ La compétence est donc la capacité d'une entreprise ou d'un individu à mettre en œuvre (mobiliser) ses ressources afin d'atteindre ses objectifs.

■ Les compétences constituent un élément de plus en plus important de l'avantage compétitif d'une entreprise.

Ex. : Le groupe LVMH, leader mondial du luxe, a créé en 2014 un Institut des métiers d'excellence afin de proposer des formations en alternance et d'assurer la transmission de ses savoir-faire dans l'artisanat, la création et la vente.

■ Les compétences sont dites stratégiques si elles permettent à l'entreprise de saisir les opportunités sur un marché ou de réduire ses coûts de production.

■ Par ailleurs, elles doivent alors être difficilement imitables par les concurrents (elles ne sont donc pas facilement accessibles aux autres entreprises).

À retenir !

- Une entreprise, pour fonctionner, doit disposer d'un ensemble de ressources tangibles ou intangibles.
- La compétitivité repose de plus en plus sur les ressources intangibles du fait de la révolution numérique et de la tertiarisation de l'économie.

Les mécanismes de coordination et de contrôle

Fiche 33

CEJM

Notes

Une entreprise se caractérise par une organisation (**structure**) particulière qui suppose des **mécanismes de coordination et de contrôle** adaptés.

1 Les composants d'une structure selon Henry Mintzberg

▪ La pertinence d'une structure s'évalue notamment par les mécanismes de coordination et de contrôle qui en assurent le bon fonctionnement.

▪ Ces mécanismes permettent de donner une cohérence aux différentes composantes de l'organisation mise en place, notamment :

– la technostructure contribue à concevoir, organiser les procédés de travail au sein de l'entreprise ;

– le centre opérationnel regroupe l'ensemble des salariés qui effectuent le travail de production ;

– le support logistique assure l'ensemble des activités non directement liées à la production.

Henry Mintzberg

Henry Mintzberg, né en 1939, est un universitaire canadien en sciences de gestion, ayant principalement travaillé dans le domaine du management, de l'efficacité managériale, de la structure des organisations ou de la planification stratégique.

Les composantes de l'organisation selon Mintzberg

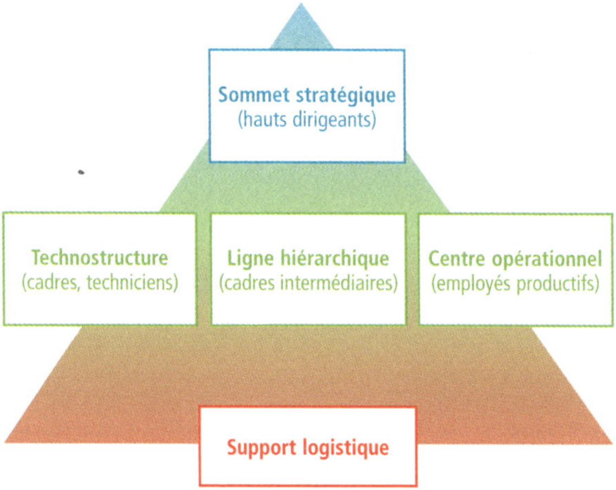

Notes

2 Les mécanismes de coordination d'une structure

■ Henry Mintzberg distingue six mécanismes de coordination possibles selon le type d'organisation d'une entreprise.

❶ **Supervision directe**	Une seule personne donne les ordres et s'assure de la coordination du travail.
❷ **Ajustement mutuel**	La coordination des tâches se fait par la négociation et le compromis entre individus d'un même niveau hiérarchique.
❸ **Standardisation des procédés**	Processus d'uniformisation des règles de fonctionnement et des méthodes de travail. La technostructure assure l'essentiel de ce travail pour le compte des personnels du centre opérationnel.
❹ **Standardisation des qualifications**	Processus d'uniformisation du savoir et des compétences des salariés grâce à l'utilisation de références communes (langage, procédures, etc.). Cela permet de coordonner le travail des salariés de l'entreprise.
❺ **Standardisation des résultats**	Processus d'uniformisation des objectifs (et donc des résultats) définis pour chaque département d'une organisation.
❻ **Standardisation des normes**	Processus d'uniformisation des croyances des membres de l'entreprise autour d'une culture commune.

3 Les mécanismes de contrôle

■ Il existe divers types de contrôles de la performance :

– par la règle (bureaucratique) : respect des normes et des procédures ;

– par le marché : contrôle des résultats obtenus par rapport aux objectifs initiaux ;

– par la standardisation : respect des consignes et standardisation des opérations et des compétences ;

– par l'idéologie, les valeurs et la culture d'entreprise : l'action des individus doit être conforme aux valeurs communes développées dans l'entreprise.

■ Ces types de contrôle ne sont pas exclusifs. L'objectif n'est pas simplement d'analyser l'atteinte ou non des objectifs fixés, mais plutôt d'évaluer les écarts éventuels, d'en identifier les causes et de prendre les mesures correctives pour les réduire. La pertinence des indicateurs utilisés par l'entreprise doit permettre une bonne évaluation de l'efficacité (ou de l'efficience) de celle-ci.

À retenir !

■ Une entreprise est une organisation qui peut se caractériser par sa structure et les mécanismes de coordination et de contrôle qui en assurent le bon fonctionnement. On doit à Henry Mintzberg la description et la classification de ces mécanismes.

Les styles de management

Fiche 34

CEJM

Notes

Le type de structure de l'entreprise influe sur le style de management et les prises de décision, facteurs importants de productivité.

1 Les différents styles de management selon Rensis Likert

■ **Rensis Likert** identifie quatre styles de management caractérisés selon le mode de prise de décision mis en œuvre par le manager.

Rensis Likert

Rensis Likert (1903-1981) est un psychologue américain qui a travaillé dans le domaine du management des entreprises, en particulier sur les styles de direction.

Style de management	Caractéristiques
Style autoritaire ou autocratique	Décisions imposées par le dirigeant aux salariés sans concertation : ce système repose sur la sanction et le respect des instructions données par une **communication descendante**.
Style consultatif ou démocratique	La direction consulte les salariés avant de prendre ses décisions grâce à un système de communication aussi bien **ascendant** que **descendant**. Cette implication des salariés est un facteur de motivation.
Style paternaliste ou bienveillant	Système proche du style autoritaire : le dirigeant cherche à mettre en avant un rôle protecteur, bienveillant envers les salariés qui restent soumis aux décisions **descendantes**.
Style participatif	Décisions prises dans une démarche consensuelle avec l'ensemble des membres de l'entreprise impliqués. Selon Likert, cette démarche rend l'entreprise plus efficace.

■ L'exercice du pouvoir de décision dépend en grande partie du style de management mais s'analyse aussi selon une vision classique (descendante, hiérarchique) telle que décrite par **Henri Fayol**.

Henri Fayol

Henri Fayol (1841-1925) définit l'activité administrative dans une entreprise selon cinq composantes : prévoir, organiser, commander, coordonner, contrôler.

2 Les facteurs qui influent sur la prise de décision

■ Selon Herbert Simon, la prise de décision ne peut être dissociée de celui qui la prend et du contexte de l'entreprise dans laquelle elle est prise. Parmi les principaux facteurs qui l'influencent, on peut noter :

– le style de direction (concerté ou non) ;

– le style du manager (personnalité, histoire, attitude défensive ou offensive, expérience, etc.) ;

Notes

– la structure de l'entreprise (entreprise décentralisée ou non) ;
– le degré de risque (niveau d'incertitude dans lequel est prise la décision) ;
– la répétitivité de la décision ;
– etc.

Ex. : Dans les TPE-PME, le dirigeant est généralement le propriétaire de l'entreprise et son mode de management dépendra en grande partie de sa personnalité (d'autoritaire à paternaliste). Dans de plus grandes sociétés, le manager ne possède pas l'entreprise. Son mode de management est plus orienté vers la recherche d'efficacité en lien avec les résultats attendus par les actionnaires.

3 Les trois types de décisions selon Igor Ansoff

■ **Igor Ansoff** propose d'identifier différents types de décisions selon le critère principal de la réversibilité.

Igor Ansoff

Igor Ansoff (1918-2002), professeur américain d'origine russe, a proposé un classement des décisions en trois catégories : stratégique, tactique et opérationnelle.

Types de décisions	Caractéristiques
Décisions stratégiques	• Elles concernent les objectifs globaux de l'entreprise. • Elles sont prises par la direction et sont irréversibles. • Elles peuvent remettre en cause la pérennité de l'entreprise.
Décisions tactiques	• Elles concernent le choix d'affectation des ressources au sein de l'entreprise. • Elles sont prises par la direction opérationnelle et fonctionnelle de l'entreprise. • Elles sont réversibles, mais à un coût très important pour l'entreprise.
Décisions opérationnelles	• Elles concernent la vie quotidienne de l'entreprise. • Elles sont prises par les différents niveaux de responsabilité de l'entreprise. • Elles sont donc facilement réversibles.

À retenir !

■ La prise de décision dans une entreprise est un élément important de sa compétitivité.
■ Elle dépend, selon les auteurs, du style de management du dirigeant (Rensis Likert), des facteurs qui l'influencent (Herbert Simon) ainsi que du type de décision (Igor Ansoff).

Les processus de l'entreprise

Fiche 35

CEJM

Notes

Pour produire, une entreprise réalise un **ensemble d'opérations** qui se structurent selon un **processus productif organisé**. Ces différentes activités indispensables au bon fonctionnement de l'entreprise se décomposent entre des activités principales et des **activités de soutien**.

1 Le modèle de Michael Porter de la chaîne de valeur

- Le modèle de Michael Porter repose sur une représentation générale de l'entreprise s'appuyant sur un processus composé d'un enchaînement d'activités transformant les *inputs* (matières premières) en *outputs* (produits finis) vendus aux consommateurs.
- L'entreprise est définie selon son processus de transformation à partir duquel elle génère de la valeur. Ces activités créatrices de valeur sont de deux sortes : activités principales et activités de soutien.

2 Les activités principales

- Les activités principales recouvrent l'ensemble des étapes nécessaires à la création et à la distribution au client du produit ou service réalisé par l'entreprise. Au-delà de la production elle-même, les services ou la logistique constituent des activités essentielles pour assurer la compétitivité de l'entreprise.

Activités principales	Caractéristiques
Logistique interne	Activités logistiques (en amont) de réception, de stockage et de manutention interne pour affecter les moyens indispensables à la production.
Production	Transformation des moyens de production en produits finis (y compris emballage et contrôle qualité).
Logistique externe	Ensemble des activités de livraison des biens et services aux clients (collecte, stockage, distribution).
Commercialisation (marketing) et vente	Ensemble des moyens et méthodes utilisés pour promouvoir l'offre de l'entreprise (publicité, force de vente, choix des circuits de distribution).
Services	Ensemble des activités associées à la fourniture de services complémentaires dans le but d'accroître la valeur du produit ou service fourni (maintenance, assistance, etc.).

Notes

3 Les activités de soutien

■ Les activités de soutien constituent les fonctions support de l'entreprise. Elles ne sont donc pas directement liées aux activités de production mais sont indispensables au bon fonctionnement de l'entreprise.

Remarque

Ces activités ne doivent pas être négligées car elles contribuent largement à la compétitivité globale de l'entreprise.

Activités de soutien	Caractéristiques
Approvisionnements	Activités liées aux achats de matières premières, de marchandises, de fournitures diverses, mais aussi des moyens de productions de l'entreprise.
Développement technologique	Activités qui permettent à l'entreprise de disposer des technologies indispensables à la production et aux activités de soutien (recherche et développement, systèmes d'information de l'entreprise, développement des connaissances, etc.).
Gestion des ressources humaines	Activités de type RH de l'entreprise (recrutement, rémunération, motivation, formation, gestion de carrière, etc.).
Infrastructure de l'entreprise	Activités administratives liées au fonctionnement de l'entreprise (direction générale, planification, finance, comptabilité, communication, service juridique).

4 Le processus de management

■ Le processus de pilotage contribue, d'une part, à la définition d'une stratégie et d'une politique pour l'entreprise et, d'autre part, à la détermination du mode de pilotage des actions à mettre en œuvre pour atteindre les objectifs fixés. Ces processus sont sous la responsabilité de l'équipe de direction.

■ Ils se matérialisent par les processus de décision et de contrôle qui vont s'appliquer des points de vue hiérarchique et fonctionnel afin d'assurer la cohérence de l'organisation, notamment entre les activités principales et celles de soutien.

à retenir !

- Une entreprise peut être caractérisée à partir de l'ensemble des processus de transformation qui contribuent à son activité.
- Ces processus varient selon les types d'activités (principales et de soutien) présentes dans l'entreprise.

La responsabilité éthique, sociale, sociétale et environnementale

Fiche 36

Les entreprises, au-delà de leur fonction principale qui est de produire un bien ou un service, ont un impact important sur les questions sociales et environnementales qui concernent l'ensemble des citoyens. La prise en compte de la **responsabilité sociétale des entreprises** devient un enjeu stratégique dans la prise de décision des managers.

1 La responsabilité sociétale des entreprises (RSE)

A. La notion d'entreprise socialement responsable

■ Les entreprises sont dites « socialement responsables » quand elles prennent en compte la responsabilité de leur impact sur la société en dehors de la simple obligation légale. Cet impact peut être de différents types :

■ Cette notion d'entreprise socialement responsable peut sembler aller à l'encontre du but premier d'une entreprise qui est de réaliser un profit. À long terme néanmoins, face à des consommateurs de plus en plus sensibles aux impacts sociaux et sociétaux des entreprises, cette dimension peut devenir un élément de différenciation positif (réputation) pour l'entreprise et son activité.

B. Éthique et responsabilité sociale de l'entreprise

■ Les sociétés expriment généralement leur approche **éthique** par un ensemble de valeurs ou de principes fondamentaux qui sont clairement formulés et communiqués en interne et en externe.

Éthique des affaires
Ensemble des règles, codes ou principes qui vont orienter les décisions des organisations vers plus de morale et de transparence.

Notes

Notes

■ On identifie généralement cinq dimensions à la RSE :

❶ la gestion de l'entreprise : prendre en compte le développement durable, l'intérêt des parties prenantes ;

❷ la qualité de vie au travail : privilégier la qualité de l'emploi, le dialogue social, l'équité des relations et la non-discrimination, assurer des conditions de travail saines et sûres ;

❸ la protection de la planète : réduire l'impact environnemental des activités et des produits ;

❹ l'acteur responsable sur le marché : dans le respect des droits de l'homme et de l'environnement, agir avec responsabilité envers les partenaires économiques (fournisseurs et clients) ;

❺ l'implication locale : en fonction de la localisation des activités, agir en respectant le développement des territoires.

2 Une démarche globale

■ Au-delà de simples opérations de communication, les grandes entreprises sont plus sensibles à une démarche RSE du fait de l'évolution des modes de consommation, de la montée des enjeux sociétaux et environnementaux et des risques liés à leur réputation (image de marque).

■ Une démarche RSE se traduit par un engagement continu d'amélioration en différentes étapes :

Ex. : Le groupe Lego a présenté en 2018 ses premières briques *eco-friendly* obtenues à partir de canne à sucre. Le développement de pièces végétales vise à lutter contre l'utilisation du plastique.
Orange a présenté fin 2017 une application mobile nommée Ellomi qui présente les différents types de handicaps et précise l'engagement et les aménagements prévus par l'entreprise pour accompagner et maintenir ses salariés en situation de handicap dans l'emploi.

À retenir !

■ Une entreprise n'est pas uniquement un agent économique chargé de produire des biens et des services. Elle a des responsabilités sociales et sociétales importantes et son impact sur l'environnement est de plus en plus pris en compte dans l'acte d'achat des consommateurs. La démarche RSE devient donc un facteur important de compétitivité pour l'entreprise.

Les effets d'expérience

Fiche 37

CEJM

Notes

La maxime « C'est en forgeant qu'on devient forgeron » signifie qu'en exécutant de façon répétée une ou plusieurs tâches, on gagne en **expérience** et en **savoir-faire**. À l'échelle d'une entreprise, cela revient à faire valoir les **effets d'expérience** acquis par une organisation au fil du temps.

1 L'effet d'expérience pour l'entreprise

- L'effet d'expérience permet à l'entreprise de produire plus rapidement, plus efficacement, d'améliorer la qualité de ses produits et de ses processus de production.

- Ces éléments permettent à l'entreprise de se doter de manière durable d'un avantage de coût qui lui assurera un avantage comparatif à long terme. Cet avantage comparatif ne sera recherché que si le prix est un élément essentiel de compétitivité.

- Dans certains secteurs économiques, moins sensibles au prix de vente (***ex.*** : le secteur du luxe), l'effet d'expérience n'est pas un facteur clé de succès.

La courbe d'apprentissage

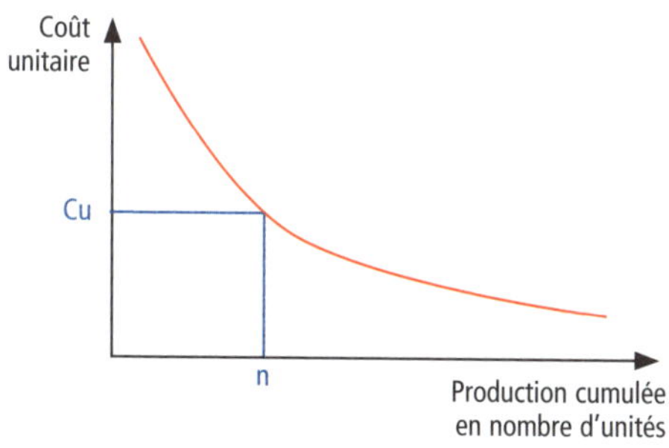

- L'effet d'expérience est généralement matérialisé par la courbe d'apprentissage qui illustre la diminution du coût unitaire de production au fur et à mesure que la production cumulée augmente.

- La courbe d'apprentissage revient à mettre en avant la notion de compétitivité prix comme facteur principal de compétitivité d'une entreprise (notamment dans le secteur industriel).

Notes

2 Les principales causes de l'effet d'expérience

■ Les principales raisons qui expliquent cette diminution du coût unitaire de production sont :

– l'effet d'apprentissage : l'expérience acquise par les salariés d'une entreprise qui se traduit par des gains de productivité. Beaucoup d'entreprises sont sensibilisées à ces pertes d'apprentissage lors du remplacement de salariés (nécessité d'assurer une transmission des savoir-faire en interne) ;

– la spécialisation des personnels (approche tayloriste) qui consiste à spécialiser les salariés en divisant les tâches pour accroître la compétitivité globale de la chaîne de production au fur et à mesure que les volumes produits augmentent ;

– l'investissement continu qui entraîne des modifications dans le processus de production (nouvelles machines plus performantes, nouvelle organisation du travail, évolutions technologiques, etc.). Cette amélioration continue se traduit par des gains de productivité et une diminution du coût unitaire de production ;

– l'effet d'échelle qui permet de répartir les frais fixes sur un volume plus important de biens produits (une hausse des volumes permet ainsi de faire diminuer le coût d'achat auprès des fournisseurs en jouant sur les quantités commandées, etc.).

Ex. : Les principaux constructeurs automobiles mondiaux sont engagés dans une course au volume pour produire à moindre coût (rachat d'Opel par PSA en 2017, projet de fusion Renault-Fiat Chrysler en 2019, etc.).

■ Lorsqu'une entreprise n'est pas en mesure d'investir suffisamment dans son outil de production ou d'augmenter les volumes produits pour bénéficier de cet effet d'expérience, il peut être judicieux de confier à un sous-traitant une partie de la production afin de concentrer les ressources sur d'autres éléments de la chaîne de valeur. L'externalisation de la production, notamment dans des pays où les coûts de production sont plus faibles, est une des conséquences de cette recherche continue de diminution des coûts de production. Il conviendra néanmoins de conserver la même exigence de qualité pour les productions réalisées par le sous-traitant.

À retenir !

■ Plus une entreprise produit et plus elle réduit ses coûts unitaires de production et accroît sa productivité. À l'origine de ce constat réside la notion d'effet d'expérience qui repose sur un effet d'apprentissage lié à la spécialisation des personnels, un investissement constant dans l'outil de production et des économies d'échelle.

La distinction cycle d'exploitation-cycle d'investissement

Fiche 38

CEJM

Notes

Il existe un lien direct entre la définition de la stratégie et la réflexion à mener par l'entrepreneur sur le volume des ressources financières dont doit disposer l'entreprise pour faire face à ses besoins de financement.

1 Les besoins liés au cycle d'exploitation

■ Par principe, une entreprise doit produire avant de vendre sa production, ce qui se traduit par un décalage entre ses recettes futures et ses dépenses immédiates.

■ Ces dépenses immédiates (cycle d'exploitation) sont liées à l'ensemble des opérations nécessaires à une entreprise pour produire et vendre un bien ou un service :

– acquisition des matières premières et biens intermédiaires auprès de ses fournisseurs ;

– fabrication du produit ou du service (salaires, frais engendrés par la chaîne de production, etc.) ;

– stockage et approvisionnement des points de vente (logistique, etc.) ;

– financement éventuel de la fonction commerciale (vendeurs, commerciaux, crédits accordés aux clients).

■ Le besoin en fonds de roulement (BFR) détermine le montant que doit financer l'entreprise afin de couvrir le besoin résultant de ces décalages entre les décaissements (financement des matières premières et des biens intermédiaires, des salaires, des charges logistiques, des frais de stockage, etc.) et les encaissements (encaissement des ventes) liés à son activité.

Calcul du BFR

BFR = actif circulant – passif circulant

■ Certaines entreprises en forte croissance peuvent se retrouver en difficulté si elles ne disposent pas des ressources financières adéquates.

■ Les délais de paiement des créances clients et fournisseurs constituent un levier important d'évolution du BFR en permettant à l'entreprise d'obtenir des encaissements plus rapides ou en retardant, pour les fournisseurs, la date du décaissement.

Notes

2 Les besoins liés au cycle d'investissement

■ Outre le financement de son cycle d'exploitation, l'entreprise doit engager un ensemble de dépenses d'investissements (cycle d'investissement) pour financer l'acquisition d'immobilisations.

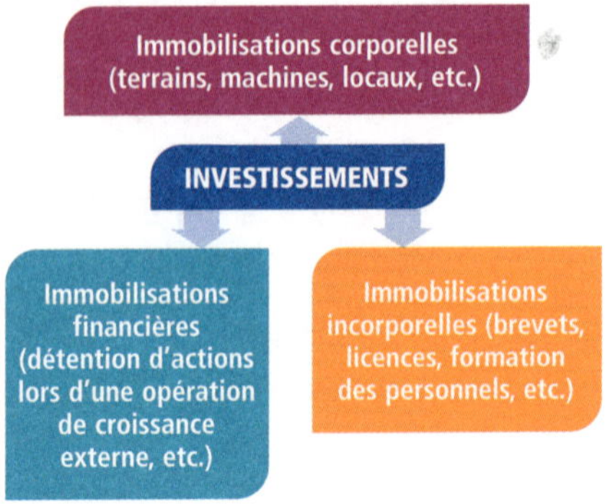

■ Ces immobilisations seront utilisées sur plusieurs cycles de production et permettent à l'entreprise soit d'accroître, soit d'améliorer ses capacités de production.

■ Le financement du cycle d'investissement repose sur des financements à long terme (ressources durables).

■ Le fonds de roulement net global (FRNG) correspond à la différence entre les ressources durables d'une entreprise et les dépenses d'investissement engagées pour financer les immobilisations. S'il est positif, le fonds de roulement net global permet à l'entreprise de financer tout ou partie de son besoin en fonds de roulement.

Calcul du FRNG

FRNG = ressources durables – dépenses d'investissement

■ Dans l'idéal, le FRNG doit être supérieur au BFR pour que l'entreprise dispose d'une marge de manœuvre financière pour assurer son développement.

À retenir !

- Une entreprise doit disposer de ressources financières suffisantes pour faire face à son besoin en fonds de roulement.
- Elle s'assurera pour cela de disposer de ressources durables en capacité de financer ses investissements et tout ou partie de son besoin en fonds de roulement.

Le bilan fonctionnel de l'entreprise

Fiche 39

CEJM

Notes

Le bilan fonctionnel se différencie du bilan comptable en distinguant l'impact des principaux cycles de l'entreprise (cycle d'investissement, cycle d'exploitation et hors exploitation).
Il donne une indication sur la situation financière de l'entreprise et sa capacité à mettre en œuvre sa stratégie.

1 L'analyse du bilan fonctionnel

■ L'analyse du bilan permet de s'assurer de l'équilibre financier d'une entreprise en distinguant les différents cycles qui impactent sa structure financière :

– le cycle de financement et d'investissement permet de vérifier l'adéquation entre les ressources financières d'une entreprise et leur emploi (un emploi stable doit être financé par une ressource stable) ;

– le cycle d'exploitation et hors exploitation permet d'analyser les besoins de financement générés par le cycle d'exploitation de l'entreprise et les modalités de son financement ;

– le cycle de trésorerie mesure l'impact des cycles précédents sur la trésorerie de l'entreprise.

2 La présentation simplifiée du bilan fonctionnel

■ Le bilan fonctionnel présente les emplois et les ressources classés par fonctions.

■ On ne parle pas ici d'actif et de passif mais d'emplois et de ressources.

Emplois (actif)	Ressources (passif)
Emplois stables (principaux postes) – immobilisations corporelles – immobilisations incorporelles – immobilisations financières	**Ressources stables** – capitaux propres – provisions pour risques et charges – amortissements – dettes financières
Actif circulant – d'exploitation (stocks, créances clients) – hors exploitation (autres créances)	**Passif circulant** – d'exploitation (dettes fournisseurs) – hors exploitation (autres dettes)
Trésorerie active – liquidités disponibles	**Trésorerie passive** – concours bancaires à court terme

Notes

3 Les principaux ratios financiers d'analyse du bilan

■ L'analyse du bilan fonctionnel d'une entreprise permet d'obtenir des informations utiles sur sa situation financière et sur sa capacité à assurer son développement et sa pérennité.

■ Délais de paiement accordés à la clientèle : mesure la durée moyenne du crédit client.

$$\frac{\text{(Créances clients et Comptes rattachés)} \times 360}{\text{CA TTC}}$$

■ Taux d'endettement : mesure le poids du financement externe dans les ressources stables d'une entreprise.

$$\frac{\text{Dettes financières}}{\text{Capitaux propres}}$$

■ Ratio d'indépendance financière : permet de déterminer l'indépendance financière d'une entreprise vis-à-vis des établissements bancaires.

$$\frac{\text{Capitaux propres}}{\text{Dettes financières}}$$

■ Capacité de remboursement : mesure le nombre d'années que l'entreprise mettra à rembourser ses dettes en utilisant sa capacité d'autofinancement.

$$\frac{\text{Dettes financières}}{\text{CAF}}$$

■ Le choix d'un ou plusieurs ratios dépendra avant tout de l'information que souhaite obtenir l'entreprise et doit permettre d'aider le manager dans la définition de la future stratégie ou d'évaluer la stratégie actuelle.

Remarque

La loi réglemente les délais de paiement entre professionnels (30 jours avec un possible allongement à 60 jours) afin de protéger les PME qui ne disposent pas d'un pouvoir de négociation suffisant auprès des grandes entreprises.

À retenir !

■ Le bilan fonctionnel permet d'analyser la situation financière d'une entreprise en comparant ses emplois (actif) à ses ressources (passif). L'analyse de ce bilan grâce à des ratios financiers permet d'aider le manager dans ses prises de décisions.

Le compte de résultat de l'entreprise

Fiche 40

CEJM

Notes

En fin d'exercice, une entreprise établit son compte de résultat à partir de l'ensemble des opérations qui se sont traduites par des encaissements et des décaissements. Elle peut ainsi déterminer sa capacité à réaliser un bénéfice.

1 La présentation simplifiée du compte de résultat

■ Le compte de résultat (CR) est un document comptable qui présente l'ensemble des produits (encaissements) et des charges (décaissements) de l'entreprise pendant un an (exercice comptable).

■ Il fournit des informations sur les performances réalisées par une entreprise et constitue un outil indispensable à l'entrepreneur pour évaluer l'impact de sa stratégie sur la santé financière de son entreprise (performance économique et rentabilité).

Charges	Produits
Charges d'exploitation (principaux postes) – coût d'achat des marchandises vendues – charges externes (fournitures, loyers, frais postaux, etc.) – salaires et charges sociales – impôts et taxes sur la production – dotations aux amortissements, dépréciations et provisions	**Produits d'exploitation** – vente de marchandises – production vendue, stockée et immobilisée – reprises sur amortissements, dépréciations et provisions – autres produits
Charges financières – dotations aux amortissements et provisions – intérêts d'emprunts et charges assimilées	**Produits financiers** – intérêts sur placements – reprises sur provisions
Charges exceptionnelles – sur opérations de gestion ou en capital	**Produits exceptionnels** – sur opérations de gestion ou en capital
Bénéfice si produits – charges > 0	**Perte** si produits – charges < 0

■ Le résultat net (bénéfice ou perte) résulte de la différence entre les produits (encaissements) et les charges (décaissements).

■ Il ne dépend donc pas uniquement de l'activité d'exploitation.

■ Il doit, de ce fait, être étudié en détail et sur plusieurs exercices (notamment en isolant les éléments exceptionnels non récurrents) pour éviter les erreurs d'interprétation.

Notes

2 Les principaux soldes intermédiaires de gestion (SIG)

■ Une analyse plus détaillée du compte de résultat permet d'établir les soldes intermédiaires de gestion.

■ **Valeur ajoutée (VA)** : mesure la richesse brute créée par l'entreprise dans le cadre de son activité.

VA = Marge commerciale + Production de l'exercice
– Consommations de l'exercice en provenance de tiers

■ **Excédent brut d'exploitation (EBE)** : mesure la performance commerciale et industrielle indépendamment de la politique de financement et d'investissement de l'entreprise et des événements exceptionnels.

EBE = VA de l'entreprise + Subventions d'exploitation
– Impôts, taxes et versements assimilés – Charges de personnel

■ **Résultat d'exploitation** : mesure la capacité de l'entreprise à générer des ressources avec son activité principale, sans prendre en compte les éléments financiers et exceptionnels. Il met en avant la performance économique de l'entreprise.

Résultat d'exploitation = Produits d'exploitation – Charges d'exploitation

■ **Capacité d'autofinancement (CAF)** : mesure l'ensemble des ressources internes générées par l'entreprise dans le cadre de son activité qui permettent d'assurer son financement.

CAF = Produits encaissables – Charges décaissables

■ Cette approche plus détaillée permettra au manager de mesurer sur une année d'exercice la réelle efficacité de son organisation productive ainsi que l'impact de la politique de financement.

Remarque

Les SIG fournissent des informations plus utiles parfois que le simple résultat net sur la situation financière d'une entreprise (CAF, EBE, etc.).

À retenir !

■ Le compte de résultat permet à une entreprise de mesurer ses principaux soldes intermédiaires de gestion (Valeur Ajoutée, Excédent Brut d'Exploitation, Résultat d'Exploitation et Capacité d'autofinancement). L'analyse de ces soldes constitue une source précieuse d'information pour évaluer l'efficacité du processus de production mis en œuvre par l'entreprise.

Les différents modes de financement

Fiche 41

CEJM

Notes

Pour faire face à ses besoins de financement, l'entreprise peut s'appuyer sur différents modes de financement, qu'ils soient internes ou externes.

1 Les principaux modes de financement

Financement interne (utilisation des ressources financières dégagées par l'entreprise elle-même)	Financement externe (obtention de ressources financières par des financeurs externes)
Utilisation de la CAF (capacité d'autofinancement) : ensemble des ressources financières internes dégagées par l'entreprise et utilisables pour satisfaire ses besoins de financement à long terme.	**Apports financiers des associés** qui constituent le capital social d'une entreprise mais qui peuvent l'abonder par la suite en cas de besoin.
	Augmentation de capital : opération qui consiste pour l'entreprise à accroître son capital par émission de nouvelles actions.
Cession d'actifs (désinvestissement) : opération qui consiste pour une entreprise à céder à une autre entreprise une partie de ses actifs en échange d'une contrepartie monétaire.	**Crédit-bail :** opération permettant à une entreprise de disposer d'un bien d'équipement de son choix, sans en être propriétaire, en le louant à une société spécialisée qui l'achète au fabricant.
	Emprunts bancaires : opérations par lesquelles un établissement financier met à la disposition d'une entreprise une somme d'argent contre la promesse de son remboursement et moyennant le paiement d'un intérêt.

- Les grandes entreprises peuvent mobiliser conjointement les différents modes de financement.
- Les PME, par nature plus fragiles, sont susceptibles de rencontrer des difficultés pour obtenir des financements (accès au crédit réduit, CAF limitée voire négative en phase de croissance, etc.).

Remarque

Le **crédit-bail** est un contrat de location conclu entre un établissement bancaire (qui est le bailleur) et une entreprise qui est l'occupant. Ce contrat de location est assorti d'une promesse de vente à l'issue du contrat de location. Le crédit-bail concerne surtout du matériel (voiture, outillage, équipements, etc.) mais peut aussi concerner des biens immobiliers.

Notes

2 Leurs caractéristiques

■ Le choix du mode de financement dépendra des avantages et inconvénients propres à chacun :

– l'utilisation de la CAF présente un risque de mauvaise utilisation des fonds disponibles qui sont immobilisés dans l'entreprise alors qu'ils auraient pu être investis autrement et offrir une meilleure rentabilité (**ex. :** placements financiers). La CAF constitue aussi une réserve financière que pourra utiliser l'entreprise en cas de difficultés ;

– les cessions d'actifs engendrent un risque de perte de compétences et de sortie définitive d'un marché par l'entreprise. Elles peuvent, par ailleurs, entraîner un coût (moins-value) par rapport à la valeur comptable des actifs cédés ;

– l'augmentation de capital engendre un risque de perte de pouvoir de l'entrepreneur du fait de l'arrivée de nouveaux actionnaires et un coût financier futur lié à la nécessité de verser des dividendes plus importants ;

– l'emprunt bancaire engendre un coût financier lié à la nécessité de payer des charges d'intérêts sur les sommes contractées et un risque d'endettement trop important de l'entreprise ;

– le coût de la location du crédit-bail accroît les charges de l'entreprise. Le risque est plus limité puisque l'entreprise ne devient pas propriétaire des biens acquis par ce procédé.

■ Une fois les contraintes financières identifiées, l'entrepreneur doit choisir le mode de financement adéquat pour adapter les ressources de l'entreprise à la stratégie mise en œuvre.

■ La détermination du mode de financement dépendra de la comparaison entre les coûts et les bénéfices des différentes solutions mesurée sur la durée totale du besoin à satisfaire. Plus l'échéance sera longue et plus l'entreprise cherchera à privilégier les options qui ne remettront pas en cause sa stabilité financière globale.

Remarque

L'encours des dettes contractées par les sociétés non financières installées en France s'est élevé à 1 609 milliards d'euros à la fin du mois de décembre 2018. Cela représente 74 % du PIB, soit une augmentation de 10 points en 4 ans. Cette hausse est en partie due à des taux d'intérêts faibles qui limitent les charges d'intérêts et favorisent ainsi le recours à l'emprunt.

à retenir !

■ Pour faire face à ses besoins de financement, l'entreprise peut faire appel à différents modes de financement qui présentent chacun des avantages et inconvénients spécifiques qu'il convient de comparer avant de les choisir.

L'équilibre financier de l'entreprise

Fiche 42

CEJM

Dans le cadre de la **gestion financière**, l'entrepreneur s'intéresse à l'équilibre entre les **ressources financières** dont dispose l'entreprise et ses **besoins de financement**. Une attention particulière est apportée à la **gestion du fonds de roulement** qui résulte du **cycle d'exploitation** de l'entreprise.

1 Les principales contraintes financières d'une entreprise

■ L'entrepreneur ou le manager doit faire face à deux types de besoins qui supposent des réponses spécifiques (mais non nécessairement dissociées) :

– des besoins de financement à court terme, pour assurer le financement du cycle d'exploitation ;

– des besoins de financement à long terme, pour assurer le financement des investissements de l'entreprise à moyen et long termes en fonction de la stratégie de développement adoptée.

Gestion financière
Ensemble des décisions et actions destinées à équilibrer les besoins et les ressources de financement de l'entreprise à court terme comme à long terme.

Notes

■ L'entrepreneur doit assurer une gestion financière qui intègre différentes contraintes :

– la contrainte de solvabilité : capacité de l'entreprise à honorer ses dettes exigibles à tout moment (contrainte de liquidité des fonds disponibles) ;

– la contrainte de pérennité : assurer la cohérence entre le besoin de financement (à court ou long terme) et le mode de financement retenu pour le financer. Par principe, le financement d'un besoin doit être assuré par une ressource ayant la même échéance ;

– la contrainte de disponibilité des ressources à court terme : assurer le bon usage des ressources disponibles à court terme. Une entreprise doit, par ailleurs, disposer de réserves pour faire face à des besoins temporaires ou exceptionnels ;

– la contrainte du coût du mode de financement retenu : le coût du financement doit notamment être mis en parallèle avec la rentabilité attendue des dépenses envisagées.

■ La contrainte de solvabilité demeure une contrainte prédominante pour le manager pour lequel un incident de paiement (même en phase de développement) peut entraîner la disparition de l'entreprise.

Notes

2 La gestion du fonds de roulement

■ La gestion du fonds de roulement est un enjeu essentiel pour l'entrepreneur qui doit s'assurer en priorité de la solvabilité de son entreprise.

■ Pour diminuer son besoin de financement à court terme (la différence entre le FRNG et le BFR), l'entrepreneur cherche au maximum à diminuer le besoin en fonds de roulement, notamment les besoins de financement à court terme de son cycle d'exploitation. Pour cela, il cherche à réduire les postes qui mobilisent le plus de ressources financières ou à accroître ses ressources financières disponibles à court terme.

■ Cela suppose :

– de réduire les délais de paiement accordés à ses clients ;

– d'accroître les délais de paiement consentis par ses fournisseurs ;

– de réduire les stocks intermédiaires des productions réalisées ;

– d'accroître ses **concours bancaires** auprès des établissements de crédit.

■ Ces différents éléments montrent l'importance de la relation qu'entretient l'entrepreneur avec les partenaires extérieurs de l'entreprise (clients, fournisseurs, banques, etc.). Le pouvoir de négociation d'une entreprise vis-à-vis de ses fournisseurs et de ses clients aura une importance toute particulière dans la gestion du fonds de roulement (les grandes entreprises imposent souvent des délais de paiement plus longs à leurs fournisseurs afin de réduire leur BFR).

> **Concours bancaires courants**
> Ensemble des dettes contractées par une entreprise auprès de sa (ses) banque(s) en raison des besoins de trésorerie qui proviennent de l'exploitation courante ou des autres opérations d'exploitation de l'entreprise.

■ En développant les ventes directes, les entreprises peuvent aussi réduire les délais de paiement des clients.

■ Le choix du mode de production qui sera retenu par un manager doit prendre en compte les incidences financières qui vont en découler en termes de besoin en fonds de roulement (financement de stocks de produits, etc.).

À retenir !

■ Au même titre qu'un particulier doit équilibrer son budget (dépenses-recettes), une entreprise doit constamment s'assurer de son équilibre financier afin de garantir sa solvabilité et donc sa pérennité. La gestion du fonds de roulement est au centre des décisions opérationnelles qui permettent soit de réduire les décaissements, soit d'augmenter les encaissements.

Places de marché et relations d'échange

Fiche 43

CEJM

Notes

L'essor des TIC (Technologies de l'information et de la communication) et du numérique a entraîné une **dématérialisation des échanges** qui modifie le fonctionnement des marchés.

1 Les différents types de relations d'échange

- Les relations peuvent être directes entre le producteur-vendeur et l'acheteur (e-commerce). C'est pourquoi l'on parle d'un phénomène de désintermédiation.
- Cette dématérialisation n'affecte pas uniquement les échanges marchands, elle favorise également les relations non marchandes comme les formalités administratives en ligne.
- Néanmoins, des plateformes électroniques, appelées places de marché, se développent très rapidement et favorisent des relations indirectes entre vendeurs et acheteurs. On parle alors de phénomène de réintermédiation.

2 La notion de place de marché *(market place)*

- Une place de marché est une application Web qui joue un rôle d'intermédiaire et permet de mettre en relation des vendeurs et des acheteurs potentiels pour effectuer des transactions de biens et/ou de services.

***Ex.* :** Le site Vinted, créé en 2008 et présent dans 12 pays essentiellement européens, propose aux particuliers de vendre, d'acheter et d'échanger directement des articles de seconde main.

- Les places de marché sont ainsi des plateformes (marchés virtuels) aux mains d'un opérateur qui transmet la commande et les informations relatives à la livraison au vendeur partenaire et qui sécurise les transactions.
- Les places de marché se sont multipliées pour essayer de donner aux consommateurs un meilleur accès aux différents sites présents sur le Web (plus de 44 millions de noms de domaines sont enregistrés dans le monde chaque année, soit environ 123 000 par jour).
- Elles font appel à différents prestataires (qui s'apparentent à de nouveaux métiers) pour offrir de multiples services à leurs usagers : prestataires de paiement en ligne, logisticiens, intégrateurs de flux, éditeurs de solutions, etc.

Notes

A. Les trois intervenants dans une transaction

La plateforme	L'opérateur de la place de marché est généralement rémunéré par une commission.
Le vendeur	Le vendeur gagne en visibilité grâce à la place de marché et dispose d'un canal de distribution supplémentaire. Il a l'assurance d'être payé.
L'acheteur	L'acheteur bénéficie d'un plus large choix de produits et de prix et effectue ses achats dans un cadre sécurisé.

■ La place de marché ne s'occupe pas des tâches relatives au stockage des articles. Sa performance repose sur sa capacité à générer du trafic et à attirer ainsi des clients potentiels pour les offreurs qui passent par elle.

Remarque

La qualité de service et la réputation d'une place de marché sont essentielles à son attractivité.

B. Des plateformes et des relations d'échange multiples

■ Les places de marché peuvent mettre en relation des particuliers ou des professionnels entre eux, voire y associer des administrations. Il existe ainsi des plateformes *BtoC* telles qu'Amazon ou ebay, *BtoB* telles qu'Amazon Business ou Alibaba ou encore *CtoC* telles qu'Airbnb ou Blablacar.

■ Outre des ventes traditionnelles où le prix de vente s'affiche sur la plateforme, il peut y avoir des transactions qui s'opèrent avec des systèmes d'enchères classiques, d'enchères inversées ou sous la forme de troc.

■ On distingue différents types de plateforme :

– plateforme *BtoB (business to business)* : plateforme dédiée aux activités commerciales inter-entreprises ;

– plateforme *BtoC (business to consumer)* : plateforme dédiée aux activités commerciales entre les entreprises et les consommateurs finaux (le grand public) ;

– plateforme *CtoC (consumer to consumer)* : plateforme dédiée aux échanges entre consommateurs finaux. Les consommateurs y échangent donc des biens ou des services directement, sans intermédiaire, gratuitement ou non.

À retenir !

- Le développement d'Internet et l'accès de plus en plus généralisé aux nouvelles technologies modifient profondément les relations entre agents économiques.
- Les places de marché facilitent l'émergence de nouvelles formes d'échanges entre clients finaux et producteurs.

Le développement du numérique : l'impact sur les marchés

Fiche 44

CEJM

Notes

Le développement du numérique induit un certain nombre d'externalités et d'effets sur la structure des marchés et leur régulation. Il impacte, par ailleurs, le marché du travail.

1 Les externalités de réseau liées aux plateformes numériques

■ Les plateformes numériques créent souvent des externalités de réseau. Elles correspondent aux gains qu'il y a à utiliser un réseau et apparaissent lorsque suffisamment de personnes utilisent le réseau en question.

■ La grande taille des plateformes en améliore la qualité et l'intérêt pour l'utilisateur :

– plus les places de marché sont grandes, plus les acheteurs bénéficient de produits ou de services, et les vendeurs accèdent à une clientèle potentiellement plus importante ;

– les grands réseaux sociaux sont aussi intéressants pour leurs utilisateurs : davantage de contacts potentiels à nouer, plus de contenu à trouver sur le réseau (vidéos, etc.).

■ Au-delà de l'intérêt pour les utilisateurs, la taille du réseau améliore la qualité de service de la plateforme. Un plus grand nombre d'utilisateurs fournit des données précieuses qui permettent à la plateforme de mieux connaître le client, donc de mieux cibler les contacts, les publicités, etc.

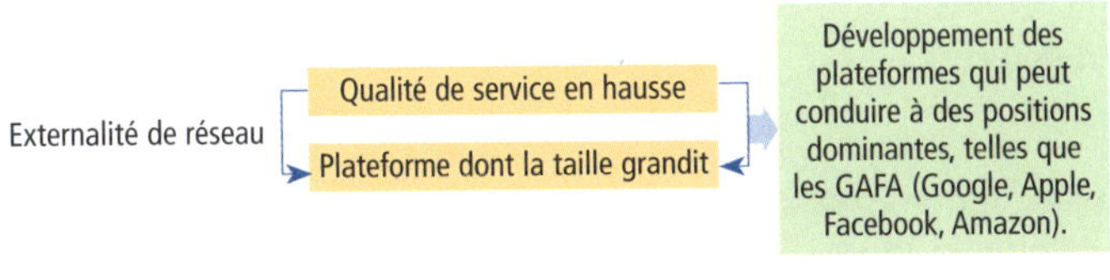

2 Les positions dominantes

A. Les politiques de concurrence

■ L'essor des plateformes numériques entraîne des interrogations quant aux politiques de concurrence. L'émergence de positions dominantes fait craindre des pratiques anti-concurrentielles : abus de cette position dominante pour éliminer la concurrence, pour exercer une pression exagérée sur les fournisseurs ou annonceurs, etc.

Notes

- Mais les risques restent à nuancer :

– les politiques de régulation de la concurrence visent avant tout à protéger les consommateurs. Or, ceux-ci ne sont généralement pas lésés : la grande taille des réseaux améliore la qualité de service, la clientèle n'est pas captive, etc. ;

– il n'y a généralement pas de barrières à l'entrée sur ces marchés : peu de moyens sont nécessaires pour créer une plateforme, la position d'un leader peut être rapidement remise en question, etc.

B. La régulation

- L'essor des plateformes numériques suscite aussi des craintes et problèmes en matière de régulation : difficultés d'imposition, contournement des règles du droit du travail (ubérisation), protection des données personnelles, etc.

Remarque

La France a mis en place en 2019 une taxe sur les grandes entreprises du numérique à hauteur de 3 % sur le CA numérique réalisé en France pour toute entreprise dont le CA dépassera 750 millions d'euros dans le monde, dont 25 millions en France.

3 Des mutations qui impactent le marché du travail

En volume	**Destruction d'emplois** due à l'automatisation de tâches routinières.	Les créations d'emplois compensent-elles totalement les destructions ? → Idées d'un revenu universel, d'une taxation des robots pour y faire face.
	Création d'emplois : nouveaux métiers au sein des secteurs émergents.	
	Possibles relocalisations d'activités du fait de l'automatisation de tâches à faible qualification.	
En structure	L'essor du numérique favoriserait des emplois qualifiés : les moins qualifiés subiraient les destructions.	
	• Ubérisation de certains secteurs. • Précarisation du travail.	

- Ces mutations affectent l'organisation du marché du travail (remise en cause du salariat) et invitent à accompagner ces bouleversements en accentuant la formation aux nouvelles compétences qui seront demain la clé d'un maintien ou d'une entrée dans l'emploi.

À retenir !

- Les externalités de réseau posent des problèmes de régulation nouveaux afin de maintenir un certain degré de concurrence sur les marchés. Le marché du travail se trouve, par ailleurs, confronté à de nombreux bouleversements dont l'évolution des qualifications et l'accélération des transferts d'emplois entre secteurs.

L'évolution des modèles économiques

Fiche 45

CEJM

La révolution du numérique ne modifie pas seulement les systèmes productifs des entreprises. Elle contribue à remettre en cause le modèle économique traditionnel en transformant la chaîne de valeur et la création de richesses.

1 Les impacts sur la société

■ Au-delà du modèle économique des entreprises, ces évolutions ont des impacts plus profonds sur la société ; dans de nombreux domaines, le développement du numérique remet en question la notion d'achat et de droit de propriété.

■ Par souci économique ou environnemental, les individus privilégient un simple droit d'usage des biens (**ex. :** les systèmes de location de vélos, de voitures, de trottinettes) qui s'oppose au modèle économique traditionnel fondé sur l'acquisition d'un bien ou d'un service. De plus en plus de besoins sont ainsi satisfaits par des modèles d'abonnement ou de location au détriment de l'acte d'achat.

2 Les différents modèles économiques

Modèle « traditionnel »	Produire et tirer des revenus de la vente de sa production.
Quelques nouveaux modèles économiques	**Modèle gratuit financé par la publicité :** maximiser l'audience d'un site pour obtenir une rémunération grâce à des bannières publicitaires payées par des annonceurs.
	Modèle *freemium* : faire adhérer un maximum de gens à un service gratuit pour les rediriger vers un service payant plus complet.
	Modèle de l'abonnement pour un accès : vendre un droit d'usage plutôt qu'un droit de propriété. Courant pour les vidéos ou musiques à la demande : le client n'achète plus un film, mais le droit de le visionner pendant un certain temps.
	Économie collaborative : des plateformes telles qu'ebay mettent différents acteurs en relation et se rémunèrent généralement par des commissions. Toutes ces plateformes ne relèvent pas du domaine marchand : troc, échange de logements pour les vacances, covoiturage, etc.
Relations non marchandes	De nombreux **logiciels sont gratuits** (gratuiciels ou *freeware*) ; certains sont *open source* (on peut accéder au code source du programme et le modifier). Un grand nombre de **MOOCs** (formations ouvertes à distance) sont gratuits.

Notes

Notes

3 Les impacts sur les activités traditionnelles

■ Le numérique et les TIC affectent aussi le modèle économique d'activités traditionnelles.

■ Les facteurs clés de succès traditionnels d'une industrie peuvent être remis en cause par l'irruption des nouvelles technologies.

Déclin de certaines activités au profit de nouveaux secteurs émergents soumis à de nouveaux modèles économiques	Des innovations, de nouvelles technologies (effet de création) rendent obsolètes certaines activités (effet de destruction). ***Exemple de création* :** l'hébergement de données.
Transformation du périmètre des entreprises ou de leur métier	Les TIC favorisent le recentrage sur les activités créatrices de valeur et l'externalisation des autres activités (développement des entreprises-réseaux) : une gestion facilitée des relations entre entreprises partenaires permet, par exemple, d'automatiser les commandes entre client et fournisseur avec les systèmes d'échange de données informatisées. Les relations étroites entre entreprises partenaires nécessitent des interconnexions entre les systèmes d'information (SI) qui doivent être compatibles, d'où l'importance croissante des normes et des standardisations.
	Les TIC ont profondément modifié les règles du jeu de certains secteurs : – les plateformes type Uber pour le transport des personnes ; – la vente d'un droit d'usage et non plus d'un droit de propriété : musique, vidéo, transport urbain.

■ Une concurrence potentielle de nouveaux acteurs peut émerger :
– du fait du bouleversement des frontières des marchés traditionnels ;

***Ex.* :** L'essor des banques en ligne au côté des banques traditionnelles.

– ou par le transfert d'une part importante de la valeur ajoutée entre une entreprise et ses principaux fournisseurs.

***Ex.* :** L'essor des véhicules connectés fait des entreprises du secteur numérique de nouveaux entrants potentiels sur le marché automobile.

À retenir !

■ Le développement du numérique entraîne des changements de modèle économique *(business model)* pour les entreprises, c'est-à-dire la façon dont les entreprises créent de la valeur pour en tirer des revenus.

La protection des actifs immatériels

Fiche 46

CEJM

Notes

Dans l'économie numérique actuelle, les **actifs immatériels** des entreprises (sites Internet, noms de domaines, logiciels, bases de données, brevets, marques, etc.) prennent une place croissante dans leur stratégie. Ils font partie du **patrimoine de l'entreprise** et sont **source de création de valeur**. Le droit protège ces actifs immatériels.

1 Les titulaires des droits d'auteur

■ Les droits patrimoniaux appartiennent en principe à l'auteur de la création.

Type d'auteur	Propriétaire des droits patrimoniaux	*Exemple*
L'auteur travaille de façon indépendante.	L'auteur	Un auteur crée un roman ou une pièce de théâtre.
Création collective (plusieurs coauteurs)	Droits partagés entre les divers auteurs. Les auteurs sont qualifiés de coauteurs.	Plusieurs spécialistes ont collaboré à un ouvrage en rédigeant chacun une partie de l'ouvrage. ***Ex.*** **:** scénariste et auteur d'une bande dessinée.
Création composite (plusieurs auteurs indépendants)	L'œuvre découle d'un processus où, à chaque étape, un auteur apporte son originalité. Chaque auteur est propriétaire de son apport personnel.	Pour une chanson, le parolier, le compositeur et l'interprète apportent chacun leur création originale, l'un par le texte, l'autre par la mélodie et ses arrangements et le dernier par l'interprétation de l'ensemble.
Salarié	L'employeur	Le salarié met au point des **inventions** dans le cadre de son travail pour le compte de son employeur avec les moyens de l'entreprise.

■ Les droits moraux sont toujours de la propriété de leur auteur et de ses descendants.

2 Le régime juridique des actifs immatériels

Créations intellectuelles	Régime juridique
Sites Internet	Les sites Web sont protégés par le droit d'auteur lorsque la condition d'originalité est remplie.
Noms de domaines	Le déposant du nom de domaine dispose d'un droit exclusif d'usage de ce nom.

Notes

Logiciels	• Le code source, le code objet et les travaux préparatoires du logiciel **font l'objet d'une protection**. • Les fonctionnalités, algorithmes et interfaces graphiques **sont exclus** de la protection.
Bases de données	Elles combinent deux régimes indépendants de protection : – une protection conforme aux droits d'auteur pour leur architecture ; – une protection spécifique des intérêts économiques du producteur de ces bases.

3 La protection des actifs immatériels

■ La dématérialisation bouscule la diffusion et l'utilisation des actifs immatériels qui se visionnent, se reproduisent, se transmettent sans entrave. Les atteintes au droit de propriété sont ainsi facilitées. Le droit envisage donc des protections adaptées.

A. La protection *a priori*

■ Par la protection *a priori*, le titulaire des droits d'auteur dispose de droits moraux et patrimoniaux.

– Les droits patrimoniaux sont cessibles, transmissibles et démembrables. Ils consistent dans l'octroi d'un monopole d'exploitation ; ainsi, un auteur puis ses héritiers demeurent propriétaires de l'œuvre et des droits d'exploitation y afférents jusqu'à 70 ans après la mort de l'auteur. Ces droits rassemblent un droit de reproduction et un droit de représentation.

Ex. : En 2012, George Lucas a vendu les droits d'exploitation de la marque Star Wars de son entreprise Lucasfilm pour environ 4 milliards de dollars à la société Walt Disney Company.

– Les droits moraux rassemblent un droit de paternité de l'auteur sur son œuvre, un droit de divulgation de l'œuvre, un droit de repentir de l'auteur et un droit au respect de l'œuvre par les tiers. Ces droits sont perpétuels et imprescriptibles.

B. La protection *a posteriori*

■ Avec la protection *a posteriori*, deux actions sont envisageables pour protéger les droits de l'auteur : l'action en contrefaçon sanctionne un délit pénal et l'action en concurrence déloyale se fonde sur la responsabilité civile extracontractuelle.

Remarque

La durée de la protection varie selon la nature de l'actif immatériel. Un brevet d'invention est protégé pendant 20 ans non renouvelables alors qu'une marque peut être protégée pendant 10 ans renouvelables indéfiniment. Enfin, un dessin est protégé 5 ans renouvelables avec un maximum de 25 ans.

À retenir !

■ L'auteur d'une création originale dispose d'un lien fort avec son œuvre et d'une protection privilégiée grâce au droit sur son œuvre. La protection se met en place dès la création de l'œuvre et les actions en contrefaçon et en concurrence déloyale y concourent.

La protection de la personne dans la société numérique

Fiche 47

CEJM

Dans une société de l'information où de nombreux procédés existent pour collecter des données en grande quantité (manière de surfer sur Internet, cookies, formulaires remplis en ligne avec des données personnelles, etc.), la **vie privée** et le **droit à l'image** des personnes physiques sont mis à mal.

1 Le droit au respect de la vie privée

A. Un droit mis à mal…

■ Les *articles 9 du Code civil et 8 de la Convention européenne des droits de l'homme* qui consacrent le respect de la vie privée doivent être renforcés pour protéger davantage.

Recul de la vie privée dans…	*Exemples d'outils numériques*
les informations collectées	• Les données à caractère personnel *via* des photos, des films ou des écrits. • Les données de connexion. • Les adresses IP de l'internaute.
les procédés utilisés	• Les cookies. • Les spams. • La commercialisation des données.

B. … dont la protection doit être renforcée

■ En France, le droit a recherché un équilibre entre la liberté de circulation de l'information et la protection de la personne. Dès 1978, la CNIL (Commission Nationale Informatique et Libertés) a été créée pour assurer cette protection.

■ Ses quatre missions consistent à :

Informer et protéger	La CNIL informe les particuliers et les professionnels et répond à leurs demandes. Elle met à leur disposition des outils pratiques et pédagogiques et intervient très régulièrement pour animer des actions de formation.
Accompagner et conseiller	La CNIL dispose d'outils pour encourager les organisations à se conformer à des pratiques respectueuses de la vie privée des personnes et de leurs données personnelles. Par exemple : – elle fournit des avis sur des projets de loi ou de décret ; – elle peut certifier la conformité d'un processus de traitement des données.
Contrôler et sanctionner	La CNIL peut accéder à des locaux puis saisir des bases de données. Elle peut infliger des amendes et publier ses sanctions.
Anticiper	La CNIL met en place une veille pour détecter et analyser les technologies ou les nouveaux usages pouvant avoir des impacts importants sur la vie privée.

Notes

Notes

■ Le droit communautaire a complété la législation en la matière à plusieurs reprises et récemment avec le RGPD (Règlement général sur la protection des données) entré en vigueur en mai 2018.

■ Le RGPD a créé un nouveau poste en entreprise : le DPO *(Data Protection Officer)*, délégué à la protection des données, est chargé de faire respecter la vie privée et les droits des salariés.
Les personnes disposent ainsi, sur leurs données personnelles :
– d'un droit au consentement préalable et éclairé sur l'utilisation des données ;
– d'un droit d'opposition au traitement des données ;
– d'un droit d'accès aux données collectées sur leur personne ;
– d'un droit de rectification en cas d'inexactitude ;
– d'un droit à l'oubli par effacement des données ou déréférencement sur les moteurs de recherche.

■ Les entreprises collectrices sont soumises à de nombreuses règles :
– désigner un délégué à la protection des données ;
– cartographier les données personnelles collectées ;
– faire évoluer les processus internes afin que la politique de collecte et de traitement soit pertinente et transparente. Elle doit correspondre à la finalité de l'entreprise ;
– sécuriser les données, qui doivent rester confidentielles ;

■ Le partenaire privilégié des entreprises reste la CNIL.

■ La personne qui utilise à des fins malveillantes des éléments de l'identité numérique d'une personne commet un délit pénal appelé usurpation d'identité.

2 La protection du salarié dans le cadre du travail

■ L'employeur peut contrôler davantage le travail de ses salariés en :
– accédant au contenu du disque dur de leur poste de travail ;
– surveillant et chronométrant leur navigation Web ;
– surveillant leurs déplacements ou leur comportement (vidéosurveillance, géolocalisation).

■ Pour encadrer ce pouvoir, l'employeur doit respecter le principe énoncé dans l'*article L. 1121-1 du Code du travail* : « Nul ne peut apporter aux droits des personnes et aux libertés individuelles et collectives de restrictions qui ne seraient pas justifiées par la nature de la tâche à accomplir ni proportionnées au but recherché. »

À retenir !

■ Du fait du développement des *big data*, les droits français et communautaire ont renforcé leurs dispositifs réglementaires afin de mieux protéger la vie privée des particuliers.

Le contrat de vente électronique

Fiche 48

CEJM

La dématérialisation des échanges a conduit le droit de la preuve à s'adapter **en intégrant la preuve électronique comme mode de preuve.** Elle donne également naissance à un régime juridique spécifique pour le contrat de vente électronique.

1 L'existence du contrat : le régime de la preuve électronique

■ Depuis 2000, l'*article 1316-1 du Code civil* énonce que l'écrit sous forme électronique est admis en preuve au même titre que l'écrit sur support papier, à deux conditions cumulatives :

Conditions cumulatives	Procédé technique : la signature électronique
❶ Pouvoir identifier la personne qui en est l'émetteur.	La signature électronique suppose l'intervention d'un tiers certificateur et le recours à la cryptographie à clés asymétriques (une clé privée et une clé publique). Elle remplit ces deux conditions.
❷ Pouvoir garantir l'intégrité du contenu du message : pas de faux possible et préservation de cette intégrité dans le temps.	

■ Dès lors, la preuve électronique peut aussi bien servir à constituer un support *ad probationem* (pour se constituer une preuve, mais pas obligatoire) que *ad validitatem* (l'écrit est indispensable à la validité de l'acte sous peine de nullité).

Ex. : Lors d'un achat de bien sur Internet, l'internaute acheteur doit recevoir immédiatement après la conclusion du contrat un mail qui récapitule les principales caractéristiques du contrat (prix facturé et remises éventuelles, objet du contrat, date, heure, identité du vendeur, etc.). Ces éléments serviront de preuve en cas de litige.

■ La Cour de cassation précise qu'un e-mail, ou courrier électronique, n'est pas un écrit électronique au sens du Code civil car il ne remplit pas les conditions de fiabilité exigées. Il ne peut que servir d'indice.

2 Le contenu du contrat de vente électronique

■ Le développement du numérique entraîne la conclusion de contrats de vente par voie électronique avec les consommateurs. Ce sont des contrats spécifiques car le consentement est donné à distance *via* Internet. Afin que l'acheteur/le consommateur/l'internaute soient protégés, le droit de la consommation prévoit des obligations à la charge du cybervendeur.

Notes

Notes

Protection accordée	Précisions
Obligation d'information *(article L. 111-1 du Code de la consommation)*	• Le vendeur informe sur son identité, sur le bien et sur les procédés de paiement avant la vente du bien. • Il précise ses modalités de validation de la commande, ses procédés de traitement des données à caractère personnel, etc.
Droit de rétractation du consommateur *(article L. 121-21 du Code de la consommation)*	• Une fois les informations fournies, un délai de rétractation de 14 jours court à compter de la conclusion du contrat. Tant que l'obligation d'information n'a pas été remplie, le délai de rétractation peut être reporté. • Il est d'ordre public, le consommateur ne peut pas y renoncer.
Obligation de résultat de l'exécution du contrat *(article L. 121-19-4 du Code de la consommation)*	• Le professionnel est responsable de plein droit à l'égard du consommateur de la bonne exécution des obligations résultant du contrat conclu à distance. • **Exception :** le professionnel peut s'exonérer de sa responsabilité en apportant la preuve que l'inexécution ou la mauvaise exécution du contrat est imputable soit au consommateur, soit au fait, imprévisible et insurmontable, d'un tiers au contrat, soit à un cas de force majeure.

■ Ces dispositions découlent de la directive communautaire du 25 octobre 2011 transposée par la loi dite « Hamon » du 17 mars 2014. Les jeux et paris en ligne ainsi que les services financiers à distance font l'objet d'une réglementation spécifique.

Remarque

Le professionnel vendeur ne peut pas inclure de clauses abusives dans le contrat. En outre, les clauses limitatives ou exonératoires de responsabilité en faveur du vendeur sont ici prohibées.

3 La formation du contrat de vente électronique

■ Le contrat de vente électronique est un contrat de vente à distance où les parties ne sont pas physiquement présentes. L'*article 1369-5 du Code civil* explique que le contrat est conclu lorsque l'internaute confirme son acceptation et l'envoie. C'est la théorie de l'émission de l'acceptation qui est ainsi validée.

À retenir !

■ Avec Internet et le développement des transactions numériques à distance, le droit a évolué tant sur le régime de la preuve que sur l'encadrement des contrats de vente électronique.

Les contrats de prestation de services numériques

Fiche 49

CEJM

Notes

Le développement du numérique rend indispensable le recours par les entreprises à des **services de prestataires informatiques** pour les besoins de leur activité.
Les **contrats de prestation de services numériques** (fourniture d'accès aux réseaux, hébergement de données, maintenance matérielle ou logicielle, développement de logiciels ou de sites Internet, conseils en ingénierie, etc.) se multiplient. Ils présentent des obligations spécifiques.

1 Le contrat de fourniture d'accès aux réseaux

A. Le principe

■ Le fournisseur a pour activité d'offrir un accès au réseau de communication, notamment de permettre une connexion à Internet. Les prestataires fournissent également des services complémentaires de télévision, de téléphonie et des services accessoires (disque de stockage, borne wifi, etc.).

Ex. : Les quatre grands fournisseurs d'accès aux réseaux en France sont Orange, SFR, Bouygues et Free.

B. Le contenu du contrat

Le prix	• Si le client est un consommateur ou un non professionnel, le droit de la consommation s'applique : droit de rétractation, obligation d'information préalable sur le prix et ses composantes, etc. • Si le client est un professionnel, il peut exiger les conditions générales du prestataire afin de débuter des négociations. • En général, comme ce contrat est échelonné dans le temps, le prix à payer prend la forme d'un forfait ou d'un abonnement.
La prestation technique	• La connexion au réseau est une obligation de résultat qui pèse sur le fournisseur. Le client doit s'assurer que sa ligne est éligible au service demandé, mais c'est souvent le fournisseur qui le vérifie. • Le fournisseur garantit également un débit à son client.

2 Le contrat d'hébergement de données

A. Le principe

■ L'hébergeur fournit un service de stockage d'informations et un accès à cette information au bénéfice de son client et/ou du public (cas du site Web).

Notes

B. Les obligations des parties

Obligations de l'hébergeur	Obligations du client
• Fournir un espace mémoire pour stocker les informations. • Garantir l'accès 24 h/24 aux données. • Maintenir en état le fonctionnement du matériel.	• Payer le prix (abonnement), sauf si l'hébergeur se rémunère par la publicité. • Respecter le droit de la propriété intellectuelle (interdiction des téléchargements illégaux). • Respecter une charte de bonne conduite sur le Net.

■ Le statut juridique d'hébergeur se distingue de celui d'éditeur. À la différence du second, le premier n'est pas responsable de la teneur des informations stockées.

Remarque

La jurisprudence semble s'accorder pour qualifier d'obligations de résultat les obligations de l'hébergeur.

3 Les clauses des contrats de prestation

■ Les contrats de prestation de service numérique conclus entre professionnels sont soumis au droit commun des contrats, mais leur nature impose la rédaction de clauses spécifiques.

Clause	Définition
de confidentialité	Le professionnel du numérique ne doit pas divulguer les informations confidentielles dont il pourra prendre connaissance en manipulant les données de son client.
de réversibilité des données	Elle permet au client de récupérer les données nécessaires pour transférer à un autre prestataire la gestion externalisée de son parc informatique.
de délai d'intervention	Lorsqu'une panne ou une anomalie technique apparaît, le SI de l'entreprise peut être neutralisé ; les parties peuvent prévoir des délais d'intervention selon le type de panne.
de suppléance ou *back up*	Les parties prévoient qu'en cas de panne, le prestataire proposera de manière temporaire un matériel de remplacement.
de droits d'auteur	Elle précise qui conserve les droits d'auteur lors de la livraison du logiciel : son concepteur ou son utilisateur. Elle fait de même lorsque le logiciel fait l'objet d'améliorations dans le cadre de sa maintenance.

À retenir !

■ Internet a donné naissance à de nouveaux métiers et donc à de nouveaux contrats entre les acteurs du numérique : une entreprise peut ainsi notamment demander à accéder au réseau, à entretenir son parc informatique et à faire héberger ses données.

Les caractères du SI dans l'entreprise

Fiche 50

CEJM

Notes

Dans un contexte où les entreprises se livrent à une vive concurrence, l'information, qu'elle soit d'origine interne ou externe à l'entreprise, est devenue une variable stratégique essentielle. Pour qu'elle soit exploitable par l'organisation, il est nécessaire de la formaliser pour l'intégrer dans le processus de décision ; c'est l'une des fonctions du système d'information (SI).

1 Les définitions du système d'information (SI)

Selon	Définition
Robert Reix	Le SI est « un ensemble organisé de ressources techniques, organisationnelles et humaines requises par le traitement des informations nécessaires à la stratégie et aux métiers de l'entreprise. »
Jean-Christophe Peaucelle	Un SI « se définit par l'information qu'il véhicule et par la manière dont il l'exprime sur ses différents supports. C'est un langage de communication d'une organisation, adapté à la nature plus ou moins répétitive de l'information que l'on veut y échanger. »

- On distingue les fonctions du SI (la finalité recherchée par le SI) des dimensions du SI (la façon dont l'information est construite).
- Le SI représente un enjeu interne essentiel de productivité pour une entreprise.
- La sécurisation du SI constitue aussi un enjeu essentiel, notamment vis-à-vis des informations collectées et stockées auprès des parties prenantes (clients, fournisseurs).

2 Les quatre fonctions du système d'information

- Un système d'information complet et efficace regroupe quatre fonctions principales :

– collecter : l'entreprise acquiert des données provenant de son environnement interne ou externe ;

– stocker : le système d'information conserve l'information acquise afin de pouvoir la restituer ;

– traiter : l'information est transformée, analysée, structurée ;

– diffuser : le SI transmet ensuite l'information dans son environnement interne ou externe.

Notes

3 Les trois dimensions du système d'information

■ Le SI doit se structurer à plusieurs niveaux pour remplir ses fonctions :

Dimension technique	Dimension humaine	Dimension organisationnelle
Système informatique qui regroupe des ressources matérielles (machines, ordinateurs et câbles) et immatérielles (logiciels, progiciels, bases de données). C'est le niveau de l'information brute.	Les hommes et les femmes qui conçoivent, traitent et donnent du sens à l'information. Le jugement humain est toujours présent au départ (conception du SI) et à la fin du processus (prise de décision).	Le SI déploie un ensemble de règles, de procédures et de processus pour que l'information aide à la décision ou à l'action.

■ La dimension organisationnelle prend une place prépondérante dans une société marquée par une croissance très importante des quantités d'informations disponibles qui ne présentent pas toutes le même degré d'utilité dans l'aide à la prise de décision.

■ Les progiciels de gestion sont des ressources immatérielles (logiciels intégrés) qui traitent des informations relatives à plusieurs fonctions de l'entreprise. Ils mettent en relation des données afin de décloisonner les services de l'entreprise et de la rendre plus performante.

Remarques

- Le logiciel de SCM *(Supply Chain Management)* intègre l'ensemble de la chaîne logistique d'une entreprise. Cet outil est interne à l'entreprise.
- Le logiciel de CRM *(Customer Relationship Management)* gère de l'information externe (qui provient du client) pour une utilisation interne.

■ Le règlement général sur la protection des données (RGPD) constitue le texte de référence en matière de protection des données à caractère personnel en Europe.

■ Le RGPD a pour objectif principal d'accroître la protection des individus concernés par un traitement de leurs données personnelles (droit à l'effacement, protection des données dès la conception, etc.). Il augmente dans le même temps la responsabilisation des acteurs (entreprises et organismes) qui collectent et traitent ces données.

À retenir !

■ Avec la révolution numérique, le système d'information devient une fonction essentielle pour assurer la compétitivité d'une entreprise. Pour être efficace, un tel système doit permettre de collecter, stocker, traiter et diffuser les informations en s'appuyant sur une organisation et des outils spécifiques.

Les apports du SI face aux défis de l'entreprise

Le développement du ***Big Data*** constitue un défi pour l'entreprise. Le SI doit être capable de collecter les données utiles, ce qui peut supposer une sélection préalable, et de les agréger afin de constituer des **informations pertinentes** qui aideront à la **prise de décision** au sein de l'entreprise.

1 Le SI source d'avantage concurrentiel stratégique

A. L'information est une ressource à part

- L'information ne s'use pas lors de son utilisation. À la différence d'une matière première traditionnelle, sa consommation n'entraîne pas sa destruction.
- La production de l'information représente un coût, mais son coût de réplication est nul ou quasi-nul.
- Les deux éléments précédents rendent difficile la valorisation de l'information, contrairement à un bien tangible (immobilisation corporelle de l'entreprise telle qu'un immeuble ou une machine).

> ***Big Data***
> Technologies et pratiques visant à stocker de très grandes masses de données et à les analyser très rapidement.

Notes

B. L'information est une ressource différenciante

- Un SI flexible est source de création de valeur pour l'entreprise et peut générer un avantage concurrentiel s'il est mis au service du processus stratégique.

Le SI au service de la création de valeur

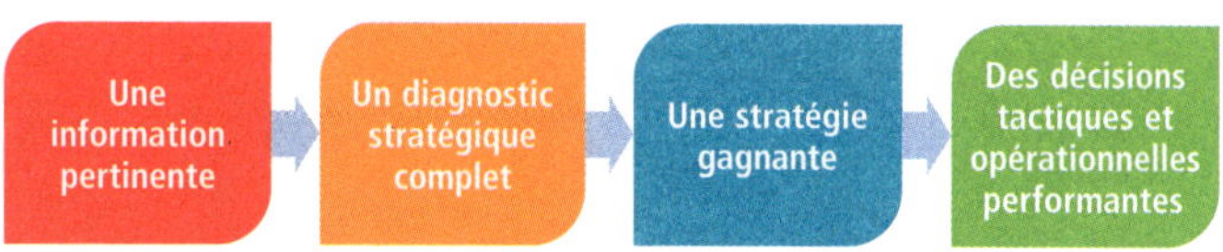

- Le SI doit combiner une fonction d'intégration, afin d'agréger un maximum d'informations et d'assurer une vue d'ensemble de l'entreprise, et une fonction de spécialisation, pour se placer au plus près de là où l'information est nécessaire pour décider et agir vite.

> **Remarque**
> Une information est considérée comme pertinente lorsqu'elle possède les caractéristiques suivantes : fiable, exacte, à jour, utile, disponible et exploitable par le système d'information.

Notes

2 Le SI, source d'innovation structurelle

■ Face à un environnement ouvert, changeant et incertain, les entreprises ont cherché à gagner en réactivité et peuvent s'appuyer sur le SI pour développer des structures organisationnelles plus souples et adaptables.

Les principales évolutions des structures

Empowerment	Démarche qui consiste à réduire le nombre de niveaux hiérarchiques afin d'accélérer la prise de décision.
Reengineering	• C'est une reconfiguration générale de la structure de l'organisation autour non pas des fonctions mais du processus. • Cette méthode a été mise en avant par Michael Hammer et James Champy.
Structure par projet	• Gestion des activités bâtie autour de la gestion d'un projet. Ce type de structure privilégie une gestion des coûts selon la méthode ABC (analyse des coûts dans le cadre d'une approche fondée sur les processus métiers) et pas seulement selon la méthode des coûts complets (calcul du coût de revient global d'un produit). • En termes de condition de travail, le *coworking* ou travail collaboratif est privilégié. • En termes de mécanisme de coordination, l'ajustement mutuel ou la communication transversale et non pas verticale est mise en avant.
Structure en réseau	• Les frontières de l'entreprise sont redéfinies. Le SI facilite une structure où les fonctions peuvent être externalisées mais les liens restent forts grâce à des partenariats étroits. • On parle d'« entreprise étendue ». Les fournisseurs, les clients, les sous-traitants peuvent co-concevoir, co-innover, co-construire.

■ Ces évolutions cherchent à simplifier la chaîne de décision en facilitant les échanges d'information entre les différentes composantes présentes au sein de l'entreprise, mais aussi avec un ensemble d'acteurs externes impliqués dans une démarche collaborative.

À retenir !

- Un système d'information ne se limite pas à la collecte et au stockage de l'information.
- En combinant une fonction d'intégration et une fonction de spécialisation, le système d'information constitue un facteur clé de succès pour une entreprise en aidant à la prise de décision et à la mise en place d'une organisation plus flexible et adaptable.

Les risques et défis humains liés au SI

Fiche 52

CEJM

Notes

Le SI est un facteur de performance pour l'entreprise mais il pose également des difficultés que le directeur du système d'information (DSI) doit prendre en considération.

1 La typologie des risques liés aux SI

■ Les risques liés aux SI sont de plusieurs types : sécuritaire, opérationnel, juridique, social et financier.

Type de risque	Manifestation
Sécuritaire	**Atteintes au patrimoine informationnel** de l'entreprise : • cyber-attaques ; • diffusion d'un virus informatique ; • vol, piratage, espionnage industriel ; • destruction ou perte des données.
Opérationnel	**Tout événement qui empêche le fonctionnement normal** de l'organisation : • obsolescence ou panne du matériel ; • défaut de maintenance ; • mauvaise gestion des licences logicielles.
Juridique	**L'avènement du numérique a fait évoluer les règles du droit** sur de nombreux points : • négociation et gestion des contrats de prestations informatiques ; • respect de la réglementation en matière de protection des données à caractère personnel ; • etc.
Social	L'outil informatique a envahi les lieux de travail et a entraîné l'**apparition de nouvelles pratiques qui doivent être surveillées** : • intrusion de l'employeur dans la vie privée de ses salariés ; • perméabilité entre les sphères professionnelle et privée (droit à la déconnexion).
Financier	Le SI génère des coûts importants qu'il faut maîtriser : • coût d'acquisition et de maintenance du matériel, des licences logicielles ; • coût de la formation des utilisateurs ; • etc.

2 Le SI, source de crises et de résistance aux changements

■ Au cours de la vie de l'entreprise, sa taille et sa structure évoluent ; avec elle, le SI s'adapte et évolue à son tour.

■ Dans cette épopée entrepreneuriale, le changement de SI peut contribuer à faciliter le changement mais peut également générer des difficultés humaines et managériales qu'il conviendra d'anticiper.

Notes

A. Les crises tout au long de la croissance de l'entreprise selon Larry E. Greiner

■ Greiner identifie cinq crises possibles tout au long des six phases de développement des entreprises.

Le modèle de Greiner

Phase	Crise
❶ créative	de *leadership*
❷ directive	d'autonomie
❸ de délégation	de contrôle
❹ de coordination	de bureaucratie
❺ de collaboration	de saturation psychologique des salariés
❻ d'externalisation	

B. Les facteurs de résistance au changement

■ Le changement peut entraîner une résistance de la part des acteurs en présence. Les types de résistance (selon Michel Crozier notamment mais aussi Kurt Lewin, Paul R. Lawrence, Lester Coch et John R. P. French) peuvent être multiples : résistance psychologique, identitaire, collective, culturelle, politique ou cognitive.

C. Les recommandations pour gérer le changement selon Kurt Lewin

■ Lewin recommande de respecter trois phases de résistance afin de gérer correctement le changement :

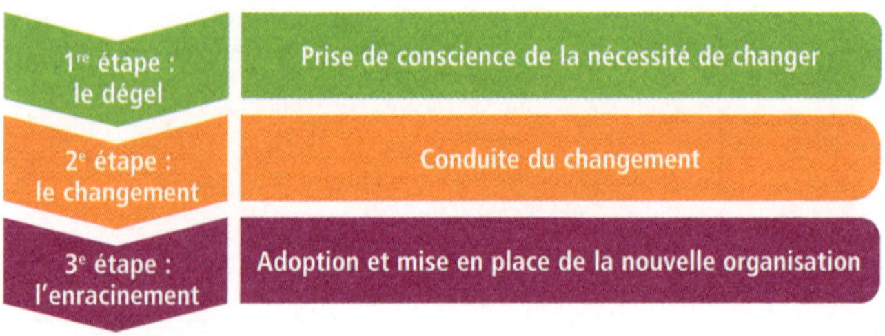

À retenir !

- Le déploiement d'un système d'information performant n'est pas sans risque pour une entreprise. Ces risques sont générateurs de résistance au changement, que cette résistance soit individuelle ou collective.
- Il est nécessaire d'appréhender en amont ces risques pour développer une démarche de gestion du changement qui facilitera la mise en place d'une organisation compatible avec le SI.

Le marché du travail

Fiche 53

CEJM

Notes

Le marché du travail est un marché spécifique sur lequel se confrontent une offre et une demande de travail non homogènes, ce qui conduit à la segmentation du marché.

1 Offre et demande de travail sur le plan théorique

- L'offre de travail est censée être le fruit d'un arbitrage entre temps de travail (les salaires permettent de consommer en contrepartie des efforts produits) et temps de loisir (qui apporte une satisfaction immédiate mais génère un manque à gagner ou coût d'opportunité).
- La demande de travail est une demande de facteur permettant aux entreprises de produire. Elle dépend essentiellement de sa productivité et de son coût. En principe, la demande de travail diminue lorsque le niveau de salaire augmente, ce qui peut conduire les entreprises à automatiser davantage la production.

L'ajustement théorique du marché du travail

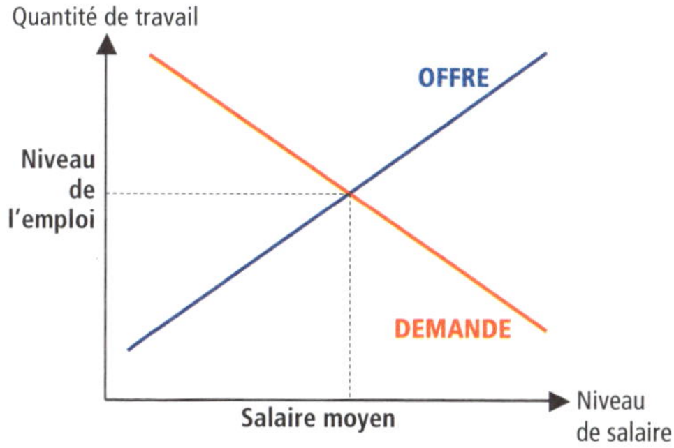

- Selon la théorie économique, un déséquilibre sur le marché du travail se traduit donc par un ajustement du salaire moyen à la hausse ou à la baisse afin de retrouver une situation de plein emploi.

2 Une réalité plus complexe

- Il n'y a pas un mais une multitude de marchés du travail car ce dernier n'est pas homogène, tant du côté de l'offre que de la demande. Il ne peut donc pas y avoir un seul niveau de salaire permettant l'équilibre du marché.

Notes

L'hétérogénéité du travail	
Offre de travail	**Demande de travail**
Différents : – niveaux de qualification des individus ; – parcours et expériences professionnels ; – degrés de mobilité fonctionnelle et/ou géographique ; – etc.	Des profils différents demandés selon : – les compétences, qualités, etc. ; – le degré de spécialisation ; – le temps de travail (temps complet, temps partiel, etc.) ; – le type de contrat proposé (CDI, CDD, intérim) ; – etc.

■ Il peut exister des secteurs où le marché du travail est en tension et où les entreprises peinent à recruter en même temps que perdure un chômage élevé : il y a alors coexistence de personnes au chômage et d'emplois vacants.

■ L'existence d'emplois non pourvus résulte souvent de causes multiples (absence de compétences, conditions de travail, etc.), ce qui limite l'impact des politiques nationales et suppose une réponse adaptée aux spécificités des territoires concernés.

3 Un marché du travail segmenté

■ L'hétérogénéité du travail se traduit par une segmentation du marché qui conduit à distinguer plus particulièrement deux segments :

Marché interne (segment des *insiders*)	Concerne des travailleurs relativement protégés face au chômage : – niveau de qualification élevé ; – contrats de travail relativement stables (CDI) ; – niveaux de rémunération élevés ; – perspectives de promotion.
Marché externe (segment des *outsiders*)	Concerne des travailleurs relativement défavorisés en termes d'emploi, plus susceptibles de connaître des épisodes de chômage : – statuts plus précaires (CDD, intérim, etc.) ; – emplois soumis aux aléas de la conjoncture économique ; – faibles perspectives d'évolution dans l'entreprise.

À retenir !

■ Dans un marché du travail non homogène où cohabitent à la fois des *insiders* et des *outsiders*, la théorie classique de régulation des marchés ne s'applique que partiellement et des déséquilibres peuvent perdurer (chômage et emplois vacants). L'hétérogénéité du travail explique la persistance de différents niveaux de rémunération du facteur travail.

La politique de l'emploi

Fiche 54

CEJM

Notes

Face aux déséquilibres du marché du travail en France, l'État mène une politique de l'emploi qui vise tout à la fois à résorber le chômage et à aider les personnes sans emploi.

1 Un marché du travail en France en partie dual

■ Le marché du travail français est caractérisé par des tendances lourdes, dont une partie est imputable à une segmentation croissante, et l'autre partie à des facteurs structurels importants.

Déséquilibres et tendances lourdes du marché du travail français	
Tendances révélatrices d'une forte segmentation du marché du travail	• Accès à l'emploi difficile pour les personnes ne disposant pas de qualifications professionnelles. • Temps d'accès à un emploi durable de plus en plus long, notamment pour les primo-accédants sur le marché du travail. • Taux d'emploi pour les personnes âgées de plus de 50 ans plus faible que dans les autres pays européens. • Écart persistant de rémunérations entre hommes et femmes. • Temps partiel subi par un nombre croissant d'employés.
Tendances liées à d'autres facteurs	• Niveau relativement élevé du SMIC (par rapport aux autres pays européens) qui pèse sur l'emploi dans certains secteurs à faible productivité. • Tensions sur le marché du travail liées aux règlementations propres à certains secteurs comme des conditions de diplôme pour pouvoir exercer (médecins, pharmaciens, notaires, avocats, etc.). • Ubérisation croissante de certaines activités qui multiplie les formes atypiques d'emplois (indépendants, autoentrepreneurs).

■ Les impacts démographiques expliquent aussi une partie du chômage français avec un différentiel positif entre les entrées sur le marché du travail et les sorties (départs à la retraite).

■ La persistance d'un chômage de longue durée important (supérieur à un an) suggère que les facteurs structurels du sous-emploi sont la cause d'une exclusion d'une partie de la population active du marché du travail (principalement la moins qualifiée).

2 Les politiques actives de l'emploi

■ Également qualifiées de traitement économique du chômage, ces politiques visent à réduire le chômage, notamment en augmentant le volume d'emplois dans l'économie.

Notes

Leviers théoriques visant à réduire le chômage	Réduire l'offre de travail.	Retarder l'entrée sur le marché du travail (allonger la durée des études), réduire l'âge de départ à la retraite, etc.
	Accroître la demande de travail.	Stimuler la croissance et l'activité des entreprises, réduire le coût du travail (SMIC, cotisations sociales), etc.
	Favoriser une meilleure adéquation entre l'offre et la demande de travail.	Développer la formation des individus, accroître la flexibilité du travail, etc.

■ Tous ces leviers ne sont pas nécessairement exploités par les pouvoirs publics ; ainsi, les difficultés de financement des pensions de retraite ont conduit à retarder l'âge de départ à la retraite.

■ Les pouvoirs publics ont cherché à cibler les populations les plus fragiles ces dernières années (jeunes, non qualifiés) et à privilégier les actions suivantes :

– favoriser une meilleure adéquation entre les demandes des entreprises et l'offre de travail, notamment par la politique de formation (élévation du niveau des études, développement de la formation professionnelle, etc.) ou *via* l'action de Pôle Emploi ;

– mettre en place des contrats aidés (ou subventionnés) pour favoriser l'embauche de personnes en situation de précarité par des employeurs publics (ou privés).

3 Les politiques passives de l'emploi

■ Les politiques passives de l'emploi visent à faire face aux conséquences négatives du chômage.

■ L'indemnisation des chômeurs repose sur des leviers tels que le niveau ou la durée d'indemnisation du chômage. La générosité de l'indemnisation se heurte aux contraintes de financement qui pèsent sur les organismes sociaux (financement de l'**Unedic**) et à une éventuelle désincitation au retour à l'emploi.

Unedic
Régime d'assurance chômage créé par les partenaires sociaux en 1958.

■ Le traitement social du chômage est moins mis en avant que par le passé, mais il reste important au regard des mutations extrêmement rapides du travail et consiste notamment à aider les individus en phase de transition professionnelle.

à retenir !

■ Les politiques de l'emploi associent des politiques actives et passives qui cherchent à répondre à la fois aux causes et aux conséquences du chômage. Ce traitement différencié répond à la dualité du marché du travail.

Les sources du droit du travail imposées et négociées

Fiche 55

CEJM

Notes

Le droit du travail régit les rapports individuels et collectifs créés par la relation de travail entre les employeurs et les salariés. Chaque source du droit du travail se positionne dans la hiérarchie des normes : la norme juridique supérieure s'impose à la norme inférieure. Nous les présentons de la plus élevée à la moins élevée.

1 Les sources internationales

A. Les traités internationaux

- Ce sont des conventions internationales signées entre les États.

B. Les normes européennes

Normes	Définition	*Exemple*
Règlements communautaires	Généraux et abstraits, ils s'appliquent immédiatement dans le droit national des États membres.	Les règlements communautaires n° 1408/71 et n° 574/72 régissent la coordination des régimes de sécurité sociale des différents États membres afin de permettre au travailleur d'exercer son droit à la libre circulation dans l'UE.
Directives communautaires	Elles fixent des objectifs à atteindre dans un délai déterminé ; elles nécessitent une transposition dans le droit national par les États membres.	• La directive européenne sur le temps de travail (2003/88/CE) impose aux pays de l'UE de garantir à tous les travailleurs des droits minimaux sur les congés payés, la durée du repos quotidien, etc. • Les pays ne disposant pas encore de lois sur ce sujet sont donc tenus de transposer la directive en droit national.

- Conformément au préambule du traité sur le fonctionnement de l'UE, celle-ci cherche à promouvoir le progrès social et à améliorer les conditions de vie et de travail des Européens.

Remarque

La Cour de justice de l'Union européenne (CJUE), sur saisine de la Commission européenne, d'une institution communautaire, d'un État membre ou d'un particulier selon les cas, veille au bon respect de ces normes.

Notes

2 Les sources nationales

■ Selon le principe de la hiérarchie des normes, la Constitution de 1958 prime sur les autres normes juridiques.

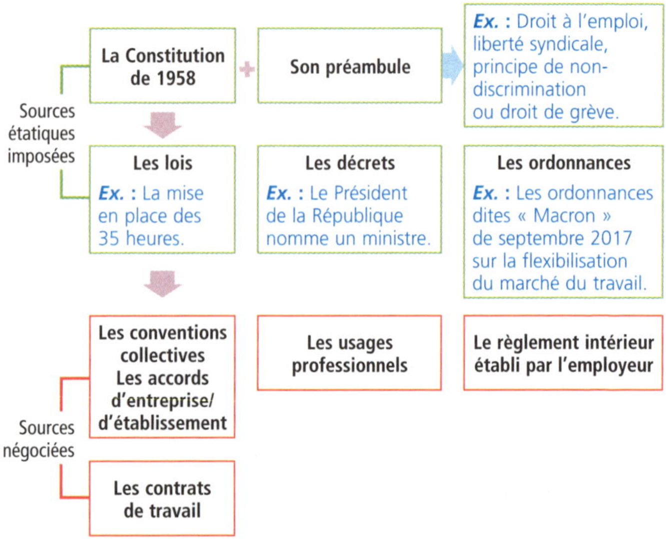

■ Le droit négocié concerne l'ensemble des textes qui résulte de la concertation entre les partenaires sociaux : les organisations syndicales de salariés représentatives (OSR) et une ou plusieurs organisations d'employeurs ou tout autre groupement d'employeurs ou un employeur pris individuellement.

■ La négociation collective vise à trouver un équilibre entre efficacité économique et justice sociale.

■ Le droit négocié, issu de la négociation collective, a pour objectif d'adapter les règles du Code du travail aux spécificités de la branche, de l'entreprise, voire de l'établissement.

■ À titre exceptionnel, un accord d'entreprise peut être moins favorable qu'une loi plus générale si les parties prenantes ont validé l'accord.

À retenir !

■ Le droit du travail est composé de sources internationales et nationales. Certaines sont imposées comme les règlements communautaires ou les lois nationales, d'autres sont négociées comme les conventions collectives pour offrir davantage de flexibilité dans les normes applicables.

Les régimes juridiques du salarié et du travailleur indépendant

Fiche 56

CEJM

Notes

Une activité professionnelle peut s'exercer selon plusieurs statuts. Principalement, nous retiendrons ceux de travailleur salarié et de travailleur indépendant. Avec le phénomène d'ubérisation de l'économie, cette distinction traditionnelle n'est plus aussi nette.

1 Le salariat par un contrat de travail

A. La présence d'un contrat de travail

▪ Le contrat de travail est la convention par laquelle une partie, le salarié, met son travail à la disposition de l'autre partie, l'employeur, moyennant rémunération et dans un lien de **subordination** juridique.

Subordination
Exécution d'un travail sous l'autorité de l'employeur qui a le pouvoir de donner des ordres et des directives à son salarié, de contrôler le déroulement de ce travail et d'en sanctionner les manquements.

▪ Le lien de subordination est d'ordre public. Cela signifie qu'il ne peut faire l'objet d'une renonciation par les parties. Lorsqu'il existe dans la relation de travail mais que celle-ci n'est pas considérée comme un contrat de travail, le contrat peut être requalifié et l'employeur peut être condamné pour délit de travail dissimulé.

▪ La jurisprudence peut s'appuyer sur les indices suivants pour qualifier une relation de subordination :
- le lieu d'exécution du travail ;
- le choix des moyens pour l'exécuter ;
- le propriétaire des outils de production ;
- etc.

B. Le statut de salarié

Qui est concerné ?	Les gérants minoritaires ou égalitaires rémunérés des SARL et les dirigeants des sociétés anonymes, mais également tous les ouvriers, employés, agents de maîtrise, techniciens et cadres.
Statut social	Cotisations obligatoires pour les régimes de protection sociale.
Statut fiscal selon la forme juridique	En principe, l'imposition se fait sur les revenus.

Notes

2 Le contrat d'entreprise ou de prestation de service

■ Une entreprise qui fournit une prestation de service à son donneur d'ordre respecte un cahier des charges mais conserve sa liberté dans l'exécution de sa prestation. Elle n'est donc pas subordonnée à son client mais indépendante.

Qui est concerné ?	Entrepreneurs individuels, **micro-entrepreneurs**, gérants majoritaires de SARL, associés de sociétés de personnes.
Statut social	Possibilité de choisir une fourchette de cotisations.
Statut fiscal selon la forme juridique	En principe, l'imposition se fait soit sur les bénéfices de la société (IS) pour une personne morale, soit sur les revenus perçus pour une personne physique (IRPP). Pour ces derniers, l'imposition dépend encore de la nature des bénéfices : industriels et commerciaux (BIC), agricoles (BA), non commerciaux (BNC).

■ Le nombre de micro-entrepreneurs en France s'est établi à 1,35 million en juin 2018, soit une hausse de 13,4 % par rapport à l'année précédente.

Micro-entrepreneur

Au départ, le statut d'auto-entrepreneur a été créé par une loi de 2008 pour les activités dont le chiffre d'affaires reste faible. Le système a subi quelques réformes pour être finalement rattaché au régime de la microentreprise. On parle donc aujourd'hui de micro-entrepreneur.

3 Des frontières floues

■ Les distinctions entre salariés et travailleurs indépendants s'estompent. Depuis la création du statut d'auto-entrepreneur en 2008 (devenu micro-entrepreneur), les entreprises incitent parfois leurs salariés à devenir leurs fournisseurs ou leurs distributeurs en adoptant ce nouveau statut : le statut change alors que les conditions de travail, donc de subordination, varient peu…

■ Dans le secteur numérique, les plateformes de mise en relation entre prestataires de services et clients (de type Uber) diminuent encore cette frontière : le prestataire de service n'est pas salarié mais est fortement dépendant des conditions de travail imposées par la plateforme.

Ex. : Dans un arrêt « *Take Eat Easy* » du 28 novembre 2018, la Cour de cassation a considéré que le livreur à vélo entrepreneur est, en fait, subordonné dans les faits aux directives de la plateforme *Take Eat Easy*. La relation a donc été requalifiée en contrat de travail.

À retenir !

■ Une personne peut exercer son activité selon plusieurs statuts dont les plus fréquents sont ceux de salarié ou d'entrepreneur indépendant. Le choix de l'un deux confère à la personne un régime juridique, fiscal et social spécifique.

Les contrats de travail

Fiche 57

CEJM

Notes

Le contrat de travail individualise la relation de travail et crée des obligations entre les parties. Il doit respecter la réglementation du travail ainsi que les conditions de validité du droit commun des contrats. Plusieurs types de contrat de travail existent dont le plus courant reste le contrat à durée indéterminée. Comme tout contrat, le contrat de travail peut contenir des clauses négociées.

1 Les cinq éléments fondamentaux du contrat de travail

Les parties	• Le salarié est forcément une personne physique. • L'employeur peut être une personne morale (***ex.* :** une société) ou une personne physique (***ex.* :** un entrepreneur individuel).
Le salaire versé	La rémunération peut se composer d'une part fixe et d'une part variable ainsi que d'avantages en nature.
La fonction occupée	Elle découle de la qualification du salarié : son expérience, ses diplômes.
Le lieu de travail	• Fixe ou variable. • Le contrat de travail peut inclure une clause de mobilité.
La durée du contrat	• Le contrat doit respecter la durée légale du travail. • Il peut être signé à temps partiel. • Le salarié peut effectuer des heures supplémentaires qui sont rémunérées à un taux plus élevé.

■ Ces éléments font du contrat de travail un contrat bilatéral, à exécution successive, à titre onéreux, commutatif et *intuitu personae*.

2 Les types de contrat de travail

CDI	Contrat de droit commun. Durée indéterminée. 88 % des contrats de travail en 2018.	
CDD	Contrat de travail dérogatoire. Durée déterminée.	Conditions de durée, de recours, de renouvellement, spécifiques afin de protéger le salarié.
CTT	Contrat de travail dérogatoire. Travail temporaire. Recours à une entreprise intérimaire.	

■ Citons également quelques contrats de travail particuliers :
– le contrat de chantier ou d'opération est un contrat à durée indéterminée (CDI) ;
– le CDD à objet défini est réservé au recrutement d'ingénieurs et de cadres ;

Notes

– le CDD senior s'adresse aux personnes de plus de 57 ans en recherche d'emploi depuis plus de trois mois.

3 Les clauses du contrat de travail

■ En fonction de la protection des intérêts légitimes de l'entreprise et des souhaits du salarié, les parties peuvent négocier des clauses.

A. La période d'essai

■ Réglementée par les *articles L. 1221-19* et suivants du Code du travail, la **période d'essai** est fixée pour une période maximale de deux mois pour les employés et les ouvriers, trois mois pour les techniciens et agent de maîtrise et quatre mois pour les cadres.

Période d'essai
Période de travail pendant laquelle l'employeur vérifie que le salarié remplit les conditions pour occuper le poste confié mais également pendant laquelle le salarié vérifie si le poste lui convient.

■ Chaque partie peut rompre la période d'essai sans motif et sans indemnité, mais doit respecter un délai de préavis. Le salarié touche ses droits aux allocations chômage même s'il est à l'initiative de la rupture.

B. Les clauses courantes

Clause de non-concurrence	• L'employeur interdit à son salarié de pratiquer une concurrence directe ou indirecte contre son entreprise si ce dernier venait à la quitter. • Pour être valable, la clause doit être limitée dans le temps et dans l'espace, ne pas empêcher le salarié de trouver un emploi, comporter une contrepartie financière pour le salarié et protéger les intérêts légitimes de l'entreprise.
Clause de confidentialité	Les parties s'engagent à ne pas divulguer des informations dites sensibles telles que des secrets de fabrication.
Clause de mobilité	Le salarié accepte que l'employeur puisse modifier le lieu d'exécution du contrat de travail ; l'étendue géographique envisagée doit être précise.
Clause de dédit formation	• Clause par laquelle le salarié s'engage à rester une certaine durée au service de l'employeur après que celui-ci lui a financé une formation professionnelle. Si le salarié ne respecte pas ce délai, il devra verser une somme, appelée dédit à l'employeur. • Pour être valable, le montant du dédit prévu doit être proportionné à la durée de la formation proposée.

À retenir !

■ La grande majorité des contrats de travail sont des contrats à durée indéterminée. Ils comportent des clauses permettant de régir les droits des parties dans leur relation de travail. Le CDD et le CTT, contrats précaires, doivent respecter des règles protectrices du salarié.

Les principes de la protection du salarié

Fiche 58

CEJM

Notes

Face à la supériorité de l'employeur sur son salarié (**lien de subordination**), le droit du travail protège le salarié en **rééquilibrant la relation contractuelle** : il impose des **obligations** à l'employeur et confère des **droits** aux salariés. Enfin, le juge s'assure que les clauses du contrat de travail ne sont pas **abusives** ou **déloyales**.

1 Les obligations de l'employeur

■ L'*article L. 1121-1 du Code du travail* fixe quatre limites au pouvoir de direction de l'employeur.

Obligation	Explication
Absence de discrimination	L'employeur ne peut exercer des **discriminations** d'ordre religieux, politique, sexuel ou syndical.
Respect d'une obligation de sécurité de résultat	L'employeur engage une **responsabilité sans faute** vis-à-vis de la santé de ses salariés. Il doit tout mettre en œuvre pour éviter tout accident du travail ou maladie professionnelle. La protection du salarié contre le **harcèlement** rentre dans cette obligation.
Respect des libertés fondamentales et de la vie privée	Le salarié dispose de sa **liberté d'expression** ou encore du secret de ses correspondances sur son lieu de travail.
Respect de la bonne foi	L'employeur doit agir dans l'intérêt de l'entreprise.

2 Les droits et libertés du salarié

A. Pour évoluer pendant sa vie professionnelle : la formation

■ La formation est le moyen pour un salarié d'acquérir ou d'actualiser ses connaissances, de développer ses compétences et son employabilité. C'est aussi une nécessité pour l'entreprise qui contribue à son financement.

Remarque

Selon l'*article L. 6111-1 du Code du travail*, « la formation professionnelle tout au long de la vie constitue une obligation nationale ».

■ La formation du salarié peut passer par des dispositifs tels que le plan de formation de l'entreprise mais aussi le compte personnel de formation du salarié ou encore la validation des acquis de l'expérience (VAE).

Notes

Les dispositifs de formation accessibles aux salariés

Nom du dispositif	Fonctionnement
Compte personnel de formation (CPF)	Le salarié cumule 500 € par an dans la limite d'un plafond de 5 000 €. L'argent accumulé permet de financer une formation pour le salarié. La somme d'argent n'est pas attachée à l'entreprise mais au salarié.
Validation des acquis de l'expérience (VAE)	Toute personne engagée dans la vie active peut obtenir une certification professionnelle par la validation des acquis de son expérience, notamment professionnelle. La certification, qui peut être un diplôme ou un titre à finalité professionnelle ou un certificat de qualification professionnelle, doit être inscrite au Répertoire national des certifications professionnelles (RNCP).
Conseil en évolution professionnelle (CEP)	Le CEP est une offre de services en information, en conseil et en accompagnement personnalisés de projets d'évolution professionnelle. Elle est gratuite, confidentielle et accessible à chaque actif.
Projet de transition professionnelle (PTP)	Mis en place le 1er janvier 2019, ce dispositif permet aux salariés souhaitant changer de métier ou de profession de financer des formations certifiantes en lien avec leur projet.

B. Pour défendre ses conditions de travail

■ Le salarié bénéficie également des libertés consacrées par le préambule de la Constitution de 1958 :
– le droit de grève : cessation totale et collective du travail en vue d'appuyer des revendications professionnelles préalablement présentées à l'employeur ;
– la liberté syndicale : tout salarié est libre d'adhérer à une section syndicale au sein de son entreprise.

■ Le salarié peut également participer aux différentes instances représentatives du personnel : comité social et économique (CSE), délégué syndical.

3 La protection judiciaire du salarié

■ Le Conseil de prud'hommes tranche les contentieux liés au contrat de travail. Il reste impartial mais protège souvent les salariés face aux abus des employeurs dans la rédaction de certaines clauses. Lorsqu'une clause est identifiée comme abusive, elle est réputée non écrite.

Remarque
Le salarié peut également faire appel à l'inspection du travail lorsqu'il estime que ses droits ne sont pas respectés.

À retenir !

■ Le lien de subordination place le salarié en position de faiblesse par rapport à l'employeur. C'est pourquoi le droit prévoit plusieurs dispositifs et obligations qui s'imposent à l'employeur afin de rétablir un équilibre contractuel entre les parties.

Les modifications du rapport d'emploi

Fiche 59

CEJM

Le contrat de travail est un **contrat à exécution successive** : la relation de travail peut évoluer dans le temps. Le droit tente de protéger le salarié face à ces évolutions.

1 La modification à l'initiative de l'employeur

■ En raison de la force obligatoire du contrat, l'employeur ne peut modifier unilatéralement le contrat de travail, mais la jurisprudence distingue deux cas :

La modification du contrat de travail	**La modification des conditions de travail**
L'employeur souhaite modifier le lieu, la rémunération ou la qualification du contrat.	L'employeur modifie un élément accessoire au contrat comme les horaires de travail.
Le salarié doit donner son accord. Un refus ne constitue pas une faute.	Le refus du salarié constitue une faute.
Si le salarié refuse la modification, l'employeur peut le licencier pour motif économique ou renoncer à la modification.	Si le salarié refuse la modification, l'employeur peut le licencier pour motif personnel (faute).

■ En cas de modification du contrat de travail, l'employeur doit notifier par écrit le salarié de sa décision. Celui-ci dispose alors d'un mois pour accepter ou refuser. Le silence vaut acceptation de la modification. Si le salarié accepte, la modification est validée ; s'il refuse, l'employeur peut lancer une procédure de licenciement pour motif économique.

■ Les parties peuvent convenir qu'un élément fondamental devienne une simple condition de travail.

Ex. : Le lieu d'exécution du contrat de travail est normalement un élément fondamental du contrat. L'employeur ne peut le modifier sans l'accord du salarié. Mais en présence d'une clause de mobilité acceptée préalablement par le salarié, l'employeur peut modifier ultérieurement le lieu d'exécution du contrat.

2 Le changement d'employeur

■ Selon l'*article L. 1224-1 du Code du travail*, lorsque l'employeur du salarié change du fait d'une fusion ou d'un rachat d'entreprise, tous les contrats de travail en cours au jour de la

Notes

Notes

modification subsistent entre le nouvel employeur et le personnel de l'entreprise.

Ex. : Un entrepreneur individuel transforme son entreprise et devient une SARL, puis une SAS. L'entreprise/employeur passe par trois statuts différents. Mais à chaque fois, les contrats de travail en cours sont maintenus.

3 La rupture du contrat de travail

Initiative de la rupture	Dispositif	Régime juridique applicable
Salarié	Démission	Elle doit être écrite et non équivoque.
	Départ à la retraite	Possible dès 62 ans. À 67 ans, le salarié a droit à une retraite complète même s'il n'a pas cotisé tous les trimestres exigés.
Employeur	Licenciement pour motif personnel	Il repose sur une cause réelle et sérieuse inhérente à la personne du salarié. Il peut s'agir d'un motif disciplinaire. L'employeur convoque le salarié à un entretien puis lui notifie son licenciement par une lettre écrite.
	Licenciement pour motif économique	Il résulte d'une suppression ou d'une transformation d'emploi ou d'une modification refusée par le salarié d'un élément essentiel du contrat de travail, consécutive notamment à des difficultés économiques, des mutations technologiques, à une réorganisation de l'entreprise nécessaire à la sauvegarde de la compétitivité, à la cessation d'activité de l'entreprise.
Les deux parties	Rupture conventionnelle	Elle peut être individuelle ou collective. Elle suppose un ou plusieurs entretiens, une signature, quinze jours calendaires pour éventuellement se rétracter et, pour être pleinement valable, la nécessité d'une homologation par l'inspection du travail.

- Le droit cherche à prévenir les licenciements économiques en proposant des négociations autour des emplois menacés : gestion des compétences et des emplois, signature de conventions de reclassement, propositions de restructuration, départs volontaires, passage au temps partiel, etc. Ces mesures peuvent être regroupées dans un plan de sauvegarde de l'emploi (PSE).
- Le PSE est obligatoire dans les entreprises de cinquante salariés minimum lorsque le projet de licenciement concerne dix salariés minimum sur une période de trente jours consécutifs.

À retenir !

- Le rapport d'emploi évolue avec le temps. Il peut être modifié par le salarié ou l'employeur ; il peut y être mis un terme. Dans ce dernier cas, le régime juridique de la rupture dépend de la personne qui en est à l'origine et de ses conditions de réalisation.

De la GRH à la GPEC

Fiche 60

CEJM

Notes

La politique de gestion des ressources humaines (GRH) évolue d'une approche purement quantitative (répondre aux besoins en facteur travail) vers une logique d'anticipation des besoins en compétences pour procurer à l'entreprise un avantage concurrentiel sur son marché (gestion prévisionnelle de l'emploi et des compétences ou GPEC).

1 La gestion des ressources humaines (GRH)

A. Les enjeux de la GRH

- La gestion des ressources humaines regroupe l'ensemble des politiques et des actions qui permettent à une entreprise de disposer en permanence d'un effectif à la fois suffisant et compétent pour réaliser le travail demandé de manière performante.

- La gestion prévisionnelle de l'emploi et des compétences (GPEC) est donc un enjeu essentiel pour le maintien de la compétitivité de l'entreprise en anticipant ses besoins futurs.

B. La mise en œuvre de la GRH

- Souvent identifiée par sa dimension quantitative (recrutements, licenciements, etc.), la gestion des ressources humaines intègre de plus en plus d'éléments en lien avec la gestion qualitative des ressources humaines (cartographie des compétences, besoins en formation des salariés, etc.).

- L'entreprise doit mener un audit de ses ressources existantes avant de définir sa politique en matière de ressources humaines. Il est (relativement) facile de réaliser un audit quantitatif des ressources disponibles (nombre de salariés, nombre d'heures travaillées, etc.), mais il est plus difficile d'établir le bilan des compétences détenues et exercées par l'ensemble des salariés.

2 La GPEC

A. Les enjeux de la GPEC

- La gestion prévisionnelle des emplois et des compétences (GPEC) constitue un enjeu important dont l'objectif est de permettre à une entreprise de trouver un juste milieu entre le coût de sa masse salariale et la richesse créée par les salariés.

GPEC

Démarche d'optimisation de l'allocation des ressources humaines. Elle vise à identifier les besoins à venir d'une organisation et à les mettre en relation avec les ressources actuelles. L'écart entre l'existant et les besoins entraîne la mise en œuvre d'actions d'ajustement (formation, recrutement, etc.).

Notes

■ Les ressources humaines étant une source d'avantage concurrentiel durable, l'entreprise doit favoriser l'émergence d'une main-d'œuvre polyvalente (pour répondre à un environnement de plus en plus complexe), spécialisée (sur les domaines de compétences recherchés), réactive (adaptable), créative (source de création de valeur ajoutée) et disponible (motivée et impliquée).

B. Les outils de la GPEC

■ Dans le cadre de son plan de formation, l'entreprise peut tout d'abord concevoir et mettre en œuvre ses propres actions de formation afin de former elle-même ses salariés en favorisant la montée en compétence et les évolutions possibles de carrière en interne. Ces actions pourront avoir différentes visées :

ACTIONS DE FORMATION À DESTINATION DES PERSONNELS

- Actions permettant une adaptation du salarié au poste de travail
- Actions liées à l'évolution des emplois ou participant au maintien dans l'emploi
- Actions permettant le développement personnel des salariés

■ Par ailleurs, l'entreprise peut faire appel à différents dispositifs :
– la réalisation de bilans de compétences afin que les salariés puissent analyser leurs aptitudes et compétences, définir leurs priorités professionnelles et solliciter les formations en lien avec leurs objectifs de carrière ;
– la validation des acquis de l'expérience (VAE) pour permettre à chaque salarié de faire reconnaître par un diplôme, titre ou qualification, l'expérience professionnelle (et les compétences associées) acquise sur le lieu de travail ;
– le projet de transition professionnelle (PTF) pour permettre aux salariés souhaitant changer de métier ou de profession de financer des formations certifiantes en lien avec leur projet ;
– le compte personnel de formation ou CPF (500 ou 800 euros par an cumulables sur 10 ans) utilisable par le salarié après accord de son employeur pour suivre une action de formation.

À noter

La pénurie de compétences s'amplifie dans les PME. Au premier semestre 2018, plus de 50 % des petites entreprises estimaient que leurs difficultés à recruter constituaient le principal frein à leur développement. Pour y remédier, les entreprises tentent d'augmenter les heures supplémentaires et la polyvalence des salariés en poste.

À retenir !

■ Les différents outils à disposition de l'entreprise pour favoriser un développement constant des compétences de ses salariés (bilan de compétences, VAE, etc.) favorisent la mise en place d'une gestion prévisionnelle des emplois et des compétences, enjeu stratégique du maintien d'un avantage concurrentiel durable.

Les facteurs de la motivation et de la satisfaction au travail

Fiche 61

CEJM

Notes

La motivation des salariés, qu'elle soit individuelle ou collective, est recherchée par l'entreprise pour assurer une meilleure productivité du facteur travail. Différents outils pourront être mobilisés en fonction des facteurs de motivation sur lesquels l'entreprise voudra s'appuyer pour accroître la satisfaction au travail de ses salariés.

1 Les facteurs de motivation selon Maslow, Herzberg et Vroom

■ Dans sa théorie des besoins, Abraham Maslow détermine cinq catégories de besoins, hiérarchiquement structurés, que tout individu cherche à satisfaire successivement et qui sont à la source de sa motivation : les besoins physiologiques, de sécurité, sociaux, d'estime, d'accomplissement de soi.

Abraham Maslow (1908-1970)

Psychologue américain, Abraham Maslow a théorisé une approche de la motivation par la hiérarchie des besoins, souvent représentée sous la forme d'une pyramide (pyramide de Maslow).

La pyramide de Maslow

■ Frederick Herzberg distingue les facteurs « de motivation » afférents au contenu du travail (réussite, considération, responsabilité) et des facteurs d'« ambiance » liés au contexte du travail (politique salariale, sécurité de l'emploi, conditions de travail, etc.).

Frederick Herzberg (1923-2000)

Psychologue américain et professeur d'université en management, Frederick Herzberg a contribué par ses travaux à promouvoir le principe d'enrichissement des tâches afin d'améliorer la créativité et la satisfaction du travailleur sur son lieu de travail.

Notes

■ Victor Vroom, dans sa théorie des attentes, explique la motivation des individus selon la récompense qu'ils peuvent attendre des efforts déployés. Elle ne saurait se limiter à un aspect purement financier et doit correspondre aux aspirations du salarié (comme le besoin de reconnaissance).

Victor Vroom (1932)

Psychologue canadien et professeur à l'université de Yale, Victor Vroom développe une approche différente de celle de Maslow ou Herzberg en associant la motivation d'un individu à ses attentes et aux chances qu'il possède de les atteindre.

2 Les outils au service de la motivation des salariés

A. Les facteurs liés à la rémunération

Le système de primes	Des primes, variables en fonction du critère retenu, permettent de mener une politique de rémunération flexible qui lie une partie du salaire aux résultats obtenus de manière individuelle ou collective.
La participation aux résultats	Système (obligatoire dans les entreprises de 50 salariés et plus) permettant aux salariés de percevoir une part des résultats de l'entreprise.
L'intéressement	Avantage financier fondé sur les résultats de l'entreprise distribué à tout ou à une partie du personnel de l'entreprise dans le but d'accroître l'implication.
Le plan épargne entreprise (PEE)	Système d'épargne collectif et facultatif mis en place pour permettre aux salariés de se constituer un capital sous la forme de valeurs mobilières.
Les *stock-options*	Droit accordé à certains salariés d'acquérir dans le futur des actions de leur entreprise à un prix fixé lors de l'attribution du droit et pendant un nombre d'années donné.

B. Les facteurs qualitatifs

■ La motivation n'est pas uniquement liée à des facteurs purement matériels et financiers. Elle intègre aussi des paramètres qualitatifs :
– le contenu et l'environnement du travail : élargissement des tâches, augmentation du degré d'autonomie, ergonomie du poste de travail, etc. ;
– les perspectives d'évolution professionnelle : promotions, montée en compétence, formation tout au long de la vie professionnelle, etc. ;
– l'adhésion à la culture de l'entreprise : motivation collective par le biais du sens donné aux buts poursuivis par l'entreprise (éthique, valeurs, etc.).

à retenir !

■ Pour favoriser la motivation des salariés, les managers peuvent utiliser aussi bien des outils quantitatifs (qui jouent sur la rémunération) que qualitatifs (qui influent sur l'environnement et les conditions de travail). Le choix des outils qui seront utilisés repose sur l'identification des facteurs de motivation sur lesquels l'entreprise voudra agir pour accroître la satisfaction de ses salariés.

Les conditions de travail et leurs évolutions

L'organisation productiviste du travail, qui a prévalu dans le cadre de **l'organisation scientifique du travail** au cours des Trente Glorieuses, a progressivement laissé la place à une nouvelle organisation des conditions de travail prenant mieux en compte les aspirations des salariés.

1 Les composantes des conditions de travail

■ Les conditions de travail sont constituées de l'ensemble des éléments permettant l'exercice d'une activité professionnelle. Elles reposent sur quatre grandes catégories de facteurs :

Conditions de travail

Facteurs physiques et environnementaux
Bureau individuel/*open space*
Travail debout ou assis, sédentaire/itinérant, etc.

Facteurs sociaux
Relations de travail
Style de management
Travail précaire/CDI, etc.

Facteurs organisationnels
Consignes, règlements
Organisation du travail
Procédures et contrôle, etc.

Facteurs psychologiques
Situations qui impactent la santé du salarié (stress, souffrance).

Notes

2 Les évolutions des conditions de travail

A. L'organisation scientifique du travail

■ Les Trente Glorieuses ont marqué la prédominance d'une organisation scientifique du travail reposant sur une division verticale et horizontale des tâches dans une optique centrée sur une amélioration continue de la productivité des salariés (ordonnancement des tâches, contrôle du temps et des mouvements, organisation des méthodes et techniques de production).

Organisation scientifique du travail (ou taylorisme en référence à son principal concepteur, Frederick Winslow Taylor)
Approche visant à améliorer la productivité du travail en analysant le travail de manière scientifique, pour identifier la « meilleure manière » d'accomplir une tâche. Ce travail aboutit à une segmentation et une spécialisation des tâches.

Notes

■ Ce mode de production, adapté à une production de masse standardisée, a été progressivement remis en cause :
– par le développement de la production de services ;
– par le développement d'une demande de plus en plus individualisée ;
– par les inconvénients de ces conditions de travail : démotivation, absentéisme, accidents du travail, *turnover* des salariés (pénibilité, ennui).

B. Les nouvelles formes d'organisation du travail

■ Elles privilégient des conditions de travail différentes axées sur :
– une nouvelle organisation du travail : rotation des salariés sur les postes de travail, élargissement et enrichissement des tâches, travail en équipe, management plus participatif pour impliquer les salariés dans la prise de décision ;
– la mise en place de systèmes de gratification plus incitatifs et plus individualisés : hausse de la part variable de la rémunération, intéressement collectif et/ou individuel ;
– l'amélioration des conditions de vie au travail : sur le lieu de travail (approche ergonomique du poste) ou pour les services proposés aux salariés (crèche, restaurant d'entreprise, etc.) ;
– l'accompagnement des salariés dans une évolution des compétences et donc des carrières (promotion, formation continue) ;
– le développement de l'adhésion à la culture d'entreprise : favoriser la notion d'identité et d'objectif commun, développement des actions en lien avec la politique de responsabilité sociale de l'entreprise, etc.

■ À côté de ce mouvement, des évolutions remettent en cause l'organisation actuelle du travail et agissent positivement ou négativement sur les conditions de travail :
– une remise en cause du salariat comme mode d'organisation de l'entreprise : recours à des auto-entrepreneurs (exemple d'Uber) selon les besoins de l'entreprise ;
– la précarisation du marché du travail : recours aux contrats courts, CDI de mission, etc. ;
– une plus forte mobilité des travailleurs en recherche d'un meilleur équilibre entre vie professionnelle et personnelle.

À retenir !

■ Fondée initialement sur une démarche scientifique de recherche de productivité (taylorisme), l'organisation du travail évolue afin d'intégrer une approche plus qualitative des conditions de travail permettant une meilleure implication et motivation des salariés dans leurs tâches quotidiennes.

Le diagnostic externe et interne

Fiche 63

CEJM

Notes

L'environnement d'une entreprise offre des **opportunités** et présente des **menaces** qu'un manager doit savoir identifier afin d'élaborer la stratégie la plus adaptée. Pour ce faire, il peut s'appuyer sur un **diagnostic interne** (analyse des ressources dont dispose l'entreprise) et **externe** (analyse de l'environnement).

1 L'établissement d'un diagnostic externe et interne

A. Le diagnostic externe et l'analyse de l'environnement

■ L'entreprise doit s'interroger sur sa capacité à pouvoir agir sur les différents facteurs de son environnement. Le modèle PESTEL constitue une synthèse de diagnostic externe.

■ On distingue :

– les facteurs macro-environnementaux (non directement liés à l'entreprise) : croissance économique, environnement sociétal, facteurs juridiques et culturels, etc. ;

– les facteurs micro-environnementaux : spécifiques à une entreprise, en lien avec son environnement direct (marché, concurrents, fournisseurs, etc.).

■ L'environnement est perçu comme une contrainte ou une opportunité selon différents critères parmi lesquels :

– son degré de stabilité : évolutions réglementaires, rythme des innovations technologiques, etc.

– son degré de complexité : multiplicité des concurrents, substituabilité des produits, etc.

B. Le diagnostic interne et les ressources stratégiques de l'entreprise

■ À travers l'analyse des ressources internes tangibles et intangibles, l'entreprise identifie ses compétences distinctives ; ce sont ses **facteurs clés de succès** (FCS) : ils permettent à l'entreprise d'apprécier sa compétitivité et constituent ses principales forces face à ses concurrents.

Facteur clé de succès (FCS)

Élément essentiel (à caractère commercial, technologique, etc.) qu'une entreprise doit maîtriser pour être compétitive dans une activité donnée.

Notes

■ Le concept de chaîne de valeur de Michael Porter permet d'identifier les sources de différenciation que l'entreprise pourra exploiter en fonction des facteurs clés de succès révélés par le diagnostic interne :
– elle pourra y allouer ses ressources internes pour accroître son avantage compétitif ;
– ou envisager une externalisation de certaines activités ;
– ou envisager des stratégies de diversification en développant certains facteurs clés de succès.

2 La synthèse des diagnostics interne et externe

■ Plusieurs outils aident à faire cette synthèse.

A. La matrice SWOT (FFOM)

■ La matrice SWOT (FFOM en français pour Forces, Faiblesses, Opportunités, Menaces) fait la synthèse du diagnostic interne et externe.

La matrice SWOT

Type de diagnostic	Aspects positifs	Aspects négatifs
Diagnostic interne	Forces *(Strengths)*	Faiblesses *(Weaknesses)*
Diagnostic externe	Opportunités *(Opportunities)*	Menaces *(Threats)*

B. La matrice d'Igor Ansoff

■ La matrice d'Igor Ansoff présente les choix stratégiques possibles pour une entreprise en fonction de deux facteurs : la gamme de produits existants ou en développement et la position de l'entreprise sur le marché visé. Cette matrice est donc plus opérationnelle pour un manager qui souhaite développer une stratégie de croissance.

Igor Ansoff (1918-2002)
Économiste et professeur américain d'origine russe, surtout connu pour avoir travaillé sur la stratégie des entreprises.

La matrice d'Igor Ansoff

Marché \ Produit	Existant	Nouveau
Existant	Pénétration de marché	Développement de produit
Nouveau	Développement de marché	Diversification

À retenir !

■ Le diagnostic interne et externe permet au manager de prendre les décisions stratégiques qui vont orienter l'activité de l'entreprise et permettre une allocation interne des ressources disponibles.

La démarche stratégique

La stratégie conduit à la détermination par l'entreprise de choix globaux déclinés en objectifs à atteindre ainsi que des ressources nécessaires pour y parvenir. L'entreprise s'interroge alors sur les domaines d'activités stratégiques qui constituent son cœur de métier.

1 Les définitions de la stratégie

Alfred Chandler (1918-2007)

Historien des affaires américain qui a travaillé dans le domaine de la science du management et de la gestion des grandes entreprises américaines.

■ La notion de stratégie diffère selon les auteurs et les courants de pensée. On peut notamment faire référence aux définitions suivantes :

– la définition d'Alfred Chandler : déterminer les buts et objectifs à long terme d'une entreprise, adapter les moyens d'action et allouer les ressources nécessaires pour atteindre ces objectifs ;

– la définition d'Igor Ansoff : piloter les modifications des relations du système-entreprise avec son environnement et de la frontière de ce système avec ce qui n'est pas lui.

Notes

2 Les étapes de la démarche stratégique

■ La démarche stratégique est souvent représentée par le modèle de Harvard (modèle LCAG).

■ La définition de la stratégie est le résultat d'un double diagnostic interne et externe avec les valeurs et aspirations du manager, d'une part, et les valeurs de l'entreprise, d'autre part (responsabilité sociale de l'entreprise).

■ Cette phase achevée, le manager précise les modalités de mise en œuvre de la stratégie choisie, que ce soit en termes d'objectifs, de moyens à mobiliser ou d'actions à réaliser.

Les étapes de la démarche stratégique

- étape 1 — **Évaluation externe :** analyser l'environnement de l'entreprise (menaces et opportunités).
- étape 2 — **Évaluation interne :** identifier les avantages compétitifs potentiels de l'entreprise par rapport à ses concurrents (forces et faiblesses).
- étape 3 — **Identifier les stratégies possibles** à partir de la synthèse des diagnostics interne et externe.
- étape 4 — **Choisir la stratégie à mettre en œuvre,** ce qui implique de définir les actions à réaliser pour accomplir les objectifs fixés.

Notes

3 Stratégie délibérée et stratégie émergente

■ Henry Mintzberg distingue deux approches de la stratégie :

– la stratégie délibérée est issue d'une démarche active de l'entreprise qui effectue un choix délibéré en fonction de ses capacités et de l'analyse de son environnement. Cette stratégie met en œuvre une planification stratégique pour atteindre les objectifs visés ;

– la stratégie émergente est non planifiée. Les entreprises sont souvent obligées de faire preuve d'adaptation pour pouvoir réagir aux évolutions subites de l'environnement.

■ De plus en plus d'entreprises évoluent vers des stratégies émergentes pour s'adapter et réagir à un environnement rendu incertain et complexe par la révolution numérique et la mondialisation.

4 La notion de domaine d'activité stratégique (DAS)

■ Lorsqu'une entreprise intervient sur différents marchés, la segmentation de ses activités en domaines d'activités stratégiques (DAS) lui permet d'obtenir une vision synthétique de ses activités. Elle pourra donc mettre en place des stratégies spécifiques pour chaque DAS identifié.

■ Les DAS sont généralement définis selon des couples produits/marchés caractérisés par un certain nombre de facteurs communs (fournisseurs, concurrents, consommateurs, technologies, etc.) pour lesquels il est possible de définir une stratégie particulière.

■ Il convient de différencier :

– les critères de segmentation marketing utilisés pour définir le *marketing mix* (composition de sous-groupes de consommateurs ayant des besoins différents à assouvir) ;

– les critères de segmentation stratégique qui permettent de diviser les activités de l'entreprise en segments homogènes régis par des facteurs clés de succès identiques.

■ Parmi les critères d'homogénéité les plus fréquemment proposés pour circonscrire les DAS figurent le métier, la mission, le type de clientèle, l'espace géographique et le circuit de distribution.

À retenir !

■ La démarche stratégique est un processus qui permet à l'entreprise de définir sa stratégie ainsi que les modalités de sa mise en œuvre. Cette stratégie doit pouvoir s'adapter aux évolutions de l'environnement. Il est dans ce cadre important d'identifier les domaines d'activités stratégiques qui seront au cœur de la stratégie future de l'entreprise.

Les options stratégiques globales et par domaine d'activité

Fiche 65

CEJM

Notes

À la suite du diagnostic stratégique, l'entreprise peut définir sa **stratégie globale** ainsi que sa **stratégie par domaine d'activité stratégique (DAS)**, ce qui la conduit souvent à choisir de se concentrer sur son cœur d'activité.

1 Les stratégies globales selon Igor Ansoff

■ Igor Ansoff définit deux grands types de stratégies globales :
– la stratégie de spécialisation : l'entreprise limite son activité à un métier sur lequel elle détient un avantage concurrentiel certain ;
– la stratégie de diversification : l'entreprise se développe sur un marché correspondant à un nouveau métier.

A. Les diverses stratégies de spécialisation

Stratégie	Objectif
Pénétration du marché	L'entreprise vise à accroître sa part de marché dans un domaine particulier.
Élargissement de la gamme	Stratégie qui consiste à couvrir l'ensemble des segments d'un marché donné.
Expansion géographique	Stratégie consistant à couvrir un espace géographique avec un produit identique (ou adapté à la demande locale) pour accroître sa part de marché globale.

B. Les stratégies de diversification

■ Les stratégies de diversification répondent à des logiques qui diffèrent selon la situation de l'entreprise sur son marché initial :
– la diversification de placement : l'entreprise utilise ses ressources disponibles pour investir de nouveaux marchés ;
– la diversification de survie : l'entreprise qui ne dispose pas d'un avantage concurrentiel initial satisfaisant se tourne vers un nouveau marché ;
– la diversification de redéploiement : l'entreprise qui dispose d'un avantage concurrentiel initial se repositionne sur des marchés offrant de meilleurs potentiels de croissance ;
– la diversification de confortement : l'entreprise ne disposant pas d'un avantage concurrentiel initial décisif conforte sa position en se développant sur une activité complémentaire.

2 Les stratégies spécifiques par DAS (Michael Porter)

■ Les principales stratégies associées à une approche par domaine d'activité stratégique, ou « stratégies génériques » selon la classification de Michael Porter, sont les stratégies de domination par les coûts, de différenciation et de concentration/focalisation.

Notes

Stratégie	Objectif
Domination par les coûts	• Développer un avantage compétitif prix par rapport aux concurrents. • Permettre à l'entreprise d'accroître ses parts de marché. Elle peut contribuer à lui assurer un avantage durable du fait des économies d'échelle procurées par l'effet volume.
Différenciation	Quand le prix ne constitue pas le facteur déterminant du choix des consommateurs (***ex.*** **:** l'iPhone), cette politique conduit à une stratégie de segmentation du marché de la part de l'entreprise.
Concentration/ focalisation	Focalisation de l'entreprise sur un segment de son marché afin d'y concentrer ses ressources pour obtenir un avantage compétitif suffisant.

Ex. **:** Sur le marché automobile, certains constructeurs se sont lancés dans une stratégie de domination par les coûts (développement de la marque *low cost* Dacia par le groupe Renault), tandis que d'autres constructeurs optent pour une stratégie de différenciation (Ferrari ou Rolls Royce).

3 Intégration ou externalisation

■ Dans une démarche globale, une entreprise s'interroge sur ce qui constitue son cœur d'activité. Les choix qui s'offrent à elle relèvent de la stratégie d'intégration ou au contraire d'externalisation.

Stratégie	Objectif
Intégration	• L'entreprise cherche à se positionner sur un maximum d'éléments de la chaîne de valeur du produit qu'elle réalise (des matières premières jusqu'à la distribution). • Cette intégration peut être verticale (vers l'amont et/ou vers l'aval) ou horizontale (création de co-entreprises avec un concurrent).
Externalisation	L'entreprise concède à une autre entreprise la réalisation d'une partie de sa production ou d'une fonction particulière (informatique, RH, comptabilité, etc.) pour concentrer ses propres ressources sur son cœur de métier.

4 Synthèse des choix stratégiques

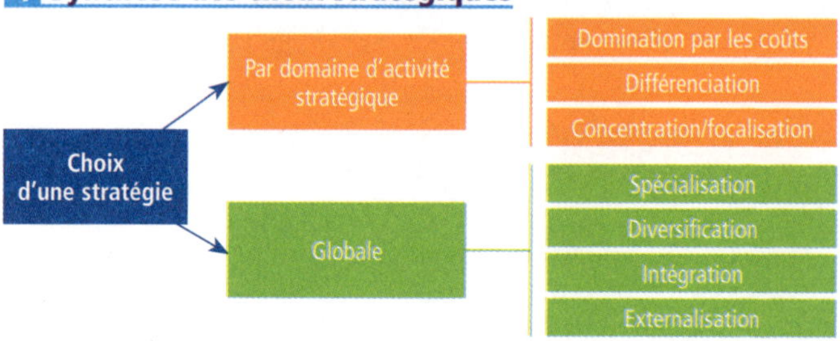

À retenir !

■ Le choix d'une stratégie, qu'elle soit globale ou par domaine d'activité stratégique, peut se faire selon des modalités différentes. L'entreprise décidera notamment de se positionner sur tout ou partie de la chaîne de valeur de son activité (stratégie d'intégration ou d'externalisation).

Les modalités de croissance des entreprises

Fiche 66

CEJM

Notes

Pour se développer, une entreprise peut décider de mener des opérations de croissance externe si elle ne dispose pas en interne des ressources suffisantes pour assurer sa croissance organique. Cela est particulièrement le cas lorsque l'entreprise envisage une stratégie d'internationalisation.

1 Les différentes modalités de croissance des entreprises

■ Pour croître, une entreprise peut s'appuyer sur ses propres ressources, aller rechercher en externe des ressources complémentaires ou combiner les deux modalités de croissance selon la stratégie poursuivie.

Croissance organique ou interne	Développement des ressources et des compétences en interne.
Croissance externe	Acquisition de ressources et de compétences en externe.
Croissance conjointe	Association pour développer des ressources et des compétences en externe.

2 Avantages et limites

■ Chaque modalité de croissance présente des avantages et des inconvénients qu'il importe de bien identifier afin d'effectuer le choix le plus adapté à l'entreprise, à sa culture ainsi qu'à la personnalité de son manager.

A. La croissance externe

Avantages	Limites
• Disparition d'un concurrent, donc moins de pression concurrentielle. • Acquisition de savoir-faire non détenus initialement par l'entreprise. • Croissance rapide de l'entreprise. • Économies d'échelle.	• Capacités financières de l'entreprise limitées pour pouvoir mettre en œuvre ce type de stratégie. • Difficulté à intégrer de nouvelles ressources rapidement et risque de conflit lié à des opérations de rationalisation entre les différentes unités de l'entreprise. • Perte potentielle de pouvoir du manager dans la nouvelle organisation de l'entreprise.

Notes

B. La croissance interne

Avantages	Limites
• Processus progressif adapté aux capacités de l'entreprise. • Croissance qui repose sur de l'autofinancement. • Facteur de motivation des personnels.	• Stratégie longue à produire ses effets. • Problème potentiel de taille critique et de compétitivité face à des concurrents qui développeraient des stratégies de croissance externe. • Développement limité par les compétences existantes au sein de l'entreprise.

3 La stratégie d'internationalisation

■ Dans une logique de production, une stratégie d'internationalisation peut permettre à une entreprise de maîtriser ses coûts de production ou de maîtriser ses approvisionnements.

■ La stratégie d'internationalisation permet aussi d'élargir le marché de l'entreprise, soit en accédant à de nouveaux consommateurs, soit en se positionnant sur des marchés étrangers en croissance. L'entreprise devient alors un producteur « national » dans le pays étranger concerné et évite ainsi les restrictions liées aux importations dans le pays visé.

■ L'internationalisation peut passer soit par l'exportation à partir du pays d'origine de l'entreprise, soit par une implantation directe sur les marchés étrangers, directement (filiale, ***joint-venture*** avec un producteur local) ou indirectement (franchise, licence, accord de distribution avec un partenaire).

Joint-venture

Anglicisme désignant la création d'une société commune à plusieurs entreprises qui s'associent afin de réaliser un projet en commun. Ces entreprises cherchent avant tout à créer entre elles des synergies en mettant en commun leurs compétences et leurs savoirs technologiques.

Ex. : • **Croissance externe :** l'entreprise Blablacar a annoncé en août 2018 le rachat de son concurrent russe Beepcar dans le cadre de sa stratégie de croissance internationale.

• **Croissance interne :** en août 2018, le constructeur automobile Tesla a annoncé la construction d'un site de production en Chine pour répondre à l'importante demande locale de véhicules électriques. Actuellement, les véhicules vendus en Chine sont produits aux États-Unis.

À retenir !

■ Les entreprises se développent par croissance interne et/ou par croissance externe en fonction notamment des ressources dont elles disposent. La stratégie d'internationalisation constitue une modalité particulière de croissance (qu'elle soit interne ou externe).